実相寺昭雄叢書……I

闇への憧れ

［新編］

実相寺昭雄

復刊ドットコ

闇への憧れ［新編］

目次

〈復刊にあたって〉

本書は、２００６年に亡くなられた実相寺昭雄監督の１９７７年の処女出版『闇への憧れ　所詮、死ぬまでの《ヒマツブシ》』、創世記という出版社より刊行されたハードカバー書籍を新編集版として構成を改めたものです。

親本である旧『闇への憧れ』は一部ではエッセイ集として紹介されていますが、もっと重厚で難解であり、評論集とも言える内容の文集です。刊行の年は、実相寺監督が40歳。収録作は多くが30代、最も古いものは『ウルトラQ』もはじまっていなかった昭和40年（１９６５年）のＴＢＳ映画部在籍中の28歳に書かれたものです。

実相寺監督には著作物も多く、80年代後半以降に書かれた円谷プロ時代を回顧した書籍などはのちに文庫化もされ、多くの人たちに読まれる機会も増えたのですが、著作の第一冊目だった旧『闇への憧れ』は幻の書籍となっていました（他には官能小説などもあり、こちらも再刊はされていませんが）。

１９７７年は実相寺監督は円谷プロや特撮とも距離をとり、ＡＴＧ映画に映像作家としての精力を傾注していた時期であり、時代としても戦後から高度成長期にかけて積みあげてきた構造がオイルショックなどで崩れ、１９７３年からの終末論ブームを経た、混沌と再生の時代でした。

そのため、旧『闇への憧れ』は複雑な内面と知性と批評眼をもった実相寺監督の、不惑の歳とはいえ惑いの多い、生々しくも先鋭的で、思索に満ちた硬質な論考で満たされています。

また、昔の書籍であるため活字も小さく、二段組みと一段組みと脚注とが混ざりあったものになっており、そのままの復刊ではぶ厚く高価で、現代の読者にとってはいささか読みにくいものとなってしまうだろうという判断の元、ご遺族や実相寺昭雄研究会の皆さんとも相談のうえ、新編としての構成を施しました。旧版からは、映画監督・加藤泰氏との対談と加藤泰論、詩人・大岡信氏との対談と論考や、石井隆氏の描かれたカバーや挿画が未収録となっています。そして、ナビゲーションの意味でも新規原稿として実相寺ファンである庵野秀明監督のインタビューを加えての刊行といたしました。

しかし、実相寺監督自身が残した旧『闇への憧れ』の全体像を残すべく、本書を1冊のみとせず、「実相寺昭雄叢書」という冠をつけ、続刊での補完――それこそ実相寺補完計画を進めていきたいと考えております。

初出につきましては、各論考の末尾に記しましたが、あえて西暦ではなく昭和表記とし、推測される実相寺監督の年齢も付記しました。

特撮界、日本映像界の奇才にして鬼才である実相寺昭雄監督を探るガイドブックとしてご活用ください。〈編集部〉

第1章

怪獣たちは何処へ行った?

闇への憧れ
[新編]

私本テレビ太平記

昭和四十五年の二月に、私はテレビ局をやめた。それはひどくあっけない出来事で、ふり返ってみれば滑稽なくらいである。

まあこういうことは、事前に相談のふり位するものだろうと、同期の並木章にもちかけてみると「何を考えてるんだ。悪いものでも喰ったのじゃないか。馬鹿！」と、取り合ってもくれなかった。それでも後先考えず、私は辞表を書き、部長の元に提出した。意外にもひどくニッコリとした顔で部長が私の辞表を受取って、おしまい。あろうことか、誰ひとりとしてひきとめてくれる奴はいなかった。辞表の文句は、局で配られた書式に則って、一身上の都合により、である。嗚呼《ああ》なんと便利で曖昧な文句であることか。社長に挨拶に行って来いと言われて、十年間あまりの在職中踏み込んだこともなかった役員室に入っていった時は、初めての体験に、むしろ嬉々としていた。

大抵サラリーマンが退職するという時には、送別会が開かれ、酒に顔を赤らめ乍《なが》ら、皆と涙の別れがあるものだ。ま、それ程小説的な情景でなくとも、何がしかの餞別とか記念品、ささやかな前途を祝った乾杯程度はあっても良かろうじゃないか。たとえ二次会、三次会と一夜の夢はなくともである。所が、余程私の退職が周囲から心待ちにされていたのか、或はテレビ局とは冷い近代人の集りであるのか、時期が悪かったのかはいざ知らず、そんな送別会ひとつ誰も開いちゃくれなかった。勿論、慰留する奴も居なかった。見渡せば、周囲は笑顔ばかりで、それこそ、私の辞めるのを如何にも嬉しそうにしているのだ。疾《と》っくに失くしていた社員章を返すこともならず、辞令と六十万ばかりの退職金を貰うと、一切は終ってしまった。まことにもって、あっけない出来事だった。

　やめてしまうと、ちょっとばかり親切な人々が、テレビに絶望したのか、テレビから映画へ転身したのか、等と尋ねて呉《く》れたけれど、別にそんな大それた気持ちがあった訳ではなかった。テレビ局員であることを辞めただけであって、テレビ義絶宣言をした訳でもないからである。「テレビマンユニオン」を作った村木良彦達が〝僕らはこれからテレビ・ディレクターになる〟といった宣言をした時に、うまいことを言うなあ、と感心したものだ。彼等はテレビ局員であることを捨てて、テレビを選んだ訳であるが、私は用意すべき文句もまるで持ち合せていなかった。

　テレビと訣別するというような一徹な信念は湧いてこなかったし、まして絶望などというものは。そんな虚妄の高みに昇りつめるような雰囲気はまるでテレビ局にはなかった。いや、もともとテレビというもの、そういった直截な取り組み方をするものではないようである。魂をかきむしるとか、心のひだに触れるとか、琴線とかには無縁であるようなのだ。もう、六年位前に今野勉が「テレビ的思想とは何か」（『映画評論』1967年3月号）で見事に書いているように、俗なるものへ志向するテレビは、およそ芸術とは無縁である。彼がその論文の中で、民俗学上の言葉にあてはめ、テレビは「ケの思想」によって成り立つとし、映画の製作はハレであると断じたのは、全く正しかった。今ここで彼の論旨に立ち還《かえ》り、社長の考える俗と、組織人兼創造者側の俗の差迄《まで》提示することは止めるけれど、テレビというものの占める場所はお解り頂けるだろう。私は特別にケからハレへの転換をしようと思った訳ではなく、ただケにふさわしい辞め方をしようと思っていたし、その通りになってしまったことを、聊《いささ》か愚痴《ぐち》っぽく、今語っているにすぎない。

　テレビ局側から拒絶されたのでもなく、馘首されたのでもない。局自体は私にさ程の興味と関心を抱いてはいなかったし、私の方は馘首宣言といった華々しさを夢見つつも、巧妙な労働管理と配置転換の筋道にのっかっていただけなのだった。正に、樹下太郎の『銀と青銅の差』の一節ではないが、……サラリーマンてのは、会社が気に食わなかったら、自分がおん出るほか方法がないんだからな。……

といった状態へ、知らず知らず落ち込んでいる自分を発見することになる。何故テレビ局をやめてしまったのだろう、ということを振り返ってみれば、多分にこんなサラリーマンの一人相撲の感が強い。つまり、そこがあっけなくも、滑稽さにふき出したくなる出来事という次第である。だから私には、テレビ局をやめるといったことを、余り事大視するのは如何かと思われるし、ましてそのことで、義絶云々、転身云々と多少なりとも言われたことについては、聊か馬鹿馬鹿しい気持ちがしている。今野や、村木や、並木達とＤＡといったグループを作り、ケの思想に生きんとして来た者にとっては、そういう言われ方は迷惑至極なことであった。尤も、より一層、創造者としてのケの思想に生きんとした「テレビマンユニオン」の連中に比べて、ハレとしての映画を作り出している私には、一種の後退があることも事実である。このことは、現在、もう一度私自身で確かめるべき問題ではある。

ところで、私が知らず知らずに落ち込んでいた場所とはどんなところなのであろう。局内では、管理職は牙をむき出しに迫ってくるどころか、常に優しく、言ってみれば、優しさをむき出しに迫ってくる訳で、大概のことには、ひどく理解を示すものなのである。但し、理解と創造ということは全く別ものである。表向きは良さそうに見えたけれども、私が入った当時の労働量は物凄いもので、五十時間打ち切りの超勤手当で、一月にひどい時は残業だけで三百時間位働かされたものである。本給の低さに、五十時間目一杯の超勤をするという悪循環は続いたけれども、そのうちに外部発注の番組が増えて、残業料も野放しになってからは、会社としては社員に働いて貰わない方が良い、というムードになって来た。管理職はそうなるとますます優しさに磨きをかけてくる。何もせず、ただ居れば良い。従業員服務規程へ多少抵触しようと、アルバイト位は大目に見よう。理解は大幅に深まり、観音の〝具一切功徳　慈眼視衆生〟といったおもむきになってくる。

私の居たのはこんな場所だったのじゃないか、と思えるのだ。それに、悟りきったようなディレクター達の表情。微笑のうちに包まれた臆病なムード。または自己規制。そして、私はＴＢＳ在籍中の後半五年ばかりを、テレビから遥か離れたテレビ映画の世界（これは全く映画のエピゴーネンに過ぎない社会である）へ出向させられたので、実に中途半端な結果になってしまった。先程、テレビ局をやめてテレビを選ばずに、後退したのではなかろうか、と書いたこともこの辺に原因があると思われる。実際テレビ映画の世界は、真船禎とか、その他指折り数えられる人々のものを除いて、映画を縮少再生産しているだけであり、ハレの思想にすっぽり包まれて、いつの日かの大祭典を夢想している人々の集りなのである。テレビから遠く離れて、というのは私の偽らざる実感であり、私自身その世界を包み込んでいる匂いに酔わされたことが、やめようと思った一因となったことを痛感する。つまりは、皮肉にも私の場合ハレにひとつの触媒となった訳だ。ならばいっそのこと映画でも作ってみよう。管理職の微笑と、従業員服務規程の拡大解釈にすがっているのは、余り潔ぎの良いことでもあるまい。……

　そして、決定的に私がテレビ局員であることを辞めようと決心したのは、テレビ映画の下部構造を支えていたスタッフとの連帯感だった。ひとつの運命共同体的なプロダクションめいたものを作るうえで、自分にだけ帰る巣があることが、大きな障害だったからである。私が局をやめた時期は、テレビ局の制作部としてもひとつの転換期で、ＴＢＳ闘争や配転問題等のさまざまな揺動の後、外郭プロダクションの出来る時期と一致していた。勿論、「テレビマンユニオン」が新しい理念で出来上ろうとしていたのもその時である。その準備段階で、推進者である吉川正澄が親切にも参加を呼びかけてくれたのだが、全くフリーの、日傭いのような映画スタッフ達とグループを作りかけていたことだけが、参加しえなかった原因となってしまった。今野や村木は、たとえどんなやめ方をしようとも生きていける男だし、森健一も加わっているということがひどく頼もしさを感じさせたけれども、取り敢えず断念せざるを得なかった。吉川の思い遣りに深く感謝をした記憶がある。それに退職金をプールするという彼のアイデアも魅力的だった。馬鹿なことをしたかな、という一抹の後悔もなきにしも非《あら》ず。何故なら私個人の退職金は、退職後直ちに取り掛った『無常』の制作費の一部として、砂地に吸い込まれるように失くなってしまったからである。あゝ六十万円。

　私はここ三年ばかり映画を作り続けているけれども、その度に、今野が嘗《かつ》て言ったハレということを重く意識している。実際、ここのところ一年に一度の自主製作に集う私やスタッフにとって、映画は日常の憂さをその瞬間に忘れさせ、焦がれる想いを燃焼させる村祭りのようなものだ。無礼講である。

　昔、テレビのスタジオ・ドラマを手がけていた頃、セットを作らずに主体的にナメの構図を撮った。それが堕落して、画面上の作意としてナメを撮るようになった。そのことを田村孟にこっぴどく言われたものである。ナメを撮らないことをひとつの呪縛にしろ、と。所が、最近の映画作りではセットを作るお金がない時に、又ナメざるを得ない。……テレビから映画へということの象徴はこんなものである。私はテレビ局時代の脚本の七割を佐々木守に負っているのだが、この間彼に会った時、……結局、お前、映画はスタッフを潰すものだゾ、一将功なって万骨枯るじゃないか、……と言われて、深く考え込んでしまった。成程、ルンペン・プロレタリアートの集りである現在のスタッフ・グループは荒廃寸前である。今年の正月に新藤兼人監督に「どうしてもつぶしちゃあいけませんよ」と言われたり、黒木和雄監督に「相談に来て下さい」と言われた眼差《まなざ》しを頼りにしてはいても、テレビ局を辞めて三年以上の時間が経ってみれば、ひとつの清算をする地点に来てはいるようである。

　未精算や不払いの伝票が残っていても、そう言えば管理職は辞令片手にひどく優しかった。そりゃあそうだ。何の援助もいらず、一人でプイと辞めてゆく男の後姿を見れば万々才であろう。畜生！　何で、そんなことを今更。そう言えば、テレビ局が私にして呉れたことは、徹夜つづきの仕事が多く、高血圧が一挙に低血圧になったこと。局の歯医者が、お前はＴＢＳ一歯ならびが悪いと言いつつ、歯石をとってくれたこと。要するに、身体を丈夫に鍛えてくれたことである。

『映画評論』昭和48年10月号（実相寺36歳）

むかしがたり　私の中継体験

お断りしておかなくてはなりませんが、私はテレビの中継ものについて、何もお話することは出来ないのです。編集部の方から電話を頂いた時、私は久し振りに〝中継〟という言葉を聞いたような気がしました。それ程に〝中継〟という言葉は、最近の私にとって遠い言葉だったのです。それは、私がテレビから映画へ、といった逆コースに身を委ねてしまっている故なのでしょうか。それとも、ＶＴＲ車の発達などで昔のような中継ということが廃れつつあるからなのでしょうか。いずれにしても、一般的に言って余り身近な言葉ではないようです。もっとも、一口に〝中継〟といったところで、昔でも、生中継からＶＴＲ中継まで、内容については各種各様のものがあった訳で、そんなに一言で捉まえられるものじゃありませんでした。

まァ、当時、というのは十年以上も前、私がＴＶ局の演出部に身を置いていた頃、中継というのは、スタジオものに対する言葉であったと記憶しております。局内のスタジオで処理される一切のものに対して、外へ中継車を持ち出して処理されなければならないものを言っていたように思います。私は、報道、運動関係のセクションに身を置いた経験がないので、当時の記憶を辿ってみれば、ドラマ、音楽、各種バラエティに携わるものが〝中継〟という語を口にする時は、劇場中継か、ドラマの中のインサート部分か、他の会場を借用した音楽ものといった範囲に限られていました。現在じゃ、テレビの技術の進歩は相当なものだと思われますので（実際、どの位に進歩したのかは余り良く知らないのですが）、気軽に外へ外へとテレビ・カメラを持ち出しているようですけれど、当時〝中継〟車が局外へ出てゆくということは、何か大袈裟な感じがしたものです。それに、現在はどうなっているのか、とんと知らないのですけれど、その頃私の勤めていた

KRT（現在のTBS）では、スタジオ関係の技術者と中継関係の技術者は、映像、音声に関しては、はっきりとセクションも分かれていて、〝中継〟ものをたまに手伝ったり、手懸けたりする時は、全く別の人種と附合《つきあ》うような新鮮さがありました。尤《もっと》も、照明の人達は、両方に共通していたと思われます。中継専門の技術者たちは、日に焼けていてどことなく逞しく、カンを頼りに広い野球場の中で小さな白球を追いつづけているような自信と職人気質に溢れているような感じでした。だから、スタジオで、人工の太陽光線の下、ちまちまと地ガスリなぞを敷いてメロドラマめいたものをやっていた連中には、大変な解放感があったものです。

私は、こんな具合に、頭の片隅で〝中継〟についての記憶を持っていたものですから、編集部の方が、――中継について、何か書いて頂けませんか、スタジオからの中継ということで考えて下さっても結構ですし、……とおっしゃられた時には、聊か混乱したものです。何故って、当時は、それこそ、スタジオと中継は、相対立するものでありましたから。

まァ、ひどく卑俗に、私の経験からお話をはじめた訳でして、実際私は、〝中継〟について、大上段にふりかぶったようなお話は何も出来ないのであります。それでも、折角編集部の方が「何か中継について」と言われるので、無理にも、お喋りをしているような次第であります。

〝中継〟はハレだった

私がテレビ局に入社したのは、昭和三十四年のことであります。その年は皇太子と美智子さんの婚儀のあった年で、まだ何の研修も受けていない新米が、それこそ入社早々体験した仕事が、婚儀の馬車行進の〝中継〟でありました。私が配置された場所は、青山の神宮外苑であり、信濃町方向から入ってくる馬車を、国道二四六号の方へ追いかけるべく長いレールが敷かれていたものです。民放各局の中継車が総出で事にあたり、各所を分担して受持っていました。外苑内のその場所はNETの担当だったと思います。はじめて、そんなイヴェントでテレビの仕事を体験した訳ですけれども、勿論、ただ人よけ程度にウロついているだけで、何も出来やしません。おまけに、本物の皇太子の馬車がやってくると、これが存外なスピードで、アッという間に長いレールで伴走したカメラも終点に達し、〝お疲れさん〟という結果になった、と記憶しています。「中継ってのは、アホみてえだな」と、同じ場所に居た入社同期の並木章と顔を見合せたものでした。テレビって奴は同時性なんだ、とその頃は〝中継〟の意義について、新入社員の青二才どうしで意見を闘わせていたのですが、馬車を追っかけることがアクチュアルなのかねえ、なぞと疑わしくもなったのであります。それでも、私のテレビ体験がそんな〝中継〟から出発したことは事実でありまして、頭の中では、テレビの生命は中継にあり、と思うようになったのであります。ところが、いつしか〝中継〟はケではなくてハレと結びついていったのであります。第一、数少ない中継車を外に出すことなど、朝から夜中までの編成の中では稀《まれ》なことだったし、中継車と電源車の二台が親子のようにくっついて出掛けてゆくさまも珍妙だったし、またマイクロ合せも一仕事、あの図体のでかいテレビ・カメラをセットするのも一仕事、重いケーブルをつなぐのも一仕事、それこそ、私の眼にはお祭り騒ぎのように思えたものであります。これも、あの婚儀中継からはじまった、私の個人的な想いかも知れません。

いや、何もそんな大がかりなことだけからハレを意識したのでもないようです。実際、その頃私たちが〝中継〟に駆り出されるのは、何かしらお祭りと結びついていたのです。私が入社半年もたたぬうちに、当時KRT恒例のお祭りであった〝七万人の夕涼み〟という催しが神宮の国立競技場で開かれ、それにも新米の私どもは駆り出されたものであります。今、考えると奇妙なことに、〝中継〟ものに出ていかなくちゃならないのは、決って新人社員クラスか、演出部内でもちょっと冷飯を喰っている連中か、看板番組と目されるものから外れている輩だった、という気がします。

ふと今になって考えてみますと、その頃は私たちだって成《な》る丈《たけ》〝中継〟には出てゆかず、局内のスタジオもので安逸な日々を送りたいと思っていたような状態だったのです。本来、ケとしての中継が身について然るべき筈なのに、何という奇妙な錯覚に陥入っていたのでしょう。とりわけ、KRTは野球のNTVに対するドラマの看板を掲げていたので、局内にはドラマこそ主流なりといった雰囲気が支配していたような気がします。放送とか、テレビといった視点もまるで忘れっちまって、鞍馬天狗とか、銭形平次とか、紙芝居づくりに精を出していた訳なんです。

話が傍道に外れましたが、……その〝七万人の夕涼み〟って奴は、夏祭りの一種で、国立競技場を借り切っては、野外舞踏を見せたり、本ものの馬を使って「アイーダ」の真似事をやったり、といった催しだったと思います。でも勿論白眉は、浴衣がけの盆踊り。何のことはない、全体が大規模な盆踊りと思って頂ければよろしいのです。こんな催しの一部分を、わざわざ中継で流したりしていた訳で、現在進行形のテレビジョンの意義といったって、馬が言う事をきかないといった程度のハプニングでありました。

こんな形でハレと結びついている限りでは、中継ということが、ずっと誤解されてしまうのも当り前だという気もします。

私がハレとしての中継を意識したものに、もうひとつ芸術祭という奴があります。今では、何時何処で芸術祭の番組が流れているのか、さっぱりかすんじまって解らない程ですが、当時はそりゃあ大仰なものでした。芸術祭の為の特別編成のチームが組まれ、それこそ陽春から秋を目指して準備に入るという有様。私はもって生まれたクジ運が悪いのか、毎年毎年芸術祭のチームにつけられて、テレビ局にいた間中、お祭り騒ぎをやっていたような記憶に埋まっています。

この芸術祭のドラマとなると、ハレの極点でありますから、それを飾るに応《ふさ》わしく〝中継〟ということが行われる訳であります。普段なら、フイルムのインサートで済ませるシーンを、テレビ・カメラで行う次第で、……しかし、冷静になってふり返ってみれば、まァスタジオとの画質の統一がはかれるという程度のことで、所詮予定された芝居を録画している訳ですから、そのことでアクチュアルな意味はない訳です。「流石に、臨場感があるなア」等と調整室では、皆悦に入っていたのですが、これとても、滑稽な話。ドラマに臨場感があったって良いけれど、どうもテレビ・カメラの画質から来る感覚のことを、得々とそんな言葉で言いあらわしていたような気が致します。結局は、ハレの日に許された中継車の使用による、フイルムの代用品だったという気がするのです。それこそ、お祭りの衣裳です。地方局で、その地方独得の風光をドラマにふんだんにとり入れて、芸術祭として放送していた作品も、まアその域だったような気がします。それに、そういった風景が基調の中継が多かったから、臨場感とはいっても、都心のビル内でものを創っているテレビ局員の外への憧れ、または息ぬきのような甘っちょろい感覚だったのかも知れません。

　余談ですけれど、近頃、カメラの小型軽量化とか、ＶＴＲ車の容易な使用によって、ちょくちょくテレビカメラによるロケシーンを、ドラマの中に散見します。けれども、それはハレからケへの本流の一環ではあるのでしょうが、テレビ・ドラマの作り方は、相も変らず映画のエピゴーネンであるようなので、独自の質を生むには至っていないように思われます。尤も、このことはＶＴＲの編集技術の進歩ということとも、無縁の問題ではないようです。編集技術の進化で、細分化がショットに迄分解されてくると、テレビ的な意味での〝中継〟ということは死語となるのでしょう。とりわけてテレビ・ドラマの世界では。……最早、現在では演出意図から来る画質の選択のこととして、フイルムかＶＴＲかという域になっているような感じもします。これじゃあ、テレビってメディアの生命を消しちまうようなもので、中継が本当の意味でテレビ的なケであるということにはなりますまい。

辛うじての本流

極端な話、ゴールデン・タイムを、ドラマが占領している間は、テレビの生命は躍動しない、と思えるのです。それこそ、安直な意味で嘗ての映画の代替品であり、作り方においてはエピゴーネンなのですから、テレビの高揚ということはありますまい。私は「8時だョ！全員集合」とか「お笑い頭の体操」とか「テレビ90分スペシャル」とか「うわさのチャンネル!!」とか「オーケストラがやって来た」とかに、辛うじてテレビの本流を見ているのです。それでも、なお文芸ドラマめいたものにテレビ局の事大主義が匂っているようで、実感として「テレビよ、お前もか！」という想いに、今もなお捉われているのであります。

扨々《さてさて》、仲々、話の核心は出て来ないのでありますが、それもその筈、テレビということを全体像で捉えることなんぞ、到底無理な話で、まして〝中継〟ということになると、そこにさまざまな放送本来の問題が渦巻いていて、ちょっとやそっとのお喋りで本質といったものを摑みうるものじゃあないのです。だから、まア糸口として、ごく個人的な経験からのお喋りをしている訳でして、強いてこの姿勢の正当性に理由をつければ、テレビをとり巻くさまざまな誤解に加担せぬよう、立場というものをはっきりしておくことが肝心だ、と思えるからなのです。そんな立場で、敢えて誤解も恐れず〝中継〟ということの蘇生を願って、先刻あげた本流と思う番組に共通する要素を考えてみれば、〝イキの良さ〟ということになるんじゃないでしょうか。言い換えればテレビとしての時間がそれらの番組にはあるような気がします。つまりは、村木良彦流に言うなら現在という奴が。そこには、テレビの日々があると思えるのです。テレビは音か画か、といった論議がつい先頃行われていたようですけれど、その論議について詳しく立入ることは出来ないのですが、何やらテレビ・ドラマの関係者で論議されていたことが奇妙に思えたのです。ドラマを巡って、そのことが論議されたって、余り大した結論が出てくるとは思えず、適当な所で手打ちが行われて、結局両方共大切にしよう、てな所でチョン、ということは目に見えているからなのです。第一、そのことが論議されたって、現実のテレビでは、これ迄の所、その双方の立場の徹底した番組にお目にかかることはないのですから、何とも空を摑むような話です。何か、こういったことを巡って論議が行われているところに、テレビにとってのドラマの〝イキの悪さ〞があるような気がします。

その点では、今一度〝中継〞ということを巡って話をはじめるべきなのかも知れません。と、こう考えてみて、漸く、何故この雑誌の編集者が、〝中継〞ということにこだわってテレビを考えようとしているのかが、解って来ました。ああそうか。それで。だから〝中継〞ということで、ものを考えようとしたのか……

どうやら、私の気がつくのが遅すぎたようです。縷々《るる》と埒もないことをお喋りしているうちに、肝心なことにも触れないで、紙数も尽きようとしています。私は、むかしがたりをはじめようとして、まだ私のテレビ体験の入口をお喋りしただけで、引き下らなくてはなりません。

そうなんです。私がテレビから映画へといった逆コースを歩んじまった顚末には、〝中継〞ということの問題があったのです。そのことは、ここで余り呑気にお喋りすることではないものですから、結局触れなかったのですが、私はテレビ局にいた時、五本だけ中継番組を担当したことがあります。すべて劇場中継の番組で、ショーの中継のものでした。

当時、アシスタントからディレクターになる過渡期には、中継ものを手懸けて一本立ちするような暗黙のコースがあり、私も昭和三十六年の十月に日劇中継の〝佐川ミツオ・ショー〞でディレクターの真似事をはじめた訳なんです。当時から、一流のディレクターが中継というものと真剣に取り組んでいる姿はなかったように思えます。勿論、これは私の居たKRTのお話です。いつだって、中継は演出部の中では文字通りの〝継子〞扱いでした。だから、中継を経験して一本立ちへというコースも、若い血を求める高揚ではなくて、単なる修練の場といった意味しか持っていなかったのです。このこと、何となく、今もってテレビに流れているイヤーな匂いのような気がします。この四月、華やかに新聞を飾るテレビ局の新番組紹介広告でも、ドラマの案内ばかりが大手を振っています。

中継を支えて来た流れがスポーツにばかり限定されていたり、たまさかのハレに止まっているようじゃ悲しいとは思いませんか。テレビは家庭に根を下ろして何年にもなりますが、どうも放送ということからは、ますます遠くなりつつあるような気がします。〝中継〟という言葉が耳慣れぬ限り、テレビは家具となってしまうでしょう。

私の、とんだ〝むかしがたり〟です。そのうち、又機会がありましたら、中継を担当したことで、テレビ局にいられなくなった私自身のことでも、お話し致しましょうか……


『放送批評』昭和50年5月号（実相寺38歳）

怪獣たちは何処へ行った？

♪月光仮面のおじさんは、正義の味方よ、良い人よ、……あのおじさんが白マントをなびかせながら、オートバイにのってかけめぐっていた姿を、想い出す。そして、耳にメロディの幻聴が。東京の街には車の台数もさ程多くはなく、おじさんも充分オートバイ一丁で駈け巡ることが出来たのだ。だがそれもたかだか十年程昔のこと。〝正義の味方〟という言葉が通用した最後の人という感があった。鞍馬天狗やら黄金バットやら、賑やかに正義の味方が往来していた時代は、奇しくも『愛と希望の街』という映画で終りを告げてしまった。それは残念ながらテレビジョン自体での予感でもなんでもなかった。にもかかわらず日曜日の7時台。ＴＢＳ。ウロコのマークのオープニング。そこにテレビジョンは凝縮している、と、今私には思える。

――テレビジョンの歴史を描くとすれば、テレビジョンの制作現場からはみ出して行った者たちの軌跡を追うことだ、と、過ぎし日、和田勉は私に言った。字義通り、今や私自身が単身はみだしてしまったのだが、それは「柔道一直線」の信じ難い浮世ばなれした根性と端《はし》なくも時期的に符合をしてしまった。

――映画は夢の工場ゆえに郊外に撮影所を持ち、テレビジョンは現実の工場ゆえに都心にスタジオを持つ、とその頃又、和田勉はいっていた。そのことはある種の訂正を余儀なくされよう。少くとも民間放送では、ゴールデン・アワーの大半を占めるテレビ映画（今年の編成では多少減ってはいる）は、今や宅地造成と新興住宅にかこまれた郊外の工場で量産されている。それが、ここ五年ぐらいのテレビジョンの姿なのだ。そして、都心にあるとはいえ、テレビ局のバリケードは、都心にあることを拒絶する程に物々しい。例えばフジ・テレビの新しい城門を見てみ給え。それは現実から隔離されるための館なのだ。ＴＢＳ開局以来のドラマ（らしき）「東芝日曜劇場」が、相も変らず、針のない時計を頼りにＶＴＲへ収録されている。そして、私を含めて、昭和三十四年入社組といわれて、ＫＲＴの演出部へ入った者たちは、半数が局外へと脱けてしまった。「ＤＡ」というグループと雑誌。そこの中心は「テレビマンユニオン」へひきつがれ、「東芝日曜劇場」だけは無きずの儘《まま》、居残ってしまった。正義の味方は排気ガスの彼方で窒息を余儀なくされ、根性だけで生きる羽目になっているとは、テレビジョン十年のひとつの決算かも知れない。

テレビジョンから映画へ、という遡行を、私は敢えてした訳ではない。そんな反動的な流れに身をゆだねる気もなく、石堂淑朗の言を借りれば、ただ本卦帰《ほんけ》りをしたまでのことなのだ。確かにテレビ局の首脳陣が全共闘の襲撃に過敏となり、金城鉄壁の守りを固めようとしただけ、テレビジョンは現実の工場であると言えるだろう。誰も映画の撮影所など相手にすまい。広汎な土地を相手の不動産屋か、レジャーランドの設立を目論まぬ限り。私もそんな郊外への逆襲を夢想した訳ではない。撮影所を母体とした映画への本卦帰りを志向した訳でもない。本卦帰りは私のテレビジョンでの歴史に忠実だったまでのことだ。

それにしても、怪獣たちは何処へ行ってしまったのか。テレビジョン・ドラマが持ちえたただひとつの予感はそこにしかなかったと私には思える。Ｍ78星雲の彼方、といえば随分と遠い所であろう。そこからウルトラマンが訪れ、次いでウルトラセブンが訪れ、そして去って行ったあと、テレビジョンをとりまく自然は荒廃の途をしか辿っていない。油性怪獣ペスターにしろ、スモッグのケムラーにしろ東京湾より東京を襲撃せんとした諸々の怪獣は、その主たる作者金城哲夫と共に沖縄へ帰り、本土を疑惑の眼で今日も凝視《みつ》めているのだろうか。私がテレビジョンにおける十年の歴史の中で、自分自身で誇らかに語れるのはこの怪獣たちとの出会いの記憶だけである。私は怪獣を出来うる限り、そこにいる即自存在として捉えようとした。しかも対他存在を拒絶するような即自性をもって。それは一種反自然に対する自然の霊の具体化といったイメエジで支えられていた。ただし、それだけでは公害の寓意としての一表象に堕してしまうものであり、テレビをとりまく自然そのものとして、ぬぐいるみとその環境を捉えなくてはならないと考えていたのだ。いわば、道具としての即自存在ではなく、道具であることを拒絶する即自存在をイメエジして来たのだ。それに比べれば、ウルトラマンの方はやや正義の味方めいた卑小さにつき纏われていないでもなかった。というのもとどのつまりは自衛隊の防衛力の限界を補塡するといった、ナショナリズムで支えられていた面があるからである。ただし、そこが民主主義日本の代表者の悲しみという奴で、月光仮面の時代とは異り、正義の味方の護符で跳びまわることが出来ずに、三島由紀夫の歯がみ同様、左翼にナショナリズムのお株をとられてしまったといった喪失者の稀薄さを身につけていたのだ。だからピョコンピョコンと危険を告げる太陽電池の三分間の寿命でのみ活躍する他はなかった訳である。このウルトラマンの万博的反自然に最初に目をつけたのは佐々木守であり、彼はレーニンへの道程としてのアナーキズムを、あの7時台のシリーズへ持ち込んだ男である。怪獣を退治するということは、いかなる意味でも正義の戦いでなく、又、人間の自由といった相対性の範疇を出ないものだということを、はっきりとさし示していた。円谷英二氏が造り上げた怪獣たちを荒唐無稽と笑い飛ばすことは、文明国を自任する私たちの感覚そのものと言い換えることも出来るだろう。モスラをはじめとして核爆発の犠牲の怨念めいたものが形をとる怪獣の一公式は、退治する側の正義を絶えず疑問形の中へ投じ入れようとして来たのだ。文明は少数民族ないしは小国の、あるいは国連の信託統治領の住民たちを、大国の体制で律しようとすることに全力を注いで来たのだ。怪獣はそれに鋭く立ちふさがる突然さを持っていた故に荒唐無稽とされていたのだ。もし、怪獣を悲しいという感覚で捉えることの出来る人の眼から見るならば、テレビジョンが「東芝日曜劇場」とは異る場所で、精神の高揚した瞬間を持っていたことの証しとして、怪獣の爪跡が残されているのを誇りに思うだろう。

フジ・テレビ系列の「マグマ大使」も含めて、昭和四十年の初頭に、次から次へとブラウン管を賑わした怪獣たちのあの雄叫びを、実は今、嘗ての怪獣たちの予感の延長線上で、私たちが繰り返すべきだとは思わないか。テレビジョンが同時性ということを超えて時間を先取りしていくものだとすれば、局の制作現場から脱け出ていった「テレビマンユニオン」の未来に、怪獣ものを期待するのは果して誤りだろうか……。

ベムラーにはじまった「ウルトラマン」の怪獣たちは「隠密剣士」をひきついだ「ウルトラQ」の怪獣たちが、いわばまだまだ狐狸妖怪の近代化といった程度のある種の動物達の突然変異のイメエジであったのに比べて、大きく異っていたし、系譜としては全く別の次元に属していたことを、今になって整理し、考えることが出来る。それはウルトラマンという対極を持つが故に、殊更にはっきりと自然そのものとしての立場が解るものでもある。テレビジョンが持ちえたイメエジの中で金城哲夫のそれが抜群だったことは確言出来るだろう。

怪獣の歴史にフランケンシュタインの系譜を持ち込んでしまえば、それはひどくロマンチックなものとなる。フランケンシュタインは抑圧され鬱屈した気持ち《いい》の爆発点として、前世紀的なロマンチシズムを代表してはいたが、怪獣たちは如何なる意味でもロマンチシズムに毒されてはいなかっただろう。それは図体の大きな故に見誤られることとしばしばであるが、民族解放のパルチザンとして、自然そのものとして、文明に対決を迫り来ったものだったのだ。ところが、四十数回に亙《わた》る、「ウルトラマン」の活躍を、日米安保条約にのっとった防衛計画は、怪獣のイメエジをいつ迄も、その「ウルトラマン」シリーズのまま残しておくようなことはしなかった。「ウルトラセブン」では、怪獣は最早怪獣ではなく拒絶しない道具になり下ってしまったのである。テレビジョンの解体は（組織としての解体ではなく、制作者のそれ）丁度、テレビにまつわる種々の闘争を含めて、この「セブン」シリーズと軌を一にしている。ウルトラセブンにあっては、侵略者はすべて宇宙からよって来たるものである。宇宙人という仮想敵国の設定が復古調めいて、義戦思想を復活させていったのだ。怪獣はカプセル怪獣という兵器の一種でしかない。ウルトラセブンが敵を倒す時のほんの一つの手段である。和田勉の言った通りに、勿論テレビジョンが現実の工場であった歩みをしていた時代もあったし、その側面もある。しかしこの時代を境にして、修正は余儀なくされて来たのである。「ウルトラセブン」からはじまることによりＴＢＳ日曜日のゴールデン・アワーは「東芝」へと到る絶好の序曲をつけ加えて、守りを固めることが出来たのだ。この怪獣カプセル化に退却の源がある。そこを見逃してはなるまい。

これ迄、私も怪獣と宇宙人との落差がこれ程大きいとは思ってもみなかった。それが決して、同列の発想線上にないことも明瞭に知らされたのだった。Ｈ・Ｇ・ウエルズの火星人の想像に似て、宇宙人はナショナリズムの価値観の産物なのであり、またナショナリズムの論議の抬頭ともそれは奇妙に歩調を合わせているかのように見える。宇宙人たちの次から次へとこのシリーズで産み出されるイメエジは、怪獣たちの姿とは違って、私たちの胸をうつことも、予感を与えることも全くなかったのだ。それは、地球ナショナリズムに名を借りた、自由主義（と称する）側の中共観めいたものでしかなく、いわば、同じ7時台に「柔道一直線」がやって来ることを当然のこととして内に孕んでいたのだと言えるだろう。

正義のおじさんを見失って以来、ひとつの幻想にのって、再び正義のおじさんが復活しかねまじき勢いを覚えるのは、テレビ局の大艦巨砲主義めいた外貌を見るものにとって、ただ単なる錯覚なのだろうか。昨今、冒頭の幻聴が耳をうつ。

あの怪獣たちは何処へ行ってしまったのか。そのことが少なくとも私の日曜日を暗く沈ませていることが最近漸《ようや》く解りかけて来たのだ。「ハレンチ学園」が何の起爆剤にもならないことは当り前だ。それはたかだか小児的なＡ感覚への拘泥と、お医者さんごっこの次の段階程度の生理衛生の健全さで彩《いろど》られているにすぎないのだから。だから又、現在のテレビジョンで成り立っているともいえるのだ。私自身が映画への本卦帰りをしたという自己認識で自分を埋めている間に、怪獣たちの世界を見失うことがあったかもしれない。今、ＣＭの惹句のパロディが氾濫しているテレビジョンに、怪獣たちの復活を願うのは、私ばかりなのだろうか。

その時に、果してハーマン・カーンの予測したような、軍需産業の権化としてウルトラマンが帰ってくるのかどうか。……私たちの怪獣に餌を与え、力を蓄えさせることを今からしなくてはならないだろう。

『季刊写真映像』昭和46年1月号（実相寺33歳）

国を殺すこと　その序章

あるシナリオの打合せで私は石堂淑朗さんに頼む。

——この登場人物のひとりを引揚者にしよう。

——いや、駄目だ。引揚者のことはさっぱり解らねえから。……

こういう答に、首をすくめながら、

——そうかねえ。

と、未練がましく、私は石堂さんの顔を見る。

彼は、一度言ったら、梃子でも動かない。

——解らないかなァ。

と、尚も、私はつぶやく。

——それだったら、その人間の所だけ、あんた書いたら。

こう、急に、石堂さんに言われて、私は泣きたいような気持ちになる。私にとっては、引揚者である、という烙印は決定的に重くなる。もう二十年以上の時は経った。それでも、日本というものに、完全になじんではいない。浮き足だっている。その空間が、やたら日本を意識させる。日本人としての尻尾が気になって仕方がない。

「町から郊外へ、郊外から町へと野原を通っていた小路、その小路を歩いた思い出、童歌のメロディ、子供のころのある夕暮のざわめき……それらが祖国である。人間にとって祖国とは国家のことではなく、幼年時代のふとした折のなつかしい記憶、希望にみちて未来を思いえがいていたころの思い出……」というパトリオティズムについてのミヘルスの文章を橋川文三氏の本で読んだ時、がっんと一発喰わされた思いに立眩んだことを、どうやって映画にしたら良いものか。そこに托したいこの鬱積を、腹の中で、大きくふくらませれば、ふくらませるだけ、日本とか、日本人とかが矢鱈と眼の前を騒がしく横切るのである。往ったり、来たり。……矢張り、駄目かなァ。

と、私は恐る恐る石堂さんの顔を見る。

石堂さんは、もう知らん風して、黙っている。

こんな私にとって、人為的なナショナリズムの追跡から逃れることが出来るのは、佐々木道誉という人間とめぐり合った時である。とにかく、そのことからはじめてみたい。

私は中世という時代が好きである。ひどく漠然とした言い方ではあるけれども。なぜ、中世が好きになってしまったのか、ということはいろいろな理由がある。あれこれ推し量ってみると、中でも一番大きな理由はその佐々木道誉という人間を知ったからであろう。いや、こんな言い方はおこがましい。そういう人間がいる、ということに気づいたからだ、と言い直した方が良い。この人の生き方が好きなのである。とんでもない奴だと思う。喰わせ者だと思う。そして時には、破廉恥漢である、とすら思う。江戸と明治を通過した後に生れて来た人間にとっては。ある時は、筒井順慶以上の二股大根だとも思う。それでも魅力がある。どうしようもなく。その魅力が何なのかも、実は良く解らない。はっきりとは解らない。それでも、強いて整理をしてみるならば、佐々木道誉という人間の図太さではないか、と思う。彼は変転果しない政治状況の中で、右顧左眄していたことがない。政治というものの救い難さを熟知していたのだ、と思わしめるのだ。彼ほどに、物と拘らなかった人間は、それを真に絵に描いたように生きてみせた人間というものは、いなかったのではないだろうか。私の見るところ、臨済の大悟に近い場所へと、道誉は昇りつめている。

中世には、数多くの魅惑的な人間たちが登場した。現在知る術《すべ》もない無名の民衆のことにはふれられない。ただ、歴史が、記憶が、想像力がとりあげた人間たちに限ってのことである。国体の護持などという昭和軍閥の余りにも重い戯言をふき飛ばすような高師直。悪党の代表者、楠正成。そして、物惜しむことなき足利尊氏。赤松円心もまた面白いし、数えあげれば、あの煮つまった時間に、煮つまった場所を駈けめぐった人達はきりがない。それでも、私にとっては、畳の上で長寿を全うした佐々木道誉の大きさは法外なのである。これまで、名前をあげて来た人達の遥か上をゆき、そして見事な転回を続けている。それが領地と自己の家系にかかわる狭量な守勢の産物であったことは、一度もなかった。彼は決して待ってはいなかった。佐々木高綱からの血ではないか、などと言えば滑稽な冗談になってしまうけれども、とにかく、動き方を天性知っていたのである。それは、単なる傲岸な居直りであるとも思えない。時代が要請した生き方を、見事に先取りして生き抜いたからだ、という結果論でしか、彼の奇蹟的な生き方は説明し難いのである。つまり、逆照射をしてみれば、その中世という時代の人間としての予感を、すべて身につけていた天賦の才に恵まれていたではないか、と言えるのである。その才覚の因って来る水源を、余り周囲の状況の反映として捉えることも難かしい。もちろん、中世には、遵守するべき美学も、武士の倫理も、あったとは思えない。北畠親房の『神皇正統記』ですら、私には倫理的典範というよりは、かなり政治的な御都合主義を思わせる。乱暴なくらべ方だけれども『葉隠』の類とは違うのである。ただ、生活の重みが、ひとしく彼等の肩にかかっていたのであろう。そこで生ずる利害関係が人間を鮮やかに走らせたのであろう。国家的要請といった虚構の介入する余地などありはしない。ただひたすらそんな虚構ぬきの世界を生きることで、道誉は、北条から後醍醐親政へ、そして尊氏へ、またある時は直義へ、といった転回をさわやかにもつらぬき通したのであろう。

もちろん、彼が中世守護大名の重鎮四職家の一つにまで、京極家をもち上げていった政治力の正体を、こんなことで解明できよう筈はない。その政治力の仔細に着目しないわけにはゆかない。そのことを見透す眼を、私はまだ持ち合せていないのが歯がゆいけれど、ただ権謀術数の限りを尽したマキャヴェリストとしての暗い一面からだけ捉えることは到底できないだろう。婆娑羅《ばさら》大名として、今日名を残すに至った自由奔放さ、権威への嘲笑が彼のマキャヴェリズムと表裏一体となって、生きている現世に、今を盛りと花開いたのであろうから。伝統的、ないしは公衆的なちんまりと纏まった陰湿な世界と、まともに道誉は向き合っている。その反骨の姿勢を、彼がどう意識して取って来たのかは二の次である。今日の私たちの物との拘り方を、その姿勢は鋭く突いてくるように思えるのである。

将軍家の花見の宴には眼もくれず、自然の桜を立花にみたてる花見の豪快さ。山ほども豪華な景品を積みあげて、大衆の眼前で闘茶を行ったり、「立花口伝大事」を書きしるしたり、また『菟玖波集』に名をつらねたり、田楽の保護者であったり、香道にまで堪能であったり、こういうことを知ると、私には、道誉の政治への眼が奈辺にあったかを、漸く悟らされるような按配なのである。つまり、中世にあっては、ひとり彼のみが身体全体で〝道〟としての政治に拘ることの愚かしさを察知しえたのであろう。延喜、天暦の世にならうということの馬鹿馬鹿しさを熟知していたのではあるまいか。

そのことが、彼の政治力の根源であったのではないだろうか。それゆえに、変転めまぐるしい政治的季節にあって、予感を現実化することができたのではないだろうか。恐らく、11PMの司会者、大橋巨泉と、どこか相通ずるような野太さと遊びの精神を持ち合せていたのであろう。そして、別の面では、ひどく人間について、やさしかったに違いない。佐々木道誉はあらゆる局面、あらゆる遊戯と拘《かか》わって、そのすべてに真剣であったろう。だから、そのひとつひとつを殺してゆくことができたのである。すべてを解脱することができたのではないだろうか。この自在さが、彼をして日本人といった虚構の枠組に入れられることを拒絶している。それが、私には羨しくも、見事に稀な人間だと思わしめているのである。

かく、私が佐々木道誉にこだわっているのは、そこに私の日本彷徨を無残にも打ち砕いてしまう、典型を見せつけられるからである。実は、ナショナリズムというものを、その観念的な倫理感というか、人為的な義務感というか、使命感というべきか、とにかく、個人をして最大限に、物と国家に拘らせる紐帯を、全く道誉という人間が抱いていないからなのである。そういった、拘り方を、徹底的に幻視化する人間のバイタリティの例として、道誉に接する時、私はひどく心うたれてしまう。もちろん、中世に、日本という意識がある訳でもない。天皇までもが、その政治的季節の渦中に、自らすすんで入り込み、笠置山へ、比叡山へ、隠岐の島へと、駈けめぐらざるを得なかったあわただしい時代なのである。日本独自の〝国体〟という、後の世に作られた虚構が、規範が、人間を駈り立てた訳ではなかったのである。つまり、このことが肝心だと思えるのだ。現代のヒーロー大橋巨泉と佐々木道誉の近似値を見てくると、日本人というものの持ち合せた尻の軽さ、腰の軽さ、合理性、即応性等が、民族的な欠陥となるか否かの分岐点で、激しくその特質をあらわそうとしているということである。中世のころから、いやもっとそれ以前から流れていた水脈として、何か本来の日本人というものに遡る筋道が、そこら辺りにあるような気がするのだ。たかだか、黒船以降の百年足らずが、攘夷と言い、ナショナリズムと言いつつも、虚構中の虚構だったのではないか。このことが、おぼろげながら、私には解って来たようである。全くもって、佐々木道誉のおかげで。……

――噂だけど、あんた、アメリカ映画を観ないんだってねえ。

こんなことを尋ねられる時、私はギョッとなる。そして、

――い、いゃあ、そんなことはないけれど、……

と、口籠ってしまう。そんな、私の心底を見透すように、

――あんたは、アメリカが嫌いなの？

などと、言われると、私はうろたえ半分に戸惑ってしまうのだ。私にとっての、戦時教育の残滓《ざんし》をくすぐ

られる思いに、今度は、私の方で黙りこくってしまう。笑わば、笑えである。街の夜を色彩るケンタッキー・フライド・チキンの看板に、歯がみをして頭に来る三十男の生理なぞ、しょせん、誰も解っちゃくれまいから。……

と、言っても、私は決してアメリカ映画を観ない訳ではない。段々と観なくなっているだけのことである。これは、よく新聞の世論調査などで、あなたの好きな国はどこですか、あなたの一番行ってみたい国はどこですかという設問に、身をもって答えている程度のことで、それほど、徹底した理由がある訳ではないのかもしれない。私の生理がコカ・コーラという飲料水を決して受けつけないことなどとあわせて、いくつかのくだらない原因が重なっているだけなのかもしれない。ただ、そのことを幾ら自己韜晦《とうかい》していても、不分明の儘《まま》暗闇へと葬る訳にもゆかず、私はふっとつき刺さるその種の試問に拘る自分を発見して、うろたえるのだ。そこには、虚構を捨て切れない叩きあげられ方の名残りがちらりと顔を見せるようでもあり、隠し切れない日本信仰の危険性を、引揚者故に虚妄の風景の中に見つけて行きそうな傾斜を見つけてしまうのである。

近頃『ホスピタル』というアメリカ映画を観た時、ひとりだけ東洋人が登場する場面に、自己の分身を見る思いがしてしまった。その東洋人は、私にはどうしても日本人だと思えたのであるが、それはその醜さ故にである。手術の場面で、直截に自己主張をすることのないその男は、一旦、議論をうやむやにした後、相手の大過ないしは誤った判断が歴然とすると、――そうじゃないかと思っていた。

と言うことを、繰り返し、うんざりするほど喋るのである。それは、病院という、アメリカの中にまぎれ込んだ異分子を思わせるよりは、本来ナショナリズムをうけつけない日本人の尻の軽さの水脈を思わしめたのである。ひとつも、徹底的な責任追及がない。恰《あたか》も、結果論万能のテレビジョンにおける解説者。そんな解説者が群居するありさまが日本の象徴であるようなかたちを、痛烈に見せて貰ったような気がしたのである。私は、大橋巨泉に、麻雀コーナーの解説だけは止めて貰いたい、と思っているひとりである。私は、このアメリカ映画を観て、ひとつも頭には来なかった。むしろ、教えられたのである。物と拘らないことは、徹底的に拘った後でなければ生れるものではあるまい、と。安直な近代志向がもたらしたものを、矢張りきちんと整理しなければなるまい。その限りでは、戦後、随喜の涙と共に進駐軍を迎えたことの曖昧さを、道誉のような予感ではなしに、私たちは結果論としてだけ残していくということになってしまう。だとすれば、まだまだ私たちはフランクリンの流れを汲んだ福沢諭吉の域に遠く及ばない儘、自己韜晦の旅を続けなくてはならないだろう。左様、諭吉の言う通りなのだ。田中内閣になろうとも、——日本は古来未だ国を成さず、である。

とするならば、問題はわれらの内なるナショナリズムということではなしに、われらの内なるアメリカ、ということが先決ではないか。虚構が文化を守ったことがあっただろうか。あの昭和前期のナショナリズムが、文化を守ったことがあっただろうか。周知の如く、法隆寺を爆撃しなかったのは、アメリカであり、ウォーナー博士の進言である。しかも、それは日本を守ったのではない。「帰化人」のほかは誰もいなかった、という金達寿氏の指摘が、鋭くその守られた文化の中で私の胸をうちはじめるからである。ここに到れば、アメリカ映画は嫌いだということは、私たちの内なるアメリカへ向けられているものだ、ということを、はっきりさせておこう。

国を殺すことが、与えられている大命題だ、ということが、ここに到って、漸く輪郭をあらわしてくる。その遥かなる道程。

そして、その媒介として、性というものがはじめて私たちの地平に呼びあがってくるのだろう。ナショナリズムというタナトスに対立するエロスが。そういえば、佐々木道誉の性につき、そのエロスの世界につき、私は殆んど何も知っていない。そのことについては、これから、私が作る映画の中に密接して現われてくるものでなくてはなるまい。

『映画芸術』昭和47年12月号（実相寺35歳）

※追記・脚注

①この文章は、小川徹さんとの約束で、長大なものを書く予定にしていたが、諸般の都合で未完成になっているものの〝序章〟である。一応、雑誌に掲載された部分だけを採録した。

②私はアメリカが嫌いな訳ではなく、日本にあるアメリカが嫌いなのだ。勿論、日本にあるフランスとても同じこと。これらは、日本の中の朝鮮文化といったこととは大きな違いがある。

ワールド・シリーズのＶＴＲを観るのは楽しいし、ジョージ・ロイ・ヒルの『華麗なるヒコーキ野郎』は近年では感激した映画のひとつである。マリリン・メンダムというポルノ女優の出演した『イマージュ』も、ジャン・ド・ベルグの原作や、フランス本国で作られるジュスト・ジェカンなどという三文監督の作る同種の映画よりずっと良かった。

闇への憧れ

呻《うめ》きのようなものがきこえ、きれぎれに叫びのようなものがきこえ、ものの軋む音がきこえ、風の泣く音が耳につたわり、ふと耳をそばだてれば、深い淵へといざなうささやきに、思わずこの身をひき込まれそうになる。それでも、眼を凝らしてうつるかたちのひとつだになく、ただ簾の彼方には暗闇があるばかり。

闇は、その時空を超えて身の周りを埋め立てる。そして、感覚のうちでも、とりわけ距離へのまなざしと、己れの立つ平衡を失わせて、人を観念の地獄へとみちびいていく。

兎に角、闇の中。ひたすらに闇の中。

私は坐っているのか、立っているのか、横たわっているのか。いや恐らく、坐り乍ら、じっとうずくまり乍ら歩いているのだろう。最早私の魂はこの身をはるかに遠く離れて、あてどもない旅にのぼっているのかもしれない。闇はうつつと夢との垣根をとり払って、私を虚に、脱殻に作り変えてゆく。蛍の季節ならば、その茫漠とした発光体の群れに、己れの魂のかたちを、切れ切れの涙の光と認めることが出来るかもしれない。しかし、冬には、凍りついたように思える灯台の灯に、何を托すことが出来るのだろう。魂の在処も解らず、ほそい灯の明りに、一層暗闇を凝視めさせられるだけである。

それでも闇の中。物思うことを止めることは出来ない。いや闇の中だからこそ、この身と魂の分裂はすさまじいまでの旋風となってゆく。

底冷えのする床全体から、呻きはきこえてくるようでもある。耳を聾する合唱のように地獄の叫び声がきこえる。屏風を立ててもいないのに、暗黒のスクリーンに極彩の幻像が浮游しはじめる。その動きは次第次第に速度を増し、ストロボ効果のように、脱穀のこの身を責め立てる。そしてそのまぼろしは私の肉体を透過してひどく痛い。その声は三世の諸仏の名号を唱えよ、と刺してくるようでもあり、陰陽師の呪文の調子のようでもある。罪障の消えぬ重みを哄笑するようでもあり、宿曜の予言のようでもある。

と、突然に、一切の暗闇は白濁した世界に変ずる。恰も盲《めし》いた目に、闇すらも消えてゆくような感じで。直接、わが眼に向けてフラッシュの閃光を浴びせかけられたように、真空の時間が訪れたかのように、息苦しい臓腑に、破裂する世界がひろがっていく。そして、この身がはてしなく分裂してゆくのがわかる。白濁した帳《とばり》の彼方には、幻像の投写をもゆるさないようなきびしい闇があるらしい。今度は到着する階を持たない、無限へのエレベーターの下降だ。歌を詠みたい。歌を詠まねばならない。わが魂は呼び戻すことも出来ないのか。どうしても、歌を詠みたいものだ。歌を。……

そんな時、曙のほのかな光明に、凍りついていた灯がゆらぐ。埋火の色がふと眼に染みる。しかも、甦ってくる曙に、闇の匂いはほんの少しずつ褪色してゆくのがわかる。そうなのだ。眼は闇を見ることすらかなわなかった。闇は嗅覚のうちにひろがっていた世界だったのである。

しかし、私のこころから、歌はついに生まれなかった。……ここで、ふと我に帰る。

と、私は降霊術師の前に坐っていた。直下型地震の恐怖と、軟弱な地盤の崩壊の予感とにおびえつつ、川崎北部の、新興宅地のある医大生協の、マンションの、2DKの、深夜の、何も映像を結ばないテレビジョンの、走査線の、渦の彼方に、王朝の幻像を結ぼうと努めていたのだ。……いつも決って、私は降霊術師の前に跪《ひざまず》く。放送の終了した後の、深夜のテレビジョンの空白と対峙されたことが、みなさまにはおありだろうか。いつも、私の通底器は闇の中のブラウン管である。

真夜中、テレビジョンのブラウン管には、何もうつっていない訳ではない。もし、あなたがまだ験されたことがないのなら、一度寅の刻あたりに、そんな映像と向き合うことをおすすめする。そこで、あなたは漏刻のかすかな音を聞くだろう。時の彼方へいざなう使者の足音として。そして、ブラウン管には、黒い粒子が小さな虫のように飛び交っている狂乱の様を見ることが出来るだろう。それが、私たちのあくがれいづる魂かもしれない。いや、きっとそうに違いない、と私は信じている。その黒い小さな虫は、気持悪い程の分裂をくり返し、蠢動し、落着がない。けれども、決してブラウン管の枠からはみ出てゆくことは許されていないのだ。情けないことには、それがひょっとすると、現在の私の信仰対象としての常世神かとも思う。私の少奈比古奈命はブラウン管の空白の時間に飛翔している。

テレビジョンの映像を識ってしまったものには、その業苦を通してしか、たちばなの夢は結べない。

そして、私はいつも中世への想いに身を委ねている。けれども、華美な色彩も、絢爛とした眩しさも浮かんではこない。ただ、私の憧れは〝闇への憧れ〟である。中世の闇を覗き見たいという憧れである。もし、その漆黒の夜をわがものにすることが出来たならば、という儚い望みにいつも慄《ふる》えるような想いを抱いている。でも、ブラウン管の黒い小さな醜い虫が、中世の蛍の陰画であるかのように、私は朧げな手探りでしか、まだその闇の匂いを嗅ぐことが出来ない。あの俊成の苦吟の闇。……そして、

定家の闇は私には及ぶことの出来ない闇なのである。

外では、激しく灼熱した動きがある。治承四年、頼朝の挙兵。富士川の合戦。清盛の死。寿永の大飢饉。都大路地を埋めつくす死者の骸。屍臭。平氏の敗走。義仲の敗北。一の谷。壇の浦。義経の死。後白河法皇没。鎌倉開府。兼実の没落。頼朝の死。浄土宗法難。実朝暗殺さる。承久の乱。……こんな動乱の中に、「千載」も「新古今」も生まれている。

何処に、闇の質を作りあげた不可視への耽溺が芽を孕んでいたのだろう。闇の中にしかあらわれない詩的な緊張が、現実を逆に照らしてゆく力となったのだろう。闇の鏡と呼ぶべきものが、時代の産んだ天才の徹底した絶望の中に、うつつと夢の位相を逆転してしまうような発条をかたちづくったのだろうか。

いや、絶望とか、虚無とか、喪失感とか、今私のような凡俗の手に届く言葉で百万遍くり返し形容したところで、そんな世界を覗きえないことは百も承知している。それでも私は降霊術師の前に夜毎想いを告白し、闇の鏡に反映する世界を見たいという願望からこの身をとき放つことが出来ないでいる。それが凡俗の身で、美の世界に憧景を抱いてしまったものの宿業かもしれない。手を出すべきではない世界に手をさしのべようとした思い上がりの罪障に対する永久運動と思っている。私の宿曜はそんな畜生道に落ちることを占っていたに違いない。これも前世の因縁であろう。

俊成の夜にさそわれて、定家にコミットしようとしたのがとんでもない過ちだったのだ。それにしても勅撰、私家集を問わず、王朝の歌というものは、何という魔性の闇であることか。それは蟻地獄のように言葉の霊をもって、私をしめつけてくる。

思いの丈を口語体で奔出させてくるような和泉式部の世界にさそわれているうちはまだ良かった。しかし、あの春の夜の夢が無気味な妖しさをもって、いつか彼岸への道に蜃気楼をつくってしまったのだ。その誘惑を払いのけることなぞ、到底凡俗の及ぶところではなかったのである。

私の作りあげてきたイメージに、どれ程の緊張があったのか。絵画も言葉も、今となってはすべて失われていく。虚空へと吸いとられてゆく。こんなにも砕け散った己れの魂の霧が、私を失語症に陥らせ、盲目にさせ、覗き見てはならない美の闇へ下降させてゆく。中世は私にとってのあまりにも甘美な無限地獄なのである。その仰ぎ見る頂に、定家の幻がある。

こころも、血も、涙も冷え冷えとした冬の夜。黒白もわかたぬ一切の色彩の集積としての闇の色に、王朝の歌人たちは生命の火照りを托していたに違いあるまい。そんな闇の色を、どうやってフィルムに露光させることが出来るのだろうか。虚構も、絵画も、いやありとある表現が屍臭の中にしか生まれない春であることを、この頃ではつくづくと思い知らされる。そうして、彼岸も、己れも、その美も、言葉も、呼吸も、思いも、一切が虚妄であることの自然な状態に、はじめて表現は生まれてくることかもしれない、と呻いている。そうとでも思わなければ、あの歌のもつ空間の投影を理解出来そうにない。

今日もまた、私は深夜の降霊術師に願いをかけるのだ。糞！　あの黒く蠢く常世神の奴！

あしのやに蛍やまがふあまやたく
思いも恋も夜はもえつつ

余情、妖艶、幽玄、有心、これらの束縛から身をとき放つことは出来ないだろう。シジフォスの歩みである。西天竺への道を歌の霞がとざしてしまっているのだ。私の周りには、悟空もいない。

『日本美術』昭和50年7月号（実相寺38歳）

第2章

映画とテレビジョンのあいだ

テレビジョンと美しさの軸

まず、去年「去年マリエンバートで」という映画を観たこと──

はたして、XとAは出会ったのか、出会わなかったのか。不要な写真を一枚あてるという「平凡パンチ」のクイズのような映画が、いま、私には解りかけたような気がする。あの保養地のホテルとなったバロック風の宮殿を、レネエは一番描きたかったのではないか。このことを、私に教えたのは佐々木守である。バロックという奴、ゆたかではないか。そこには、どのような領主の差金にしろ、作りあげたものたちの、あるべきかたちへの表現が実っているではないか、と彼は私に言った。レネエは、現在、文化にまつわるイメエジを掌中にしうるか否かということを問いただしたかったのだ、と。ロブ＝グリエの「パンチ」風パズルに辟易している私に、佐々木守は慰める如くこう言った。

Aにとって、去年マリエンバートでXに出会ったのか、出会わなかったのか、ということにつき、思い浮ぶのはあらまし次のようなことだ。事実、出会ってなかったのだ、とするならば、Xが虚構のつみあげでAを対象化しようとしている場合と、逆にAがXと出会っていないにも拘らず、出会ったという自己催眠に陥入っている場合。また、出会っているのだとしたら、AがXと出会わなかったという偽似体験をおし通している場合と、XがAを告発している場合。もうひとつ考えられるのは、出会ったわけでもなく、出会わなかったわけでもないという場合。これは、ふたりにとって出会いと呼べる決定的な瞬間のないふやけた共通体験しかないという場合だ。これら五つの想定が、ある運動の、それがどういう類の具体的なものなのかは解らないのだが、ひとつの契機を渦巻いたものだと私には思われる。この映画で使われたフラッシュの無機的なつみ重ねは、その渦巻のリズムだったのではないか。これらの出会いについての事柄を、バロック風の宮殿の中で捉えてみることが、レネエの言いたかったことだと思えてならない。いわば、美による救済は可能か否か、といったこととして。この場合、もはや、私にはロブ゠グリエがどんな映画観を持っていようと、知ったことではないのだ。しかし、その結果、私が知りえたのは、レネエのひとつの絶望である。彼は、果しなく拡散していってしまうこの渦巻の中で、ある種、政治に先行する美というものはありえない、と結論をだしているようなのだ。何故なら、XとAの関係のなかで、新しい美のイメエジが作られるべきであったのにも拘らず、ふたりは、結局自分たちなりの宮殿を作ることもなく、バロックの闇へと埋もれてしまうからだ。Xは、たとえMの手からAを奪いえたとしても、真にAを対象化することは出来なかったのだ。

レネエは、単にロブ゠グリエのパズルに乗っかった訳ではあるまい。彼はわかるかわからないか、といったパズルを乗り越えて、美しいか美しくないか、といった表現を集約させたかったのだろう。それでも矢張り、この映画はわかるかわからないかの範疇に浸り切っていたようである。人間にまつわる属性の多くを不問にした記号化のむなしさ。勿論、人間一般とか男一般とか女一般ではないにしろ、この映画のXとAはある抽象的な設定であることに間違いない。そこが、私には限界だと思えるのだ。美しいか美しくないかの軸は、文化の表現のこととして、そこに描かれた人間の歴史、時代、立場、生理などに根をおろすべきものだと思えるから。それならば、いま、美しいか美しくないかという軸は、私たちにどうかかわり合っているのだろう。テレビジョンのこととして。テレビジョン・ドラマに於ける論議の主軸も、それがわかるかわからないか、という部分が大変に多かった。その軸をめぐってやりとりされ続けて来た話題は、図式的、観念的、抽象的、前衛的、高踏的、非大衆的、独断的、云々の言葉による、受像機台数の増加に伴った、また視聴率向上のための〝わかりにくさ〟への追い打ちであった。わからないドラマはテレビジョンに於ては駄目なのである。『去年マリエンバートで』は、この限界に踏み止ったことによって、テレビジョンの現在につながる作品となった。それでも、テレビジョン・ドラマの主軸は、〝わからなさ〟から〝わかりやすさ〟への雪崩のような現象としてしか発展していない。制作者たちにとって、この軸の線上での論議のやりとりは、つきつめると〝わかりにくさ〟から〝わかりやすさ〟への戦術と戦略に終始した感がある。だから、もう十何年もの昔、フランスの監督ジャン・ドラノアが「映画監督にとって必要なものは五〇％の商魂と五〇％の芸術心の均衡」だと語った意味が、なおも状況こそ違え、テレビ演出家の立場にもあてはめうる規定として通用しそうな現実が続いている。別の方法論をどうしても見つけなければなるまい。

美しいか美しくないかという軸は、全く不問の儘であったといって良い。それはテレビジョンに働く人間にとっても、塑造的、工芸的、美芸的作品につき纏った判断のこととして、実感を湧かせない軸であったのだ。ところが、ここに、ひとつの出会いがその軸をめぐってなされたのだ。テレビに働く私の実感として、美しいか美しくないかの軸を揺ぶられる出会いが。

ひとつの塔が建てられたのである。去年京都で。テレビジョンの人間にとって、塔は欠くことの出来ない構築物である。日夜、電波は塔から流されている。京都タワーが建てられた時の敏感な反応は、そんな職業的な感覚であったのかもしれない。

去年京都で、塔が建てられたこと

♪しあわせなら手をたたこう、パンパン
しあわせなら手をたたこう、パンパン
しあわせなら態度でしめそうよ……。

去年聞いた数々の歌の中で、一番私の耳につき纏って離れないのは、この歌である。それはドラマに於けるホーム・ドラマ全盛とあいまって、去年のテレビジョンの主旋律だったと言える。私はこんな歌が音楽番組で歌われ、本当に安穏で、他人や視聴者の不幸を見下ろしたようなホーム・ドラマの中で、家族たちがこんな歌を歌う時に、激しい嫌悪感を抱く。それは、むしろやけくそな調子で歌われる示威行進の時の歌なのではないか。去年、一九六四年のメーデーは、東京では雨にたたられたけど、雨にうたれ乍ら、最賃制獲得のプラカードでも持った時に、その歌は本来の調子をとり戻すような気がしてならない。と言い、どんな嫌悪感を覚え、怒りを抱こうと、テレビ・ドラマは日々流れ、その歌も歌われ続けて来た。テレビジョンによる影響が、一時問題になったことがあり、白痴化や児童に対する悪影響が云々された時があった。勿論、今年も国会でそのことはむしかえされている。にも拘らず、受像機の台数は年々増加し、テレビ・ドラマは栄え、放送され続けて来た。そこでは現体制子飼の人物たちが営営と家庭の和を宣伝し続けて来た。修身斉家治国平天下のために。いってみれば、テレビジョンを取り巻いたさまざまの論議にも拘らず、やすむことなくテレビジョンはふくらんで来たのである。……にも拘らずである。……にも拘らず、去年、またひとつ塔は建てられた。オシコルヌ氏にはじまり、さまざまの反対運動があった。にも拘らず、京都駅前、烏丸通りの入口に、京都タワーは建ったのである。この点もまた、テレビジョンにいる私にとっての、美しいか美しくないかという表現の問題への触媒だったのである。ここにも共通性がありはしまいか。消費万能を人間にうえつけ、精神を剝奪して、現在の体制の永続性を信じさせせようとする魔術の一環が。知的独占ということは、もはやありえないし、マス・メディアは、本来人間にとっての知性と精神と思考、文化の共有のための大いなる手段である。塔は、もはや信仰対象ではない。記念碑でも象徴でもなくなって来ている。現在、各地に林立しているのは観光塔である。見られる塔ではなくして、そこから見るための塔である。それはマス・ツーリングの時代に、本来矢張り、知的独占であった文化財観光を大衆に解放したのだ。いってみれば、私たちはタワーにのぼることで、京都の俯瞰フルショットを、自分たちのものにすることが出来るわけである。タワー観光を、実体との格闘を抜きにしたダイジェスト観光、インスタント観光だと言う西山夘三氏も、俯瞰フルショット解放の意識を否定してはいない。問題は、テレビやタワーを含めた私たちの直接文化とかかわる視点が、知的独占から解放されつつも、巧みなすりかえでダイジェスト文化を強いられているということにある。これまで、文化は決して政治に先行しなかった。レネエの結論も、これについての絶望であった。

しかし、どうしても、私たちは文化を政治に先行させることが出来ないのだろうか。一体、私たちの展望は、表現としてドラマのかたちをとることはないのだろうか。いや、そんなことは不必要なことなのだろうか。しあわせなら手をたたこうパンパン、と歌ったり、聞いたりすることで、私たちの生産過程にふりかかったすべての問題をふっ飛ばし、雲散霧消させてしまえる程の慰みを覚えるのだろうか。京都タワーの上から見た京都は、確かにある意味で感動を催させる。しかし、そのフル・ショットが、翌日の生産に充分対応するレジャーではない筈だ。文化の表面上の解放は、表現手段の独占と営利万能への隷属として、私たちにふりかかっているものでしかないのだから。ここで、ひとつのことに私は気がつくのだ。現在、大衆、人民、民衆といった言葉、大衆文化といった言葉が幅を利かせているのは、不思議にも私たちの側ではなくして、作らせる側だということに。テレビ・ドラマは低俗と言われる。甘く、しまりなく、安直な内容を持っている、と。しかし、これは正に大衆がそれを欲するからだ、という文句がテレビの首脳者の間では確信となっている。そうか。大衆がそれを欲するのか。私たちはそれを視聴率によって知らされる。全国平均三〇％という数字は、視聴率によれば、二千万人近くの人が見ることになるのだ、と教えられる。わかりやすく、わかりやすく、すべての論議の軸は、この一線に集中する。わかるかわからないかという軸と、常にその周辺で五〇％の商魂云々、職人精神云々に、どうどう巡りをしている論議の限界もここにある。だから、私には戦略の限界も、また明らかなのである。日々の貧しい生産過程の中で、そういったものを見るべく作りあげられている大衆が、それしかないそれを見るのであり、失うべき他の比較対象が不在である限り、欲すると欲せざるとに拘らず、チャンネルがひねられるのは、大衆文化ということと係りがないのだ。生産感覚を失なった人間にとっては、それと対応するべきゆたかな消費感覚がなくなるのも、また当然である。京都タワーとて、兎に角建ってしまった。それを建つべく要請したのは、大衆の欲した観光の視点ではないのだ。安直なマス・ツーリングの手段に飼い馴らされた大衆のレジャーの方法を、恰も本来大衆が欲したこととして、金儲けのために利用した飽くなき商魂の俯瞰ショットである。現在、免罪符のように通用している〝わかり易さ〟とはこういうものなのだ。従って、私たちは接頭語としてのマスというのが、単純な独占からの解放であるよりも、私たちの堕落への根こそぎの道を意味するのではないか、といった恐怖に捉えられる。近代化ということが、ここで問われることになる。歴史的な文化財を数多く抱えた都市を観光することは、その文化財の解放にはじまる。そして、観光手段の革新に。それでも、すべてが近代化ということに通じはしまい。近代の材質でなければ出来なかった、という程度のものは、近代化ということからはほど遠い。私たちの手になるバロックでない限り。勿論、同様に、ホーム・ドラマで〝しあわせなら手をたたこう、パンパン〟は歌われても構わないだろう。もし、それが私たちの眼をゆたかにするための、現在美しくなくあることへの反証としてならば。

〈ここで、ちょっとしたルポルタージュ〉

三方を山に囲まれた京都という都市は、南に発展する他はない。それでも工場誘致は思うように捗《はかど》らず、京都での人件費の高さが滋賀県へと工場をさらわれてゆく。京都にとっての二つの柱は、観光と織物産業である。そのうち、古都のみの観光が頭打ちの状態であるならば、考えられるのは新しいレジャーの形態である。中央郵便局が移転した後、業者が統合してその場所を観光のために使用したいと郵政省より払い下げを受け、ホテル、物産センター、浴場を擁するビルを作り、屋上に観光タワーを建てようとしたのも、その打開策のひとつである。一日三十万人近くの乗降客を持つ京都駅。その狭い駅前広場という立地条件を無視して、塔は建てられたのだ。目算としては一日四千人以上の見物客。地上百メートルの展望室よりの俯瞰は文字通り京都を一望。

〝千年の古都の表玄関にそびえる近代的なKYOTO・TOWER！　古典とモダンの調和を如実に示す京都の新しいシンボルです。このタワーは地下3階、地上9階の本館ビル屋上に、画期的な鉄骨を使わないスマートな円筒式構造によって建設され、高さ一三一メートル（ビル三一メートル、タワー一〇〇メートル）最上階の展望室は地上一〇〇メートルにあり、洛中、洛外はもとより、はるか大阪湾まで眺めることが出来ます〟（案内パンフレットより）

古典とモダンの調和！　塔は建設者側よりみれば、こういう謳い文句になる。いかなる近代化がそこで行なわれ、計画され、その一環として、わざわざ狭苦しい駅前ビルにつぎ足しのかたちで塔が建てられたのか。具体的に、京都の首脳者たちの青図は識るべくもないが、その首脳者たちですら〈調和〉ということは考えたのに違いあるまい。この場合、論議の軸は、美しいか美しくないかであっただろう。東京や名古屋や大阪や神戸などでは、〈調和〉ということは問題にならなかっただろう。いわば近代化ということが、何の顧慮もなく、材質の面で進行している日常の麻痺があるからだ。しかし、京都は古都なのである。歴史のかなりの段階に於て、日本人の作りあげた文化がスクラップされている場所なのである。近代化は、かなり鋭くその精神を問われずにはおかれない場所なのだ。従って、マス・ツーリングの安直な吸収を計っても、首脳者たちですら〈調和〉ということを口に出さずにはいられない。勿論、これは単なる宣伝上の惹句であるかもしれないが。鉄骨を隠し、提灯と鍋のイメエジを持ち、去年の二月に至る迄、ビルのことのみで、タワー建設計画が隠されていた後めたさはおおうべくもない。しかも京都市の建築審査会を通過せず、建築物という名目ではなしに、工作物という名目で建てられたとあっては、後めたさはますます文化への挑戦というかたちをとって象徴される。そう、塔というものには、一個の塔として出来上がった時から、直ちに何かを象徴してゆく自立した属性があることをまざまざと思い知らされるのだ。京都タワーが、私の実感を揺さぶったのも、バー〝おそめ〟の六角形や霊山観音や、その他諸々の建物、看板を超えているからなのだ。信仰対象でない観光塔ですら、人間の心にうずく、天へ到達しようとしたバベルの塔以来の、あらゆることを対象化してゆき歴史の中に開拓してゆこうとする、人間本来の精神がそびえ立つイメエジを想い起こさせるからではないだろうか。

　場所が、もし、新幹線も通り、名神高速も通った南側であったならば、という意見も多い。しかし、果してそうか。それはトータルな意味で京都の未来像を捉えているのではなくして、北と南に分断された新旧両地域のやむを得ざる併立をしか考えていない論議である。その辺の話は〝わかるかわからないか〟の範疇に属している。文化とは、旧《ふる》いものは旧いままに手をつけず残しておき、新しいものを別の場所に作る、ということではあるまい。京都とブラジリアのケースを同一視は出来ない。京都の古典は、〈調和〉ということからゆけば、すべてを私たちの時代のものとして捉える、いわば私たちが、今日、どうそれを対象化してゆくか、ということが肝心な点なのだ。もしかしたら、現在、京都に残っている歴史的遺物のすべてが不必要だという結論が出て来るかもしれない。真に私たちが政治に先行する美というものを把みうるのだとしたら。「展望」の二月号で水尾比呂志が「誤解を恐れずに言うならば、形あるものは必ず滅びてゆく自然の成行に従って、できるだけ自然に滅びてゆくやうに手を添へるのが、文化財の美を保存するのほんたうの仕事ではないか」と思うのだと書いている趣旨を待つまでもなく、むしろ、私たちが積極的にそれを破壊するべき時が来ないとも限らないのである。もし、私たちが美しいものを作りえたならば。美の終末か、美の変貌か、という岐路がひとつ私の前に現われたようである。もはや、ある立場の代表者たる塔は、風致を壊すとか、看板ネオン規制条例とかを飛び超えている。

♪しあわせなら足鳴らそう、パンパン、
しあわせなら足鳴らそう、パンパン、
しあわせなら態度でしめそうよ、……。

テレビジョンも、そろそろ〝美しいか美しくないか〟という軸で態度をしめさねばなるまい。

〈そして、任意の街頭録音、昭和三十九年九月十五日〉

・タクシー運転手（四十才ぐらい、黒部渓谷へ行きたいと言っていたひと）タワーは烏丸通りから駅へ向かう時に、東本願寺はんの屋根を小そう見せてしまいますさかい反対どす。かたちが悪うおます。（付記・嘗て、市電迄も迂回させて通した東本願寺はタワーについて沈黙している）

・若い女ＢＧ（二十才ぐらい）京都の駅の裏は名古屋と同じように汚いでしょう。場所を汚い裏の方にすればよかったんですよ。

・情報産業の担い手（三十才ぐらい）関心ありません。まあデザインも悪くないし、あれ以下の悪いものは京都に出来ないと思います。名神高速道路には、それと交叉した小さい道が、幾つもの穴になっているのに気がつくでしょう。あれは京都市民の生きた知慧なんです。

・大学生（四年）オバケ煙突みたいですね。あの塔を建てた京都産業センターで、大学生四百人と中高卒八百人が採用されたんです。僕の友達にもその就職決定者がいます。僕にとって、塔は美のこととしてよりも、友達の切実な生活問題につながることとして考えざるをえません。

・商工会議所員（五十才ぐらい）文化婦人団体などが、美観をこわして、京都にふさわしくないと言って反対していますが、風致地区ではありませんし。……

・放送局員（三十五才ぐらい）京都の人は関心が薄いのではないですか。むしろ、外から来た人が駅を降りた瞬間に眼に入るということで問題なのだと思います。仲々、京都の人はのんびりというのか、思ったことを口にしないというのか。……

・主婦（五十才ぐらい）ここからは（私が尋ねた場所は下鴨だった）見えしませんしねエ。

・カメラ店主（五十才ぐらい）河原町の東郷青児さんの壁画も出来た時には、不釣合だと思いましたが、段々とそう目障りでもなくなりましたし、いずれはそうなるのやあらしまへんか。

軸の転換ということ――

感想や論議は様々に展開してタワーを巡った。しかし、奇妙なことに、誰も美しいか美しくないかの表現のこととしてそのかたちを捉えず、わかるかわからないかの気持ちで判断をしていることだった。もう少し南であったらわかるのだが、せめて駅前でなかったらわかるのだが、等々。いや、この僅かな任意の街頭録音に限ったことではない。文化人ないし、京都愛好者の反対運動も、多くは、雰囲気への郷愁からの〝わからない〟気持ちの表明であった。それはいつまで経っても、政治の先行に対して〝違う、違う〟といった気持ちを後追いしつつ叫び続ける真のドラマツルギーなのではないだろうか。嘗て、「すりかえ」や「若もの」のラスト・シーンでストップした段階での。しかもなお今日でも、私たちは、この三、四年前の時点で主人公に仮託して叫んだ政治への〝わからなさ〟の表明としての不適合を、なんとか政治への〝わかりやすさ〟としての適合のヴェールを被る戦略で、ひからびた図式の儘に抱きしめているのではないだろうか。私の言いたい美しいか美しくないかという軸への転換は、それに対する反証である。これは美しいと言っても、純粋に美学的、または映像的なことへの技術的傾斜の強調ではない。私たちが、現在の政治が建てた塔とは違った塔のかたちを表現しうるのかといった具体的なイメエジのことである。『去年マリエンバートで』のレネエの結論は明瞭になった。そしてその結果、当然のことながら、レネエは『ミュリエル』で、誠実に、自己の青春解体を摘出する作業に入っていった。現在、吐露するならば、私は、これが私たちにとっての美なのだとする表現を摑んではいない。ただ、思考の軸についての提言をするだけなのである。

テレビジョン・ドラマも塔を建てるべきこと——

カイエ・デュ・シネマの一六〇号で、ミケランジェロ・アントニオーニがジャン＝リュック・ゴダールとの対談を行なっている。主に近作『赤い砂漠』をめぐって。そこでアントニオーニが語っていることのひとつは、美意識の変貌ということだ。「私の製作意図（『赤い砂漠』の）はこの世の美をあらわすことだった。工場とても美でありうるし、……工場やその煙突の構成する直線や曲線は、もう見慣れてしまった樹々などよりは遥かに美しいのです。『赤い砂漠』で見られるノイローゼは、こういった新しい環境との適合の問題です。全くすんなり新しい時代へ入っていける人と、もはや古びた時代の生活様式に余りにも浸り切っているために、適合しえない人がいます。それが主人公ジュウリアナの場合ですが、……」アントニオーニはかなり楽天的に美意識の変貌を語り、時代と共に美も新生し蘇生してゆくと語っているのだ。これでは余りにも呑気であり過ぎはしまいか。美意識は人の数ほどもあるのだからということで、知識を超えても、表現の主体者の命題となってはね返って来ないだろう。京都タワーとて、美しいと感ずる人はいる筈である。私たちが、今、問題にするのは、時代と共に美の概念が変化するとか意識が変化を遂げるということではなく、わかりやすさとわかりにくさの対立を、新しい私たち自身の表現で、美しさとして止揚しようとする所にあるのだから。決して時間も、塔を美へと価値転換はしないだろう。もし何年か経って、京都タワーを美しい

〈調和〉として、京都なりの美へ適合したものと私たちが思ったならば、それは年ふり、古びた故に美となったのではなくして、私たちが美への問いかけを中止し、個有の論理を血肉化しえずして、政治のなす儘に流された結果の、対象認識についての自己撞着に他ならないだろう。京都は文化財都市である。美の都市でもあるらしい。しかし、そこにある歴史を経た幾つかのものが、年ふり古びた故に美しいのだとは私は思わない。それを、私が美しいと感ずるのは、その時代に、そのことをなした人間が美と格闘し、文化の展望を持ち、人間のあるべき場所とかたちについての壮大なフィクションを抱くために、それらのものを作り上げたからなのだ。そして、今に残されたそれを、私たちが、矢張り私たちの現在の座標で、私たちのものとして受け継ぎ、批判し、その継承の果てに、それらの古典をひっくるめた空間を渇望しているからなのだ。古いものは古いし、積った埃りは飽く迄も積った埃りにしかすぎない。テレビジョン・ドラマは、フィクションとして別個の塔を、京都のどこかへ建てるべく作る必要がある。政治と資本の作りあげた塔を前にして、〝違う、違う〟といった否定の操作で終始したり、あるいは塔へのぼる人たちの姿を円満に描くことで終ることは、許されないのだ。塔はまだテレビ制作者の内側にそそり立ってはいない。しかし、それは、私たちが駄目になりつつあることの証左でもある。……にも拘らず、……テレビ・ドラマは作られ、タワーは建っている。反対をしてみたところで、やらなければ意味がない。表現手段はこちら側になく、むこう岸にあるのだから。やらなければ生活が根こそぎ破壊されるのであれば仕方がないかもしれない。徹底的に拒絶したところで、誰かはやるのだから。そして、自信が制作者にはある。誰かがやるのならば、まだ俺がやった方がましだ。それならば、ある範囲内でも、少しはましなものを作りうるから。企業内ディレクターの悩みと同様に、資本に縛られた建築家の、塔を設計するべきか、拒絶するべきかの悩みは、厳しい表現の場の問題を、私たちに考えさせる。(近代建築、昭和三十九年九月号参照)しかし、やるべきか、やらざるべきかの苦悩は、諸理論の諸適用として戦術上の問題でありすぎたのではないか。そういった状況、歴史、知識等を底にふまえて、もう一度、テレビジョンの表現として、美とは何かということの対象化がなされるべきである。

うかうかしてはいられないこと——

♪しあわせなら手をたたこう、パンパン
しあわせなら手をたたこう、パンパン

ある自動車会社が建てた霊山観音には、その会社の観光バスが通い、金を出すことにより、如何なる供養も可能なシステムになっている。そこに集う大衆は賽銭によるしあわせを摑もうとしていること。大衆文化は、大衆が欲しているのではなく、そう作りあげられた大衆がしあわせ大王の臣下として相対しているにすぎない一例である。

美しさという軸に、私は去年、出会ったのか出会わなかったのか。私は出会っていることは確かなのだ。そして、マリエンバートならぬ、今年のテレビ局で、私はその出会った相手を追いかけている。テレビ局と、通勤途中の道筋と、憩いの場と、いくつかの映画館と劇場と、といった日常の場を超えようと、癒着しそうになる心と闘う。バロックの闇に埋もれたXとAにならないようにと。

『去年マリエンバートで』のラストは深く闇にその黒々としたシルエットを浮き立たせたホテルの全景であった。それにかぶって、Xの声が低く聞こえて来た。「……最初、その場所で自失することは不可能なことに見えた、……最初のうちは、……だが、まっすぐつらなる小径に沿い、凍りついた彫像群の中で、御影石の舗道で、今後はもう自分を失ないつつある。永遠に、静かな闇に、ただひとり僕と一緒に……」私は、こんな声を聞きたくないと思う。レネエとは違って、テレビジョンの人間は未だ、美について絶望をしていない。ある時代、ある風土、ある生活の中で、何が美しく何が美しくないかを、それは表現するメディアであるのだから。関西若手建築家「チェックの会」のアンケートに、原価償却の済み次第、タワーを取りこわす、という提案回答が寄せられている。反対、賛成はわかるかわからないかではなく、美しいか美しくないかという軸のこととして、発展しなければなるまい。今見るならば時代を離れたお伽話でしかないカルネの『悪魔が夜来る』で、最後に石になっても脈打った恋人たちの心臓の鼓動が、あの時代に、政治をひっぱった美の表現であったことを思い起す。私たちが塔をこわすという否定と同時に、あの塔との出会いによって触発された展望にかかわる責任も明確になったのである。現在、それはテレビジョンの人間にとって、再生産に足る蓄積の問題でもあるのだが。

さいごに、今年まで残っている声のこと――

去年京都で、私の会ったある紳士は次のように語った。

「京都で金儲けの方法は二つしかないのです。一つはレジャー産業、もう一つは神社仏閣の土地売買です。銀行を止めて宮司になった人もおり、堀川御所も、ある所が買って公団になろうとしています。ある程度から上の所得者には、私有感覚が全くありませんねえ。一億の財産には七千万の相続税がかかりますし、ま、私の見るところ、個人の最高生活は千五百万程度のコーポに住んで、二十万程度の月収、半期五十万の貯金ってところでしょうか。国にもほとほとアイソが尽きますよ。……」

私はこの声がXの声のように、耳に残っている。でもなお、その紳士は、更にこうつけ加えたのだ。

「……タワーもね、地震か原爆で、そのうちええ恰好になりまっせェ、……」

昭和四十年。テレビジョンにおいて美による救済は、可能なのか。

※追記・脚注

「映画とテレビジョンのあいだ」は、映画にまつわる私のノートを土台にしている。映画と対比してテレビジョンのことをさまざまな角度から照らしてみようとしたものだ。恐らく、この型録に載せたものの中では一番古いものである。

この私のだらだらとしたノートを、当時、「映画評論」誌の品田雄吉さんが御好意で連載して下さった。第一回だけは、少し趣きが変っている。三十九年の九月に、ある雑誌のレポートの為に、和田勉氏と二人で京都タワー（当時未だ建設途上にあった）を訪れたものを基本にしてある。

これ以前、この中には一編も載せなかったが、私はフランス映画の論文ばかり書いていた。その残滓が何回目かに顔を覗かせているだろう。

恥しい話だが、私の青春の一時期は確実にフランス映画と共にあった。丸の内名画座、神田南明座、東洋シネマ、日活名画座、エビス本庄、人生座、等の小屋の暗闇が私の全てだった。ルネ・クレールに入れあげ、マルセル・カルネに涙する私は、白井佳夫氏なぞに随分からかわれたものである。

私のフランス映画遍歴については、何かの折に想い出話をすることもあるだろう。しかし奇妙なことに、フランス映画の勉強に行ってから、決定的にフランス映画への情熱を失ってしまった。

映画とテレビジョンのあいだ　2

テレビジョンと物への旅路

美しさと哀しみとを観たこと

かたちについてのレポート、といった趣を私はこの映画に感じとった。それも、人間のかたちについて篠田正浩は心中深く期するところがあったのではないだろうか。かたちこそが肝心なのだ、と。聞いた訳ではないけれども、この決意が『美しさと哀しみと』を作らせたのだと私には思われる。今年の日本国の進むべき方向と、政府の期待する人間像のどの部分をとってみても、気持ちに充ちあふれているのだ。いわば、日本国自体、政府であろうと一般大衆であろうと、まだまだ気持ちの世紀に属しているのであって、かたちが問題となるに至っていない。佐藤首相の年頭施政方針演説は、独白に近い程、気持ちの表明ですべてが塗り込められており、厳密なかたちというものからほど遠いものだった。一月二十五日の新聞で読んだ限りのこの演説に使われた言葉は、次のような語句で主にしめくくられている。願望。深めたい。遺憾。憂慮。格段の努力をする決意。したい。配慮。特段の配慮をする。はかる。期する。期待する。一層努力。奨励。希望。私は日本の総理大臣も、これ程気持ちを大切にする人であることを知って素直に驚いたのである。そして、期待される人間像の年。私たちの周囲には、気持ちの復活が相次いでいる。紀元節云々。それも心情の復活に他ならない。歴史とか民族のかたちの真実と想像力を超えてしまっている。篠田正浩のかたちについてのレポートは、このムードに切り込む地点で行なわれたのではないか。期待されるステロタイプが生産の仕組みや文化を享受しうる生活などのかたちを抜きにした場所では、気持ちのこととして如何に滑稽なことであるかを、彼は言いたかったのだ。

そのことから、美にとって、最早ステロタイプはありえないこと、かたちへの着眼が現実への接点であることを語りかける。題名の美しさというのはかたちのことであり、哀しみとは気持ちのことであろう。

ステロタイプがありえないということは正しいことだと思われる。この映画は、人間のかたちについてのステロタイプをつき崩したのだ。この世ならぬ怖さ、恐ろしさ、美しさを持った少女に、ひどく世俗的な、可愛らしい、全くエキセントリックな外観のタイプからかけ離れた無邪気なイメエジの加賀まりこを配したことだけを見ても、それは明らかである。八千草薫の扮する女流画家をとってみてもそれと同じことが言える。過去に深い内部の傷をもち、しかもその傷を沈潜させてグロテスクに笑うかもしれない人間のかたちは、ごく一般的にわかり易く考えればこういうかたちはとらなかった筈だ。おでこの広い、サバサバした、単細胞の、綺麗で、つるりとした八千草薫の持つ一般的なイメエジからいって、このキャスティングは、その対極にある。このことは、この二人の女にかきまわされる小説家の家庭に到って、もっと篠田正浩の意図として明瞭になってくる。かなりぬけぬけと自己の体験を小説に書く男、その夫の傍でヒステリカルな精神の浮游を危いバランスで辛くも支えている妻、そして、大学院へ通って三条実隆などの研究をしている息子。これは、通俗的なわかり易さで判断すれば、アダムスのおばけ一家に近い外貌をとることだろう。人間のかたちとして、この世ならぬからみ合いを、この世ならぬかたちを持った俳優で演じさせれば、この世ならぬ話として一番ストレートに納得させられた線である。本来キャスティングは、ステロタイプの上に成り立っている。〝らしい〟ということがそこでは肝心なのであって、〝らしくない〟ということは屈折した表現の意図が明瞭でない限り観客からは拒絶される。山村聰、渡辺美佐子、山本圭で構成されたこの家庭は、人間のかたちからいって「ただいま11人」のステロタイプである。よし「ただいま11人」の父、次女、長男を、実際にその三人が演じていなくとも、この三人の組み合せに流れる雰囲気は、演技力を超えて暖い心情に近い。

そして、これらの俳優のかたちをもって役のかたちのステロタイプを破った地点で、篠田正浩は更に、これらのかたちがいかに背景とマッチしないかを描いたのだ。

カメラの絵としては、シネマ・スコープのフレームを計算した手前のひっかけやナメの構図、また望遠レンズの効果的な使い方で、綺麗な絵にしあげられ、しかも全体を通したコンテの中では、その各ショットは適当な表現の範を超えずに、見事になめらかである。念仏寺も、法観寺の塔も、竹藪も、渡月橋も、苔寺も、都ホテルも、琵琶湖も、美しい光景として捉えられており、新幹線ですら、自然の懐を走って、かなり自然に溶け込んだ白い一筋のひかりのように捉えられている。背景を堂々たるカメラワークで撮り、その中の人間のみが背景と渾然一体になることを拒絶した美の破壊者として捉えるショット。美しい環境で、立居振舞のことを含めて、美しさのステロタイプを崩した人間を捉えてゆく作業。篠田正浩は、空しいことは空しいのであり、駄目なものは駄目なものであり、社会的矛盾は気持ちがどうあれ社会的矛盾として存するのだということを、最もよく、この素材を映画化しようとした時に弁えていたのであろう。赤い羽根の限界を、彼は描きたかったのだ。だから彼にとっては、加賀まりこ扮する女の哀しみなどどうでもよく、最後にはその女の横顔のクローズ・アップを、マスカラのとれかかった、アイ・ラインのはげかかったかたちとして捉え、一切女の心情を無視してこのドラマの抽象性や観念性や神秘性のヴェールをはごうとしているのである。もし心からこれを心理劇として美しいカタルシスへ高めようとし、紗などをカメラ前に持ち込んだり、ソフト・フォーカスで撮ったりしたならば、空しさは極まることを、主張として、空しきものは空しいということが出る以前に、篠田正浩の作品自体が徒労になってしまうことを、賢くも彼は解っていたのではないだろうか。気持ちへの拘泥は現実からの逃避にしかすぎないことが表明されていたのは、この方法によってではないか。

そして、篠田正浩はステロタイプを崩すことにより、美をもう一度、知識や視聴率などの百分比、世論調査のデマゴーグから解放して、私たちがものと直接向いあった時の意識であることへ還元したのだ。美は実感であり、人間の数と、時代と、状態と立場と、生理と、生産形態とに応じてバラバラであることを、言い換えれば、美にはステロタイプがありえないということをこの映画は身をもって正直に吐露していたのである。気持ちの総括と、それに続く美の統制への動きの前で、篠田正浩はこれだけが言いたかったのであろう。

しかし、眉に唾をつけること

この映画は、いたく私を困惑させたのも事実であって、私は極力プラス面を見ようと努めて来たのであった。何故ならば、私が推量して来たことは美しい典型的な環境または状況で、ミスキャストの俳優を集めた失敗作を、すんなりと持ちあげる理屈でもあるからだ。これに比べれば典型的な状況で典型的な人間を描く、といった社会主義リアリズムの古典的な方法に、まだしもかたちへの厳密な意向があると思えてならない。『美しさと哀しみと』の舞台が、京都や鎌倉といった古都によりかかっていること。その古都の綺麗な撮し方自体がステロタイプであったこと。この二つを考えた時、このキャスティングの〝らしくなさ〟に着目することのみが、製作意図をひき出しうる唯一の鍵であったことを告白しておかねばなるまい。この映画の致命的な脆弱さは、古都などにつきもののイメエジを、人間のとれかかったマスカラへの着眼と同様に、バラバラにしなかった点にあるのではないだろうか。八千草薫扮する女が足蹴にした鳥籠を、フル・ショットで放置しておくことでなくて、その足袋の白さに付着したであろう鳥の餌と水の汚点のクローズ・アップとして描くことが肝心なことではなかっただろうか。古都の美を構成する苔や石仏や塔の虫喰った木目を、クローズ・アップすることが重要ではなかったか。微細なるものの拡大視か。いわば、新幹線を一筋の白いひかりとして自然に調和させようとするショットは新しい時代の美意識ではなくして、誠に古い日本的な美意識だったのだ。必要なことは、グロテスクな物質の原子への着目である。かたちへの真の着目は、カメラによる徹底的なものの対象化の過程に成り立つ。オブジェと化するか、私たちの精神が匂うか、のギリギリのバランスでの綱渡りが、辛くも私たちの美意識の蘇生と回復の方向であると私には思われる。美のステロタイプを崩すためには、実際そこ迄行なわなければなるまい。私たちの日常はそれ程癒着をしているのではないだろうか。第一、演出家は自己の演出という生産感覚を、辛くも演出をなしえない状況の中での痛みとして感ずるより他ない程に、追いつめられているのではないだろうか。私たちの美への痛みは、調和のショットのうちにはない。カメラが物へ物へと、意識や感性や心情といった私たちの日常を支える偽性を解体する執拗な歩みをしてゆくなかで、逆説的に感じられてくるものだ、と思うからである。全糖労協の議長である松浦豊敏が大進製糖の争議について記した「行程」というある小さな覚書がある。その後記で彼の書いていることに、私は本来のかたちへの渇望を読みとるのだ。「一人だけのコンミューヌという言葉が眼前にちらつく。勿論コンミューヌという以上、それは生々しい生産感覚に裏打されていなければならぬ。恐らくずたずたに分裂する闘争の中から、恐らく激しい痛覚を伴った生産点の消滅だけがその瞬間私達の微かな生産感覚をあやうく蘇生させるというような、恐らくそんな逆説的な闘争のみが今では一抹の可能性を秘めているとしか言えないのではなかろうか」

私には、篠田正浩の映画にあったステロタイプの破壊や、かたちへの着目も、かなり偶発的なものではなかったのか、と思われてくるのだ。実は、カメラと人物の対比ではなくして、何回かの映画づくりの再生産の過程で、職人化し、巧みになり、技術が技術としてのみ一人歩きをしはじめた結果のキャストとのアンバランスではなかったのか。『乾いた花』の周辺で篠田正浩の身にふりかかった生産の消滅が『暗殺』や『美しさと哀しみと』のなめらかさによって蘇生してきた時、私の抱く疑問はあの篠田正浩の休止符の間の内的論理についてである。痛みは本当に痛みであったのだろうか。彼ははっきりと気持ちの限界を、その時に見極めていたのだろうか。「自己の論理を裏側から検証してゆくのが、いま肝心なんだ」と篠田正浩は去年の暮、私に語ったことがある。その検証の時という猶予が企業での戦略的な弁明でないことを、表現によって証明して欲しいものである。

かたちと気持ち――

〝駄目なやつは駄目なりに〟という言葉がある。あるいはまた〝精神一到何事か成らざらん〟とか。駄目なやつでも努力しようとする心、気持ちさえあれば、という、気持ちをもって崇高とする考え方がそこにはある。テレビジョン・ドラマの場合、私はどうも気持ちというやつが、現在でも他のすべてに優先していると思えてならない。気持ちを作る、あるいはソノ気になる、ということをしなければ、動くことも、寝ることも、喰べることも出来ないような分析のやり方が、まだまだ大手を振って通用している感じなのだ。テレビジョンの十何年の歴史のなかでテレビジョンとしての演技、または稽古のやり方は、舞台と映画の中間に位して、中途半端で不完全な気持ちの不燃焼の再生産の歴史である。気持ちを高める気持ちになりきる、気持ちをつくってみる、……そこでは気持ちが煮詰ってからはじめてかたちが出来上るのだ。しかも、現実に多くの場合、舞台における稽古時間の何分の一かでそのことが暗黙の了解としてなされるのだ。舞台における一ケ月ないし一ケ月半の期間はテレビジョンでは平均三日から一週間程度の期間で行なわれることになる。このテレビジョンの稽古期間は、週単位の放送の回転で決められて来たものであり、中味は舞台における気持ちの煮詰りのダイジェストまたはインスタントであることが殆んどである。多くの場合テレビジョン・ドラマに現われる演技の中途半端な調子は、この稽古期間が舞台的なるものの短さとして通用している故にある。だから気持ちのステロタイプが現在のテレビジョン演技のすべてなのである。期間が長ければ、正当なかたちが気持ちの煮詰りの果てに出現することもあるだろう。しかし、単純に同じ方法ないしその亜流で期間が短いのだとすれば、演技者も演出者も、気持ちのステロタイプで纏めあげるのが精一杯ということになってしまう。いま、その期間の長短を抜きにして考えてみても、私にはテレビジョンにおける気持ちからかたちへという過程はまやかしに思えてならない。どうして、現在のそのルートにのっかっているならば、テレビジョン・ドラマの演技はグロテスクなかたちにならないのかということなのだ。気持ちからかたちへの転換は、もしその一瞬のダイナミズムに着目するならば、猛烈な想像力の躍動がそこにあると思うのだが。勿論、よし気持ちの煮詰りがグロテスクなかたちをとっていたとしても、私はそれにかなりの古臭さを感じるだろう。例えば、ロスタンの『シラノ・ド・ベルジュラック』という芝居。その芝居の人間の軸は三つある。

1　全く優しい心を、身内に愛の気持ちの高まりを抱いているにもかかわらず、その真の気持ちを理解されることのない儘、醜い自らのかたちに則した行動をとらざるをえないシラノ。

2　美しい綺麗なかたちを持ちながら、自らの優しさと愛の気持ちを表現する術を知らず、自分に本当の優しさがあるのかどうかについても、無知なるクリスチャン。

3　自らは美しいかたちを具えてはいても、真に優しい気持ち、心の所在を見極められずに、綺麗なかたちに憧れ、かたちと気持ちとが不可分のものだと決めてかかっているロクサアヌ。

この三つの軸の展開は、大雑把に言って次のようになっている。

A　かたちが気持ちに助けられる（一幕～三幕）

B　かたちが気持ちを理解する（四幕）

C　かたちが気持ちに屈服する。気持ち万才！（五幕）

グロテスクなシラノの鼻は、気持ちの疎外を訴える為の道具であった訳だ。気持ちが煮詰っていること、気持ちの崇高さ、その勝利のために、かたちは従属しているだけなのである。これは十九世紀のロマンチシズムのひとつのサンプルに過ぎないが、多かれ少なかれテレビジョンのホーム・ドラマが訴えかけるものはこのシラノの末裔であるだろう。グロテスクな鼻を持たずに、より日常的な外貌でしかない範疇の。だから、テレビジョン・ドラマでは、先ず気持ちのステロと闘わなければならない。現在私たちがドラマの演出をする際に、日常的な動作の繰り返しをしか表現しえない貧困と、日常的な心理のトリヴィアルな再現に汲々としている現実は、ここにひとつの鍵がある。そこで、私は嘗て渡辺美佐子さんに尋ねた時のことを想い出す。「演技って何ですか?」と私が尋ねた時に、「想像力です」と彼女はいとも明快に答えて呉れた。想像力。それはひどく正しい答えである故に、漠然として摑みどころがなかった。たとえば歴史は想像力である、という言葉のように。そのすべてはかたちを作るための想像力でなければ嘘になってしまうだろう。私には演技者の気持ちの高まりが演技を作るのだとは信じられないのだ。気持ちを理解する、その立場に立った時の自分を想像して、気持ちを作ってみる。こういったことはテレビジョンにおいては、すべて虚妄でしかない。まして、演出者がそのことに基本をおいているなど滑稽である。私たちにとって、その人がこんな立場に立った時その人の気持ちはこんなだろう、といった程度の想像は、想像というより気持ちの推量でしかない。そのことは現在のマスコミの回転の中で、動き廻っているテレビ関係者の生活範囲と実体との接触の機会からいっても明らかなのだ。第一、気持ちになりきるなどということで、自らの皮膚や生理の血のいたみとはかかわりのない体験をドラマの上で再現しようとする企ては、余りにも太平楽なことではないだろうか。そのことが各人の背負った歴史や環境や肉体的条件や、世代や、階級や、立場をなしくずしにして、ムード可能の風俗的共通性に、現実のドラマを塗りこめる方法なのではないだろうか。立場や、階級や、暮し向きを超えて、人間一般又はナショナリズムの偏頗な地点で、気持ちだけが共通の部分として、〝人間的で崇高なるもの〟として尊ばれることを、そろそろ捨ててかからなければ、新しい美への意向は生れないのである。気持ちにかかわり合っている限り、いつ迄もテレビジョンではホーム・ドラマの世紀が続くことだろう。日常性ということはホーム・ドラマという幻影になりはじめている。私たちにとっての現実はブラウン管上の虚像がもたらす価値基準に支配される日常である。この無限にすりかえられ現実を失いつつある私たちの日々にあって、気持ちのステロを捨てることは急務なのではないか。そうでないとしても、せめて気持ちの煮詰ったかたちとして、シラノの鼻ぐらいは表現するべきであろう。

〈テレビジョンにおける、稽古の実際について〉

① ……して見て、よきにつくべし。

野上弥生子さんの随筆集『鬼女山房記』に次のような文がある。「……また『隅田川』の子方なしの演出も野上に説きつけられたのである。世阿弥の息子で『隅田川』の作者なる元雅は、人あきんどに攫われたわが児をたずね、遠くあずまの果てまで物狂いとなってさ迷い来たシテ母親のまえに、すでに死んで、その下に横たわる作り物の墓から、子供を幽霊の姿であらわしたものか、それとも、声だけ聞かせた方がよいか、どちらが舞台効果に富むかを問題にしたことについて、世阿弥はあの有名な言葉を残している。『して見て、よきにつくべし』。しかし一般には白い水衣に黒頭の少年の幽霊をだして、母親が彼方、此方にその姿を追い求める型がもちいられていた。これも一つの表現ではあろうが、むかしのほの暗い灯火とちがい、煌々たる電灯のもとで演ずるには、子方をださないで、シテにただ幻影のみを追わせた方が自然で情趣もあらわれ深まるであろう。と野上は信じた。……」この場合問題なのは〝駄目なやつは駄目なのだ〟という認識である。気持ちがかたちへ転換してゆくのではなく、厳然と幾通りかのかたちから気持ちの最上の表現が選ばれるということなのだ。想像力は、まずかたちのこととしてである。このことにつき、思い浮ぶのは、大衆、人民、プロレタリアート、庶民などといった雑駁な把み方を許さない眼のことである。ものの考え方として、プロレタリアートとルンペン・プロレタリアートの厳密な違いを描くことすら忘れ去られているのではないだろうか。

② ブルースの限界。

エドワード・アルビーの『ベッシイ・スミスの死』という芝居を去年劇団青俳が公演した。これは徹底して〝駄目なやつは駄目なのだ〟ということを描いた作品だった。黒人は理解や同情がどうあれ黒人なのであり、白人専用病院は飽くまで白人専用病院なのであり、ベッシイ・スミスは偉大な歌手であろうとなかろうと黒人なのだ、ということをアルビーは執拗に物語るのだ。このドラマは明らかにドラマにおける気持ちの限界をテーマとしたことで社会構造の浮き彫りに成功し、病根は気持ちでおおわれたり、癒されたりするものではないことを、摘出していたのである。「シラノ」とは違って、ブルー（憂鬱な気持ち、気分）というものに入り込んで、その限界をはっきりと描いたものだった。私たちはブルースをもう決して歌うまい。『ベッシイ・スミスの死』はブルースの限界を示していたのである。

物への旅路を辿るべきこと

『美しさと哀しみと』が景観や事物は美しく、人間を美しくないかたちとして対比させたことで、辛くも実感としての美につながったとしても、私にはこの映画の方向はムードとしての美への旅路であったと思われる。カメラによる美しい雰囲気としてのフルショットは、篠田正浩の美学として、自然への帰依が根本にあることの証明であったのだ。従って、意識的なミスキャストによって、人間と環境のバランスを崩したとしても、自然へのノスタルジアが色濃く匂う結果となったのだ。テレビジョン・ドラマでは、フルショットは試行錯誤そのもののような表現でなければなるまい。分裂し拡散するエネルギーの方向を、かなりの覚悟で捉えようとするのがフルショットだと思われる。だから、単純な事物ないし景観と人間の対比などといった、整理された空間ではなくして、うかうかしていると焦点の定まらないうちにすべてが流動してしまうようなショットが望ましいのだ。恰もそれはブリューゲルの絵のようなものに近く、精神分裂を起しかねない拡散との対決と言える。

このフル・ショットと葛藤し対立して、クローズアップは最早景観と人間の対比を超えて、物への旅路を辿らなければ、私たちの痛みを表現出来ないと思われる。気持ちが煮詰った時の表情をクローズアップで捉えるといった方法は捨てねばなるまい。ある状況ないし設定が説明され、次に人間の心理的反応が描かれてドラマの進行する過程に、カメラのサイズも一致していることが不思議なのだ。即ち多くの場合、心理的な高潮のペースにつれて、フル・ショットからアップへの高まりが共に歩んでゆく。勿論、報告的、教育的な意味でそのことが行なわれるならば解りもする。しかし、こと作家の表現として考えた場合それは気持ちのステロとべったりの方法であることは明らかなのである。現在、ほとんどのドラマに見られる没主体的な対象化は、細部で如何なるバリエーションが行なわれようとも、気持ちのステロと比例したこの方法のステロによってである。この限りにあって、ドラマの基準はすべて知識の多寡に左右されてくる。わかるか、わからないか、小学校低学年向、中卒家庭主婦向、高校卒BG向、等々知識による暗黙の段階が制作者側のドラマと向き合った時の第一の尺度である。ここでは、その知識の程度を厳密に計りえないために視聴率のために、常々、曖昧な平均値がとられることになる。その場合、気持ちの跋扈はひとつの必然でもあり、ムードとしての美しさへの旅もまた必至なのである。『美しさと哀しみと』がキャスティングの〝らしくなさ〟に着眼したのも、このことと照らし合わせれば全く意味のないことではなかったのだ。テレビジョン・ドラマのこととして。

今、私には物への旅を辿ることが、テレビジョンの演出家にとってのたったひとつの争議権のように思われてならない。その旅はある種自己解体に対する告発でもある。その物への旅を辿るなかで、ゆたかなロマネスクをムードとしてではなく、自己自身の実感として蘇生させてゆくことによってしか、美による救済の道はないのではないか。勿論、展望が自分たちの側に確固としてあるのならば、話は別である。先行きの見通しがあるなら、争議の必要もないだろうから。実際、「私の秘密」で人口に膾炙《かいしゃ》した〝事実は小説よりも奇なりとか申しまして〟というテレビジョンのひとつのあり方を、〝小説は事実より奇なり〟といった地点にひっくり返したいのは山々である。それが展望というものなのであろう。だが、いまは兎に角、物への旅路を辿ることだ。

三つの方向のこと

さて、私には現在テレビジョン・ドラマにおいて、美についての実感は相異る三つの方向への力が拮抗しているように思われる。ひとつは心情の世界への傾斜。ひとつは解体の青春への自己告発。ひとつは私たちの内なるロマネスク。

この三方向のバランスは、実際にはかなり崩れて破綻を来している場合があるのだが、原点を渦巻くものはこの力のいがみ合いなのだ。そこで自然なるものの美しさに埋没することが絶えず私を恐怖にかりたてる。新幹線や工場の景観をも自然の懐に抱かせ、材質の変化のみがあって、美意識の変革もなく、すべてを近代の自然になぞらえていってしまう方向。念頭に浮ぶのは、日本的な風土の中での環境との調和。これはテレビジョン・ドラマの歴史の主軸であった心理主義のひきずって来た美学なのである。次に、心情のステロタイプの再生産の中から、自己の解体の軌跡とかたちを、日常の物との接触で摘出してゆこうとする方向が生れた。気持ちを捨てて、社会構造の矛盾したかたちへの着目の中での自己検証。それは擬似連帯を対立へと高める作業にもなった。

バラバラである中で、強固に徹底的にバラバラであることを。

心情による統一がありえない以上、美も、美意識の数と共にバラバラである中で、強固に徹底的にバラバラであることを。

心情による統一がありえない以上、美も、美意識の数と共にバラバラであることを、ということは、とことん美を信じられない自己解体の現実でもあることが明らかになったのだ。三番目のロマネスクの方向はこの美の不在の中で、美への痛みとして感じられる現在ではまだ逆説的なテレビジョン・ドラマのバロックである。この三方向は、横の座標と同時に、縦の時間的な歴史の中での段階をも示しているのだ。まだまだその歴史の中で心情ないし心理主義の奔流は衰えを見せてはおらず、バランスを大きく崩しているのは常にこの方向なのである。だが、つつましくあらねばならない理由はどこにもないのである。美への渇望が、ムードから実感に進み、遂に燃えさかる精神にふくらむまでは、かたちのドラマを作って行かねばならない。本来の闘いの姿勢はぴったり、夢と現実のバランスのうえに成り立っているのかもしれない。それにくらべれば、解体の告発には闘いの姿勢がないようにも見える。しかし、この姿勢を保ち続けて来た作家こそは、現在身内に強い逆転のバネを蓄えているのではないだろうか。

三年前の「人間の土地」で、祝田橋の真中で車をとめた事件に着目して、怒りの生理的な質をつかみだし、その後、「狼の王子」で、女にとことん追いつめられ、叩かれた揚句の自分の血の色によって、辛くも愛の行動に入りえた青春。それを描いた田村孟もそのひとりである。今年の二月のNHK劇場で放送された山田勝美との共同作「さよなら三角」は、聊か解体の摘出がルウティン化しており、観念化していたが、最低テレビジョン・ドラマの持ちこたえるべき一線を示していた。♪しあわせなら手をたたこう　パンパン、という歌も、まやかしの心情への訣別として、このドラマで漸く意味を持つことが出来たようである。そのドラマの構造は運動の高揚期に芽生えた愛が、運動の停滞と共に解体してゆくひとつの基本に則ったものであったが、効果としてその歌がかけられた時に、私は人間関係の図式の展開の中で、解体を摑まえること自体も限界に達したのだと思った。本来の主旋律はそれ自体の持つ心情が解体のドラマの図式と対置された時、ステロタイプとして、余りにも見事に定着してしまったのである。だから私には、田村孟が徹底したかたちの作家和田勉と「二十世紀開幕」で結びついたことも単なる偶然だとは思えなかった。

篠田正浩が休止符の中から、技術的な意味で上手く、なめらかなコンテュニュイティをひっさげて再登場してしまったことと同義の技術的な進歩がテレビジョン・ドラマの質を安定させて来ている。ヴィデオ・テープによるパッケージの意味はすでに消え去り、今や編集も、カット撮りも自在な条件の下で、フィルムの機能の亜流を辿りつつ、それは日に日にデテイルの不体裁を完璧さに置き換えて、巧緻をこらして仕上りつつある。テレビジョン・ドラマは同時性の機能を回復せねば、といった論理はどうでも良いが、機材の充実や技術の進歩に伴って〝ウエルメイド〟ということにのみ精力が注がれた傾向も、かなりの部分、テレビジョン・ドラマを涸渇させて来たのである。

〝技術で見せるのだ〟ということが充分意義を持った時代もあった。それは嘗て四、五年前ニッケミステリィやプラチナ・サスペンスや日立劇場で、大山勝美が錬金術師のようにさまざまな技術を展開していたテレビジョン技術の混沌期のフロンティア精神である。その頃大山勝美は心情に一片の加担をもしていなかった。それはただ単にカメラ・ワークやショットのこととしてだけではなく、表現としての青春の質でもあったのである。気持ちのドラマがテレビジョン・ドラマの〝ウエルメイド〟とイコールになり、大勢を引張っていった時、大山勝美のドラマも次第に変貌を遂げていった。『美しさと哀しみと』は形骸化してゆく技術の進歩と、表現手段の技術的な安定段階に、少くともひとつの教訓を与えてくれたようである。それは、このステロタイプの時代にあっては、技術も心情となり果てるのだ、ということである。実際、今やテレビジョン・ドラマは電気紙芝居であった時代を超えて、表現手段としての押しも押されもせぬ安定期にいる。素朴な映画監督でも、それは一八〇度の切り換しがとれないメディアだ、などということを口にしなくなった。だが、問題はこのテレビジョン・ドラマ自体の熟れにある。イメエジについてすら、わかるわからないの知識が支配する程、パターン化が進行しているのだ。私たちはもう一度混沌を内的実感として表明せねばなるまい。その時、イメエジは綜合として、美しいか美しくないかが正当に問われることになるだろう。

映画とテレビジョンのあいだ　3

テレビジョンとものごとの決着

はじめにおわりありきということ――

なぜ、私はものごとの決着に深く魅せられていたのであろう。私はどうしてもこのことを整理しておかなければならない。終り良ければすべて良しといった創作法やドラマの世界における調和、あの幕がおりる瞬間のカタルシスが、いまではうとましく思えるのだ。勿論、テレビジョン・ドラマのこととして。

エンディング音楽の高まりと終焉を告げるエンドマークの現われる瞬間に、ぞくぞくと身体を震わせていた映画館の暗闇での青春。決着にとらわれていたということは、実は私の育った時代にテレビジョンが入り込んでいなかったことと無縁ではなさそうである。昭和十二年に生れた私にとって、映画というものは信じられるただひとつの魔術であった。いってみれば、ラスト・シーンの決着ですべてが決定される表現手段のように、私には思えたのだ。私の見た殆んどの映画はこの決着にかなりの神経を使っており、当然私もそれに魅せられていたのである。映画についての記憶のうちで、五〇％ぐらいはラストシーン、ラスト・カットについての記憶ではないか、と私は思う。あの『第三の男』の有名なそれを想い浮べるまでもなく、映画はラスト・シーンの芸術、決着の芸術であると言えないこともない。最後に問題提起をしたり、ある現実またはある問題はこれで良いのか、といったかたちで観客に問いかけるラストを持った映画でも、多くの場合、その決着それ自体が問題となるようなかたちには到らないことが多かった。魔術というのは、常にドラマを完結させ、ドラマ自体の決着としての充足のさせ方をしてきた作劇術そのもののことなのである。たとえばそれは、劇中人物の運命的な帰結や、ある状況の落着につながっているのであり、恋愛は成就するかしないか、貸借関係は精算されるかされないか、犯罪者は見つけられるか、られないか、脱出はできるのか失敗するのか等々といったことがらの成行がある決着への興味となってゆくものである。メロドラマであれ、いわゆる社会派映画であれこのことに大した差異はなかった。私にとって、この決着のドラマが信じられなくなった最初のきっかけは、黒澤明の『わが青春に悔なし』を観た時からである。それは漸くテレビジョンというものが私の内側へ入り込みはじめるきっかけを作ってくれたのだ。今もって忘れられないのは、〝正義の裁きがくだされた日、終戦〟、といったような字幕で、ドラマのすべてが帰結されていたことに異和感を覚えたことだ。

抵抗者も反抗者も転向者も、いやすべてドラマに描かれた人間が、その軸を境にして、ある烙印と変貌との決着に八方円満となっていた魔術がそこにはあった。私はこの映画にとっての致命的な欠陥は、終戦それ自体ですべてのケリをつけてしまった決着から発想されたような詐術で、何らひとつの時代の青春を背負いきれなかった点にあると思う。終戦それ自体が新しい問題となるような、そんなものをドラマは表現して然るべきであろう。解決は、エラリー・クイーンの推理小説にあるように、読者への挑戦状といった犯人探しのパズルかゲームのように割り切って行なわれるものなら他愛なく楽しめもしよう。しかし私たちがあることを表現しようとする時に作劇的な構築の世界での見事な決着ということにのみ気をとられていては、表現と現実の落差は拡がるばかりである。ここで先ずテレビジョン・ドラマの根本精神のひとつを述べるとすれば〝万物は変化する〟ということを表現するメディアだということを忘れてはなるまい。変化する現実に対して、ある変化の決着を示すのがテレビジョン・ドラマではない。そこで出て来た変化自体がすでにきたるべき変化に対する問題を孕んでいることを提示するべきものなのである。いかに時代が進歩しようとも人間のこころは変りはない、といったようなテーゼは、ドラマから全く葬むり去られるべきことなのだ。だから、私には決着というものが想定され、それは一体どうなるのか、といったおわり方のみでひきずってゆく映画のあり方には近代小説のエピゴーネンを感じとるのみである。そして現在のテレビジョン・ドラマの悪しき面もまた映画のエピゴーネンたらんとしているところにある。はじめにおわりありき。どうして私たちは、はじめにはじめのことをいい、といった作劇をしないのだろうか。

軍閥、官僚の思想統制と弾圧の嵐が大学の自治、学問の自由をおびやかした昭和初期。京大事件の起った昭和八年。『わが青春に悔なし』が描き出したものは、その大学でのリベラリスト八木原教授とその娘と、ゼミに集った学生たちの転向と非転向である。それに加えて、終戦の日を正義の審判の日として描いたこと。正義の審判が設定されたドラマは決着の何ものもありえないし、はじめにおわりありきという発想が予定調和としての前提条件を満たしさえすれば、ことは終りなのである。だから、戦後の民主主義が一面的にすべてのものの決着として把えられ、民主主義自体が問題を含んでいることは消し飛んでいたのだった。この映画は、歴史的に見れば、アメリカ民主主義の宣伝と流通にかなりの貢献をしたという功績はあっただろう。

父親のリベラリズムの影響を受け、その思想を全く正しいと信じた一人の娘が中心人物である。その時代の波の中で、彼女のこころに深く喰い入った学生は、一人は人間的な弱さ（このことは余り具体的でない）をむき出しにした転向者であり、一人は転向という仮面の下で戦争阻止の運動をつづけた工作者である。一人は検事局に入り、一人はジャーナリズムに身を投じた。彼女は後者の妻となる。京大事件の挫折後に求めた指標は、彼には絶えざる地下があるだろうという生き甲斐の一点だった。しかし、彼は逮捕され獄死する。何不自由なく育てられ、ピアノを弾くのが上手で、しなやかな指の持主だった彼女も、夫の死後は自らすすんで夫の故郷へ赴く。農村へ。夫の実家では、残された父と母に、非国民、裏切者といった烙印が捺《お》されている。それでも、彼女が困難を克服したことが、実は魔術なのだ。土と泥と汗の中で、この娘が耐えて来たのは「自由には、その裏に責任と犠牲があるものだ」という父親の言葉と、「青春に悔のない、そして悔のない人生を生きたい」という夫の言葉の導きだった。これはまだ良いとしても、この言葉によって彼女が抱いた信念が決着のまやかしなのである。彼女の許を訪れた、かってのもう一人の人間、転向した男に向って、彼女はこんなことをいうのである。

〝正義が、時間が裁く〟と。そして、映画の製作された時点で過去のものであった裁きの日、終戦は訪れ、転向者たちへの審判は下るのである。父親は追放されていた学園へ戻り、彼女は農村文化運動の指導者となった。新生日本、万才。決着のドラマでは決して変化を捉えることが出来ないという見本である。終戦それ自体、民主主義それ自体が決着ではなくして、新たな問題となるような視点はまるでなかった。現在、想い出してみると、一億総ざんげを済ました後の、何の自立的な思想もないが故に、はればれとどんな体制にでも順応してゆける曖昧な映画の代表を、私は見たように思う。

最近私は、極言すればラスト・シーンというものはどうでも良いということを思いつつある。

グループ・エピゴーネンのこと——

かなりテレビジョン・ドラマというものが馬鹿にされていた時代があった。追いつき追こせというモットーがあった訳ではないが、演劇や映画といった先進メディアに匹敵しようとかなり努力がなされた。そんな時代は、ほんとうについこの間のことであった。最早、それが夢のように思える。テレビジョンは今や日本では確固たる表現媒体となりきった。この際注意しておくべきことは、テレビジョン・ドラマが、演劇や映画の教義を大衆化した一面を忘れてはならないことだ。そんなグループがあるわけではないけれども、テレビジョン・ドラマの担い手たちのかなりの部分を、私はグループ・エピゴーネンとでも名づけると、かなりはっきりとその様態が捉えられるという気がする。教祖さまの後継ぎなのである。演劇や映画を支えていた方法、表現を、広汎な視聴対象に解放した時、テレビジョン・ドラマは既得の表現の大衆化ということで歩んでしまったところがある。だから、ものごとの決着に対する興味を、すんなりと摂り入れてしまったのである。材質による区分は、すなわちフィルムを使うか、ヴィデオ・テープを使うか、キネレコを使うか、それを混ぜて使うか、といったことを通り越して、テレビジョン・ドラマとは何かといったことを問い直す季節が再び訪れたようである。定義、ということはこの場合どうでも良い。演劇や映画からテレビジョンを分け隔てるものを見付け出し、その原理と現在進行中のテレビジョン・ドラマの落差を埋める必要はない。もっと広く、文学や音楽や絵画をもひっくるめて、テレビジョンによる綜合を考えたいのだ。だからテレビ的とは何か？　ということを、表現を左右する軸として私は登場させたのである。材質による区分けをしてはなるまい。テレビ映画などという言葉は、実際どうでも良いことであり不必要な区分けなのだ。つまりテレビ的思考というものの存在について、はっきりさせるべきものである。かつて、電気紙芝居とか、一億総白痴化とか、その他さまざまな呼び名で呼ばれていた時代。いわば馬鹿にされていた頃、どうも私は、テレビジョンに青春があったという気する。即戦即決で、八方破れで、あわただしく、しかもかなりチャチで、人間の心理や心情を、情緒たっぷりに描き出すことにふさわしくなかった時代、例えば、スタジオが狭く、ライトの数が充分でなく、ヴィデオ・テープが使われる以前あるいはその編集もあまり、ままならなかった時代、演劇や映画のエピゴーネンたらんとしても、条件が容易にそれを許さなかった時代。テレビジョン・ドラマには、余り決着というものがなかったし、ラスト・シーンについての記憶もなかった。

番組編成の上で、ひとつの決着が生れてもすぐコマーシャルがその印象を消し去ったり、あるいはすぐ次の番組のタイトルがあらわれるといった放送のかたちが、余計ラスト・シーンとかラスト・カットの事大性をふき飛ばしていたのだ。終り良ければすべて良しといったことは、視聴率獲得といった商策や作品の見せ方としても旨い方法ではなかった。つまり、いかにはじまるか、いかにはじめから物語るか、ということがそこでは肝心だったのである。このことは重要である。トップ・シーンに観客を惹きつけるショックを作れ、といったドラマツルギーではなくして、ランダムな場所、態度で見られ、刻々送り手も受け手も、そしてその両者をつなぐ現実の時間と空間も変化してゆくなかで、変化そのものの記述を要請されていたということが言える。いわば、テレビジョン・ドラマの決着はその場限りの解決が多かったのだ、圧倒的なその生産量には、解決ということが問題にされていなかったし、番組の連続性ということからいって、当然ひとつの決着それ自体が次への新しい問題となる視点がテレビジョン的なこととして意識されていたのである。しかし、いつ頃からなのであろうか。こうした変化をとらえる軸に変って、テレビジョン・ドラマも決着のドラマのエピゴーネンになっていったのは。それは勿論、テレビジョン・ドラマの変貌の一段階なのだろうが恐らく、ひとつの進歩と退歩が、同時にそこで行われたのだ。演劇や映画と同列の表現が出来るようになったという技術上の進歩と、精神の退歩が。「私は貝になりたい」というドラマが放送された昭和三十三年の十月三十一日はひとつの転回点でもあった。私の記憶ではそれはラスト・シーン型テレビ・ドラマのはしりなのである。

「深い海の底の貝だったら、……戦争もない。兵隊に取られることもない。房江や健一のことを心配することもない。どうしても生れ替らねばならないのなら、……私は貝になりたい……」主人公、清水豊松の遺書の声でしめくくったこのドラマは、正義の審判が下った訳ではないけれども、まさにその主人公が正義の審判を期待しそれが裏切られるという決着を持つことで、結果的には同じ範疇の決着のドラマになったのである。そして、岡本愛彦の功罪は、テレビジョン・ドラマの対外的登場とぴたり一致して、映画の正統的エピゴーネンとなったことにあった。番組編成のあり方、ドラマの連続性、等々といったテレビジョンの大枠のあり方に質的な差はないにもかかわらず、決着が事大視され、そのことについての教養の大衆化として、殆んどのドラマ（曖昧ではあるが、すぐれた、文芸的で、シリアスなものと言われたものにつき）が、雪崩のように、変化を捉えることを忘れ出したのである。最近では、電気紙芝居だの、一億白痴化だのといったことも耳にしなくなった。そして、多くのドラマは心理主義的な描写だけを、それも日常的な気持ちのステロのくり返しとしてだけなのだが、行っている。ホーム・ドラマさえ一回一回の家庭内での決着が芯になって来ている。論議はたとえホーム・ドラマを辿ってでも的外れの方向に行ってしまう。社会問題をホーム・ドラマに持ち込め、といった按配に。……

私は、現在のテレビジョン・ドラマがつまらないと言われたり、問題提起又は問題意識に溢れていないといった批評、そしてそのことをどうするべきか、どうしたら良いのかといったことを、状況まるがかえで問題にしたところではじまらないという気がする。芸術的野心にそれが充ちていないからといって嘆くにはあたらないだろう。いやむしろ、単発ドラマといったものに芸術的野心がみたされたりする段階、単発形式の連続ドラマ番組が演出家の表現意欲の中心となって意識され、外的にも批評されていては、エピゴーネンの道は続くという気がする。テレビジョンにあっては問題の解決ということはありえないのだ。チャチな解決が問題となるのではなく、そこにおいては解決すること自体がチャチなのである。現状況下で、悩める現実変革の夢を抱いたオルガナイザーの若ものが挫折したり、天に向ってかっと眼をひらくドラマも、政治的な効用や宣伝や煽動を意図していることよりも、ラスト・シーンの決着のつけ方に問題があったのである。めいめいざめる若もののパターンが何等現実との落差を埋めなかったのも、それが決着のバリエーションに過ぎなかったからなのだ。決着についての観念性の弊害を見ることが出来る。

批評のことを取ってみても、一億総白痴化云々の形容には、テレビジョンによって人間も変化するという認識があったように思える。それがホーム・ドラマの氾濫云々と共に、芸術性といったことで曲折して来たことに、批評自体も映画批評ないし文芸批評のエピゴーネンと化してきた涸渇があると思うのだ。よく見てみれば解るとおりに、現在のテレビジョンにおけるホーム・ドラマは、小津安二郎の『東京物語』と迄はいかなくても、見事に表現されており、技法上作劇上のエピゴーネンとして進歩は、テレビジョン初期のものとは遥かな隔りがある。単発形式の一時間枠のドラマに見られる心理劇にしてもそうである。旧来の芸術性には近づきつつあるし、いや比肩し、抜きん出ているものすらざらである。だから、現在の批評はものを考えさせない決着を、胸にしこりの残る俗に言う考えさせる決着へと変えたがっているだけなのだ。批評は演出者の抱いた設計図の発掘を行うべきなのではないか。あるテレビジョン・ドラマがよく作られ、洗練され、完結しているといったことではなく、テレビジョン・ドラマ自体が内包する変化を見出してゆくべきなのである。即戦即決で、八方破れで、混乱と疑問と矛盾にみちた中から、一枚の設計図を拾いあげること。建築の世界などには、明日住むための場所についての具体的な設計図が線として、スケッチとして累積されている。果して、テレビジョン・ドラマだけは設計図がないのかどうか。「数の悪夢は昨日、大団地をつくり出したが、明日はこの大団地が問題と化す。……われわれの毎日の探究は、われわれの眼で起っている巨大な変異によって、たえず新たに、問い直されている。」（ミッシェル・ラゴン、宮川淳訳〝われわれは明日どこに住むか〟中の引用句より）という言葉はテレビ批評と無縁ではない。私には〝万物は変化する〟ということの座標が変らないのであって、人間のみは変らないということは信じられないのである。従って、ジャンルを超えて、ドラマはドラマであるといった視点も、ジャンルの定義ということと同様に信じられないし、生産形態の変化にもかかわらず、基本的な人間のこころや美意識は昔も今も、といった手合のドラマは信じられないのだ。

われらの内なる水族館ということ——

トニー谷が「あなたのお名前なんてえの」と呼びかける「アベック歌合戦」で、五つの女の子が〝チュチュチュ〟とサーフィンを踊り歌った時、私はふっと一億総白痴という言葉を想い出した。それは五月の何週目だったかはよく覚えていないが、その時課題曲の童謡を余り良く歌えなかったその五つの女の子を見て、私は私たちの世代とは違って、この女の子にとってはラスト・シーンや決着の記憶など、決してつき纏わないだろうと思った。その時白々しく聞えたのは童謡の方である。良いとか悪いとか、正しいとか間違っているといったことは兎に角、明らかにひとつの変化が起っている。テレビジョンで育った世代のものたちにとって、変化という必然が底流であるということだ。安定とか、日常性とかといったことも観念化しつつある。波風にも灯の消えない家庭像や血のつながりを強調したホーム・ドラマも変貌を余儀なくさせられている。父親の権利、母親の権利、子供の義務、家庭での解決といったこと。テレビジョンで与えられるささやかな決着を伴ったホーム・ドラマにみられる家庭の理想像は、幻影としての熱がおそろしいのである。道徳とか修身といった不変性の枠とテレビジョンの変化の軸がそこでは全く癒着しているのだから。少なくとも、「アベック歌合戦」は道徳的ではなかった。幼い子供は純な心で童謡をうたうといったことや、子供らしくとか、子供なりの、子供らしさ、といったようなことが、ステロとして風化している現象をうつしていた。だから白痴化といったことでは、ひとつも嘆くにはあたらないのだ。私の日曜の夜のテレビ視聴のゴールデン・コースは、「てなもんや三度笠」にはじまって「シャボン玉ホリデー」「隠密剣士」から「ポパイ」そして「プロ野球ナイター」へ更にとんで「ノン・フィクション劇場」へというコースである。私はかなりこのコースに魅了されており、日曜のこの時間に、テレビジョンを一番実感している。このことについての私自身の分析は、単純である。そこの面白さは、心情のまろやかな決着とかかわりのない、変化ということである。列記した番組のすべてを同断することは出来ないだろうが、これらの番組がホーム・ドラマや単発の文芸ドラマにみられるような決着を持たずに、八方破れで隙き間だらけの変化に対応していることだけは間違いなさそうである。「てなもんや三度笠」に関しての註釈はヤボというものだろう。諷刺とか皮肉とかいったこともすっぱり縁を断って、この旅日記風の道中滑稽譚は、つまりおかしなこと（仕草、セリフ、立場をふくめて）を羅列してゆくだけなのだから。心情に一片のかかわりもなく、決着も不在。「スチャラカ社員」

や「ごろんぼ波止場」のことも併せて、私には沢田隆治という演出家が、兎に角、現在のテレビジョンの顔に思えるのだ。グループ・エピゴーネンから外れた存在として、彼はウェルメイドに技法を凝らすといったことも毛頭考えはしないだろう。「シャボン玉ホリデー」は、そもそもかたちから言って、心理的高揚も決着もない音楽番組としてそこにある。流れそのものといった存在である。「隠密剣士」「ポパイ」は動き、活動することが万能であるということ。必ずほうれん草を喰べるとポパイに不思議な活力が芽生え、ブルートとの争いに決着がつく。実に、決着とはいっても、これ程単純に、くり返し同じことをやっているのも珍らしい。つねにそれはサディスティックなものであり、殴り、叩き、力の差でケリがつくということの基本を見せているだけなのである。これを見ていると、決着の事大性などもどこかへ消し飛んでおり、必ず同じ決着を描いてゆくことで、決着自体はどうでも良く、いかに決着を描くかということの方に力点がかかっていることが解るのである。黒澤明が『わが青春に悔なし』でもって廻ったように勿体ぶり、思想の痛みもなく一挙に正義の審判でケリをつけたことなどは、ポパイのほうれん草と同じ程度のものなのではないか。いや、「ポパイ」の域にも達していない。「ポパイ」の方はそのことの阿呆らしさをとっくに悟っているのである。「プロ野球ナイター」にはシーズン最後迄、真の決着はありえないし、たとえ優勝をしたとしても、すぐ次のシーズンが問題なのである。変化と対処しなければならない。具体的な野球人の対決があるだけで、これは先づ何よりもドラマではない。ドラマ的に見えるかもしれないし、こういうものがドラマと呼ばれる時代が訪れるかもしれないが、いわゆるゲームの法則と進行がドラマとなるような時代が。……勝利投手にしろ、勝利を収める瞬間に問題なのは来たるべき登板である。私は、人生はドラマだというようなことについても、そんな言いかたを捨てるべきだと考えている。波乱と緊張とからくりの果てに、あるチームが優勝を握ったり、ある個人が栄光に包まれたとしても、一見それが作劇の作法にのっかったようなかたちで私たちの眼にとび込んで来たところで、それをドラマと敢えて名付ける必要はないと思う。言語のこととして使うなら、そういった変化を、私はテレビジョンと呼びたいし、テレビジョン的と呼びたいのである。思い切って使うなら人生はテレビジョンだ、という言い方を。「ノン・フィクション劇場」にあっては、記録イコール変化である。変化についての報告であり、ある変化のパイプのつまりに対する怒りである。テレビジョン的ということのひとつの輪郭は、これらの周辺で徐々に明瞭になってくるだろう。

幾年か前、深海を遊泳する魚群を捉えたジャック＝イブ・クストオの『沈黙の世界』という映画を観たことがある。それは見たことも訪れたこともない海底に、珍しい魚がいることを知る興味をみたしてくれた。未知の世界の色と音とかたちについての報告。映像的というよりも、視覚的にフィルムの上に感光された色彩の鮮やかさが、私たちの眼をある種の見馴れた範疇の色彩から解き放ってくれた。その映画の果した役割は、水族館としての意味だったろう。そのクストオが一九六四年に作った第二作目の記録映画『太陽のとどかぬ世界』は、未知の世界というものが私たちの日常を転覆させる裂け目を、私たちの内に作り出していることを教えてくれるものであった。私たちの皮膚にも変化は起るし、起りつつあるのだ。万世一系、万古不易の白日夢ではなくして。この映画は、子供たちにとっての夏休み用の教材といった側面の具体性と同時に、前作『沈黙の世界』でガラスばりの外側から魚を覗きみていた視点も変化して、別の具体性を持っている。深海の色彩ゆたかな魚群を前にして詩と夢幻の世界などという言葉を使う余地は、完全になくなってしまったのだ。クストオ一行が海底十一メートルと二十六メートルのところに作った海中の家についての記録である。海底発掘、魚群の観察研究といったことに加えて、われわれにとっての居住地域となるかも知れないという実験を含めて、その海中の家は事実存在し、具体的なそれなのである。安部公房の『第四間氷期』は水棲人間の物語りとしてSF的な興味をそそり乍ら、実は私たちの浸った日常の不変性がすぐそこ迄訪れた非日常の裂け目へと吸い込まれてゆくことを、教訓的に描いた小説だった。アレゴリーでも何でもなく海の底に人間が住むということの事実。生活様式の変革さえもが設計図と実験段階では現実に胎動していることを、

『太陽のとどかぬ世界』は『第四間氷期』の裏打ちのように描き出している。水族館という概念は、私たちがガラス窓の中の魚を覗くというかたちが日常的だった。しかし、ここでは最早、魚に覗かれるということが水族館なのである。

石川淳の『荒魂』は非日常と未来の叫び声を耳にしうる人間にしか、現実の裂け目が見えないことを描き出した作品だったが、事実はテレビジョン・ドラマよりも遥か先方を走りつつあるようだ。未来が見える見えない、その叫び声が聞える聞えないということの差は勿論であるが、事実はおおうべくもなく進化していることに私はどぎまぎさせられてしまうのである。そこで、私は自分たちの空想とかフィクションのイメエジが、刻々と色あせつつある危惧をすら感じることになる。たとえば、私たちが精一杯作り上げるセットやトリック技術で空想の翼を延ばそうといった想像力が、最早この映画のような事実を前にすると、想像力と呼べる代物でもなかったことを悟らざるをえない。実際、海中の家や潜航艇などや、調度備品そして諸々の器材の類いは、少年サンデーの漫画や円谷プロの映画に出てくるようなかたちをしており、SFということにしても、もっともっと私たちは想像力を働かせる必要があるという気になるのだ。『太陽のとどかぬ世界』は想像力の貧困といった、私たちの内なるフィクション不在を照らし出してくれる。

人工衛星があがったり、人間が宇宙を遊歩したといった事実を前にして、野次馬的に科学と文明の進歩に見合ったフィクションを作らねば、などとイコールにする必要はないが、文化と美意識の変化も、要請されつつあることは事実なのだから、そして、それが、まさにテレビジョン的ということのひとつなのではないだろうか。つまり、想像力が新たな冒険へと旅立つということ。ものごとのはじまりを、はじめから描くということが。

空想科学ものといわれる映画が、空想的に見えて、真に私たちの皮膚をつき刺さなかったのは何故なのか。それは私たちの日常での気持ちの類推を延長した次元のものだったからだ。ものすごい様相の怪獣も、宇宙の彼方より飛来する遊星人も、人間的な感情の投影物でしかなかったからなのだ。決着としては、自衛隊が出動して、地球は安泰。逆の立場をとったとしても、イオネスコのシナリオによる『新・七つの大罪』の第一話程度で、地球の破滅という比較的簡単な想像力の止揚と放棄でピリオドを打ってしまうことになっていたのである。地球の終焉という決着はいとも単純なことである。要は地球自体の変化なのだ。われらの内なる水族館という意識の段階は、『太陽のとどかぬ世界』による、素朴なわれらが内なる水族館ということの記録をつきつけられて、水浸しになってしまった。

より具体的にということ——

誰がそう呼んだのかは知らないけれども、電気紙芝居という言葉は、何とエピゴーネン的言辞なのだろう。その言葉の重圧を感じさせ、そしてある種のコンプレックスを、私たちの前にいたテレビジョン・ドラマの先覚者たちに植え付ける言葉を吐いた種族は、変化というものを見ようとはしなかったのだ。テレビジョン・ドラマを映画芸術などへの従属関係として捉えていただけなのである。それでも〝電気紙芝居〟という言葉自体を、私はかなり愛している。つまり私が子供の頃紙芝居を見た記憶のなかで、その結末につき、どうでも良かったことだけは確かだからである。私は毎日精励恪勤してそれを見に通った訳ではないけれども、〝この続きはまた明日〟といったものを、その場その場で、何種類か、とっかえひっかえ見せられていたので、紙芝居中の人物にはおわりというものが余りないのだ、と思っていた。覚えているのは、色であり、その場その場での変化と面白さについてである。電気による紙芝居とは、実際上手に言い表わしたものである。とはいえ、映画におけるフォトジェニイへの回帰やその再確認のような意味で、テレビジョン・ドラマも誕生当時のかたちに戻れということではない。その昔の定義づけで、やかましく言われていた同時性という機能については、再考する必要があるかも知れないが。

私は、今日グループ・エピゴーネンが、電気紙芝居から映像へ、変化から決着へ、即物性から心理主義へとテレビジョン・ドラマの方向を作りあげて来た筋道もひとつの必然だったとは思うのだ。それが、漸く次なる変貌へと矛盾をかかえている。だから、テレビジョン的なものの限定と定義をすることは、本来癒着をしないメディアをねじまげるということになるだろう。今肝心なことは、テレビジョンについての観念や、知識ではなくして、ものの考え方のちょっとした目新らしさでもある。

怒った時、その相手に向ってものを投げる、というのが一般的であるとするならば、ある男は怒った時、その相手をものに向って投げる、という喜劇がスタージョンの『考え方』という小説には描かれていた。私はこういった一種の破れかぶれな精神に、テレビジョンの青春は宿ると思うのだ。しかし、これはひとつの寓話である。当面、決着との訣別ということは「より、具体的に……」というブレヒトの言葉でしかありえないだろう。より、具体的に。私はこの言葉を変化を捉えるということの方法として受けとっている。ホーム・ドラマですら、その意味では大きな可能性に充ちあふれているのだ。日常性を描くといったことや、誰しもの身の回りに起る出来事といった漠然たる眼を捨てること。〝あるがままの生活を、あるがままに描く〟と言ったルイ・フィヤードの言葉は無声映画初期のことである。テレビジョン・ドラマこそはそんなつかみどころのない亡霊を退治せねばなるまい。

映画とテレビジョンのあいだ　4

テレビジョンと時代の痛み

ロベール・ブレッソンというひと――

捕えられ、獄にぶち込まれ、そして脱出するまで。ロベール・ブレッソンの『抵抗』という映画は、このことを一人の死刑囚に着目して描いていた。指の動き、手のかたち、階段をきしませる足の運び、そして眼。監獄の全体図ではなくして部分を。もっぱら死刑囚の触れ、見る範囲と死刑囚自身の行動半径だけをきりとっていた。同じブレッソンの作った『スリ』という映画も、スリの指の動き、眼の配り等をアップで積み重ねた映画であった。ブレッソンの方法とでも言ったものは、

1　眼、指、手、のかたちと動きで人間の内面を捉える。

2　内的独白が映画自体のリズムである。

3　ひとつのことを物語るための余計なものをすべて捨てる。

ということに纒めることが出来る。そして、ブレッソンの方法がテレビジョン・ドラマにひとつの示唆を与えるものだという論が以前にはあった。

脇路・1

論ということを見ておかなくてはなるまい。見ておくのである。考えるのではない。私が以前といった時点は、飯島正、佐々木基一、岡田晋等々といった人々がテレビジョンについて論じていた頃をさしており、

みすず書房から「テレビ芸術」などという本が三冊ばかり出たりしていた五、六年前のことである。最近では、誰もテレビジョン・ドラマにつき論じなくなってきた。現在では、テレビジョン・ドラマにおける批評とは、新聞批評と、新聞の読者欄と、局外モニターのことである。ある種の映画雑誌等の月評は、週単位のものが多い新聞批評と同じく、殆んど何の役にも立っていない。「テレビドラマ」とか「テレビガイド」とかいった雑誌もある。前者はテレビドラマを書こうとする人のための、あるいはテレビ会社に就職しようとする大学生のための様態説明と作品フィルムであり、後者は番組紹介である。原理を探る。原点を確認する。そういったこともなされなくなった。各ジャンルの批評のエピゴーネンたちにとって、最早、エピゴーネンたる立場では、何も論じられなくなっているのかも知れない。例えば「展望」七月号の座談会での加藤周一氏の発言「テレビジョンで芝居をやれば、それは大衆に通じていて、芸術家と国民の大多数とが共通の場で話せる――これは大きなプラスといえるでしょう。しかし一方、そのテレビジョンでやる芝居の質は、たとえばフランスの少なくとも一流の芝居とはくらべものにならない。演技の水準といい、内容といい、はるかに低い、そこに問題があるのでしょう」私には、どこに問題があるのか良く解らないのだ。テレビジョンというものがフランス演劇の中継媒体として、あるいはフランス演劇人の手になるドラマの表現媒体として存在しているのならば話は別である。勿論、例え話ではあろうが。実際、誰も論じなくなった。誰も、……

ブレッソンがテレビ的であるか否かということにつき、想い起こすのは先ず彼の個人的な資質である。彼の映画は、テレビ的云々といったことを含めて、奇妙にも共同体としての輝きを全く持ちあわせないものである。俗に言われる巨匠なる映画監督たち。過去の徒弟制度から育ち上がった非個性的な個人の趣味と伝統の継承の代表者。実際には風化した流派に属する。彼等の作品の共同体としての輝きのなさが、映画を常に後継者の王道としている。それとは違って、ブレッソンの場合、日本とフランスの映画製作上の資本形態の相違又は監督へのなり方の差からか、偏執狂的な迄に己れの眼で己れの周囲と己れの信念をしか語らない。そこには個としてのコミュニケーションの不在がある。実感型映画監督の極限だという気がする。「自分の時代に腹を立てれば、痛手を必ずこうむる」ことになると考える、ムシルの『特性のない男』ウルリッヒとは違って、ブレッソンは自分の時代と自分の関係を越えている作家なのだ。だから、世界の映画界で、彼がやや独特の位置に居るのは、知識型の映画監督が、社会状況を可能な限りトータルに把まえようとしていることと対立しているからなのだ。ブレッソンの方法にあるのは、ある種のテレビジョン・ドラマにも通用しそうな匂いにしかすぎない。いまふり返ってみると、映画に比べたスクリーンの小ささ、スタジオ製作上の種々の制約（例えば、カメラがケーブルをひきずっているというようなこと）の中で苦闘していたテレビジョン・ドラマに、都合良く批評家たちがブレッソンをかつぎ出してきて、あてはめ、考えてみた、と言えないこともない。大型スペクタルへの道をぐんぐんと歩んでいる映画の中で、物量的な見地から、ブレッソンはテレビに示唆を与えるとされたのではなかったろうか。いわば、費用のかからぬドラマの作り方。セットの不要なドラマの作り方、登場人物の少ないドラマの作り方、といったような意味で。

ブレッソンはストイックな作家であるといわれている。多彩な発展を遂げる映画技術のロマンチシズムに対して、古典主義的な三一致にも似た規律で映画を作りあげる。彼は色彩映画を一本も作っていない。主に素人を俳優として使う。方法の1で記したように、多くは人間の部分とりわけ眼と指と手のかたちと動きによるきりつめられた表現である。方法の2で記したように、対話よりも、ある意志を持った人間の自己への語りかけである。つねに、この表現される主人公の意志と神の恩寵との観照とが映画の軸である。それ故に、肝心なものは意志による自己規制である。対話による発展ではない。だから、自己と他者との関係を媒介する言葉は極端にきりつめられる。方法の3は、背景、人数、設定をも含めたブレッソン映画の一般的な雰囲気のことである。『抵抗』という映画は、従って、意志を抱いた人間が脱出するという直線的なドラマツルギイを持ち、それがブレッソンの表現で簡単明瞭に現わされていた点で、テレビジョンにも通ずる匂い、という風評を呼んだのであろう。そのことは、以前はひとつの必然であったかもしれない。新しいジャンルが勃興した時に、それを定義づけ、枠づけしようとする際の割り切り方として。既制のジャンルから何がしの類似比較をひっぱり出すということである。〝テレビはアップである〟という言葉もブレッソンと関係をもっている。スタジオ空間の狭さとか、セットのチャチさ加減から、それもテレビ的なひとつの真理だったのである。三一致的なドラマもブレッソンと関係を持っている。場所の限定（セットの杯数）初期における時間的飛躍の困難、等々。テレビジョン・ドラマにおいては、きりつめられ、無駄を省き、短い放送時間の中で直線的にドラマを作りあげることが、本来の性格であるとの意見が多かったのだ。限定された場所で、選ばれた少数者が対話を交すディスカッション・ドラマが、その頃、テレビ的なるものとしてもてはやされていた。レジナルド・ローズの作劇法の紹介が盛んに行なわれたのもその頃である。内的独白と対話の差こそあれ、そういった限定された枠づけがテレビジョン・ドラマには適している、とされていたのである。

脇路・2

実感型映画監督と知識型映画監督ということにつき、さまざまなことが想い浮ぶ。ブレッソンが実感型の極限とはいっても、自伝的ということは違っている。それは信仰、信念のこととしてである。〝すべての優れた小説は自伝的だ〟という言葉が、むしろ本来の実感型なのかもしれない。その点からゆけば、フランソワ・トリュフォなどは最右翼なのであろう。知識型ということは、統計への依存ということも含まれている。ラスト・シーン、見世場、観客の嗜好調査、更には、何を語り、何を見せるのかということについても行なわれる一般的な情勢分析。極端なことをいえば、制作の衝動すら統計の結果におきかえられている、ということである。制作衝動のひとつ、怒りというものの質も、今ではかなり一般化されている、「自分の怒りは事実自分の怒りであると、いいうる人がいるであろうか。今日では、かくも多数の人々が干渉して、怒っている当人以上に、その怒りについてよく知っているのだから」（特性のない男）

表現上のストイッシズムは、現在、テレビジョンとは無縁であると思われる。限定された場所、人物といったことから、時代を超えた対話のことを含めて、ブレッソンはテレビ的ではないのだ。私には、テレビジョン・ドラマにあっては、削りとられ錬磨されたぎりぎりの表現が余り信用出来ない。むしろ不測の事態をひっくるめて、凡《あら》ゆる計算が狂ってしまうような思いつきや、永遠性とか不動性を打ち破った変化があるべきと思っている。時代を離れた抽象性や普遍性は全く求めるべきではないだろう。映画には古典がありえても、テレビジョン・ドラマには古典がありえない、という気がする。尤も、時代と密接したということを、奇妙にもトピックスのドラマへの移入ということで解決しているような有様が現在のひとつの姿でもあるのだが。例えば、ホームドラマで主人公たちがヴェトナムをちょっと話題にしたり、選挙のことを喋ったり、といった風に。それは映画のエピゴーネンとしての帰結を持ったドラマに、風俗的なものが加わったということにしかすぎないだろう。方法とテーマは不可分に時代を背負うべきなのだ。つまりは変化を。

テレビの受像機台数の増加による映画観客減少の傾向ということが、新しい視聴態度と視聴方法への発展ではなくして、ひとつの移行であるうちは、見られ方にも問題があるかもしれない。映画を見る時とテレビを見る時の相違といったものが、受像機の置かれているであろう茶の間という場所をめぐって、矢張り以前論じられたのである。だが、私は茶の間は映画館のエピゴーネン化したものでもあることを忘れてはならないと思う。受像機はもっともっと不安定なものとして見られなければならないのではないか。視聴態度は映画に比べて、表面的にはランダムのように見える。寝そべり、飯を喰いつつ、自動車の中で、音声だけ、あるいは音を消して、チャンネルを切り換えながら部分部分を、といった具合に。それでも、大部分、映画と同じようなものを家庭で手軽に且便利安直に見られるという線上で、見られているのではないだろうか。テレビはより臨機応変に見られるべきものだという気がする。勿論、その為にこそ、テレビジョン・ドラマは変化という方法がテーマ自体にならねばなるまい。

〈ここで、ちょっとしたブレッソンについてのメモ〉
『罪の天使たち』(一九四三年作品)

シノプシスのような全体である。画面に撮し出されるのは葛藤と変化の過程ではなく、すべてが結果と既定部分なのだ。ということは、予め計算され、予定された人間の動き方の各段階での結果を、断片として集積させたということなのである。作者にとっては、そういった動きが帰結し、人間がある矛盾とか混乱とかを通り越して何らかの色に塗り込められた時の単細胞な状態(抽象的、観念的なひとつの駒。この場合には実感の駒)にのみ興味があるのだろう。この断片はシノプシスとか制作メモにはよく見られるものだ。それをそのまま画にしたら、こんな映画が出来上がるのかも知れない。

内的独白の手法はここでは使われず、またこれは気持ちのドラマでないことも確かである。ベタニイ修道院に於ける、アンヌ・マリーとテレーズの結果の集積として、木偶のようなかたちが撮し出されるだけなのだから。気持ちを度外視したということが新しいドラマを作っているのではなく、アンヌ・マリーは死ぬべくして死に、テレーズは受けるべくして、手錠を受けるのであり、天の運行による予定調和が基本になっているのだ。

予定調和は次のように進行する。

・テレーズは反抗的な顔(作劇上の仮面)をして現われ、スープの皿を落とす。

・アンヌ・マリーはテレーズの不作法にも拘らず、テレーズに接吻する女に仕立て上げられている。
・テレーズは兎に角出獄する。ある所に現われ、男をピストルで撃つ。
・テレーズの修道院への来訪は、アンヌ・マリーならずとも予想されていた、神の配慮である。
・アンヌ・マリーがテレーズを克服するために、一度修道院を出なければならない。作劇上、アンヌ・マリーの魂がテレーズにのりうつる為に。
・アンヌ・マリーは、ある朝墓に倒れているところを発見される。
・その死。
・そして、テレーズの自首。

復讐なき恩寵の世界の時代錯誤な宗教画はこうして、完結するのである。アンヌ・マリーとテレーズの間に激しい精神のからみ合いがこの映画にはまるでないのだ。（この点は脚本家の汎神論者ジャン・ジロドオの責任かも知れない）魂というものについての問いかけを見たく思っていたのだが。

一九四三年とは、一体どんな時代だったのか？　勿論、制作条件の不自由さ等から時代の抱えた問題を投げかけられないにせよ、カトリック信者にとってもそれは深く自身の本質的コミュニケートに係ることであったろう。せめて、時代の苦悩を背負った影ぐらい見たかったと思う。ユダヤ人大量虐殺にかたくなな沈黙を守ったローマ法王のこと、つまり、後年「神の代理人」などで纏められたようなこと、あるいはアラゴンが〝神を信じたものも、信じなかったものも〟と詩《うた》ったような視点、そんなものの匂いが欲しかったと思う。私には『罪の天使』はあの時代の白日夢としか思えないのである。

『抵抗』が戦後十五年経過した時点での作品となったことは、ブレッソンにとっての必然だったのである。それは抵抗者の素材に目をつけて、個人の意志《神とコミュニオン》が物語られたものに過ぎないからだ。

この映画の軸は二つある。

1　アンヌ・マリーは死ななければテレーズに自己投影の印をおすことが出来ない。魂がのりうつる節理。

2　復讐の否定。テレーズの自首。戦争中に、こういう恩寵のテーマを持った映画が出ることは偶然ではあるまい。救済の虚妄を語り、極度に政治的な利敵行為に近い精神を伝播している。

『ブローニュの森の貴婦人たち』（一九四五年作品）

ディドロのコント『運命論者ジャック』に基いた古典的な寓話である。単にこの映画の枠として見られる三一致的な傾向が古典的なのではなく、中味そのものが、正しくいつの時代に逆行しても構わない時代性を離れた点にあるからだ。現代の衣裳を着、現代の道具と環境で語られてはいても、この映画はコスチューム・プレイと何ら変りがないのである。物語られるのは『罪の天使たち』の延長線上にある復讐の否定のテーマである。

愛人ジャンに疎んじられたブルジョアの女エレーヌが、卑しい踊り子アニェスを、策略をもってジャンに出会わせ、ジャンがアニェスに惚れるようにしむける。アニェスの氏素姓を偽り、ジャンを騙して、エレーヌはことを運ぶ。そして、ジャンが遂にアニェスと結婚した時、アニェスの前歴を暴露する。ジャンは己れの地位、生活環境、階級の中で、一旦衝撃を受けるが、アニェスを真に愛するようになる。以上のようなエレーヌという女の復讐の策略とその失敗の皮肉な物語り。肝心なことは、復讐者への皮肉である。

この映画の特徴は次の通りである。

・寓話としての普遍性故に時代を失っている。

・これもまた、結果の集積による映画である。（兎に角、エレーヌは復讐する女でそれが失敗する女であり、ジャンは復讐される男でその結果愛を得る男であると決められている。エレーヌとジャンの愛のかたちは全く不問である。だからといって行動に着目したと思ってはならない。ブレッソンの映画は行動の過程と動機説明の不在において個性的である）

・われわれは、ここで又ひとつのモラルを持たされることになる。復讐の否定。私にはこれがカトリック的なモラルだとも思えないのだが、例えば、眼には眼を、歯には歯をということありき、されど我汝に告ぐ悪に抗うことなかれ、といった言葉はもっと激しいものなのではないか。左の頬を打たれなば右の頬を出せ、というのは、逆にひとつの挑戦なのではないだろうか。

第一、復讐へと到る幾つかの契機にはダイナミックな渦巻があるだろう。その発見が肝心なことだと思われる。はじまりが、動機そのものが不在ならば、不在であることの時代的、状況的必然をがっちりと歴史の座標に捉えねばなるまい。そこを素通りされては、復讐への皮肉に一片の箴言ほどの重みしかないのは当前である。復讐をしまい、または復讐をさせまいとするものとの激しい対立がないのは、時代との絶縁に由来しているのだろう。私は嘗て云々された、ブレッソンの『抵抗』の直線的ドラマツルギーということも、疑問に思う。ドラマとは深く時代そのものである筈なのだから。

復讐の失敗が予定調和であることを記述するまでもない。「映画はエクリチュールである」と、昔ブレッソンは言ったそうであるがそのことが聊か解るような気もする。登場人物たちが、何処でどう生き、どういう生産をし、どういう再生産をし、どんな状況で、といったことから度外視され恩寵のテーマに組み込まれた時には、映像は一種象形文字のような記号と化してエクリチュールとなるのは当然だからである。勿論、エレーヌをとり巻く装置や衣裳で、彼女の暮しむきが漠然とブルジョアジーを代表していることは解る。その対比で、アニェスと母親のことも輪郭は解る。しかし、これはブレッソン独自の方法ではなく、映像の持つ多義性以前のある撮される対象の持つ雰囲気として、何処にでもあるものなのだ。このことをもっと徹底的におし進め、しかもより記号としての意味を強めたいのならば、抽象的な装置と衣裳と場所を選ばねばならないだろう。この映画の場合、ブーローニュの森やポール・ロワイヤルは、ロケであっても具体的なそれではなくして、装置の抽象化されたものに過ぎない。時代を証すこともなく、時代の中にフィクションも摑みえず、ただ先験的にとっぷりとキリストの恩寵と箴言に浸り切った作家の虚妄という結論がここにある。直線的ドラマツルギーとは虚妄へのひたむきな道程のことだろう。

テレビジョン・ドラマにあって、ブレッソンのような白日夢は決して許されないことである。つまり、テレビジョン・ドラマは具体的に時代そのものだということが出来る。ここを抜きにしては、その芸術性云々の検討も宙に浮いてしまうだろう。ブレッソンとテレビジョンの接点があるとすれば、それは彼が極端に寡作だという点にあるように思えてならない。方法でも、それをくるためた思想でもなく単純に制作本数の少なさだけが。……一九三四年に撮した中篇を含めて今日迄、ブレッソンというひとは七本しか映画を作っていない。三十年間に七本。この少なさは、勿論テレビジョン演出者の対極にあり、極端なはなし一週間で七本演出する者もいるテレビジョンでは全く考えられないことなのだ。いわば、ブレッソンはテレビ演出家としては役立たないひとであり、頑固で一徹な信念や、商業的に非妥協非寛容であるといったことが、ただそれだけでは意味をなさずテレビ的でないことが解るのである。つまり、テレビジョンにおいても、そんな反商業性が反体制的でもないことを記しておかねばなるまい。ブレッソンが私たちと交わる地点はこの辺りなのだろう。

脇路・3

時代を超えて普遍的であるとはいいえ、例えば大島渚の『叫び』などを混同して考えてはなるまい。恩寵への信念と怒りの原型質を一緒にすることは出来ない。BGに使われた流行歌がなかったならば何時の話かよく解らないということが『叫び』につき、かなりいわれたことがある。しかし、そこに表現されていたのは変化を信じるというより、存在とは変化そのものということであり、その変化を淀ませるものにぶつけられた怒りではなかっただろうか。それは青春の質であり、闘う姿勢の確認でもあったのだ。ある運命共同体の島に生きる青年を描きつつ、エンゲルスの「一旦叛乱の過程にはいったならば、最大の決断をもって行動し、かつ攻撃にでなければならない。守勢をとることはあらゆる武装烽起において死である」という原理へ還って、私たちの戦略とか自己規制を戸惑わせたからである。

そういえば『スリ』という映画の主人公はラスコーリニコフに基いていた。

サイクルということ——

テレビジョン・ドラマは「時代に腹を立てれば、痛手を必ずこうむる」ドラマなのだ。それはしかも刻々と進行中の時間に対応している。ある色合いの定まった時代、といった区切りとは無縁であり、常にドラマ自体が時代を作り上げている程のコミュニケーションの通路でもある。従って報告ということも、テレビジョンにおいてドラマそのものになりうるわけである。時代との抜きさしならないタッグ・マッチが社会的状況の鏡としてではなく、時代の人間像を報告する立場を鮮明にしている。その報告は制作者側の問題意識の培養の結果提示され、その問題の視聴者との共有を計りつつ、徐々に視聴者側の意識変革又は問題への興味を期待するものではない。その程度の効果はドラマにつき考えているとしたならば、それは芸術至上主義の裏返しで、またチャチなものである。ドラマによる報告は政治または社会問題へのめざめを期待するものではないだろう。そのことを期待して作られたドラマの効用は、成功しても知識の普及という役割である。勿論、このことが全く意義なしとはいえないであろうが。少なくとも、その程度の効用がもたらすものは怒りの一般化ということではないだろうか。矢張り、教育的ドラマの限界を同時に含んでいると思われる。報告は問題の絵解きでもない筈だ。つまり時代との相関関係において提出された、表現のことなのであろう。それはほっきりと具体的な人間像を示しうるものだと思われる。

とはいえ、私たちは未だ明確なテレビジョン・ドラマの設計図（つまり共同体の持つ輝やかしい側面をふまえたその作業の果てに表現されるべきものについて）を築きあげていないのだ。尤も、その設計そのものも、ひとつの線、ひとつの角を引いた瞬間には、全く次の変化へと絶えず静止していないものであるだろうが。映画の進歩というもの、そのかたちの変化は、技術の発明と共にあったという気がする。物質の変化というものがかたちと表現を変えてゆくということは、ひとつの真理ではある。それでも映画は演劇や小説等と質の闘いをしすぎたという気がする。私はテレビジョン・ドラマはむしろ建築に近いとさえ思っている。報告性は効用ではなくして、機能の一部なのではないだろうか。建築がその物質の変化と共に空間を支配してゆくなかで、テレビジョンが時間を支配してゆくのだろう。そして、建築の場合、最早物質的進歩が高度になればなる程その耐用年限も明確になってゆくように、テレビジョン・ドラマもその耐用年限を明確にさせてゆくという気がする。年限というかなり悠長なサイクルは、現在でも崩壊しており、そのサイクルは月に、週に、日に、時間に、対応するようになるだろう。普遍性、固定した道徳観念、一元的な価値体系で、そのサイクルを計ることは出来ない。それは混沌でもある。エネルギーでもある。感覚をバラバラにし、そして未来へと不定型に渦巻いた。さし当り、テレビジョン・ドラマの設計図の輪郭はこんなところにありそうである。

分担ということ――

映画には幾人かの巨匠が存在し、天才と呼ばれる人間が存在し、またブレッソンのような極端に孤独な散歩者も存在した。テレビジョン・ドラマはそれが存在しえない世界だろう。常にそれを作り上げる基底に、ひとりの人間がいることに、またそのひとりが他のひとりへとコミュニケートをはじめることに変化はなくても、混沌としたメディアの未来と、現在の商業性と表現の枠を、ひとりの天才が出現して綜合出来るとは考えられないのだ。だから未来にわたってテレビジョン・ドラマはこの拡散する世界像を時代を裏切らない共同体で分担してゆかねばなるまい。地域的な、また年代的世代的な具体的立脚地点の明瞭さがテレビジョン・ドラマには欠くことが出来ないと思われる。私はテレビジョンにひとりのチャップリンは登場しないと思う。肝心なことはテレビジョンに携わる人間がどの分担をしているか、ということなのではないか。

脇路・4

チャップリンの創造した人間はルンペン・プロレタリアートに属している。放浪者、浮浪者、日傭い、そして間歇的に無気力になり凶暴になり、動物的な愛情を持ち、しかも惚れっぽい。この性格故に、この人間像は時代と地域を超えて、その日暮しで誰の下にも、考えもなく易々と従《つ》いてゆけた。仮りに世界を革命と反革命の二つに分けてみても、この人間像だけはどちらにも通用しえたのである。チャップリンが天才なのは、この時代の超越の仕方、地域の超越の仕方ではないだろうか。だから映画の巨匠と呼ばれる人たちはブレッソンならずとも時代を超えた普遍性に入り込んだ時、そう呼ばれることになるのだ。テレビジョン・ドラマに巨匠が存在しえないというのも正にこの点においてである。チャップリンのしなやかな動きとギャグの卓抜さは勿論素晴らしいものである。しかし彼はどちらの側にもぎりぎりの決着点で属さないことを、いわば全人類的なヒューマニストたる中立の立場をとることで止揚したのだ。ここに、チャップリンのグロテスクな迄の狡猾さと素朴さの強烈な面がある。彼が永世中立国スイスに住居を定めたことは象徴的だ。片足を米国に、片足をメキシコに入れたまま、国境の真上を歩いてゆく『偽牧師』のラスト・シーンはすべてを物語っている。チャップリンのナチズムに対する、ヒロシマの原爆投下に対する、マッカーシズムに対する発言は、その意味で、超党派的な結構ずくめであったと言えるようだ。喝采は明白だった。チャップリンの喜劇は主人公をルンペンにすることで、常に観客をその主人公より高い位置に据え、貧困に対する同情と、にも拘らず滑稽で道化ていることの二重操作で、涙を催させてきた。観客は厳密な意味で自己の対象化をさせられることがなかった。外面的にその動きを笑うべく仕向けられた故に、安心してルンペンを見ていられた。またこれが人間の貧しき孤独な姿でもあることの裏側を、ある高みから見物しえた故に、笑いつつ泣かされてきたのではないだろうか。それが政治的な中立を伴っているだけに安心して。企業家が若い演出家に向って、チャップリンを見給え、大衆の心を摑んでいるじゃないかといえば、それは全的な力である。大衆の嗜好というものにつき、その漠たる概念が常に時代を創造をひきずる賢明さと芸術的な感受性に富んでいること、それには全く信頼のおけることを企業家に護符として与えたのはチャップリンであった。しかし、この大衆にはプロレタリアートとルンペン・プロレタリアートの区別もなかった。笑いつつ泣かされるというリズムはホーム・ドラマのリズムではないか。他人の不幸を見る気持ちの良い感情を催させる要素がその道化にはこめられていたようである。こんな意味での反テレビジョン的な抽象性を大島渚は『愛と希望の街』で、少女に私は正義の味方、月光仮面といわせることできちんと否定していたのだ。もっとも、チャップリンにあった時代が、生産からの疎外者の喜劇であったことに、私はブレッソン以上の天才を見るのである。それでもこの十九世紀生れの天才は二十世紀の生産とは何かを摑みえなかったのだ。その時代と、それに見合った人間像を作りあげることは出来なかったのだ。彼は映像芸術の最後の天才という気がする。そして、彼の衰退と共に巨匠と天才の世紀も終焉を告げたのだろう。いまや、機械が人間の感覚をバラバラにしてゆく段階で、巨匠もバラバラに解体されつつある。映画にとっても、そこからひとつの胎動が生れるように思われる。国境を股にかけて、あてもなく向こうへとゆく姿。『偽牧師』に類似のラスト・シーンは幾つかのフィルムで散見しうる。『モダン・タイムス』では二人手をつないで向こうへと歩いていった。彼は常に向こうへと、転々と場所を変える暗示で終ることにつき野放図だった。中立地帯の人、地球上の生産から絶えず離れていた。傍観者の極限でもあった。だから『殺人狂時代』で、行き場所のない架刑台へと歩んだ後、ロンドンの『ライム・ライト』に戻れたのだ。この長い歩みに、普遍的立場への営々たる歩みに、時代が欠落しているとは思われないが、テレビジョン・ドラマにおける時代とは、もっと違ったものだろう。その第一歩は、《物質的生産の変化へのコミュニオン》からはじまるのではないだろうか。

映画とテレビジョンのあいだ　5

テレビジョンと空間

ホーム・ドラマということ――

五月九日。「ベトナム海兵大隊戦記・第一部」放送。政治的配慮。その続きを見ることは出来なかった。あの縷々と語られた心情的告発で塗り込められたコメント主体の〝私〟は、何かホーム・ドラマ主人公とある現実との誠実な接点のように思えた。指の切り取られた農民、南ベトナム軍兵士の手に持たれた首、路傍に転った死体、拷問される人間たち。「ノン・フィクション劇場」にうつし出された映像は、これまでテレビで放映された数々のベトナム・レポートよりも、素朴で直接的なものがあったかもしれない。茶の間に適しているか適していないか、または現実を直視するためかあるいは現実の選択の仕方として表現上の行き過ぎか、つまりは〝残酷さ〟を発端として論が起こり、結局政治的配慮へと事は進んでしまった。でも私には、『ベトナム海兵大隊戦記』の与えた強い印象はその心情的なコメントの故だと思えてならない。まさにホーム・ドラマの主人公がベトナムへ行って目撃者になった時、語り始めた実感といったようなもの。極度に非政治的な素材によって極度に体制的なホーム・ドラマ。その主人公が誠実にある状況に対しての感慨を洩すといった実感が、あの場合体制を動かしたひとつの力だったという気がする。接点というのは、実は私たちも色濃く染まっているそのコメントの響きの持つ心情にあったという気がする。揺すぶられ感動させられる因子が、判官びいき等といった呑気な私たち内部の心理的解剖としてではなく、ベトコンの勝利を確信する調子で伝わって来る心情にあったのだ。民衆を力でなく、心で摑むことしかないとグエン大尉に呼びかけたコメントは、ホーム・ドラマ的であればある程、あの場合には私たちの心情を反体制へと駆り立てていった。勿論、心情の持つ具体的なかたちの雲散霧消が直ぐに起こる要素すらあったのではあるが。いわば心情こそは、体制を支える芸術上、表現上のキー・ポイントであったのが、それが現実に行なわれていることの映像記録と合致した時に崩れ出したという点に、一番大きな問題があったという気がする。平和のあるべきかたち、民族解放のあるべき厳密なかたちが心情を越えて肝心なことは言う迄もない。反戦とか、平和へのねがい、家庭のしあわせといった心情の各種の題目は、現実との接点では、すんなりと闘いの実際のかたちへの共感とならざるをえなかったこと。「ベトナム海兵大隊戦記」のコメントが客観性を保ったものでなく、主観的かつホーム・ドラマ的であった故に、私たちの内なるホームと現実とを、現在のテレビジョンに適用している戦術を用いて、つないだと言えそうである。心情の各種の題目はフィクションとしてのドラマで、すなわち連続ホーム・ドラマのおはなしとしては幾らでも、にせものの平和を幻影としてつみあげることは出来る。題目の果てしなき再生産として。しかし、現実との接点が生まれるとその題目は題目本来の意図としては通用しなくなってくる。つまり体制にとっての題目は、現実の映像に合致すると、逆に反体制の方向へ逆転してゆく結果になる訳である。だから、ホーム・ドラマの主人公たちは仲々家の外へ出ないのであろう。一歩外へ出て、実感を語りはじめてみたまえ、ドラマを支える土壌が風化してしまうのがよく解るだろうから。

「〈この戦争に勝つ唯一の道〉というところが、僕にはよく理解できなかった。単純な反戦、平和主義からは、おそらく、かような表現は出てこないだろう。だから、僕はこれをこう解釈する。すなわち〈民衆を心でつかんだ〉民族解放戦線が、やがては勝つだろうということの裏返しの表現なのではなかろうかと。単一な心情にぬりつぶされたコメントのもつ、魅惑的な力にずるずる引きこまれてしまいそうな、甘美な誘惑を、敢然と断ち切る為に、僕は〈裏目よみの権利〉を行使したい……」飯島哲夫は「第三映画」の第十号で、このようにきちんと整理をしている。私には裏目を読むまでもないと思われるが。映像がかたちを、コメントが気持ちを、というのが「ベトナム海兵大隊戦記」であった。勿論、ホーム・ドラマ一般は映像も音声も気持ちを代表しており、心情べったりであることは言う迄もない。

さて、その後回を多く重ねずして「ノン・フィクション劇場」で、四畳半に十一人といった家族が放送された。ドラマとしての『ただいま11人』との人数の付合から、そう思ったのではないが、私にはこのホームへの回帰を偶然とばかりは思えなかった。恰も、ベトナムのコメントの主体〝私〟が、日本のホームへと帰って来たような印象を受けたのである。五万五千円の給料で十一人家族。間貸りの四畳半に、ラジオが一台。スラムの国際的規準をはるかに超えた居住状態。ここでのコメントは、それでもこの一家が如何に明るく健康に生きているかを淡々とした調子だが謳い上げる。それは、私たちの身辺を埋めたててゆく、コマーシャルやホーム・ドラマによる家庭または住宅、あるいは人間の住む場所についての幻影に対する反証を意図したものかもしれない。確かに、ここで撮されていた一家の子供たちの、満足に玩具もその他の道具もないすがたには、暗い影ややせた肉体もなく、動物的な群居、文明からとり残された原始的なすがたを想わせる活力のようなものが見られた。自動車の通るのも構わず道端で昼寝をする子。裸足で、恰もジャングルの中でのように、神社の境内を跳び廻る子。狭い家の中で遊びようのない子供たちは、当然外へ外へと出てゆく。それは東京にも、未だ射している太陽の光を最大限に浴びている子供たちかもしれない。しかし制作者たちがこの場合には、そんな次元での人間の持つ本質的なバイタリティといった曖昧な感じを拠点としてしまったことで、人間の住むべきかたちへの報告をなしくずしにしてしまった。現在の私たちの環境がくらし方が満足なかたちを示していないことを、コメントの主体は、人間性又はスラム的状態に咲いている原始性の中で見出した素朴さ健康さへの心情的な共感で終らせてしまってはならないのである。ベトナムでグエン大尉を心情的に告発した主体と、この場合の主体とは同一ではなかろうかと、ホームへと回帰した番組の流れの中で、私は感じた。心情的コメントによるかたちの雲散霧消が、そこで直ちに見られたということだった。テレビジョンが如何に時間を支配するメディアであるとはいえ、そこに空間をひき入れてくる操作が欠落していてはならないのだ。

「ベトナム海兵大隊戦記」の場合、ある残酷な事実に対応した心情的コメントは、撮し出されている事実とまさに反対のXを渇望することで、幾つかの題目（反戦、平和、民族解放といったようなこと）を体制の美辞麗句として残さなかった。いわば心情にも否定的心情と肯定的心情の二つがあるとすれば、映像に対する否定的心情といったものが、ベトナムという空間を私たちの内なるホームへ、引っ張りこむことが辛うじて出来たのだ。しかし、この場合には違っていた。映像による子供たちの健康な明るいすがたへと、心情もべったりイコールになったことで、一種のホーム・ドラマになってしまったのである。私たちの空間のイメージはまたもや宙ぶらりんになってしまったのだ。そこで示された番組の姿勢は、どうしても単純な自然へ還れ、といった題目に思えてならなかった。貧しくとも明るく。私にはそんなことがどうしても信じられないのだ。

ここで、『アラン』を想い出すこと――

ロバート・フラハーティが一九三二年から三四年にかけて作った『アラン』。アイルランドの北端。北大西洋の波が荒れ狂い、巨大な大西洋の化物、さめが泳ぎ廻る場所での漁師一家の物語。砂もなく、土も僅かな、波に削られた岩盤続きの大地に人間が生きていることの報告。それは単純な僻地からの報告ではなくして、人間の住む空間あるいは知恵の闘いを照らすフィクションにもなっていた。この場合フィクションとは想像力の喚起のこととしてである。

「こんな場所でも、人間が生活しているのか」といった段階である現実を受け止める場合がある。感動または感歎。そのことへの共感ないしは反発。

「こんな場所で（いわゆる文明からは隔った場所で）なおかつ暮らすということの中に、人間の強さとか、苦心とか、愛情とかが宿っている」といった段階がその次に来る。人間の強さ、苦心、愛情等々が観念化される。万物の霊長の地位を誇持せんとするヒューマニズム。汎人類的な。……私には「ノンフィクション劇場」の場合も、この段階で歩みを止めたと思える。多くのテレビジョン・ドラマや映画を通じて、この観念はかなり強固に地盤を築いている。とりわけ僻地辺地、特殊な職業、環境等を素材としたものにみられる。〝人間讃歌〟の虚偽を考えると良い。そういった素材のもつ、具体性が、制作者の心情によって、普遍性へと簡単にすりかえられてしまうのだ。例えば『喜びも悲しみも幾歳月』。私たちの内側へ空間を引っ張ることもなく、隔った外部のこととして遠ざけておく効能を持ち、灯台守さん御苦労さん、あなたのお陰で私たちは安全に眠れ、私たちの船は安全な航海が約束されます、といった自分の生活の安全を崩すことなく、幾らでも出てくるお世辞と褒め言葉。自らの懐の痛まない傷のつかないホーム・ドラマの論理がこの段階にはある。

さて『アラン』を見て私が「こんな場所で……」と印象づけられ、更に考える点は、単なる場所の極地性プラス観念の帰結、といった円満な公式ではなく「こんな場所では、こういう生活手段を使い、こういう生産をし、こういう灯りの下に暮している」といった具体性への立脚である。この段階での、この認識で事が終りならば「これらの人々に愛の手を、文明の手段を、政治の解決を、よりよいランプを、本を、遊び道具を」といったキャンペーンの材料になりかねない。フラハーティが『アラン』で捉えていたのは「にも拘らず」ということの両面性である。つまり「こんな場所にも拘らず人間は住んでおり、生活しており、そこで知恵を働かせ、自然を対象化する歴史を作りあげ、またつくりつつあり、つくってゆくだろう」ということの具体的な現実と「こんな場所は人間の住む場所ではないのだ」ということの対応である。部外者の眼で入り込む作家が観念の帰結に足をすくわれなかったのは、にも拘らずにつき纏う生産手段の幼稚さを含めた愚かさと、それ故の厖大な歩みと消極さを、対象への愛情と賞揚のみに捉われずに凝視《みつ》めたことなのだ。場所そのものに対する疑問を、カメラを捉えっ放しで記録することで私たちのこととしたのである。ここには心情を超えてゆくものがあった。

◎土のない岩だらけの場所に海草を敷き、岩の奥深い割れ目の中から土を掘り出してその上に蒔き、僅かの土を耕して野菜を作る。この具体的な生産についての事実だけで相当なことであり、同時に分業と適地条件と交易、つまり空間をつなぐパイプのこと、私たちのかかわり合いのある面が持つグロテスクな閉塞性を批評する。

◎猛烈な波のうねりは、岩盤にぶち当って、人間の丈よりも幾十倍も高く打ち上がる。その激しい運動で、海には石鹼を溶かしたように、白い水泡の原が出来る。海は青い、ということを拒絶するような激しい運動である。人間たちは岩の岸を伝い、波にさらわれ、頭を出し、懸命に立ち上がって歩く。この波を対象化しようとし、この環境で生きることの努力を続ける頑固で、愚昧で、しかも鍛しくまた弱々しくもあるが、人間の住むべき土地をイメエジさせる力を持った映像となって表わされている。人間をより良くフォローするとか、このショットはこれこれの為といった予定されたショットではなく、そこで人間が波に没し、実際にその波から黒い頭が再び現われるかどうか、そして再び立ち上がるかどうかを、えんえんと撮し続けたショットのつみ重ねから成り立っている。同時性ということは、ただ単にテレビジョンの特性として、異空間を同時間上に結合させるというだけでの総合ではない。日比谷公園の陰にカメラを据えっ放しにしておき、そこに撮される通行人や車の流れを、ある種の現実的に起こりうることへの予測で狙ったとしても、それは映像のドラマ的な予定調和の窒息からの解放ということだけで、新しい獲得さるべき質にはなりえないと思われる。勿論、現在進行形の事件に対する証人の位置を保つ基盤は存するが、作家が主体的にある対象とかかわり合った時間的なねばりの質についても、同時性は拡大されるべきであろう。
◎ランプに灯りを点す為に、巨大なさめを捕えなくてはならない。それはまた食卓をうるおし、数々の富をもたらすものだ。その為に彼等は小舟で、巨大な化物との四十八時間の格闘をする。それはさめに逆に引っ張られ、エンジンでもついているように小舟が滑ってゆく滑稽な光景でもある。しかも同時に、全く危険な闘いの連続である。灯りを点す為に。最初に捕え、銛を撃ち込んださめは飴ん棒のように銛を曲げ、逃げてゆく。そして二番目に銛を撃ち込んだ相手との四十八時間の格闘が撮し出される。この闘いの状景は、同じフラハーティの『極北のナヌーク』でのあざらしとエスキーモーの闘いに似て喜劇的である。

脇路・1

私は真に生産的な態度こそ喜劇的なリズム、いわば消費的なものではない喜劇なのではないか、とふっと考える。喜劇は生産に宿るのではないか、と。『アラン』や『ナヌーク』の場合、私たちは幼稚な生産手段にも拘らずということを、えんえんと見ることが出来る。観念とか、逞しさの押しつけとか、雄々しい気持ちを捨てたショットとはこういうものだと思った。貧しい生産手段は飽く迄も貧しいものであり、そのことをもってしてもなお、人間は一本の葦だなどと見ることが厳密ではないのだ。さめとの闘いのシーンで、フラハーティの取った態度は、貧しいかたちをおおう心情に加担しない態度である。私たちが真の喜劇を内にしていないのは、喜劇の貧困は私たちの生産感覚それ自体の貧しさとイコールだと思う。つまり制作者たちを取り巻く現在の都会の日々で作られるものは、諷刺、誇張、ギャグのパターンで成り立っているのも必然なのだ。現在、喜劇は消費のルートでもある。

『アラン』は前記の段階で、各要素、土地（場所）、生産、生産手段等の関係をきちんと摑えており、対象への愛情は、ある社会関係の中で人間の抱く超克されるべき厖大な問題として提示されていた。

距離感を——

テレビジョン・ドラマの現在性、つまり時間に対応したすがたに、空間を引っ張り込むことは、同時性そのものであるべきすがただと思われる。野球の中継、あるいは舞台中継、政治的事件、社会的事件の中継といった媒体の機能からドラマを逆算する必要はないだろう。テレビジョン・ドラマにあるべきものは、単純な機能から割り出された点とは異るものがある。飛行機や、機関車や、自動車の形態とは違って、空間における想像力の復権もまた、欠くべからざるものだと思うからだ。これ迄テレビジョン・ドラマは、テレビジョンの内なるドラマの分野で、時間の中に空間を入れる作業をうとんじていたという気がする。空間を地理とすれば、時間は歴史であるだろう。時間については、過敏であっても、地理については、従来あるがままの地図にのっとっていたようである。勿論、それは造型的、構図的なフレームの美学ないしは映画を支えて来たフォトジェニイのようなものではなくして、時間がのり越えてゆく空間の具体的な距離のことである。距離を感じさせるドラマといったようなものは出来ないのであろうか。測地上の粁数についてのことではなく時間の縮めてゆく空間というもの。本来、時間に対応しているテレビジョンならば当然このことがなされてよい筈なのだ。「ノン・フィクション劇場」が、簡単な話、健康で明るさに充ち溢れているにも拘らず、ここは人間の住む場所ではない、またはもっと広い家を、という軸をさえ持ちえなかったのも、空間へ注がれるべき眼を備えていなかった故だと思われる。例えばベトナムでは現在戦争が行なわれている、といった段階での同時性にのみ、テレビジョン・ドラマの機能を束縛してはなるまい。ベトナムを、その距離を私たちの側に引きずり込むこと。勿論、遠心力のようなもので逆につき離す場合もあるだろうが。つまり、こういった距離感を想像力が時間と同時進行する所に、テレビジョン・ドラマは成り立つものだろう。日々作られてゆくドラマは、それにしても何と距離感に欠けているのであろうか。ある歴史の帰結に属しているか、そうでなければどの場所で私たちが捉えたら良いのかが一向に明瞭でないのである。常に時間の機能にもまして、優先するのは心情である。ゴダールなどはその点まだしも賢いやり口を見せている。『恋人のいる時間』で、わざわざ断片のつみ重ねと冒頭に明記をし、時間と空間を分解していることで、何とか逆に私たちにそれを想起させようとしているのだ。このことは、ゴダールの商売上の戦術なのかもしれないけど。

トリュフォのこと——

フランソワ・トリュフォの『柔らかい肌』は、彼の前作『突然炎のごとく』が女一人を間にはさんだ三角関係で成り立っていたとすれば、その反対に男一人を間にはさんだ三角関係の構造を持った映画であった。『突然炎のごとく』は社会的な規範とか、道徳とか、ともすれば固着し勝ちな人間関係の日常の生活の形容語とは異なったものを見せてくれた。言ってみれば形容詞抜きの世界。名辞抜きの世界。「カトリーヌは自由奔放な女だから、ああいった男二人の友情に愛のくさびを打つことが出来たのだ」などともし書いたならば、『突然炎のごとく』が持っていた生気のあら方大部分は消えてしまうだろう。「自由奔放な社会的規範を意に介さない」といった形容ないし名辞が、がんじがらめにドラマを縛り上げている中で、トリュフォはイメエジで解放していた。その点でトリュフォのリアリズムはイメエジが濶達であればあるだけ唯物的なものに見える。いわば人間に付着した観念の薄皮を剝ぎとってゆく作業であると言っても良い。カメラがディテイルを、ドラマの流れとかかわりなく、現実散歩のようなことを試みても、トリヴィアリズムに陥入らないのはその辺に秘密があるのではなかろうか。私はしかもこういったトリュフォの構造自体が、かつて〝カイエ・デュ・シネマ〟等で批評家として活躍していた頃からの論理的蓄積だとは思わない。むしろそれは演出家の生理そのものの様な気がする。

脇路・2

私たちは演出家の生理、殊にテレビジョン演出家の生理ということにつき、もっと声を大にして叫んで良いのではないだろうか。身体のはたらき。また肉体の要求するもの。例えば、渇きとか、光を浴びたいとか、血が騒ぐとか、さまざまなことの中に、演出者としての資質もからみ合っていると思うのだ。むろん生理だけの演出家というものが存在したためしはないだろうが。解釈、知識、習慣、手本にのっとる、そういったことが本来芽をふくべき生理の叫びをなしくずしにしているのだ。カメラ・ワークひとつにつき考えてみても、それが持つ運動性は演出者の生理そのもの、心臓の鼓動と同じようなリズム以外の何ものでもないと思われる。頭の中で考えられひとつひとつ理屈づけられ、ショットの意味が名辞でおきかえられるようなものには、テレビジョンとしての意味がない。時間と空間を刻々と変化する流れの中で受けとめてゆこうとするのに、呑気な映像の整理や意味づけというものは必要がないものだ。私には、例えばトリュフォのカメラ・ワークというものは、感覚的、視覚的に良い造型性を示そうとするものとは違い、彼自身の生理的排泄作用のような気がする。

このことは、いわゆる歌番組と呼ばれるものにつき、もっと発散されていいのではないだろうか。歌番組でさえ、わかり易いカメラ・ワークといったものが頭におかれているのは不思議なことである。一体、何が知識の理解、物語り性の理解とダブってくるのであろうか。それは歌っているという行為が理解出来るという最大限のきまりなのであろうか。例えば、歌でバスト、間奏でフル・ショット、バンドが入っている時はバンド、又はセットが歌の文句に似せて作ってあればそのセットの部分を撮るといった、凡そ歌番組の八十パーセント以上を占めるパターンにつき纏っているのは、矢張りカメラ・ワークの理屈なのではないだろうか。

『突然炎の如く』については、「この男と女の関係をとるために映画をとりたかった」とトリュフォは語っている。その言葉は、生半可な観念、空間からの距離感をも自らの観念の尺度でなしくずしにすることから、映画が訣別しようとしたもののように響いてくる。それは又、実体とのかかわり方、勉強のやり直しの筋道、演出家の再生産の筋道の正当な経路を感じさせるものであった。勿論、テーマがつねに肝心なものであることは論をまたない。ただ「愛することを恐れてはならない。と言うことを恐れてはならない」と言った『シベールの日曜日』のセルジュ・ブールギニョンの単細胞的な描写では、人間の厖大な極面を捉え切れないと思う。トリュフォが感覚的で、ブールギニョンがテーマ的であるとも言えないのだ。ベトナムからの帰還兵士の記憶喪失、そこでの時間としての現在性とドラマの中でのインドシナという空間は、全く心情的に塗り込められていたのが『シベールの日曜日』ではなかったろうか。トリュフォにおけるテーマは、女と男と女の三人が語る言葉、そうして歌、出会、遊戯、対峙、つみ重ねの中で、存在する質として出ているものなのだ。第一次大戦前後の時代、凡そ私たちは縁遠い空間での出来事であり乍ら、時代劇がアレゴリカルに現代を描くといったケチさ加減で時間と空間を失なっているのに比べて、名辞抜きの世界への着目だけで、ある距離感をトリュフォはドラマに与えることが出来たのだと思う。

『突然炎のごとく』に描かれていたことと『柔らかい肌』に描かれていたことは、具体的な人物構造が反対であるばかりか、内容迄も当然その反対になっていた。『突然炎のごとく』の場合には、三角関係の決着に到る皮肉な物語り性がひとつの枠となっていたのだが、ここではそれが余り重要でない。『柔らかい肌』は、私には時間的な偶然と、人間のある時間におけるかたちが問題になっていたように思える。一人の文芸評論家の、旅先での若きエアー・ホステスとの出会い。恋愛。妻との離婚ばなし。去ってゆくエアー・ホステス。そして、妻との復縁願望。意志の疎通。その果てに、妻の一撃で死。この物語は、いわば筋書きを追ってみれば、極く単純であることが解るのだ。「戯れに恋はすまじ」の昔から、テーマとしても描きつくされた三角関係の基本的な軸であるのに相違ない。筋書きの脈絡は辿れば辿るほどに、単純で、パターンにのってお り、心理描写を省略したブッ切れのものである。つまり、ある瞬間、瞬間という奴。トリュフォは恋愛心理劇としての三角関係には一切の関心を払わなかったのだと思う。勿論、第一次大戦前後の三角関係と、現在の男女関係のそれとの対比を描こうとしたのでもないだろう。

ここで問題なのは、

（1）主人公が知識階級であること。その階級と職種の、ある面臆病で陰花植物的な恋愛の限界を描こうとしたこと。

（2）主人公の妻にとって、夫の生理の不在、知識と解釈の世界の生き方が、魂の欠落と響いたこと。

（3）時間上の偶然（偶然というのは結論の出たある瞬間の形容だが）に於ける、主体的行動の責任が復讐のドラマに代っていること。

だと、先ず私は思った。陰花的なかたちでしか恋愛の出来なかった男が、その恋愛のすべてにも没頭することが出来なかったのは必然であり、なおも自らの日常と癒着して、復帰をすら願うあさましさを、トリュフォは断罪しようとしたのであろう。その断罪が、妻という日常そのものの側からであったことに、私は時間と私たちの住む幻影のホームが私たちを復讐するであろう痛烈な意味を感じたのである。ここにあるのがフランスの平均的知識階級の日常との癒着の告発にあるとすれば、新しく、危険なく愛人を作るという作業だけが冒険であるようなインテリのかたちがトリュフォの描く対象だった。そこで捉えられているのは家庭という空間の風化である。最初かなりの忙しさとある確立された評判の中で動きまわる中年の文芸評論家の安定した根拠地としてのホームが描かれる。夫の働きと名声を名誉に思い、欲求不満をも帳消しにして、夫が子供にハイドンのトイ・シンフォニーのレコードを買ってくる姿を満足気に見ている妻のかたちが次に描かれる。いわばこの根拠地を設定しておくことで、トリュフォは愛を覚える、愛を感じるということ、愛人と家庭の外へ脱出してゆくといったことが、常に革命的なことばかりではないことを言いたかったと思われる。つまり、このインテリゲンチャにとっては、本来の家庭もこわさず、エアー・ホステスとの愛も（若い女性の柔らかい肌に触れる）成就したいという、両立がこころにあったに違いない。そこの部分で、新しい飛躍とか脱出のイメエジすらもが、既に癒着している日常の行動半径の保存とイコールになっていること。トリュフォの摘出のポイントはここにあったのだ。

従って、夫が妻に撃たれる帰結は、三角関係をモラリスティックに眺めた結論ということは出来ない。いわば、妻が夫を射つに到るあの急激な精神の高潮をモラルの帰結として見たならば、物語りとしては乱暴すぎる程強引な結論であり、妻は完結の為の傀儡の役割をしか演じていないと思われるからである。ここにあるものは心理描写を抜きさった意識の断層のかたちであろう。思い返してみると、忙しいばかりにあちらこちらと動き廻る主人公の行動半径だけをピック・アップして映画が出来上がっていることが解るのである。そして、その忙し気に見える行動のサイクルは外へ拡がっているかに見えて、自らの描いている軌跡、円周の範疇から決してはみ出していないことが解るのである。トリュフォが描くのは、その円周の破れ目をつくろおうとする為の行為だけである。夫としては自らの恋愛が終止符をうった時に、妻との家庭の崩壊を怖れる。しかし、自ら家庭を放棄しようと思ったそのことの修正は、妻が夫を告発した瞬間に、自己自身の崩壊（死）として訪れるだけなのである。最後は、夫との連帯（家庭のサイクル）を保つが故に夫を射たねばならなかった妻の奇妙な回復と悲歎のクローズ・アップである。ベトナムで目撃者の地位にたった「ノン・フィクション劇場」は、何故のうのうと人間讃歌へのホームへと復帰出来たのであろうか。一旦は家庭の崩壊に立ち合いながら、修正をすんなりと行ってしまったことが実に奇妙に思える。ジュールとジムに挟まれたカトリーヌは精神の静止する淀みが耐え難く腐敗をもたらすことへの敏感な感性が具わっていた。カトリーヌはその歌のように、愛しては離れてゆく旋風《つむじかぜ》のようなものであった。カトリーヌはここでの夫とは異りジュールを道連れに自動車で自らの死を選んだ。それは定着の予感がそうさせたのでもあり、愛においての決定的な癒着の時間が自らに近い時の自覚がもたらした最後の選択でもあった。これ以上この時間を生きることは、あるがままの地理上で生きることでしかないという。トリュフォはこの二つの作品で、両面から、我々に時間と空間の持つ意味を私たちに与えたのだという気がする。それは丁度『柔らかい肌』と競争するようになったゴダールの『恋人のいる時間』でゴダールがバラバラの断片にした作業よりも論理的なものであったろう。

『柔らかい肌』は名辞ぬきの世界ではない。映像はかなり言語的な表象を含んでおり、報告的な絵解きに近いものだ。勿論、この二つのトリュフォは家庭空間の風化という距離感をもって迫ろうとするのだが、次の空間への想像力に関しては未だ一言も洩らしてはいない。つまり、私にはそこがテレビジョン・ドラマの役割りのひとつと思われるのだ。家庭を否定し乍ら、愛し合う二人が作り上げる幻影、それもまたひとつの家庭であるとするならば、日本の青春にとって家庭空間のイメエジは、もっともっとこれからテレビジョン・ドラマの上で探られるべきことである。私たちは幾つかの擬似的なイヴェントの中でどのような場所を自らのものとするのであろうか。ひどくエゴイスティックであり乍ら、共同体の持つ輝きへと昇華してゆくような場所。それが同時にテレビジョン・ドラマそのものの空間でもあるのだろうか。

※追記・脚注

トイ・シンフォニイは、ハイドンの作曲と言われて来たが、正しくはレオポルド・モーツアルトのものだそうである。レオポルドの存命中からハイドンの名で出版されたこともあるそうだ。一九五一年に研究家シュミートによって、原曲はレオポルドのものということが実証されたと言う。

映画とテレビジョンのあいだ　6

テレビジョンと演出者の現在点

悦楽を観たこと

青春を描くことが難しい時代だ。と、最近田村孟は私に語った。成程、テレビジョン・ドラマのみならず、映画あるいはその他のメディアを通じて、近頃青春が描かれているという場面にぶつかったことが余りない。勿論風俗的にある種の若ものたちの姿が描かれることはあっても、それが時流というある種のアクチュアルな匂いを持ってはいても、感覚ないしは論理の発見にみち溢れていないという気がするのだ。このことは観念の問題ではなくして、実感としてそうなのだと私には思われる。青春の不在は、表現する側が存在し通用している青春を対象化しえないことではなく、表現する側自体も青春の不在の中に深く棲みついているということであろう。大島渚の三年振りの作品『悦楽』はこの地点に立っている。今や、青春とは何か？　という闘いのイメエジは、青春の不在とは何か？　という解体のイメエジに変っている。つまり、かく青春の描かれない時代の中でひとつはっきりと摑まえられる姿があるとすれば、なしくずしに解体される青春像のみであろう。青春を問いかける際に、かなりネガティブなこの自己の軌跡を凝視することのみに、今の時代の青春は捉えられるのかも知れない。感覚的にも、論理の上でも、兎に角この辺りの整理をしておくことは肝心だと思われる。『悦楽』の主人公脇坂篤の女性遍歴は中村賀津雄という俳優の肉体的資質の故か、私には年令不詳に見えた。しかしそこに大島渚の眼目のすべてはあったのだと思える。〝これが青春だ〟という型で彼が『叫び』を作った時、運命共同体の中で闘う若ものの姿は時代の塵をすら浴びているようには見えなかった。そこには見事な程ある論理の原型が提示されていた訳であるが、三年振りの映画は最早それでは済まされなかったのだ。従って時代を反映させること、その為には青春を描くことの難しさと、一度は直面しなければならなかった。青春であって、同時に青春ではない姿。このかたちを描くことが命題であった。

私たち自身、果して時代を背負っているのか、それとも背負っていないのか。世代的な軸の欠落を中村賀津雄に托した大島渚の眼は正しかったと思われる。『叫び』の軸は一種抽象的であったが『悦楽』の軸は説明過剰な迄に現実的であろう。脇坂篤には愛のイメエジが最初から脱落している。家庭教師をしていた娘匠子が彼の永遠のマドンナであるが、それはみじめな幻影にしかすぎないのである（加賀まりこ扮する匠子がもっと美しかったら、永遠のマドンナの相貌として見る側を納得させられたという批判は、中村賀津雄が風俗的にも今日の匂いにみちていないという批判と同様に、やや見当外れである）。階級社会の中で、脇坂は愛が階級超克の極部的具体性を持つことも知らずに、ブルジョア家庭の駒となり下がる。匠子を犯した男を、彼女の父に依頼されて殺したのも、実は彼の怒りではなかったのだ。彼の行う殺人につき纏ったあの得体の知れないもの哀しさ、空しさは、管理職者の命令を、烈々たる企業意識もない代りに反撥もなく実行した社員の趣ですらある。彼はかなり間の抜けた合理主義者、そして保守的で個人主義的で、週刊現代十月十四日号の「昭和三十年代入社社員の欠点」に象徴される男のようなのだ。大島渚がわざわざ世代不詳のイメエジを芯に据えたことは「三十年代社員はいわば〝戦無派〟。どの世代ともつながらない」という「週刊現代の記事」に見られるようなムードを論理的に吸い上げたからと思われる。殺人現場を目撃され、ひょんなことから三千万円を預けられ、その金に手をつけだしても、彼は実に下手なやり方で、ヒモつきの愛と性から逃がれることは出来ないのである。彼は世代的にも、階級的にも己れの狭いサイクルにとどまるのみであった。青春であって、青春でない特徴はここにある。キャバレーの女眸にはやくざというヒモがつき、サロンの女給志津子には家庭というヒモがつき、女医圭子には知識というヒモがつき、唖の女マリには沈黙というヒモがつき、という具合。この遍歴の過程が陳腐であること、また全体にこの遍歴で図式的な状況見取図が浮き上ってしまったが、金の価値とイコールである現在のセックスを世代欠落の男に対応させている以上、それも又やむを得まい。解体の青春のドラマというものは、どう転んでもそれ自体面白いものではないのである。最後、脇坂は匠子に裏切られるのであるが、それは脇坂が自分の幻影に裏切られることに他ならず、自らの深く陥入った深層が自らをなしくずしにしている点に、この『悦楽』という作品の意味がある。幻影と現実の混淆。幻影の支配。幻影は幻影である以上に私たちの現実ともなっている。実は、私たちも脇坂同様幻影に裏切られ続けているのではないだろうか。青春が不在とは言いつつも、青春は描かれなくなったと言いつつも、私たちにとって青春というもののイメエジが『悦楽』の匠子のようなものである限り、いくら演繹的にものごとを感じていても、この時代は続いてしまうと思われる。この点で『悦楽』のテーマは全く一九五六年の『深海魚群』のあの言葉「……深海に生きる魚族のように自ら燃えなければどこにも光はない」という奴とダブってくるのだった。

脇路・1

今年。一九六五年の映画界に於ける、幻影の果てしなき再生産としてのセックス・ブームの中で、幻影の生れる土壌としてのある疎外のかたちを曲りなりにも表現していたのは『悦楽』だけであったと言える。いわば私たちにとっての悦楽の行為が、それ自体の解放という個別的な名目としては幻影に過ぎないことを、大島渚は〝三つ子の魂〟の精神で説明してみせた訳である。青春の描かれない昨今の状況は、青春ということ自体を幻影の彼方へと押しやっている。青春が描かれるべきだという希求がひとつの神話となり、ますます擬似的なイメエジを作り上げてゆく。何故ならばセックス・ブームとかなり交りつつ、青春も表現されていないわけではないからだ。つまりは幻影として。にも拘らず、私が青春の描かれない時代を感ずるのは、そういった今日の通用している作業が、演出者の個人的な体験と展望を通してよりトータルな変革への筋道を辿らないことにある。セックスがセックス描写の完結で解放されないように、巷に通用しているファッションとしての青春の謳歌は青春を決して解放しないのである。

現在テレビジョンは、こういった幻影としての青春、若さの生産に力あるメディアとなっている。「若さが一杯です」「みなぎる若さに明日の希望をのせて」「ぼくたちの青春を歌います」等々、歌番組の司会者の口から吐き出される数々の名辞。また、若ものたち、大学生、高校生、を素材にしたドラマの完全にパターン化した映像。衣服の流行と喫茶店や公園のベンチでのデートの会話と、ボーリングかスポーツカーかせいぜい二三種類の遊戯に代表されるイメエジは、逆にテレビジョンの生産する名辞と映像に現実の行為を真似させることで、青春を今の時代に通用させているのであろう。この反証として描かれている青春は、新聞配達をしておふくろに味噌汁を作るか、家庭の中での連帯に総力をあげているか、企業の忠実な社員として合理的に行動しているかといった類のものなのである。ブーアスティンはその著書『幻影《イメージ》の時代』で、今日のマス・コミの作り上げた状況は人間の現実感覚そのものが深く幻影によって変質されつつあることを述べている。私たちにとってテレビジョンによる表現される幻影もひとつの現実となりつつある以上、私たちにとってのもうひとつの現実への責任として、個人的な解体を深く告発してゆくことはテレビ的だと思われる。テレビジョンで描かれるファッションに我が身を似せてゆく、あるいは映像としての青春を見ることではじめて青春を実感するという生き方の通用を停止することは出来ないし、またその必要もないだろう。肝心なことは、はっきりとテレビジョンによって私たちが獲得した質としてもうひとつの現実を摑まえることであり、幻影からアクチュアルな闘いの原型へと、幻影自体を変質させてゆくことであろう。『悦楽』には論理の新発見はひとつも見られなかった。それは大島渚が語り続けて来たことの繰り返し、まさしく彼自身の言葉通りに「……この世の虐殺者に対する怒りと恨み、虐殺者に対して何もなしえない私への怒りと恨みは、こめられないわけにはいかない」（映画芸術七月号）というものであった。そして……

この私という部分が重要なのだ。青春にとって。テレビジョンにとって。というのも、今年になってテレビジョン・ドラマは演出技術の非個性化という道を急激に歩んでおり、それは演出というものの意味を変質させる程の勢いだからである。演出というものがある個人のマニエリスムから離れたという面と同時に、それはある企業内のドラマ制作機構の上で完全な没主体の面を持つものとなってきた。「日本の素顔」のドキュメンタリスト吉田直哉の「太閤記」はその傾向の代表作なのである。「太閤記」を取り巻いた、テレビ内部のグループ・エピゴーネン達からの〝ドラマチックでない〟という批判はとるに足らない。このドラマの特色として考えられるべきことはテレビ演出の変質ということにあるのだから。演劇において、故岡倉士朗が意識的に俳優たちの後方へと自らを位置した方法とは別の後退がそこにはある。つまり、演出者は「太閤記」の場合、私の立場、私の恨みつらみやその他の衝動を全く離れた交通整理員のようなものである。俳優の個性、カメラマンの個性等は尊重されつつも、演出者は自らの個性を決して発揮しようとはしない。制作システムの上での〝演出部門〟に誰かが員数の上で存在していることの極限である。私は「太閤記」が社会科ドラマと呼ばれ、歴史と大衆小説の図解といった面を持つことはこの演出者の占める位置によるという気がしてならないのだ。ひとつの新しさとしての評価はそこにある。またこのドラマが面白いとされる質もそこにある。いわば素人ないしは誰でもその演出という場所に座りうることの解放性という点でテレビジョンの日常性ということがひとつはっきりしているからだ。これはしかし、旧来のドラマツルギーに染まったテレビ演出家が意識的に素材の特質を生かす為に後退しようとする方法とは対照的なのである。誰でも良いという非個性化はマニアの存在を許さない普遍的な世界である。つまり今日の非個性化の傾向は、素人の世界の充分なる良さをテレビに出現させたことで、8ミリマニアとか、カメラ雑誌に群がるマニアのような存在も又切り捨てていることに特記すべき点がある。ドラマそのものへの興味につき、個人的な程度の差は従って演出者を位置づける条件ではない。現在肝心なことは、企業内の人事異動による偶然ということだけである。しかし、このことは、私からの内的必然としての全体への働きかけを希薄にしている点で、演出の意味は問い返されずにはおれない。「太閤記」に代表されるのは、企業イメエジとしての番組ということであろう。マニアとか偏頗なドラマ作りの担い手を振り落したことは認めつつも、私は演出するという行為が条件反射に近くなりつつあることに大いなる危惧を抱くものである。大島渚の恨みつらみはプロフェッショナルなものの回復の痛みのような気がしてならない。それは演出の非個性化につき纏った生活の個人主義化、バラバラに解体されてゆくコミュニケーションを回復する演出の位置だという気がする。

『8½』を観たこと

壮大な交響詩という感じもし、且感覚的な連想だけで出来上がったものという感じもした。ここでは演出者とは何か？　の問いかけが辛くもなされているのである。ひとりの映画監督の現在の位置を（それは普遍的な男一般、インテリジェンスを具えた男の代表として描かれているのだが）意識下の世界と意識の両側から自由につみ重ねていった作品である。象徴的な画面をとったかと思えば比喩的な画面になり、また夢想になったかと思えば、記憶になりといった風に。知覚される現実と想起力、必然性と可能性、そして過去の世界の間をフェリーニが八方破れに往復してみせた感がある。『甘い生活』というのが壮大な風俗絵巻であったとすれば、ここでは現実と幻影の間に漂う演出者の現在を分解して再構成しようとする意図に軸がある。『8½』はひとりの知的冒険者がフィクションを己れの内にしうるかしえないかという闘いの過程そのものであろう。〝絶望の虚妄なる如く、希望もまた虚妄なり〟ということに演出者のアクチュアリティがあるとすれば、この映画自体はその奔放な方法をもって演出することの現実を一応提示しえたリアリズム映画なのかも知れない。救済ということが虚妄であるか否か。フェリーニ自身にとってはその系譜からいって、救済の観念をどう回転させるかということが大問題であったに違いないのだ。神による救済、自然への回帰による救済（パンティスムのような）といった軸が『8½』では現実の中で大揺れに揺れている。

意識下のこと、過去の記憶の想起、夢、空想、幻影、そういったものが実在の世界と同等にからみ合い混乱して演出者の世界を構成している様相への着目は正しい。この映画はテレビジョンの時代の産物だという気がする。幻影からアクチュアルな闘いの原型へという線に迄、フェリーニは自身の私を解き放っている。演出者の世界を構成している様相にいかに自己を関係づけるかという作品であり、言い換えればそういった様相に深く混乱した自己に自己を関係づける自己との連帯という綜合を試みたものだと言えるだろう。知的冒険者のオデッセイといったこの映画の外観はそこにある。

一本の映画を作ろうとしている映画監督。その周囲に群る人間。プロデューサー、女優、俳優志願者、道化者、作家、金融家、ハリウッド資本のプロデューサー、愛人、妻、人妻、新聞記者、魔術師、僧侶、教師、父、母、娼婦、等々。時間と空間を超えて映画監督の周辺でひしめく人間たち。この渦巻の中で、監督は何を描くべきなのか。何を自分自身の本質に関係するものとして取捨選択して描けるのか。結局、可能性としての自己を、現在の必然としての自己の上に投影せしめることが果して出来るのかどうかを、彼の実在のすべてをひっくり返して問い直すのが『8½』の内容である。ただ、このひっくり返し方は聊か出鱈目で、かなり感覚的にふわふわとした所がある。だから知的冒険者と私が形容したのも、この程度のことが現在の知性の存在の仕方を表わしているのだという意味においてなのである。別の場所であらためて、冒険者のイメエジ、知的冒険とはどういうことなのかは問い直されるべきことであろう。

私が『8½』を観て感じたのは、私たち自身の欠落したイメエジが告発という激しい調子でなくとも、かなり正確に摘出されていたということである。一体、真実とは何なのか？　本当のこととは何なのか。本当のことを言うということは何なのか。作品の虚妄は作品を作り上げる自己の対象化の過程での欠落に原因しているのではないのか、といったことを『悦楽』とはひどくかけ離れているかにみえて意外に類似した場所で語っているという気がする。一方は論理的に、一方は感覚的に。

演出者は実体とどう触れあっているのか。演出者は社会の一般的生活者とどうかけ離れてしまっているのか。愛している一人の女を対象化することも難しくなったひとつの姿。それはいみじくも、この映画の最後で虚妄を語ることの恐ろしさがグイドをしめつけたように、芸術家にとっての自己との関係の問題である。一体、沈黙とは何なのか。何も虚妄と虚偽を語らないということは何なのか。自己の演出表現の生産と再生産の過程の中で、本当に語るべきこと、語らねばならないこと、そしてこれが人間の文化にとって決定的であるという確証と自信を持ちえない時には、あの小刻みに空虚を語ることによって日常とべったり癒着し、音を立てて解体されてゆく演出者の欠落との訣別をはかることである。演出者にとっての沈黙の重みを『8½』は秤にかけている。

——青春を描くことが難しい時代だ。という言葉は私の内で重たい沈黙になっている。何も語らないこと、何も語れないことの質は自己自身と関係する問題なのだから。

脇路・2

『8½』では、あの空想科学ものめいたケープ・ケネディのロケット打上げ装置のようなセットの前で、グイドは本当にその映画を放棄したのかどうか。放棄しえないなかで、なおも現実にのめり込んだ場合の混乱と幻影のなかで映画は終ったのか。フェリーニは勿論決着をつけていない。

グイドは、これ以後、

・かたくなに沈黙を守ろうとするのであろうか。ある表現のストイシズムのために。

・内に堆積する〝恨みつらみ〟に身を焼きつつ、私《わたし》を通過した表現の場を獲得するために、戦闘的な姿勢を保とうと決意するのか。
・小刻みに空虚を語ることによって、単なる演出という職能とべったり癒着してゆくのか。
・それとも、非個性的な交通整理員へと変質してゆくのか。
結着のない儘に、フェリーニは茫洋とした感性の泳ぎを眺めつつ幕を閉じている。フェリーニの自己自身との関係は、当面信じられるものとして自分の感覚を鋭ぎすます以外にはない、という場所を見出しているようである。対極的に大島渚が論理をしか信じていないように。テレビジョン・ドラマにおける演出ということは私たち自身の問題として漸くはっきりしてくる。「プロデューサーにとって映画を作らないということはお金の問題でしかない。しかし君にとってはそれは決定的だ」と友人の作家がグイドに語る時、演出するかしないかは、テレビに生きる人間にとっても決定的な瞬間であることを知らねばなるまい。

テレビ的に探りを入れるとするならば、……文化による救済は可能か。……『8½』のテーマはこう書かれるべきである。宗教による救済とりわけカトリックが私たちにもたらしたものは、この映画の鳥の話に似ている。何かを語るようであって、決して何の実体もない比喩の世界の空しさ。比喩される対象のわかりやすさ空しさ。つまり比喩されるためにのみある空疎な概念。もうもうたるサウナ風呂の奥に、ひからびた身体を生きのびさせることで、魂を空しく説く僧侶。子供の世界の記憶に登場するミッション・スクールの黒服たち。それらはこの映画で、形骸としての重さを持っているだけに、肥えた娼婦の踊りよりもグロテスクなのである。次に問題となるのは政治と経済の仕組みである。グイドにとって革命とは何かということ。共産主義について、フェリーニは何も語っていない。グイドは今、果して文化は政治に先行しうるのか否か、という救済に身を焦がしはじめたばかりなのだから。これは、テレビジョン演出者の現在でもある。

ここでELを考えること

〝三つ子の魂〟式に、革命の座標から逃がれられない演出者がいるとすれば、ルイス・ブニュエルとヨリス・イヴェンスのような人間であろう。『EL』は一九五三年に、ブニュエルがメキシコで作った作品である。これは愛についての異常な物語であった。

一人の裕福な中年の独身男。メキシコのとある街でかなりの地位を占め、名士でもあり教会の有力な後援者でもある男が、ある日教会で一人の女を見染める。その女は彼の友人の婚約者であったのだが、異常な執念で女をものにする。そして結婚した夜から女への嫉妬がはじまる。妻への独占欲と妻の行動及び内心への懐疑がその男を狂気へと導き、遂に教会での狂乱の果てに修道院へ入る話である。ブニュエルがここで描きたかったものの輪郭は、

1　異常な迄に愛の執念を抱いた男の破綻なのか。
2　嫉妬の生む虚妄のものすごさが、遂に自己破滅に導く道程なのか。
3　さまざまな愛のテーマのなかで、愛の非論理性、不合理なかたちの提示なのか。
4　虚妄そのもののすがたをか。

いや、それらすべてのものの交錯であろうと思われる。

この男にとって、愛は条件がどうであれ自分の感性と情念を衝撃的に打った女の全的超克でしかない。いわば嫉妬はその全的な他者の克服の為に女を対象化する迫力そのものとして出てくるのであって、この嫉妬の結果、彼が自分の内部に作り上げてゆく壮大な虚妄の宮殿は、遂には他者の超克と対象化に到らずして、逆に自己を虚妄（狂気）へと導いてしまうのである。これは古くフェデェの『カルメン』のテーマであった。〝過度の嫉妬の虚妄〟に相通ずるものだと言えよう。しかしあのカルメンは最後に目ざめるや、もの哀し気に馬の鼻ずらを撫でるのだった。『EL』の場合修道院に入ってもなお、自分を見に来た女の存在を知って、

男はジグザグに歩き続けるのである。彼は徹底して虚妄そのものなのだ。この男は修道院に入ることで回復の時と嫉妬不在の明澄な世界に入った訳ではない。幻影としての嫉妬不在の世界（または頰を打たれてなお怒りの不在した世界）に入ることでますます過度の嫉妬を内にする二重の虚妄に生きることになるのである。フェリーニの仮設した救済の観念などはこの男にとって全く無縁の世界である。ブニュエルは長い時間をかけてこの男の狂気へのエピソードを綴り、最後に平和な修道院へ彼を入れることで、虚妄をよりグロテスクに拡大してみせたのである。この男は、

・恐ろしく私有欲の強烈な男であり、
・異常な性格の男であり（オセローよりも）、
・また同時に、気の弱い小市民的な純粋さを持った男でもある。

つまりブニュエルは、嫉妬というものが小市民性の副産物としての怪獣であるということを描こうとしたのだと思われる。嫉妬は攻撃的であると同時に退却でもあり、また自己被虐でもありサディスティックでもある。それは虚妄の再生産の連続の中でぐんぐんとふくらんでゆくものだということを、財産や社会に対する自己認識の小市民性とぴったり一致させて捉えていたのは適確であった。そしてブニュエルが真に戦闘的なのはこの何気ないスケッチとストーリーの展開に、嫉妬というやっかいな意識の綜合が、またそれに憑かれた存在が抹殺されない限りこの地上に存在するだろう、ということを決定的に語る点にある。つまり彼はここでも人間の社会的条件を問題にしているのだ。小市民性という精神が狂気に到り、しかもそれ自体決して生きる限り本質を失わないということ。それに対する融和や改良の働きかけを徒労とした戦闘的宣言が『ＥＬ』という作品の持つ強さであった。

脇路・3

ブニュエルは大島渚よりも古典的なタイプのマルキストであるが、彼は論理的というよりは生理的にそういうタイプであるような気がする。自らの幻影の崩壊を知ってカプセルを口から吐き出し、はじめて生きる決意へと転換する脇坂と『EL』の男の近似値は明瞭である。しかし私は脇坂が幻影から眼をさます筋道よりも、二重の虚妄に深く浸った男を描き通したブニュエルの方が一層のすごさを感じるのだ。このことは、大島渚とブニュエルの演出者としての資質の差であるかもしれない。前者はオルガナイザーであり、後者は一匹狼であるといった。いずれにしろフェリーニ型の演出者はテレビジョンに多かったし、現在も多いが、彼等の型に属する演出者が少なかったことは事実である。勿論こういった区分けで演出者をあるタイプに分類する作業は馬鹿げている。しかしテレビジョン・ドラマに於ても、私の自立性が非個性化ムードの反証として考えられて良い時期ではないだろうか。それは暗い時代に喜劇が流行り、太平の世に悲劇が流行？　といった社会的カタルシスの効用に惑わされないものであり、かといって時代が悪くなれば作品も暗くなり、時代が良くなれば作品も明るくなるといった流され方をしない個の問題でもある。そして、嘗て岡本愛彦という巨匠エピゴーネンが君臨した姿とも異り、より私の生理が緊密に作品を通して噴き出されるものであるだろう。どうも私には現在のテレビジョン演出家の生死は、『EL』の修道院のような気がしてならない。非個性化ということの正体は、二重の虚妄の支配ではないだろうか。おかれた立場の嫉妬（怒り）不在と、自らは幻影を個人的にしっかりと抱いたことのからみ合い。そこで幻影から眼ざめたものは、脇坂と同じように、制作機構の外へとはみ出してしまうのが関の山である。

・『悦楽』がある疎外されたテレビ演出家の現在を描いていたとすれば、

・『EL』は現在通用する企業内演出家の断片を語っていたのであり、それを糾弾し、

・『8½』はテレビジョン内部での誠実な且感覚的な前衛達の浮游を描いていたのである。

突然変異を――

茶の間にテレビ受像機がおかれているという場所のことから、家族ぐるみの視聴状況に適合した内容云々で、昔テレビジョン・ドラマの日常性ということが論議された。そこで論じられテレビジョン・ドラマに要求されたのはトリヴィアリズムであった。現実味、真実味を感じさせるべく日常の細部を際立たせて再現してみせることに努めて来たのである。そこで肝心なことは〝らしさ〟であった。本当らしさということがスタジオで次第に完成されていった。経験ということで思うのであるが、ドラマを見る時、私たちはドキュメンタリーやルポルタージュで目新しい事実を知るのとは違って、生活の中で繰り返されつくした以外の経験にぶつかることはなかったのである。現代ではイメージによる経験が実経験をなしくずしにしていると言われるが、その限りでは、テレビジョン・ドラマはむしろ新しい経験を与えることが余りなかったのである。現在でもそれは数少ない。いわば演出の非個性化は、私に源を有する経験の特質を抜き去って、いきなり普遍性に結びついている。にも拘わらず、ドラマ作りの際に優先しているのは、奇妙なことに経験なのである。つまりドラマ作りの慣習を経験するということが演出となり、演技となっている。〝らしさ〟というのはこの慣習の中で培養されて来た法則である。勿論この場合の軸は心理主義であることは言う迄もない。初めは日常の細部を拡大する意味があったものも、法則めいたものとなり、繰り返しの中で現実とは無縁になってしまったのだ。今、言われているテレビに於ける日常性とは実体のないものである。見る側も、何等テレビジョン・ドラマに目新しさを要求しなくなっている。正確には忘れさせられているということであろう。日夜、企業イメエジとして生産されるテレビジョン・ドラマによって、完全にひとつの見る態度が限定されているのである。これは視聴率と表裏一体になった資本主義的な大衆限定方式であろう。見るということは習慣である。新たに獲得された質としてのテレビジョンは未だ羽ばたいていない。作る慣習と見る習慣の間で演出ということはますます宙に浮きつつある。こんな時に、兎に角演出者が獲得すべきことは突然変異のドラマということだと思われる。現実の生活では、私たちはしばしばドラマで類型化されたこと以外の事象に出会うことが多い。そして更にしばしば私たちは環境と人間の間の突然変異的な関係に驚くのである。卑俗な例をあげても、汚ない貧しい環境の中に見事な美しく着飾った女性に出会うことがあるだろう。私たちの法則は、暗い時代に暗いドラマをという等式に似て、貧しさやゆたかさについてもそれとイコールのイメエジをしか持っていないのである。これは〝らしさ〟の正体でもある。突然変異というのはこういった〝らしさ〟を破ろうとする方法に他ならない。今は類型化ということを意識的にこわしてゆくことが肝心なのだ。私は極端な話、ドラマの現在の視聴習慣の中では〝そんなことはありえない〟ということを思わしめた時に、リアリズムが辛うじて保たれているという気がする。テレビジョン・ドラマは突然変異的な出来事、人間像、方法を示してゆくことで、変化ということを具体的につかまえてゆかねばなるまい。そうでなくては、擬似的な安定からいつ迄経ってもドラマは脱けることが出来ないだろう。そして青春を捉えることも。青春は突然変異にみち溢れているものだ。突然変異は、一見そう見せかけたドラマの作意で終るものではない。つまりそんな作意は、突然変異に因果の脈絡をつけて説明しつくすのがオチだからである。

九月二十七日放送の今野勉演出「七人の刑事、白い少女」は人間の出会いにつき纏った発見を見事に捉えていた。このドラマの裏には被爆二十年の沈潜があっても、総てそれで因果をつけることはなかった。それは二十年前の絶望の青春と現在の青春との衝撃的な出会いなのである。このドラマの作者佐々木守の言う通りに「青春とは突然の出会いである」だろう。今野勉は人間と場所についての〝突然〟を意識して表現している。つまり、ここには政治や経済が突然変異する時に、私たち文化の担い手が混乱の極致に達することへの警告が響いていたのである。私たちは現実の突然変異に対しては〝ドラマチックだ〟などと形容をする。

しかし、それを何故いつ迄も表現の場では類型的な〝らしさ〟へと埋めたてるのだろう。

『映画評論』昭和40年5月号～10月号（実相寺28歳）

第3章

映像もまた人なり

映像もまた人なり

——『無常』を撮りおえた寸感——

私には、あまり撮影の段階で迷ったという経験がなく、このことが私の美徳であると同時に、実に駄目なところなのだと自分で思っている。私は映像が全幅の力を持ち、何か輝かしい表現をもたらすものだということにつきひどく疑い深い。映像の時代だということにも余り信用がおけない。それは、正しく幻影と虚像の時代だという気がするだけだ。従って、私自身、キャメラで何かを表わし得ると信じているようで、その実、かなり深い不信の念にとりつかれており、撮影の段階では一種の断念が具体化してしまうのだ。つまり、迷いがないことの裏側とはこんなものなのだ。

私は唐十郎の芝居や言葉で語られる論理の力の方をより信じており、昨今の映画でいえば、アングラよりピンク映画に拍手を送る輩なのだ。そうなのだ。私は映像がそれ自体で完結する美しさを持つとは決して思っておらず、いわば作品として纏った時点を、常にある〈期限切れ〉(自分自身の)と思っている。私が移動を多用したりするのも、感覚的に流れを重視するとかいったこととは異なって、不信感の積み重ねとして生理的にいたたまれないからなのかも知れない。映像の世界に洋々たる未来があろうとなかろうと、いかなるマルチ・スクリーンの試みがなされようと、私にはどうでもよいことなのだ。

ただ、私は〝文は人なり〟という程度に、映像もまた人なりと思っているにすぎない。その意味では私は映像にまつわる規範めいたものに無頓着であり、また技術的な伝統や継承めいたものが、あるいは職人的技芸がそこにあるという固定概念には、無縁の存在である。

たとえば、よく耳にする言葉に、オーソドックスな映像という言葉がある。その言葉の馬鹿馬鹿しさは、アングラ映画めいたものの映像信仰と同様のものだと私には思える。一体、映像の正統性といったものはなんなのか。たとえば、構図や画質や照明技術や様々な現場で起り得る製作過程でのポイントにどんな正統と異端があるのか――その答えを聞いたことはない。

多くの場合、それは涸渇した撮影技術者の最後の拠点となるか、俳優崇拝に終る演出者の自己放棄の言い訳めいたものとして語られる。

私にいわしむれば、撮影技術者は映像の正統性などにつき、なんの確証も持てず、常に柔軟で、時代と状況の変化に対峙し得る存在でなければならない。生き恥さらしてもの覚悟である（勿論、記録者としての演出側にも要求されることなのだが）。ということは、徒弟的関係で、順序を追って叩き込まれるものではなく経験年数の多寡によるものでもない。裏を返せば、時として批評などに散見される前衛的な映像だとか、前衛的なキャメラ・ワーク、といったこともあり得ないということと同様なのだ。

前衛ということにつき、私の思っていることは、ひどく古典的なものかも知れない。それはキャメラの独立した評価とはまるで関係なく、ただ政治的に作品の占める場所によってでしかないということだ。ここらあたりのことについても、現在ではかなりの混乱がある。もし、イメエジが革新的であったならば、それは演出者の内面が密接に向い合った現実との距離で計られるべきものであって、感覚的、生理的な映像のファッションとしてではない。

現代に汎濫するイラストやグラフィック・デザインやスチールやコマーシャル・フィルムが、技術的な巧緻さで身を飾り立てようと、ほとんどの場合、それは経済の走狗でしかない。それ自体は〝カッコよく〟はなり得ても、前衛的にはなれ得ないことが多いのだ。カッコウの悪さに眼をつぶる大前提から出発している限り……。せいぜいが、モーレツが終ればビューティフルへである。だから駄目だとか絶望だというのではなく、この程度の認識に支えられていなければ映像を扱う上で、足をすくわれるということなのだ。

つまり、映像は人なりである。

私が『無常』を作った時、私は作品と演出者の距離が近いところで発言しようとまず考えた。私の内なるわだかまりの摘出である。映画全体の撮影設計など見とおしていたわけではない。私が、私自身を含めた今回の技術スタッフにお願いしたただ一つの点は、製作打合わせの席上、〝ひたすら自然に〟といった言葉だけである。

私はおそれ多くも〝ボヴァリイ夫人は私だ〟といったフローベールのような断言をこの映画でしてみたかったのだ。私自身と密着した作品を具体化するためには方法もまた自然に身につきたい。

この作品以前、『宵闇せまれば』という中編を撮影した時点では、私は映像のカッコよさを捨てるという点で、方法の意識過剰に陥ち入った。標準レンズを使用する。せいぜいワイドでも三二ミリ程度。ドラマの緊迫化に従って構図もアップになってゆく等々。私も一度は映像の正統性めいたことに足をとられたのだ。

ところが、映像の自然さなどというものは、星の数か、演出者の数ほどにもあることに、ようやく今回の作品で思い到ったのである。いってみれば、魚眼レンズを使おうと自然な映像であり得るのだ、十分に……。つまり、自由であるならば……。既成概念やら映像の呪縛から解き放たれているならば……。そして、とりあえずアナーキーであっても体制からは自由でありたい。いや、現在、映像についてアナーキーでない人間にどんな予感があるのか伺いたいぐらいなのだ、私は。

私は、ぶっちゃけた話、映像への根本的不信にとりつかれている以上、撮影者を信用するということも余りない。これは一貫している。私のちっぽけなテレビからテレビ映画そして映画への歴史の中で。……そんなにたやすく他人を信用できまい。立場をかえれば撮影者の側だって演出者をそうそう信用できまいと思うのだが……。

よく、監督と撮影者の間に相互理解が成り立ち、監督の意を汲んでといった言葉にもお目にかかるがそれは私にはかなりお目出度く思える。私は主義や精神まで撮影者とともにしようとは決して思わない。その限りでは演出者は孤独であるべきだと思っている。こう思っているから、私はあまり撮影の段階で迷わないのだろうか。

でも、私は、迷いたいと思っていることも事実なのだ。身を揺すぶられるような、私を弾劾するような告発的映像を、一緒にする仕事で私の予測をとおり超して、見せてもらいたいと思っている。

『無常』のスタッフには感謝している。撮影部は稲垣涌三、中堀正夫、大根田和美の三君にお願いした。私は、彼らをすぐれた撮影者と思っている。

なぜならば――

経験でものをいわない

あらゆる試行錯誤に勇敢である

あさはかにドラマに口を挟まない

余計な自己主張がない

何よりも撮影者にありがちの、自己の領域を守ろうといったケチな姿勢に冒されていない。

今、私が手中にしたきものは〈期限切れ〉のない触覚めいたもの。虚像万能の時代の中で、肉眼を信ずる姿勢。そして、生産感覚。言葉、言葉、言葉――。

『無常』が残したことは自然をいかに捉えるかということ。

『映画撮影』昭和45年10月号（実相寺33歳）

大陸・わが原罪　大陸派の日本感覚

〽蒙彊千里の高原を
見知らぬ国と言ふ勿れ
雲より出でて雲に入る
万里の長城越えゆけば
涯てなき大地開けたり
宝庫の扉開けたり……

——私は『無常』のロケーションで、滋賀県の五箇荘にいた時、この歌が幻聴のように甦ってくるのを抑えることが出来なかった。それは、張家口で、昭和二十年に、しばしば父親たちの酒盛りで、私が耳にしていた歌なのだ。私にとって、日本の自然とか、日本のたたずまい、といったものは幻想でしかなかった。それは張家口に私が居た時、ただ一本観た映画『無法松の一生』の小倉の街とおぼしき映画の中にうつし出された街のたたずまいに源を発している。言ってみれば、大陸で育った私にとって、空襲以前の日本というものにつき、まるで実感がないのだ。それは「風景」の三月号で、野坂昭如氏の言っている「……戦前の日本晴れはきれいだった。実にくだらない自慢だけど」という実感への私なりの羨望となってあらわれる。このことは、杉浦直樹氏から「戦前の岡崎という街は素晴らしかった。空襲で滅茶滅茶になる前は……」という話をステージの片隅で聞いた時、そういった日本の風土についての原映像を持っている人間を羨しく思ったことと軌を一にしている。私は、大陸派とか、引揚げ派とか言われる人間の中ではそこでの生活記憶をもつ最も若い方に属しているだろう。それでも、私の育った年代の風土には、植民者としての日本の匂いはあっても、日本そのものはなかったのだ。小学四年で、はじめて日本の土を踏んでも、その日本は、日本とは思えなかった。従って、私は、あの王道楽土をやけくそに夢見た歌を子供心に聴きながら、ひそかに無法松の画面を純粋培養させたような日本のイメエジを、身体の中で守ってゆくことをひとりで決めてしまったのである。

ひょっとするとそのことが、戦後二十数年を経て、五箇荘という舞台を私に選ばしめたのかもしれない。これはひどく一方通行の空想の中での愛にも似ている。私が好きだと告白し、愛していると心情を吐露した風土にまた厳しく撥ねつけられ、現実の中での彷徨を余儀なくさせることともつながっているのだろう。つまり、私は日本自体にもひどいしっぺ返しを喰っているのだ。実は私はひどく自虐的に、大陸派の日本感覚などは中途半端な彷徨を強いられる宿命を背負っている、と思っている。大陸派の故郷のイメエジは、植民地解放が進行した戦後では、余り映画を賑わすこともなくなったのではないか、ということが前提にある。それは植民者と被植民地人との葛藤が現実的に終焉を告げた時に萎《しぼ》んでゆく、当然の成り行きではなかろうか。

しかも、私自身、無過失責任めいた原罪を背負っていることから逃れられないのだ。そして一生涯、故郷のない彷徨者の道を辿らざるをえないと思っている。その点では、ひどくふやけた映画だったけれども、デュヴィヴィエの『望郷』で、ギャバンが最後に〝ギャビィ〟と叫んだ叫び程度の古びた渇望が、いつ迄も身に纏わりついているのだ。現実と非現実の裂け目を辛うじてつなぎ止める為の、虚空への叫び自体も、今日の東京では、夢のまた夢へ消えて行くのも道理だろう。だから『無常』で描いた風土は、私にとっての愛情おくあたわざるものであると同時に、容易に風化してしまいそうな砂の城の幻想であることを告白せざるをえない。

そしてこの二十数年間に、私が日本で、日本人であるということを意識しつづけて来た風土が、私にとっての嘗ての敵対者アメリカのものであったということも手痛い現実である。私が張家口の国民学校で描いたひとつの絵の構図を今でも鮮明に覚えている。ルーズベルトとチャーチルが鎖につながれ、その二人の頭の上を皇軍兵士が踏みにじっているものだった。私は故郷喪失者ではあっても、その頃叩き込まれた白人への敵対意識と異和感からは今もって自由ではない。それは奇妙なことに、日独伊三国協定の仲間であった白人たちについても同様である。白人たちは今もって、私にとっては十把一からげである。そして、私はアメリカの立場というものに、どんなにニュー・ウェーブの映画を観せられても生理的に拒絶反応してしまう人間のひとりだろう。従って、中途半端な彷徨者であり乍ら、大陸派としてのユニバーサルな視野を持ちえないことは勿論、脱日本意識などというものから無縁の、日本及び日本人についてがんじがらめになっている人間の一人なのだ。私と同世代の昭和の二ケタの引揚者たちは、ひとしくこのサイクルから逃れられないのではないか、と私は考えている。アメリカは塘沽からの引揚船ＬＳＴの中ではじまった現実だった。否、天津に集結して、チューインガムという途方もなくぜいたくな喰い物の存在している現実を知った時に、はじまっていた。一たび口に入れた喰いものを甘味の感触だけで、再び口の外へ捨てるという感覚は、私にとってアメリカそのものだった。ＬＳＴを運航するアメリカ人たちが私を含めた日本のガキ共にバラバラとチューインガムを投げ捨てた時、それを拾ってしまった屈辱感から、私は生涯自由ではないだろう。これは逆恨みに等しいと言われるかもしれないけれども。……南風崎に、ＬＳＴが到着する時、私ははじめて緑におおわれた山というものを見た。そして、その一瞬だけ、ふっと純粋培養したプレパラートの中の日本が現実化したかと思った。だが、それ以降の東京までの引揚列車の窓から見えた焼土の街は私の日本を再び幻想の彼方へと追いやった。そして二十数年に汎るアメリカの侵犯については、ずっと口を固く閉ざすしかなかったのだ。日本及び日本人につき、私の感覚は富島松五郎のそれと、少年の時の映画での体験によって空想的に一致しているかも知れない。かといって、他の黄色人との密接な連帯感覚を持ちえずに。

ここ数年間、私は、ＴＶで人民中国の報道がある度、まんじりともせずにそれを眺める。文革のニュース、また文革以後のニュース。紅衛兵で埋まった天安門広場。毛語録を大書した王府井の百貨店。藤山愛一郎氏の散策する北海公園。万寿山。その風土が植民者の末裔として生を受けた故郷の風土である。面映い気持ちで、私は決定的に失くなってしまった故郷を眺めている。うずくような原罪意識を、日本での生活のすべてを架空の絵空事として押し流すような故郷の映像の重みを、じっと受け止めている。大陸流の喪失感覚からは、亡命すらも自由ではありえないように思えてくる時もある。いや真実、落ちゆく先は、久木久三の彷徨に近く大陸派にとっては何処にもありえないのだ。「無常」という認識のことも、日本的な隣近者の思想としては頭の理解だけに終りそうだ。大陸派にとっては無明の旅路が続くのみではないだろうか。そんな時、それでもなお、純粋培養した日本は捨て切れない。ナショナル・アイデンティティをひどく形通りに身につけて、現在の体制の日本に落着く先を見出せない者ならば、又、私自身日本を裏切ることもあるかも知れない。いや、そんな起爆剤を、大陸派は抱えているだろう。追いつめられた者の最後の拠り所として。私にとっての国家は、私の彷徨感覚の拠り所とは無縁なものなのだから。生れ育った風土は決定的である……。

そう言えば、あの頃、父親たちの酒盛りは、必ず乱れた調子っ外れの、こんな歌の唱和で終っていた。

……確か、……

さあさ、明智の光秀が、
天下を狙うたは、利口じゃない
信長うったるその罪でェェ、

末は、粟津の草の露ゥ、
さてねえ、さてねえ、
くるりっと廻れば、
ストントントで、世が変るゥ…

『映画芸術』昭和46年5月号（実相寺35歳）

かなしさは、海の青さ……

海とか。紺青とか。そこに空の青さを加えても良いのだけれど、黄泉の国の色とは別に、もうひとつ私に思い出されるのは、小林秀雄の描く、アンリ・ゲオンの言葉である。

tristesse allante ……「確かにモオツァルトのかなしさは疾走する」と小林秀雄が書いたように、ト短調のクインテットが海を越えて聞えてくるのだ。この「かなし」さを身に沁みて覚えることが出来るのは、どうしても山陰の海だ、という気がする。ゲオンの書いたままでは、私には単なる明晰な表現として終っていたかもしれない。小林秀雄が「かなし」という万葉の歌人の語感に結びつけたからこそ、全幅の勢いを得たのだと思われる。勿論、その下敷きには〝太平洋の紺碧の海水が脳髄に浸透していったら……〟という遺体の告白が、深い淵からの旋律を奏でているのであろう。私の映画『曼陀羅』が補陀落渡海の変型だとしたら、何で、あの時、私はモオツァルトを流さなかったのだろう。聊かそのことが悔まれてならない。到底、そんな馬鹿げた気持ちにはならないけれども、もしもう一度手を入れるとすれば、海のうつし出された所には、私はモオツァルトを流すだろう。

海はあくまでもはてしなく、その落日を包み込む空間は、おごそかにも、甘美な匂いに包まれて見えた。その寄せては返す永久運動も、私たちの魂を手招きする合唱にみち溢れ、黄昏は、今にも歩いて渡れそうな光の道を、浄土に向って作っているように見えた。この海の誘惑に打ち勝てる力が私たちにはあるのだろうか。吹く風に、今にも身体ごと運ばれてゆくように血を薄められる。私たちの身体を形造っている有機質を、一握りの砂へと変化させてしまうような夕暮の空気。海の奏でるこのフィナーレの中で、己れを律することが出来るものは、誰ひとりいないのではないだろうか。紺青の海は、落日に照り映えて、ひとときの衣裳を身に纏い、爬虫類の蠢動のような太古からの戦《おのの》きを運んでくる。凝然と動かなくなる人間の凍りついた眼差しには、嘗て爬虫類と闘った苦い歴史が皮膚に甦っているのであろう。その誘惑の苦しみに忘我の瞬間は最高潮に達する。光の道は、やがて色腿せた時間へと戻ってゆき、疾く、悲しみは駈け抜けてゆく。

私の見ていた海は、北の海である。それも、西北の海である。

冷え冷えと、足元から現実の感覚が身に伝わってくる。その冷たさと共に、濁った血の匂いが自覚されてくる。水平にほとんどその灼熱の色を没し去った太陽は、わずかに、雲の襞に己れの顔を映し、視界から消えてゆく。悲しみの時は光とともに拭われてゆき、あとに残るものは、ただ無明の闇だ。痴呆の現実だ。そして、方角を見失った人間の呻きだ。誰そ彼、と言える薄明をも失くした魂の彷徨である。三好達治の詩のように、日本では海の中に母がある、というなつかしさを、その闇に失うまいと、私たちは努めるだろう。けれども、その感覚は、私にとっては教えられたことに過ぎない。むしろ、実感としては、母なる大地と呼ぶべきものを、私は身体の芯に植えつけられてしまっている。あの時、私の立っていた琴弾の浜のように、植物を拒絶する砂地を、日本のあらゆる所で見出しているのに過ぎない。私は砂地ばかりを歩かされる。いや、私の歩く所は、みな砂地へと変貌してゆく。はたまた、私は砂丘をしか歩くことが出来ない甲殻類なのかも知れない。

波打際に見られる浮遊物、そして異国の文字が刻まれた浮子、難破した漁船の破片、沖から戻されて来た燈籠流しの木片。精霊たちが行き場を見失って、陸と海との境界で悲鳴をあげている。夜の砂地に閉じ籠められた精霊たちは、黎明の訪れ迄を狂気のようにかけ巡るに違いない。そして、……

の浜より。

カンタータ「海の静けさと幸福な航海」をささげるのにふさわしい空間にして、私の精霊船は沖之島をめざして出発していったのだ。紺青の彼方へ、つまりは黄泉の国へ。西北の彼岸に到達することもなく。佐津の浜より。

これが『曼陀羅』の一行七人を旅立たせた、私の野辺送りであった。孤島のコンミューンは成就することもなく、その根を隠岐之島に下ろすことも出来なかった。カリスマとその信者たちは、北の海へと渡海したのである。私の分身として。日本回帰者の葬列として。

陽光の下、南海の沖へと船出してゆく西鶴の世之介。補陀落の観音浄土への渡海行との相似点を松田修先生に指摘されて以来、黄泉の国はまた一段と、私にとって近く感じられるようになったのである。「床の責道具」との相似性は、勿論全くの無意識であった。「口舌の事ふれ」に見られる好色の手本を、折口信夫の説く色ごのみの本質として、『曼陀羅』には描こうと思っていたのであった。ただ、シャーマンを凌辱した男は、映画では決して船出をしなかった。左様、その辺りが、大西鶴の足下にも及ばないところなのである。混乱の中で、漸く奈辺に問題の鍵があったのかを手探りしていた有様では「腎虚してそこの土となるべき事。たまたま一代男に生まれての、それこそ願いの道なれ」という重層の悲しみ、といったものを手に入れることは出来なかったのも当り前だった。また、西北への船出については、二、三の方々から補陀落渡海にしては方向が逆じゃないか、と鋭くつっ込まれてしまった記憶がある。そのことについては松田先生は、私の大陸回帰の方向だろう、と笑って話されたけれども、確かにその通りだと自分なりに納得してしまったのである。ただ、唐木順三先生の「観音本地にもまして弥陀本地が強くなった背景には無常感と末法意識があったと思う」という維盛入水についての指摘を読むと、私の心の何処かにも、そんな末法意識に支えられた西方浄土への渇望があったのだろう、と近頃では思えてくる。

人間二十年。とは最近叫ばれだした言葉である。この猶予の時に、私の反近代も楽天主義の裏返しであったことが思い返される。今更、科学的な態度で、映画と取り組むということなど出来そうにはないけれども、そうあるべきじゃあないか、という声に耳を傾けざるを得ない。そこまで、追いつめられている。はてしなく続くかに見える砂地の上で。

何となれば、海の青さという言葉も、ひょっとすると観念化しているかも知れない。そんな日常が私たちの周囲を埋めたてようとしていることに、思わず身を震わせられるのだ。

『シナリオ』昭和46年5月号（実相寺35歳）

映画『哥《うた》』についての後書き

映画『哥』は、『無常』『曼陀羅』につづく、私の三本目のATG提携作品である。日本ということについての、さまざまな隘路の中で、問題発掘の旅に出た私と脚本家石堂淑朗との無明がこの三本のすがたであるといっても良い。『哥』を企画している段階で、私たちは、二つの方向づけを考えていた。その一つは『曼陀羅』で取り扱った日本浪漫派幻想を更におしすすめた観念劇を作るか、ということ。もう一つは、近代のロマンが歩んできた過程の中にある、家庭の崩壊を描き出すか、ということ。昨年の暮に、私たちはほぼ後者で行こうという線を固めて、脚本の段階に入っていった。後者にした主なる理由は、前作とのあらゆる方法的類似性を一旦断ち切りたいということ、及び、私たちの映画的出発点の三部作完結のためには、家というものの構造をヒーロー劇のかたちではなしに描く必要がある、ということの二つにあった。

四月二十九日に、スタッフ打合せを行なった。その時に、私は、一枚の計画図を持っていた。「映画製作にあたっての脈絡のない前説」というものを、私はスタッフに提示して、了解を求めた。その前説を、ここでもう一度、書いておきたい。

この映画が、どういう完成（または断念）状態に到るかということについては、監督の立場からも見当がつかないということ。

ただいくつかの言葉で、周辺をうろついてみるならば、

例えば、静謐の中にある狂気、というべきもの。または、没落の予感。あるいは、時代の転換の中にきし

む音そのもの。または、なしくずしの変貌よりも、一瞬にして全的な崩壊の願望。

つまりは、どこにも、おさまるべき根のなかった日本そのものの姿。この結びつきが、ＡＴＧの三部作としてのほんのひとつの帰結になっているといえるでしょう。

作る側の立場としては、製作に要する二十数日間の燃焼が、同時にある定着への思考期間であると言える訳です。

〝哥〟という題名については、解釈は自由です。いとおしく、私たちの失なわれた何かを送る歌かも知れないし、そのこと自体雅な心情の発露なのかも知れないし……。

シネマ・スコープを使うことについては、その形式が映画の可能性と表現領域を、外側から圧倒的に狭めた枠であることを認識するため使ってみるということ。何で、敢えて、不便にして、性能の悪いサイズを取るのだろうか。……このことは不便さということを演出に自己規制するかたちでもあります。

そして音は、飽く迄も硬く。限界を超えて迄も。

すべての技能につき、これまで映画の作り方の慣習の中で、正統であると見做されることについての立場、及び提言は無用であります。実験ではなく、冒険を。成功ではなく、壮烈な失敗を。たとえ、フィルムの上に、何ものも露光されていなくとも、……。

第一、私たちは思い上ってはいけない。たかだかリュミエール兄弟が発明してから、百年にも満たない表現手段で、永劫の幻影にとりつかれた表現のルウティンと、典型と、また大衆像を夢見ることなど。……人間に遡行できる歴史の範囲は、いまのところ、たかだか四〜五千年程度じゃないか。……ケチなこれ迄の映

画の作り方や、製作者側のお客におもねった姿勢なぞ、くそ喰えである。

娯楽を作るのでもなく、道徳を作るのでもなく、ただ存在の関係を、じっと見る基本。監督というのは葦であります。無明の象徴としての蟬に似て……。

この混沌としたカオスの中から、映画は始まろうとしています。形を成そうと蠢動しはじめます。またひとつ生き恥を晒すように。そして、最終的には、映画とは、劇のかたちをとった映画とは何かという疑い。その渦をつき抜けるように、劇の波乱が深まり、人物たちの濁りがひどくなればなるほど、ますます透明に、イタリアン・バロックのコンチェルト・グロッソは高鳴ります。この世のものとは思えぬ天上の幻想として。

前説は飽くまでも前説である。この一片のメモが現在かたちを成した『哥』の出発点であった。そして前説との間には、どういう矛盾と、試行錯誤があったのかを、今私は自己検証している最中である。ただ私は、エンド・マークをだすのが嫌いであり、それを未だかって出したことがないのは、作る過程で、さまざまな自己撞着と、日本を摑むべき問題の余りの多様さに挫折と断念を余儀なくされてしまうからである。私は三部作と仮りに考えた日本回帰の旅をはじめたことで、一切の故郷なるものからしっぺ返しをくらってしまったようだ。

映画『哥』は、企画の意図した方向とはやや違って、私の内にあるR・ムシルへの傾斜を見せるようになってしまったという気持ちに、今はなっている。それもひどく稚く。映画ができてみると、暗然となる。「思考は、その過程が完成しない限り、全くあらわれない状態であるが、いったんその過程が完成されてみると、もはや能動的な思考の形態が失われ、すでに非個人的な思考されたものの形態しか残されていない。

したがって、〝一人の人間が思考しているとき、個人的なものと非個人的なものとの間にある瞬間を捉えること〟は不可能に近い。だがムシルは〝作家が好んで回避しようとする〟この厄介さに立向う」という『特性のない男』の柳川成男氏の解説をかみしめている。

『映画・TV技術』昭和47年9月号（実相寺36歳）

巡礼者のみち

十一月に放送された〝市民大学講座〟だったと思うが、「敗者の文学」シリーズは仲々に面白かった。全回を通して見られなかったのは残念だったけれど、改めて〝敗者〟という立場から古典を見直してゆく作業と討論が頭に残った。そこで一番面白かったのは、私たちが敗者というものを考える時の多様性であり、妙な言い方をすれば、敗者という姿を浮かびあがらせようとすればするほど、〝敗者〟は遠くへ消えてゆくような気がしたことである。言い換えれば、そんな皮肉な軸を頼りに殊更シリーズを組んでくることの面白さがあったのである。また、今更そんな軸を堂々と持ち出してくる感覚も相当なものだと思った。真面目な話。私はつい最近『あさき夢みし』という〝問わず語り〟を題材にした映画をつくったばかりなので、何回目かに〝問わず語り〟が取りあげられていることに、とりわけ興味を持った。おまけに、シナリオを書いて下さった大岡信さんがゲストとして話に加わっておられて身近な感じで討論を聞いたのである。

余談だけれども、私がシナリオを大岡さんにお願いしようと思ったのも、この種の番組に大岡さんが出演されていたからである。確か二年ぐらい前に、紀貫之のことを話されていたのが縁である。

扨、〝敗者〟のことだけれども、私が一番驚いたのは、そのシリーズではじめて長明の肖像を見せられたことである。何を今更、と大方の人には思われそうだけど、正直な話、あの長明の肖像がテレビに映し出された折にはほんとうにびっくりした。浅学な身故に、あんな長明の肖像があるとは知らなかったし、かなり枯れ切った恬淡とした容貌を空想していた私には大きな驚きだった。私にとってのテレビの威力でもある。大仰に言えば、長明についての私なりの独断や想いに水をさされたような感じで、到底一筋縄ではゆかない不敵な内面を、沈着な眼をそこに見てしまったのである。

かなり以前のことだけれど、私は生意気にもある雑誌に頼まれたエッセイに、長明と兼好における隠者としての差を空想的に書いたことがある。その頃私は、兼好のしたたかさに惹かれていたし、何よりも高師直などとの接触に、恋文の代筆をしつつも舌を出しているような兼好の凄みに感動していた。従って、年端もゆかぬ童子と戯れているような長明の一文に、単純な敗者の虚飾をしか見ていなかったのである。勿論、それからの歳月、私は私なりに、つまり馬鹿は馬鹿なりに冷静に『方丈記』を受け止めようとはして来たけれども、今度の肖像の放映で、決定的に眼を洗われた思いがした。感傷など寄せつけない顔で、十一月のある日、長明はテレビの彼方で眼を凝らしていたのである。

おそらく、そのシリーズを企画した人は〝敗者〟という逆説的な問いかけのもっとも大胆な解答を、その肖像を映し出すことによって成そうとしたのではあるまいか。私には、出演されていた学者の方々の講話もさりながら、あの顔のアップがすべてだと思えた。

もともと負の係数のないところに文学も、その衝動も成り立たない、と言ってしまえばそれ迄である。確かに、私たちが親しみ、想いをかける相手というのは〝敗者の文学〟である。しかし、近代からの一方通行で単純に〝敗者〟を限定することの愚かしさを、此度のシリーズもまた、教えてくれたと言えそうである。

最近ますます私には近代というものの思い上りが鼻についてならないのだ。そのことを百も承知の積りで、自分でしばしば罠に陥入ってしまうこともしばしばだけれども。『あさき夢みし』という映画にしても、基本的に私の反省はその辺りにある。つまりは、大岡さんのシナリオをドラマチックな切り口で結んでゆこうとしたところが、知らず知らずに身につけている私自身の近代の証しなのだと思い知らされてしまった。「もっと、のんびりと、たゆたうようなリズムで描くべきだった」と田村孟さんに言われたことが、一番私の心には響いている。その言葉は、中世を取り上げる時のすべてを示唆している、とすら私には思えたのである。勿論、中世説話と取り組む場合はその限りに非ずだろうが、田村さんの指摘は実に正鵠を射ている。中世への愛着は到底近代の思い上りで済まされるものではない。恰もホイジンガーが『中世の秋』で描き尽したように、ブルゴーニュの十四、五世紀はルネッサンスへの告知ではなく中世の秋であったのだろう。中世の闇ということを、ルネッサンスへの単なる過渡期から解き放したホイジンガーの方法の確かさを、今更に仰ぎ見てしまう。彼が愛着をもった十二世紀。つまりはロマネスクの時代にヨーロッパ精神の出発となった十二世紀ルネッサンスの輝きがあったことの意味を、自国の中世を見ることで理解する。聖と俗の論理の闘いに中世的な力のみなぎりを見るように、私たちも日本の中世を正当に見てゆきたい、と今更に思った。いつだったか私は、中世という時代区分を否定する論説を聞いたことがあるけれども、とりわけ幅広く曖昧に受けとられる日本文芸史上での区分を、兎に角演出者の立場では捨ててしまうべきだったのかもしれない。〝敗者の文学〟を見ること、時代を見ることの面白さは、同時に陥し穴が待ち受けていることを、私は自ら実践して漸く解りかけたような次第である。

どうもこのことは映画の場合、まだあまり確かめられていないような気もする。それに、私たちの思い上りは何も中世に限ったことではなく、歴史への態度として再検討されて然るべきことなのだろう。近世にしてからそうなのだ。「西鶴の説話性の指摘は、これを研究史的に見ると、かつてあまりにも近代小説性のみが論じられたことの反省として出現した」と中村幸彦先生は説かれている。どうやらこういう反省は、絶えずくり返しいつの時代にむけても成されなければならないようである。近世文学における説話性の指摘に、近代の絆からの解放があるならば、中世の〝敗者の文学〟を位置づける理由を、私はもっと徹底して闇に托すべきであったと反省もする。

近世の散文が中世の説話性と近代の小説性のふたつから挟み撃ちをされて、自立するべき近世性を潰されかかっているとすれば、私たちが一口に中世と言っても、翻って中世に愛着を抱いたところに今度は説話性が陥し穴になってしまうことも明らかになってくる。〝敗者〟の相貌から出発して、何とも収拾のつかないこのような混乱に私はふりまわされてしまうのだ。

きっと、こんな現代の人間が右往左往する状態を知り尽して、長明の心は据っているのだろう。今となっては、私にはあの長明の眼が怕《こわ》い。逃避とか、隠者とかを軽々に口にすまい、と誓ったのである。

何時だったか、私もまた巡礼者の列にまじり乍ら熊野を訪れたことがある。維盛入水のことを頭に浮べながら。今度の映画では、諸々の制作条件の制肘から二条の足跡を辿って熊野へ行くことは出来なかった。かって私は維盛の道を敗者の辿る宿命と思いすぎていた気がする。此頃では弱者、敗者、逃避者隠棲者を見る時に、その文学的感傷を読みすぎてはいないか、という気がする。少くとも、この辺りの陥し穴を『あさき夢みし』では大岡さんのみちびきで回避した積りであるが、勿論まだ充分ではない。これからの作業でもある。何故なら近代の観念では、宗教性を決して照らし出すことが出来ないからである。たとえば、一遍は熊野で何を見たのか。ルッターのうたれた雷鳴とは何だったのか。ここを分析的に見ても、到底見えてくるものはないだろう。近代劇で捉えても捉えきれるものではないだろう。但し私は映画というものの持つ感性は、ひょっとするとそこら辺りに可能性があるのじゃないか、と思っている。音楽もまた然りだけれど。だからこそ、今日迄映画にしがみついているのかもしれない。虚妄かもしれないが。

滅亡の文学とされている『平家物語』の中で、嫡流の重みに耐えかねる敗軍の将としての維盛を、宗教における信と結びつけて想わぬ限り〝敗者〟の力というものは見えそうにもない。「忽《たちま》ちに妄念をひるがへして」海へ入っていった維盛の〝忽ちに〟は、決して分析からだけで私たちに見えてくるものではないだろう。政権交代の変動期や歴史の大きな転換の中で、そこに潰えてゆく敗者を理解するだけでは、近代の思い上りの領域に止まることになる。何故なら、その瞬間の維盛の回天を全感覚で受け止めることは出来ないからである。まさか「かねうちならしてすすめ奉る」から、仏の世界が維盛に響いたのでもないだろう。私は他力本願で、〝忽ちに〟の力を映画にしたいと希っている。

二条もまた敗者であるかもしれない。しかし後深草のニヒリズムの延長線上にあって、その軌跡はひどく飛躍している。東は川口から、西は厳島までにおよぶ二条の旅の足跡に、私は信のもたらす力を見る。その道程を現在の地図のうえで分析したところで余り意味がない。

この軌跡の飛躍に、大岡さんはシナリオの力点をおかれた。その意を汲めども力及ばなかったことについて大変申し訳なく思っている。富倉徳次郎先生は『とはずがたり』解説で〝それを誰が問へばなう、よしなの問はず語りや〟という「閑吟集」の唄をひかれて、ひろやかな感慨、とその題名を明かされている。大岡さんの根底にあった〝とはずがたり〟もまた、そんな匂いをふくらませたものであった筈だ。私は、まだまだその匂いを嗅ぎ取る力に欠けていたことが、しみじみと解ったのである。そして、近代の思い上りで身を包んでいることも恥しく思った。今度の映画について言えば、演出者サイドの欠落についての指摘は一々当っているように思える。但し、シナリオについての幾つかの批評は当をえていない。まして、〝レーゼ・シナリオ〟などということを持ち出して来て兎や角言われるのは我慢出来ない。私には、そういう人達は、逆に中世の説話性の桎梏から脱け切れずに不自由なのだと思えてしまう。勿論、この桎梏《しっこく》は私も感じていることであって、その呪縛に苦しんでもいる。

でも、映画というものはもっと濶達なひろがりを持つべきじゃあないか。近世への梃子としては説話性も重要だろう。但し、現在の映画を自由に飛翔させるためには、説話性をはなれることも肝要じゃないか。いや、結局私の見るところ、現在の興行に乗ってしかも説話性を超えた映画なんぞ、ごく稀にしかすぎない、と思われる。たとえば、ポルノ云々にしたところで、『御伽草子』の式部の呪縛を越えてはいまい。我身をつねれば『無常』もまた然り。

今、私がとても期待しているのは、十六ミリや八ミリで枠にとらわれず極私的な出発をしている作家たちの動向である。現代の映画の体制から外れていても、誰が彼等を〝敗者〟と思うだろうか。

『シナリオ』昭和50年2月号（実相寺37歳）

実在としての死

サイパン日記

昭和46年×月×日

抜けるように青い空の下で、ただ茫然と、無機物を見ている時に、ふっと時間という観念の捨て切れぬ呪縛に身を灼くことになる。そこに転がっているのは、ただの鉄片。錆び。そして石。岩肌を支えるコンクリート。そしてひび割れたその裂け目からとび出した鉄筋。それらに刻み込まれたものは、時間を超越したものではなくて、時間そのもののかたちだということに、突然、思い到る。時間とは観念に過ぎない、ということと、時間とはかたちとしての実体なのだということが、ないまぜになって、襲いかかってくる。そこに浮上するのは死ということについての距離。否、生けるわれわれの側から見た射程と言うべきもの。ここは恐らく、その瞬間にも、空は抜けるように青く、海はまた空の色を映して、いやが上にも青かったに違いない。ただ、その空には幾つかの黒い汚点がつけられ、射程をまさに縮めんとする観念の跳躍が行なわれたのであろうけれども。

サイパン島。戦後26年。シュイサイド・クリフ。米軍の撒きちらしたあの何の役にも立たないということで稀有のタガンタガンの群生に囲まれて、滑走路のコンクリートが幾何学模様を作る時、私は、めくるめく死に到る病に取り憑かれることになる。それが実は、太平という古典的な認識の中で、死への射程をみずから忘却している恥部をその陽光の下に晒す羽目になる。

つまり、私たちが、私の世代が、死ということの実在を放置したことにつき無限の重圧にひしがれることになるのだ。つまり、繰り返し、一体私たちは、生ということにつき何かをやったということはあるかもしれないが、死ということについては、何もしなかったのだ。すべての行為を体制を補塡する方向に、生というもののすりかえで汲々と蠢動したに過ぎないことが痛覚として甦ってくる。いや、死についての歩みと射程を、意識することすらなかったのではないだろうか。

否、ただ単に、その射程を意識しなかったことの欠落だけではない。それにもまして、われわれが断罪されてしかるべきなのは、生と死との距離を、生への射程に無理強いにくみ込もうとした精神作用の腐蝕ぶりではないだろうか。……感傷。懐旧。いや、記録というものまでもが、すべて生への証しという曖昧な自己認識へうつし変えられてゆくような気がしてならない。その時に、実は死を思いつつ、生を思っていることにしかすぎない行為の伴わない精神を、まさに断罪し裁くものは、自己自身ではなくて、それこそ他者に求めなければ、道程は腐蝕のまま、死ではなくて、生の終焉を迎えるに過ぎない結果となる。私は、具体的な誰かに裁かれねばならない。

まさに、生きている限り、われわれはみな殺人者なのだ。それは贖罪を護符として、意志的に死との射程に身を置くこともなく、絶えず一歩退却した地点で、生のファッションに苦々しい視線を送っているにすぎない。

……サイパン島で、ウィング・ビーチのあたりから、ジャパニーズ・ラスト・コマンド・ポストに行く辺り、荒れた舗装の道を、自動車が疾走してゆく時に、轟々たる音に車は包まれる。それは、ちょうど、零戦の基地へ通ずる道。生者への呪いをこめて、かつての零戦の搭乗者たちが地底の亡霊となって歌い続ける呻きだという。その時、車は、神洲不滅を信じて、米軍へと立ち向かった死者たちの耳を聾したであろう、零式艦上戦闘機の音を発する。……そして、バンザイ・クリフの所で自動車が停止した時、そのすべてが虚空に消える。……このように巧みに出来上がった死の伝説が、われわれの周囲に、生をとり巻いて遍在しているのだ。決定的に、これらの伝説・記録は、実は、われわれの血脈の中に確固として流れ続ける日本人としての消し去り難い恥部そのものなのだろう。

そして、そして、昭和46年に、私は、それこそ収拾のつかない狂気へと導かれる。それが、これまで、あるべき生者の誠実として、ひとつの道標であった司馬遷の《生き恥さらしても》という姿を、鏡にしえなくなったことに思い到らせる。全くふきっさらしの荒野にたたずむ己れを見出だすことになる。そうなのだ。どうしても、これから以後、私は生者および生について映像を作るのではなく、死への射程につき、その実在につき、映画を作ってゆかなくてはならないのではないか。そのことが、どのような方法でなされるのか。それが殺人者としてのわれわれの尖鋭化において辛うじて道が保たれるものか。とにかく、私は、死について確かめなければならないのだ。そして、私のこの混濁した立場が、苦汁にみちたやみくもな怒りにかき立てられる。生者たちの隠遁者ぶりに、あるいはまた、自分自身の隠遁者的部分に、その日常に、連続性に、その予感と、永劫への自己撞着に、まさに、呆れ果てるばかりの欺瞞を見出してくる。今や、一億総隠遁者への風潮に、一億聖者化の時代に、個性という無自覚のファッションを媒介にして、駆り立てられているのだ。そして、永久革命はまた観念の問題と、所有の観念におきかえられて、空疎化してゆく。……何を、今なおわれわれは血迷っているのだろうか。このみずからの生と死の間の乖離に、実にみっともなく彷徨しながら。……私にとって、かつて、あれほどの魅力にみちあふれた乱世の雄、佐々木道誉が、何故、近頃では、いや、サイパン島で、単なる無機物を眼にしてから、遠のいていこうとするのか。彼が、ひどく、ありきたりのマキャヴェリストに思えてくるのは何故なのか。高時が死に、後醍醐天皇が死に、楠木正成も死に、義貞はもちろん、尊氏も、師直も、直義も生者の列からはずれてもなお、寿命を全うした姿に、私はかつて、生の証しともいうべき魅力を感じていたのではなかったか。……実は、そのことが、隠遁者といわれる人間たちの処世術と重なり合う、精神の腐蝕ぶりを私に訴えているような気がしてならない。その往生ぶりは確かに乱世であることによって、太平の世の常朝の語録よりも、ずっと圧力のある問いを投げかけてはいる。

それでも、その婆娑羅《ばさら》大名が自己演出したものは、すべて狂言のような気がしてならない。それらの自己催眠にも似た生き恥のさらし方は、生の内部でしか動いていない転向と再転向の連続なのだ。生と死の乖離の中で、ダイナミックに揺れ動いた転向であるとはどうしても思えないのだ。

実に、時代や、歴史や、記録が、われわれの手本にならないならば、それこそ、われわれはどのようなドグマとしてのドラマを作ろうというのか。ヒットラーがそこまでやって来ているのかもしれないのに……。

今日の東京では、虚像が虚像を拡大して再生産してゆく。それとひきかえに縮小してゆくものは、常に、私たちの側の空疎化してゆく繰り返しの幻影である。一体、何故、あの抜けるような青空が、私をかくも死への射程へと転位せしめようとしたのか。それは、実に、ごくありきたりのわれわれを包み込む虚像生産の犯罪行為と表裏一体の自己存在に、最適の条件だったからであろう。

映画は、陽光の下で露光されることから観念が生まれ、それは常に、抜けるような青空をひとつのテーゼとして進行し、そして、撮影され続けて来た歴史と無縁ではないだろう。そしてその陽光と青空の連続性、そのつながりの持続、その維持に、大きな犯罪性を、大袈裟に言えば全人類に対する犯罪行為を包含していたのである。しかし、そのことを、抽象的な戦争裁判の判決文めいたものに、権力と戦争の全的構造の中に埋没させてはならないのである。

〈戦争を知らない子供たち〉というおぞましい歌が、実は〈愛国行進曲〉等と同義の鼻もちならなさで、われわれの周囲を虚像としての生で飾り立ててゆく状況なのである。せめて〈戦争の片棒かつぐ子供たち〉と歌えないものか。

……天津《テンシン》から塘沽《タンクー》へ。それは私の身近にあった最初の無蓋貨車上での死との射程であり、私同様、引揚者の少年の友達の飢えによる死であった。しかし、私は、腹を下痢にさいなまれつつ、またも、林檎に、その時、齧じりついていた。そのことが、引揚者であることの沈黙と、日本人としての犯罪性を、私に痛烈なかたちで投げかけている。大陸での贖罪など、どこにもあるものではない。それは故郷喪失者としての断罪の中で、死への射程に転位しない限りは、永劫にさまよい続ける映画作家の無明なのだ。

その時の空は、のしかかるように低く、重く、その中で、実は生を渇望したことの情景が、ちょうど、サイパン島での26年後と対極にある。そう、確かに、生き恥さらしても生きのびようとした犯罪者は、26年後に、漸く、死への射程を、突然、頭に描いて戦慄することになる。

われわれの手は、やはり、血にまみれているのだ。生きながら死ぬ状態を手に入れることの理想郷は、別の場所に、非日常の空間にあるのではなくして、私たちの足元に、隠遁者の時代として拡がっている。とにかく、ひとつの幻想を、私は『曼陀羅』で撃った。そのことは、まだまだもちろん、自分の胸につきささる具体的な刃として実現してはいないけれども。

生を凝視めることもなく、
死を掌中にしうるのかどうか。

その時に、
日本浪漫派が帰一していったような精神構造に、いわゆる、楽《らく》になることもなく。

〈死〉は、中国における自己の少年時代と無縁の場所ではありえない、犯罪への私自身の連帯性の中に、実在している。

何故ならば、抜けるような青空の下で、私は、現実の風景を撮影していたのだから。この犯罪の告白。


（日記より）

『フィルム』昭和46年10月（実相寺34歳）

※追記・脚注
昭和四十六年に、私は一本のＰＲ映画を撮影した。これは幻のＰＲ映画である。何故って、依頼主の

ＪＡＬが受け容れるところとならなかったから。グアム島便の旅客誘致の為、観光映画を依頼されたが、南の島々を訪れた時、私は過去の幻影をふり払うことが出来なかった。余りにも強烈な太陽と、珊瑚礁に囲まれた透明な海の世界は、血の匂いにみち溢れていた。

ヤップ島で、飛ぶ術を失った赤錆びた零戦の残骸を見て、悲しさは極点に達した。私の心情を汲み取った編集の浦岡敬一さんのモンタージュは見事なものだった。今も無心に咲く花と、事物に投影する人間の記憶が生々しくカットバックされた。

アノニムのＣＭ・ＰＲの世界で、大抵の場合、私は依頼主の意図に忠実だが、この時は一歩も後へ退かなかった。結果、幻のＰＲ映画となってしまった。この決裂の数ケ月後、グアム島で横井さんが発見された。

私の覚え書

——遠くへ行きたい——

私の塔はどこに立っているのか。

私の記憶はどこにつながっているのか。

覚え書・その一

覚え書・その二

私には何の覚え書もない。ただ雑駁で、あやふやな軌跡があるだけなのだ。ふりかえってみる程のこともない時間。個人のささやかな歩み。いつか、和田勉さんがこんなことを言っていた。

「テレビの本当の歴史を摑もうと思ったら、放映されなかった作品、かたちにならなかった企画を辿るしかないな。」

まことに、闇へ葬り去られた死産児たち、胎内からむりやり堕されてしまった嬰児《えいじ》たちの歴史は、霧の中にある。

嘗て、世間に現われてかたちを成さないもの、口を開こうとしない才能の在処に疑いを持った日々もあったけれど……。

それは何という虚妄であったことか。むしろ、顕現しない才能にこそ、光はあるのではないか。もの言えぬ震えの、空気を伝わるささやかな振動の内に、魂は宿っているのではないか。それに耳を傾けぬ者、あるいはそれに耳を借そうとしない者は甲殻類に等しい。

近頃では、ますますこの想いを強くする。
だから、
はしなくも、世に作品を送り出した演出者の覚え書なぞ、虚仮の最たるものである。それは光ではなく、闇である。ただ無明の彷徨にしかすぎない。本来は、口にすることもおぞましきことなのだ。と云いつつ、またもや私は空しいことを行いつつあるのか。

黒白の陽画

私は旅をしていた、という気がする。私は天賦の才に恵まれなかったものの通例として、古い黒白の陽画に記憶を辿る。

今、私の手元に、まるで他人としか思えない、焦点も碌に合っていない少年の写真がある。母親から、つい最近、「これはお前の四歳頃の写真だ。整理をしていたら出て来たよ」と言って渡されたものだ。縁の剥れかかった陽画を手にした時、私は冷静でありたいとつとめた。が、到底そんな状態ではいられなかった。

それは、時間という観念とむき合わなくてはならない苛立ちであり、想像力に棹をさされるやり切れなさである。幸福、ということの定義を私は知らないけれども、恐らく、一枚の古びた陽画に定着した虚像と向き合った時間のことを示すのではないかとさえ思った。

紛れもなく、その写真に定着している像が幸福なのではなくて、それを見ている私自身がお目出度いのであろう。私は写真を破りもしなかった。いや、到底そんなことは出来そうにない、風化してゆくのなら兎に角、破ることで、血が出るかもしれないのだから。

そうだ、数年前のこと……、
平城京の大極殿趾で、突風に吹きまくられつつ立ち尽した、という記憶がある。殿舎の消え失せた広漠とした敷地に、摑るべき何の支えもなく、身を寄せるものもなく、私は風に吹かれていた。あれは、〝遠くへ行きたい〟という番組の仕事だったか。ユーラシア大陸からの文明の果て、という文句が解説書にもあるけれど、その風はまさに文明の僻地に吹く風のように思われた。そして、幻をよび醒ます。風が運んでくるものは、幻影と幻聴の触媒である。泣き声、笑い声、号泣、哄笑、絶叫、沈黙……。

めくるめくような風の乱舞の中で、私はひどくおびえてしまった記憶がある。その場所に立って、往時を偲ぶことなど出来る筈もない。私に襲って来たのは、出土品の陳列棚にあった〝呪いの人形〟の顔であった。時間が封じ込めた呪いは白日の下にさらされて、残る呻きをぶつけようとしていた。

消え去った王城の地に立つものには、なべて呪いがかけられるのだろう。何故なら、そこに立つ、ということは幸福者の成せる業だからである。

その時と同様の感覚が写真と共に甦ってくる。私は自分のものとされている少年の写真に、同じような呪いが込められているのを悟った。写真というものには、必ず、肉親の呪いが塗りこめられていることを、もっと早くに悟るべきだったのだ。写真ほど血に飢えているものはあるまい。このことを、かなり以前『血を吸うカメラ』とかいう映画が、絵解きのように教えて呉れたことがあったではないか。

そう言えば、一昔前、写真に撮されることを頑に拒絶した人達がいたそうである。シャッターが開閉する瞬間に、魂が吸い込まれると信じていたのか。その一回の撮影が死につながる危険を孕んでいると思われたのか。この人達の拒絶が、今になって、私にはひどく当り前のことに思える。映像は呪われている。そして、あとに残された陽画は血を吸って、はちきれんばかりにふくらんでいる。

心霊写真というものが、近頃ではオカルト・ブームで話題になる。しかし、それは滑稽なことなのだ。だって、写真として定着したものに、心臓の鼓動と死にゆくものの霊魂以外の何が描かれるというのだろうか。

私が母に貰った写真はこんな画面だ。

少年は旅をしている最中であったらしい。船の上であるらしい。その写真を撮される為に、遊びの手を一瞬止めて、顔を上げた様子らしい。手元は暗くて定かではないけれど、形から判断するとコリント・ゲームの類であるらしい。矢張り、その少年は私らしい。これ以上のことは、具体的なことは何も解らない。そんな無作為の一枚の写真は、観念そのものである。何故なら時間が運んで来たものだから。

今、私は映像を作り上げることで生計を立てている。でも、ますます私には、映像がわからない。映像に具体的なことがあるのだろうか。確実なことは、何ひとつとしてありはしないだろう。今もって〝失われし時〟を求めようとはしない私に、中年になっても虚仮の彷徨をやめようとはしない私に、突然写真を見せることで、きっと母親は海を見せようとしたのだろうか。弘誓の海を。とすれば、写真は呪いであり、同時に祈りでもある。

闇の中。ひたすら出口を求める闇の中。河原の礫に足をすくわれ、どこへも脱けられず閉じ籠められて。何ものも見えず、何ものも聞えず。手触りによる闇。その救われぬ歩みに、母親は石を積むのだろうか。

私は旅をしている。フィルムの露光範囲の光の中で。そのことが余計に闇であることを、漸くに思い知らされる。光を求めていることは、フィルムへ露光させる商売は、正しく虚仮なのだ。それがほの見えた瞬間に、親たちの口ずさむ御詠歌が聞えたような気がする。風は吹いているけれども、これは幻聴ではないだろう。親たちが、私を映画監督なんかにさせたくなかった意味を、ここに到って私は悟ったのである。でも、もう遅い。一切は終ってしまっている。

城

つい最近のことである。私は、矢張り旅の番組を手懸けていた。その番組のプロデューサーは今野勉である。彼が呟いた。

「何で、いつもいつも人間は夕焼けを撮るのだろう」

そう言われてみると、私も数限りなく夕焼けの瞬間に立会っているように思えてきた。そして、朝焼け、黎明の時を狙った記憶が余りない。

多摩川で、赤坂で、川崎で、九段上で、浅草で、銀座で、赤羽で、大倉山で、成城で、城ケ島で、奥多摩で、河口湖で、夢の島で、溜池で、新宿で、国立で、花山天文台で、宝塔寺で、山科で、大徳寺で春日野で、糺の森で、堅田で、東福寺で、黒谷で、多摩プラザで、三条で、羽田で、山手通りで、石神井公園で、八木で、平等院で、安土城趾で、……もう想い出すのは止めよう。きりがない。

私は、自分の乏しい経験の中から言っても、さまざまな場所で夕陽を見ている。いや、いまほんの少し掲げた場所は、ただ夕陽を見たという場所ではない。私が夕陽に向けて、カメラを構えた場所なのである。私は昭和三十六年の秋に演出者として、一人歩きをはじめた。現在までにかたちとなった作品の数は、そんなに多くはないだろう。それでも、我乍ら呆れる程に、日の沈みゆく時間を撮している。そのことに気がついたのは、ごく最近の今野勉の呟きによってである。

——昭和二十一年の春。私は罹災者専用列車に乗って南風崎から品川へ向っていた。眼に焼きつく記憶としての、はじめての日本である。私には、その時、故国が戦いに敗れたということは解っていた。張家口から塘沽へ、そしてLSTの船中での逃避行の最中に、既に米兵へ要領良く頭を下げるということを覚えていたのだから、卑屈な微笑がチューインガムやキャンデーに直結することを既に承知していた。

私は、超満員の列車の中で、品川への二昼夜を、殆んど興奮して眠らなかった。勿論、途中下車してゆく逃避行の友人たちとの別れが続いたこともある。ただ、それ以上に、はじめての日本の風景が私を興奮させていた。駅の看板の字が読める世界でもあったから。

列車が姫路へとさしかかった時、私は夕焼けと、廃墟の中に白くそびえる城を見た。それは悪夢のような信じ難い光景であった。それは、車窓に展開していた荒涼とした単調な景観とは違って、凄絶とした眺めだった。

廃墟の中に取り残されて、城は余計に際立っていた。おまけにその時、空は異様と思える程の赤い夕焼けであった。私は城がなおも焼け続け、炎を未だにふきあげているのではないか、と眼を疑った程である。しかし、崩れることもなく、廃墟の残照とは不釣合に、城は佇立していた。

美しい、というのは嘘だろう。恐らく。……それは、現在の記憶の中で再現されている光景にしかすぎまい。せい一杯誠実に、小学生としての私に立ち還ってみるならば、夕焼けの中に白いお化けを見た、と言った方が正しいのだ。

どうしてこの城は燃えなかったのか。

空襲を免れたのは奇蹟だったのか。それとも空襲をする方が、故意に目標から外したのか。あるいは何かの本に書かれていたように、使役された民衆の怨念が形骸をさらせ！　と呪いつづけたからなのか。白い城は、戦火の果てに残っていたのである。

それ以前、私は連京線の車窓から満洲の原野に落ちてゆく夕陽を見たことがある。私にとっての夕焼けの出発点である。私の夕焼けのイメエジは、広漠としたもの、郷愁を寄せつけないものであったのだ。それ迄の私の記憶では、陽は遠くへ落ちるもの、夕焼けは空を染め切れぬもの、何らかのモニュメントとは無縁なものであったのだ。ところが、日本へ戻って、はじめて遭遇した夕焼けは手の届く程に近い迫り方をしたのである。しかも、白い骸骨のような城との色彩的な対照を伴って……。

私には、その光景から受けた心理的な屈折を到底説明出来そうもない。ただ白いお化けとの出合いで逢魔ケ時の怖さを教えられたことが頭にこびりついてしまったのである。くり返し、くり返し、私は夕焼けの瞬間を追っかけている。その折に、いつもいつも想い出すのは、翼をもぎとられた白鷺のすがたである。そして、いつも怖いもの見たさで、私は夕焼け時に、虚空へ眼を凝らしている。同じかたちの雲はなく、光はいつも違っている。そして、私は旅をしている。私の記憶は、いつだって移動している最中に焼き付けられていく。

ひょっとすると、

そんな記憶の芽生え方が、旅をして、夕焼けに立ち向かわせているのかもしれない。

何故なら、

私には塔がなく、

車窓からの天守が代用品で、

しかも、それは異様な光景であったから。

仰ぎ見る塔の記憶、望楼の記憶にならず、従って根を下ろす故郷につながらない。根を下しえない以上、私のような引揚げ者は空を見るようになるのだろう。そして、空を見る時、嘗て一番心に訴えた光景が想い出されるだろう。その時の舞台装置としてのホリゾントが。……それが、夕焼け。私にとっての夕焼けなのじゃあないか。

いや、私は何とか記憶の中にある色と出合いたくて、旅をし続けているのかも知れない。そんな空想の旅を、し続けているのかも知れない。そして、決して現実にはそんな色と出合うこともなく、記憶の中の少年である私自身の幻影に手を引かれて、虚妄へ虚妄へとのめり込んでいるのかも知れない。

いつもいつも、夕焼けは違う影を空に素描するから興趣が尽きぬ訳ではない。それが虚妄への深淵であるから魔性の誘惑にみち溢れているのだろう。正に逢魔ケ時の入口なのである。その瞬間に身を浸すことによって、大地に記憶を持たぬ者も、闇への胎内回帰に身を任ねることが出来るのだ。

今日も、そんな魔性の歌が聞える。何とか夕焼けを撮ることから脱け出したい、と気ばかりあせっている。

それでも、一旦童話の中で、彼方に輝く白い城の情景を読んだものは不幸である。その呪縛からのがれることは容易な業ではないからだ。

「何故、夕焼けを撮るんだろうなァ……」

「おふくろの子宮を、見ようとしてるんじゃねえかなァ……」

覚え書・その三

私は二つお守りを持っている。

浄瑠璃寺のが一つ。岩船寺の普賢菩薩さまのが一つ。

いや、もうひとつ。

車には、狸谷山のお守りがぶら下っている。

間奏曲・塔

私は、変らず旅をし続けている。仰ぎ見る塔を持たぬ、みたされない心を抱きながら。正直に言ってしまうならば、私にとっての塔は、青島の教会の尖塔、または北京の北海公園のラマ塔。それらは、私によって最初から近代である。故郷喪失者の回帰なぞ、一切の虚妄であることは解った。動揺が残っている。余震のように。

結局、塔はどこにも立ってはいない。

私の記憶はどこにもつながっていなかったのだ。私は深く深く空間へのコンプレックスに支配されていたのかもしれない。だからといって、絶対への病いに冒されていた訳ではないけれども。

いつも、私は塔の傍を急ぎ足に通り過ぎていたようだ。そして、私は塔趾に安堵していたのである。何処へ行っても、大抵、塔の心礎には水が溜っている。その水に、虚仮の世界が映る。この小さな鏡の世界に、身を投ずることは出来ないものなのか。塔を失って、心礎はのびやかに世界と相対しているのだから。心柱が朽ち、相輪が消え、幻の風鐸の青に身任ねる鏡。

水煙に天女が遊ぶ塔。遥かの高みでどのような囁きを夢を見ているのやら。その塔を、凍れる音楽と言う人もあった。けれども、私には凍りつかない空間が良い。

そうだ、あれも〝遠くへ行きたい〟の撮影の折だったか。

宇佐の御許山に落ちる夕陽を駈け足をしながら、虚空蔵寺の塔趾を求めて歩きまわった記憶がある。冬の日のことだった。

――国道から川沿いの道を辿っていった。随分と行きつ戻りつした。酒屋さんの裏庭めいた場所に、その塔趾はあった。給水タンクが立っている横手。基壇の土のわずかな盛り上りが、周囲との差を教えてくれる。その心礎らしき石に、水はなかった。子供のままごと遊びのテーブルになっているらしい。穴には、さまざまなままごと用の食器が詰められている。

そんな現在が、ひどくやさしかった。一瞬、空間コンプレックスから解き放たれる想いがした。そうだ、その時から私は少しずつ変りはじめた。空間への旅を止めようと思い始めたのである。鏡に呼びかける映像作家の旅を止めようと思った。

「鏡よ、鏡。世界で一番綺麗なのは誰？」

この程度の問いかけをしつつ、私はレフレックス・カメラと共に旅をしていたのではなかったのか。私は、阿弥陀堂をフイルムのうえに建立しようなぞという妄念に取り憑かれていたに違いない。想像力は浄土への通路だと思っていたに違いない。ああ、何という思い上りに捉われていたのだろう。

「お前は、ただの現在にすぎない」と、村木良彦に言われる。私は、何時頃からテレビ人間でなくなってしまったのだろう。

私は、昭和三十九年三月を限りに、テレビのスタジオを離れている。昭和四十五年二月を限りにテレビ局員であることを止めた。

黒白の陰画

他力本願であることは身に沁みている。けれども私には本復なぞありえないだろう。何ひとつ予感の表明もしえなかったこと、これまた身に沁みて恥しい。それでも、雑駁な軌跡を残したことだけは縁になるやもしれない。

剝落しかかった写真を手にして以来、私は旅に出ていない。他人の血への怖さから、そう簡単にカメラを手にすることも出来なくなりつつある。雑駁な道を歩んで来たじゃないかと自問自答をしても、そう易々と戻ってゆく道は拓けていない。

せめて、死に場所を見つけなくてはなるまい。私には呪縛から脱れようと、取り敢えず光の届かぬ場所に閉じ籠っているのが良いのだ。耳をおおっても母親の唱う御詠歌が聞えてくる。私の閉じ籠る闇にその歌にのせて映像が撮影される。それは、風の吹きすさぶ、沖泊の記憶だ。

その時も、私は日本海に沈む夕焼けを見ていた。その海は、夕陽を受けて一筋の光の道を作っていた。思わず、歩いて渡ってゆけるのじゃないか、と眼を見開いたことがある。この果ての大陸には、故郷喪失と近代の間にゆれ動く隙間を埋めてくれる光があるのじゃないか。私のモダニズムも、デモクラシイも、その反動としてのナショナリズムも、さらに階級を超えたエロチシズムをも、いや私の身に虚飾としてつき纏う一切合切を焼却してくれる灼熱があるのじゃないか、……と。

――沖泊で、私は久しぶりに、郷愁と回帰をふり捨てる夕焼けを、遠い夕焼けを見ていたという気がする。そこには、白いお化けのモニュメントもなかった。ただ、光の一筋が北方への道を作っていた。私の漠然とたたずんだ一瞬が、私にとっての金色の夢だったのであろうか。もう、五年も前の記憶である。

しかし、きっと、そんな記憶も私の現在の欠落と等しいものなのだろう。何故なら、決して、私は入水しようとはしなかったのだから。きっと、金色の夢も、遊行僧が熊野で見た夢とは、天地の隔りがあるものなのだろう。

「北の海に向って、補陀落渡海はおかしいよ」と、忠告も受けた。にも拘らず、私の記憶は『曼陀羅』という映画で、佐津の浜から船出をさせたのであった。船は難破して、揚句の果てに、私の分身たちは砂浜に骸をさらす羽目になってしまった。

見ようとして、見られるものが金色の夢。ならば兎に角、現在私は闇に閉じ籠るしかない。果てしのない落下の感覚で出来上っているようなガウデイの空間。人と空間が手を携えてどこ迄も落下してゆくような恐怖に、せめて眼を凝らさなくては。……それも、遠い夕焼けと接した沖泊近くの潜戸で得た感覚である。

そうだ。ふっと思い出せば、沖泊には賽の河原があった。そこに積み重ねられた無数の石に、その洞窟に『無常』を見たこともあったのだ。つまり、「おまえは、ただの現在にすぎない」というあの言葉を。

姫路から、沖泊までの時間が私の雑駁な軌跡なのかもしれない。いや、ふりかえってみれば、そうしか言いようがない。沖泊で夕焼けと向き合ってから私は映画をつくるようになってしまったのだから。

今、

闇に映っていた沖泊の記憶が薄れてゆく。

光は輝き、次第にその力を失い、そして消える。今度こそ、私は死に場所を探さなくてはならない。映画監督の死に場所ってのは何だろう、と考える年齢にさしかかっている。それは矢張り溝の中なのだろうか。

覚え書・夢

私は、現在、川崎市の北の私営マンションに住んでいる。２ＤＫである。

昔、私は、そう、小学生の頃〝平清盛が好きだ〟と言った時、親から〝馬鹿じゃないか〟といった眼で見られ〝天邪鬼〟と言われたことがある。何で、今更、こんな断片がふっと想い浮ぶのであろう。英雄譚で育った世代に属する私には、高熱を発して水風呂へ入る男が、一番具体的に把み易い男だった。零下を超える張家口の官舎には、風呂がなかったから。

今、私は、佐々木道誉に憧れている。これは、このマンションに越して来てから十年来の想いでもある。私が一番惹かれるのは、彼が畳の上で大往生を遂げた、ということだ。

私は畳の上で死にたいと希っている。このことで〝天邪鬼〟と言われるだろうか。その畳の間の広さは、せめて八畳は欲しい。

つけ足し……

私は高校に通っている頃、映画監督になりたい、と思った。何故か、教師は執拗に〝親の許しを得たか〟と聞いてきた。映画を実際に作る迄は、ずい分と廻り道をした。そして、つい最近、私は例の写真と対面したのである。呪いは解けそうにない。矢張り、本復なぞありえまい。いろいろと、ふりかえってみたけれど、矢張り一切は終ってしまっている。これが、どうやら、私の覚え書であるらしい。あとは死ぬまでのひまつぶしか……。

『新日本』昭和50年3月号（実相寺37歳）

第4章

肉眼への不信を……

映像と演劇の間の寸言

映像の組み立て方によって、衝撃を受けた経験というものは数少ない。つまり、映像という奴、いつも受け身だという気がする。それは、光と影の魔術なのだけれど、露光するという感覚の範疇では余り信用がならない。況《いわ》んや、それにつき纏う、技術的或は方法的な試みの数多くは、どうにでもなれという感じだ。組み立て方自体で、衝撃を受けたこともない。映画では、モンタージュという概念も、フォトジェニイという概念もなくなってしまった。そんなことはどうでも良いのだ。虚像の再生産などにそれ程の価値があろうとは、又、芸術的な何かがあろうとは到底思えない。それでも稀には映像ないし、フィルムの錬金術師めいた存在が通用し、フィルムそのものをコマでいじくったり、薄い金の延べ板を造る様に、フィルムを極限迄刻もうとしたりする。網膜に一瞬、光源の前に立ちふさがる幻影となって通り過ぎる、この無意味な呪術めいたものも受け手の側の衝撃とはなりえない様だ。今では、コマーシャル・フィルムのスポットの中にすら、そんなものは見出せなくなりつつある。一体、コマの意味が、どれ程の、と開き直りたくなる。映像というもの、兎に角、信ずるに足るものはない。それが、どれ程、人間の周囲全体、三六〇度、或はプラネタリウムめいて、全天空をおおいつくそうと、駄目である。二十四駒に分解された動きなどというものを投影されている限り、どのみち人間の受け留め方に限界があるのだから。それでも万博では、徒労に近く、スクリーンを煙幕にしたり、多面にしたり、と色々やっているらしい。しかし、そういう試みをやられれば、やられるだけ、映像と虚像の世紀の終末感に捉えられる。ということは逆に、映画というものが、かなり人間の内側に定着したということの現在を物語っているともいえるのだろうが。音をつけ加え、色をつけ加え、アナモをつけ加え、フィルムのサイズを拡大し、人間の視界ぎりぎり迄、膨張して来た映画自体が、変革してゆくとすれば、……でも、この外側からの改良めいたものについては、かなり私は喜ばしく悲観的だ。資本がどれ程の期待を映画に抱いているのか。最早、満足な設備投資すら行わないだろう。生活手段、流通機構の改革の中で、映画撮影機程、遅れをとっているものは又とないだろうから。タテ前として、企業としての映画など、どうでも良いのだ。

人間は肉眼の思想へと還りつつある。ひと頃、レネエあたりが意識による映像の組み立てをかなりの段階に迄つみ上げた時、ひとつのうずきめいたものはあった。しかし、それ以後、いわゆる映像作家、と称せられる人達の間からは、何も生まれていない。視点を変えて、自由になっているのは、フィルム即原稿用紙程度の意識を持ってしか、それを扱わない連中の出現である。足立正生とか、若松孝二とか、大和屋竺の作品にそういった光と影への不信感を感ずる。彼等に比べれば、私の方がまだ、映像に淫している病理めいたものがあり、古い傷口がふさがらぬ感じなのだ。そう言えば、光りというものの存在、フレームというものの枠による何がしかの美意識が、果てしなく今ではわずらわしい。虚像をふりかざした傲慢な居直りに道は開いていているのか。いや、そうではなくて、映像への絶望的な不信感が、対象との対峙のぎりぎりの決着点という行為の中でのみ回復してくるものだ、と言えそうである。

そのぎりぎりの決着点、というものは、勿論、現在の国家を支えている概念と、全社会につき纏う固定観念との決着点。そして、そこからひび割れてくる。アナーキーな絶望と見られ勝ちな作品の昇華という点に求められてくる。作り方と美意識が現在問題にされない程崩壊しているにも拘らず、くだくだと私が述べている映像への信頼感を断ちきりえない所に、映画にまつわる誤解が存在する。映像自体には何の展望もありえない。演劇とは戸籍が違うかもしれないが、映画自体が兇状旅にのぼることが今後の課題となるかも知れない。それにつけても、ここ一世代の間に、映画技術者のヴイルテュオーゾ達の失業振りは眼に余る様な状態となるのではないか。勿論その果てに、プロフェッショナルとアマチュアの境界線をつけるとすれば、先刻の決着点での行為そのものが、重要な区分けとなってくるのだが。

映像というものがリュミエールの列車到着の光景以来、精神としては、その時の肉眼の復元に戻りつつあることは、嬉ぶべきことなのか。メリエスの切り拓いた不純物を随分長い間かかって払い落せなかったものだ。映像の作り上げる機械的なリズムと時空を超越してゆく嘘っ八さ加減。既存の技術的な意味での凝縮された光と影の構図のやり切れなさ、その白々しさが漸く露呈されて来ているのだ。にも拘らず、にも拘らずである。どれ程その陥し穴に足をつっ込んでしまう機会の多いことか。電気を媒体としたテレビジョンの画面ですら、デュリッュクのエピゴーネンめいた美学を身につけようとする無意識の指向に毒されていまい、とは断言出来ない。その点では、後ろめいた犯罪からの逃避行めいた軌跡を私自身も背負っている。まあ、映像文化ということからはテレビジョンを埒外に置くことが今後の事態の正しい認識ではないか、という気すら起る。

映像というものに、思考から割り出されてくる夾雑物で、その新しい野放図さにケチをつけたくはないのだ。この点でも、常に毒する側に廻っているのはフィルムという手段。イラストレーションの氾濫に近く、テレビでの映像の退廃を一手に担っているのは、しかも光輝あるフォトジェニイに、技術者を吸収しているのはコマーシャルのめくるめく短い燃焼の数十秒である。効用とか、目的意識とか、主題の訴求につき、誰も余り関心を払わなくなってしまった。恐るべきことには、映像の消費的影響力というものが、大麻に酔い痴れる錯誤のように、広告そのものをも本来の目的から切り離しつつある。このことをもひっくるめて、全体的な状況の中で恐ろしいことは、映像による風俗の独自の回転である。その時流時流でのフィルムの組み立て方がひとつのファッションとなってゆく現代。そして、その組み立て方の技術が、現実の方に投影しているかのように思えてくる受け手側の弱点。

この混乱の中でこそ、映像を信用しない立場の鮮烈な原点が、そして、ただ一点、論理的な支えを基盤とした予感を伴った現実回帰が息をふき返すのを見ることが出来る。佐々木守が、最近風景ということの肝要さを口にする時、彼の内部では、もう一度、状況から風景への回帰を、という映像への原初的な問いかけがなされていると思いたい。この点で、日本列島を縦断しながら、風景のない風景とでもいった『少年』という映画を見た時に、新たな衝撃を受けたことを思い出す。映像を捨て去った肉眼の復活めいたものを。つまり作家側の刻印を感ずる。この辺のはっきりとした確認のない限り作家主体の存在を稀薄だとして、『圧殺の森』から『三里塚の夏』へとなだれ込んだ小川紳介の視点を決して軽々には論じられないし、逆にあの映画がむき出しにした批評眼への銃口を見過す人間は幸福な市民なのだ。

もう、そのことを漠然と感じて十年ぐらいになるが、舞台と映像との共犯関係がブレヒトを媒介として、日本では曖昧な婚姻をしているように思える。数々の運動の中で、このことから無縁となりえたのは、状況劇場が手本という気がする。テント小屋の客席で、いわゆる役者に水溜りの水を浴びせられた時に、映像に包まれながら盲目になりきっている時代の人間であることを、触覚で思い知らされる。今や、バロック的な錦絵の世界からは遠く、加茂川の河原でのうす汚れた小屋掛けに、発見の会が、若松孝二や大和屋竺や沖島勲の映画を持って、兇状旅にのぼることに、はじめて映像と演劇の相関関係が生れて来るかも知れない。その曙光に、身がひきしまる。大劇団やその衛星劇団が、自然主義からの訣別の風俗程度にしか映像を理解しなかった時、演劇における映像も、又、ブレヒトのスライドと軌を一にしたファッションだったのだ。

光学産業の発達した、日本という国で、猫も杓子もカメラや八ミリをぶら下げて歩き、虚像による観光の眼に、プロの作家迄もが深く身を包みこまれている中で、みんな肉眼で風景を見ることからはじめるように、カメラを捨ててしまおう。映像を放棄することから。作家内面の観光を取り払わねば。その梃子となるためにこそ、今や、劇場のフオルムが崩壊しつつある演劇の重大な意義があるように思える。そして、言葉が。

『未完成・一号』昭和41年6月号（実相寺29歳）

メロドラマへの系譜。

アラン・レネエの新作『戦争は終った』

──過去

「君はヒロシマで何も見ちゃあいない、何も」

「私はすべてを見たわ、何もかも」

あるいはまた、

「私は知っているわ、ありとあらゆることを」

「何も。君は知っちゃあいない」

こんなやりとりを、ふっと思い出す。『二十四時間の情事』でくり返し聞かされた言葉を。

ヒロシマを訪れた、しかもかなり原爆の被災を誠実に知ろうとした女に、日本の男はいとも無雑作におうむ返しに答えていた。

「何も知っちゃあいない、見ちゃあいない」

当時、私はこの言葉を聞いて、石のように黙ることがもっとも誠実なことじゃないか、と思った。ある強烈な体験は、傍観者ないし外部者にとっては、智識または観念、あるいは思想とか問題になりえても、感覚や感情にはなりえないのじゃないか、と。原爆を直接被災したものにとっては、それを忘れ去ることが力であり、被災しなかったものには二度と忘れないことが力である。この相反した均衡のうえに、レネエの忘却と記憶のテーマは成り立っていた。

原爆についてだけではない。気持ちないしは感情移入のドラマが終りであることも、私には決定的だと思われた。

——特高に捕まって、獄中にいた時、——引っ張り出されては歯の抜ける迄ぶん殴られて又独房に戻されると、私は、上体を傾けうずくまるようにして、ただじっと坐っていたのさ。恥かしい話だが、ただそれだけだ。

——何故うずくまっていたか解るかい。ちょっとでも、身体を起すと、お腹が空くからね。

いつだったか、私はこんな話を聞いたことをも想い出す。これにくらべれば、オフェリア役の為に、松沢病院を見学にゆく役者も、役の人物になりきろうとする役者の努力も色あせてくる。どうあがいたって、気持ちの再現をいくら内面の操作でやろうとしたところで所詮は空しいことじゃないか。そんな筋道で、何事かを語りかけようとするのはよした方が良い。それならば石のような沈黙あるのみだ。ヌーベールでの、頭を丸坊主に刈られた体験を持つものにして、隔ったヒロシマでは観光客と紙一重のところに、いや紙一重ではないかという疑問で、映画は投げ出されていた筈だ。

残ったのは、観客への問いかけである。こんな連帯へのペシミズムを通してしか、オプティミズムへと転化出来ないアラン・レネエの姿があった。「私はわけても道徳的戒めを与えるため映画を作ろうとは思わない。……映画は人々にコミュニケートする為に作られる。だからすごくペシミスティクなものでも、とどのつまりはオプティミストでありうるのだ」（ル・モンドに載ったレネエの言葉）

登場人物と観客との対話がはじまる。そこにかたちのドラマが登場する局面がある。レネエはそこを外面描写の緻密な組み立てによらず、意識の世界と客観描写を綜合した場所で行なおうとするのだ。

それは黒地に白い文字でデカデカと書かれていた。『戦争は終った』と。このタイトルで、私は、再び身構える。直ちに裏返しのレネエの声が聞えるようだから。「戦争は終っちゃあいない」と。いつまでも、果しない呟きのようである。「ある時、ある国での出来事と思い込む私たち。狭い身の回りをしか見ない私たち。終りなく叫ぶ声を聞こうとはしない私たち」と語りかけた『夜と霧』のジャン・ケイロールのテキストの線上に、変らずレネエは立っている。

青い空、闘牛、フラメンコ、ロルカ、プラド美術館、ガウディ……一千四百万人の観光客。レネエがはじめたのはスペインについての対話である。レネエは余程、観光客と観光の観点が嫌いのようだ。意識して使われる一千四百万の観光客というナレーションが耳につく。反フランコの革命派常任委員、ディエゴにとって、戦争は、正に、終っちゃいないのだ。

闘いの体験を持たない者にとって、精一杯の表現は、戦いへの志向を持ちながら日々解体してゆく自己を正確に記録すること。ないし告発し続けてゆくことにしかドラマはありえない。とすれば、レネエは現在迄、たったひとつこの歌をしか歌っていない。そして、自己解体の告発に、最も正直な作家なのではないだろうか。神話をひどく恐れている。革命は決して神話ではない、ということをくり返し己れにふき込みつつ、ともすれば絶望へと転化しそうな境い目でしか行動を浮び上らせることが出来ない。

『戦争は終った』のディエゴ。四十才。パリとマドリッド、バルセロナ間の往復運動。この人間に集約されるのは〝ディエゴは私だ〟というレネエの叫びではないだろうか。石のような沈黙以外の表現の筋道はレネエにとって、矢張りここにしかなかった。

——現在

革命は忍耐と皮肉だ、とこの映画でしばしば引用され聞かされる言葉。ディエゴ自身、人民戦線の時代には未だ武器を持った戦士ではなかった。従って彼には闘いの燃えるような一瞬が原感覚としてある訳ではない。彼も又、バスに乗りそこなった世代の人間である。彼にとっての二十年に汎る地下運動は、正に忍耐と皮肉の連続でしかない。「渦中にあるものは全体を見通すことは出来ない」しかし「全体を見通しうるものは渦中のものの危機感を解りうるのか」ホアンがやられそうになり、四月三十日に予定されたストライキは出来るのか。又それがフランコに対してどういう力になりうるのか。観光客の眼を変えさせる契機になりうるのか。パリとマドリッド、バルセロナの往復運動は忍耐と皮肉そのものである。……

ディエゴが冒頭、国境を越えてフランス領へ入って来る描写から、レネエは往復運動の中で、ディエゴの頭に去来する行動のかけらを拾い出すことからはじめる。『二十四時間の情事』のような整然と計算された過去へのフラッシュ・バックではない。人物の意識のままに、回想には何の序列もなかったが少くともはめ絵のパズルをバラバラにして組み立ててみるような枠にはまった操作が『二十四時間の情事』にはあった。しかし、この映画には見当らない。レネエお得意の意識のモンタージュでは、ディエゴの行動の予測しか出て来ない。この映画は構造としては、ディエゴの行為の予測とその埋め方だけで成り立っている。列車に飛び乗るだろう、タクシーを摑まえるだろう、同志の家を訪ねるだろう、それから、エストラパード街のアパートへ帰るだろう、階段を昇るだろう、等々きれぎれにディエゴの頭に浮んでくるのは、すべてこれからのことである。それ故に、映画のはじまりはひどく混乱と戸惑いを感じさせる。ディエゴがパリに帰着してから除々に、ディエゴの行為を追うリズムになってくる。ディエゴの頭に浮んだことが、現実の行為となって現われてくるものにとって代わられる。この映画でのレネエの方法は、意識のサイクルを過去から近い未来へと切り換えたものだ。こういうモンタージュは、近未来、複合過去、条件法現在、接続法等々の文法構造を持った国民から生まれてくるものかも知れない。

この切り換えが『戦争は終った』の新しい面である。そして、ディエゴの頭に浮ぶものの中に、いわゆる闘いのイメエジはひとつもないのだ。列車に飛び乗るとか、タクシーを拾うとか、つまり、彼が行商人のように動いていることしか浮んで来ないのである。それがディエゴの二十年間の運動そのものだ、とレネエは語りかけてくる。ディエゴにとって革命の達成は今や神話に近い。それでも、それを神話にすまいとするのは、実に彼の二十年間の往復運動だけなのである。歩き、乗り、走り、乗り、点から点へ、といった。……ディエゴにとって革命は絶望なのかも知れない。果して、ディエゴは革命の達成を信じているのだろうか。そこにダブってくるのはレネエ自身のテーマである。レネエは、フランスの革命を信じているのだろうか。兎に角、ディエゴ同様レネエも絶え間ない行為をつづけてゆくことで、辛うじて革命を神話から現実の可能性へとひき留めているのだろう。

そして、生活。マリアンヌとの愛。恐らくこの映画の中で、もっとも素晴しいのはマリアンヌとディエゴの部分だろう。ここにはメロドラマの条件が揃っており、いってみればすれ違うのがメロドラマと私なんかは思い込んでいるのだが、ただ大方のメロドラマのヒロインが〝想うひとには添われずに、想わぬひとに〟のくり返しであるのに、マリアンヌにとっては、パリ—マドリッドという空間が、そしてディエゴの運動の時間が介在している訳だ。それでもこのはっきりとした距離と時間で隔ったことを充分観客に示して、レネエは再会の時を描いていたと思われる。ここでのベッド・シーンに、それは見事に表わされていた。何だか、そのベッド・シーンの表現、あるいはマリアンヌとディエゴの対話のくだりは、レネエにとっては珍らしい程にモンタージュを意識させないところで、二人の行為の描写を時間の流れの儘に当り前につないだようなものだ。レネエがここでの描写に力を注いだのは、生活そのものの中に日常と非日常を同居させたということだろう。大きな決定と小さな決定、個人にとっての愛と革命が二分されずに、ある土壌での不可分にある地点を捉えるということ。ディエゴは生活を犠牲にする訳でもなく、又彼の意識の中で、はっきりとした区分をしている訳でもない。私は、マリアンヌとの交渉を通して、レネエははじめて一人の人間を描き出したという気がする。この点で、ひとりの人間の存在全体を描き出す方法として、ある時は意識の中に入り、ある時は第三者のカメラの位置からといった、レネエの融通無礙な視点が初めて現実に生きはじめたようである。マリアンヌの描写に比べて偽の旅券を借りたサランシュの娘ナディーヌとの交渉の描写を想い浮べてみると良い。ハイキーにとんだ感じのモンタージュのみで成り立った、ゴダール的とも思える生理を。ディエゴにとっても、レネエが描きわけたように、ナディーヌと寝たことは、生活ときりはなされた生理でしかなかったのだ。

ただ、私には『戦争は終った』のこれらの方法が明晰であると同時に、聊か単純なテーゼとアンチ・テーゼのパズルのような気もする。その点では、レネエを責めることは出来ないのかも知れない。ひとりの作家が、とりわけ、二十年間の解体に鞭打つような軌跡をしか描けないレネエが、いきなり変貌を遂げることはありえないだろうから。ないものねだりかも知れないが、私が気になるのは人間の摑み易さなのだ。あの方法でまるがかえにして、フランス的な明晰さで割り切ったような。

――未来

はじまりもなく、終りもなく、ただ一九六六年の復活祭中の三日間。勿論「戦争は終っちゃあいないんだ」という声が聞えてくるのと同様「それでも、矢張り、あの型での戦争は終ったのだ」という声も聞えてくる。それをレネエが意識して表わそうとしたかどうかに拘らず。……結論は何も出ていない。

それでもディエゴを追って、任務の変更を伝えにオルリイの空港を発つマリアンヌ。長い長いオルリイの廊下を歩くマリアンヌと、なおもスペインへ、車で急ぐディエゴのオーバァー・ラップには結論の匂いが立ちのぼる。それが一挙にこの映画のメロドラマたる匂いを濃厚にさせる。恐らくすれ違うんだろう。こんな下司のカングリに私は陥入るのだ。となると、ディエゴ自身の前途には絶望があるだけではないか。私にはこの終止符がどうも気にかかって仕方がなかった。

確かに如何にペシミスティックでも、観客との対話を求める点ではオプティミストであるだろうが、それはものを作るうえでの当然の姿勢ではないだろうか。もし、先に引用した通りのことをレネエが鵜呑みにしているとすれば、やや観客に対話を求めるに楽天的であり過ぎる。ラスト・シーンでの、私の疑いはこのことなのだ。だから「戦争は終っていない」ということは、単なるスローガンのように弱々しい。いやでも「戦争は終った」という声がラストシーンで聞える訳である。

レネエはここで起る声に耳を傾けなければなるまい。『二十四時間の情事』『去年マリエンバートで』そして『戦争は終った』を通して必ず見られる、ゆるやかな横移動のショット。いわば、あのショットに代表されるレネエを捨てる時が来たのではないだろうか。その横移動は、ある対象を見ている時のゆるやかな歩みの速度に近く、見ていることと見ていないこととの相剋を鮮明に表現して来た方法である。鮮明な対立をいきなり捉えてくることより、どこに対立があるのか、果してそれはないのか、戦争と呼ばれるものの質は何処にあるのか、をレネエなりに問い掛けて来たのである。ディエゴの二十年間の重みを示してくる方法は、ひとつの完結したドラマの予測としてラスト・シーンに集約しえないものじゃないか、という気さえするのだが、どうだろう。あのオーバー・ラップの持った意味は〝すれ違い〟を思わせ過ぎたようである。すべてをメロドラマの成立条件と言うのは酷だろうが。

レネエの素材は、私たちの眼に見え過ぎる。アウシュヴィッツにしても、ヒロシマにしても、又今回の反フランコの闘士も。いや眼に見え過ぎるのではなく、そのドラマ化の過程での整理の仕方に問題があるのかも知れない。考えれば『戦争は終った』の巻頭にあった混乱も、上手く我々を〝すれ違い〟の調和とでも呼べるものに引っ張ってゆく餌だったのだろう。

この映画はその素材をもってしても、新しい発見と、スローガン以外の「戦争は終っちゃあいない」という視点を示すことは出来なかった。あるいは「再び戦争ははじまっている」というようなことを。この映画は余りにも明快にディエゴの取り組む戦争の正体を明白に摑み出し過ぎているような気がする。

レネエは『去年マリエンバートで』のあのバロックの宮殿を舞台に、文化は政治に優先しえないことを、いやという程描いた後で、白い羽根に包まれた人工的な彫像のような美女デルフィーヌ・セイリグの化粧をはぎ落して『ミュリエル』を作った。考えてみれば、それは歴史の中で、ある立場とある瞬間に決定的に参劃し出会ったものが、その後の解体を超えて、回帰の時を持ちうるかどうかという主題に貫かれた作品だった。レネエの主張するようにカラーだからこそリアリズムで。ニュース映画のようなカットの積み重ね。レネエを特徴づける横移動もなく『ミュリエル』では、自己自身の解体告発は既に提出されていたのだ。その次に来た『戦争は終った』という系譜を辿ってみれば、レネエの現在の地点は明らかである。つまり外と内に眼を注いで余りにも分析的なのだ。彼は戦闘的な姿勢をどうしてもとりようがあるまい。恐らく彼の青春の原映像は闘う青春ではないのだろうから。

これから先、ディエゴのように、レネエは往復運動をくり返すだけなのだろうか。生活から生まれたメロドラマにその身を委ねながら。

何かが足りないのだ。何かが。それは私たち自身にはねっ返ることでもあるのだが。何かが。

『映画評論』昭和41年12月号（実相寺29歳）

肉眼への不信を……　アントニオーニ『欲望』

――プロペラを買ったトマス

スチール・カメラマンの主人公トマスが郊外の古道具屋であれこれとがらくたを物色をしている時、私は彼が何を買うのかに興味を抱いた。彼は写真家としては、ファッション写真やチャーム・フォトよりも、本質的にはリアリズムに生きているらしく、この映画の巻頭では彼が無料宿泊所に入り込んだところが紹介される。トマスが出版しようとしている写真は、そういったリアリストとしての面が集積されているものだ。ところで、古道具屋での話であるが、トマスが手にしたものは、工芸品の類ではなくて、古ぼけたプロペラだった。静止したプロペラはまるで役立たぬ一つの木片となっている。アントニオーニは静止した写真と、現実を静止させ定着させる写真家に、ある種の異和感を覚えているのではないか？　現実は回転している時に、そのかたちが見えないプロペラのようなものであり、止まった瞬間には、全く別のものになるのではないか。こういった単純な対比をアントニオーニが意識したかどうか。それでも、ひとつの物を買うといった選択は重要であろう。先ずこの点にアントニオーニが写真という幻影の限界から出発した、この映画への姿勢を感じた。

――トマスは私だ……

しかし、この映画はアントニオーニが狭義にスチールへの不信を述べた訳ではあるまい。イメエジに支配された現代へのかなり皮肉で、しかも図式的な解説をしてみせたものではあるまいか。つまり映画、テレビをひっくるめて、現実と幻影の境い目が混沌としている現代人のすがたを描いているのだろう。イメエジを通して視界と視角が拡がり、肉眼以上の世界を獲得した時から、逆にイメエジを通してしか現実を信頼しなくなっている私たちの日常。ブーアスティンが『幻影の時代』で社会学的に分析したことを、比喩的なストオリィにのっけてアントニオーニは語ったのだ。リアリストが隠しカメラで汚い無料宿泊所に入り込み、そこで、虫と垢にまみれた下層労務者、浮浪者の姿を定着させても、それは動かぬ木片としてのプロペラとイコールにしかならない。アントニオーニはこのことを告白したかったのではないだろうか。それは『さすらい』から『赤い砂漠』に至るアントニオーニが、自己のフィルム作りの立場への懐疑をこめて描き出したものと思われる。

トマスは私だ、とはいわぬ迄も、アントニオーニは現代において、イメエジを形象する担い手としての自己投影をトマスに托していることに間違いあるまい。

——蒸発するトマス……

フェリーニが『8½』で、マストロヤンニ扮する映画監督に自己の立場を告白したように、これはアントニオーニにとってのはじめての自己告白ないし告発なのではあるまいか。『欲望』のラスト・シーン、ひどく鮮やかな公園の緑の中で、一団の道化とも役者ともつかぬ連中がテニスのパントマイムを遊戯としてくり展げる。ラケットもなくボールもなく、彼等は幻のボールを打ち合って楽しむ。その状景を見ていたトマスは、次第にその幻のゲームにひき入れられ、幻の音すら耳には聞えてくる。最早、どこまでが実体でどこまでが虚像なのか見分けがつかなくなり、遠く転った幻のボールを拾いに彼が思わず走ってゆき、それを投げ返す時、トマスは自ら幻のゲームに包みこまれてしまうのだ。イメエジの氾濫した時代の中で、プロペラは木片となって即物的に転がってはいても、トマスは蒸発してしまうより他にないのである。現実を相手にして現実を捉みえない人間にとって消え去るのはひとつの運命なのだろうか。このエンド・タイトル寸前にパッと消えてしまうトマスの姿を見ると、アントニオーニはもう映画を作らないのではないか、という気すら覚えてしまった。一種の鎮魂歌または辞世の句。フィルムで現実を描くことへの絶望を私はここに見るのだが。

――ゆめのまたゆめ……

そして一切は〝ゆめのまたゆめ〟というのが、アントニオーニの帰結なのだろうか。存在論的なドラマといわれ、連帯の不毛を捉えたといわれ、孤独のムードを描くといわれ、さまざまな物議をかもしたアントニオーニがイギリスに渡って、ひどく物語性に富んだ映画をもって、かような諦めに到達しようとは思ってもみなかった。それは不可知の中へと迷いこんだ『去年マリエンバートで』のレネエが『ミュリエル』や『戦争は終った』でもう一度、現実復帰へ、外面描写へと立ち還ったのに比べて、より深く袋小路へと迷いこんでいる結果なのかもしれない。一期は夢よ、と悟り切ったような匂いを私はこの映画に感じる。すると、アントニオーニにとっては、これから先〝ただ狂え〟とばかりに踊り狂う忘我の時が訪れるのだろうか。そんな時にアントニオーニをひどく見てみたい気がする。

ひどく平穏で日常的な何処にでもある公園の片隅での逢びき。その日常的な光景が定着され、拡大され、引伸されていった時に、トマスは段々とイメエジに復讐されてゆくのである。殺人事件なのか、それ自体が遊戯なのか、夜公園に転がっていた死体は本物なのか、それとも彼の幻覚なのか。アントニオーニは恐らく、ドラマをフィルムで描かざるをえない自分自身にかなりの自己嫌悪と歯がゆさを覚えたに違いない。彼が今欲しいものは、もっとまるがかえで現実そのものを提示出来るトータル・スコープ、ないし神の眼、フィルム以上の表現手段ではないだろうか。

——肉眼への不信を……

ただ私は、現在こういう作品を見せつけられるとかなりの戸惑いを感ずる。つまり実体と虚像についての解説をこのように提出されても、今更、困ってしまうということもあるからだ。だから、一体？　と反問したくなる。所詮〝ゆめのまたゆめ〟という認識ではどうしようもあるまい。それに、ここに描かれた現実と幻のきちんと分れた対比よりも、もっと区分けのつかない幻影も含んだ現実が私たちの日常だろうから。劇中の写真家トマスがかなり素朴なリアリストであったように、ネオ・リアリズム出身のアントニオーニにとっては、トマスの蒸発は彼自身の蒸発なのだろう。ネオ・リアリズムのさまざまに分岐した末流の中で、今アントニオーニは自らの素朴な現実認識とイメエジに裏切られ反逆されているのではないか。従って、アントニオーニがこの映画で作りあげた幻影も、ひどく図式的な範囲を出ていない、と私には思えた。

テレビジョンによって流れ動く現実の進行自体を私たちはイメエジを通して知らされている。肉眼あるいは肉体の見、触れる素朴な半径から今や私たちの生活はほど遠い。従って、引伸す過程で、荒らびた粒子の中から、非日常があらわれてきても、余り私たちを衝き動かさないのである。それは私には、古典的な推理小説風の興味に近いものと思えた。つまり、アントニオーニはイメエジへの不信から、この映画を作り上げたのだが、私たちは肉眼への不信から映画を作り上げるべきなのだ。ただ、私たちのイメエジが萎えていることも事実であり、より多く実感へよりかかっていることも事実である。フェリーニは『8½』で、少なくとも、この段階での自己告白しているようだ。現代において、イメエジのバロック的表現は可能か否か、という主題で。いってみれば、イメエジに支配された時代に、どれ程政治または時代をのり超える幻影を獲得出来るのか、ということが肝心な訳だ。

アントニオーニは、かなり古い型の人間のようで、物語性に回帰したことは必然的な経路だった。それにしても、イメエジの時代に、余りにも彼はひかれものの小唄のような辞世の句を詠みすぎたような気がする。

『シナリオ』昭和42年6月号（実相寺30歳）

ゴダールについて、二・三の事柄

フィルムとテレビのちがい、とでもいったものを近頃考えないではいられない。以前はその差を余り大したことだとは思わなかった。たとえば〝ゴダールはひと口で言えばテレビ的だ〟で済んだこともあったのだ。ところが、私自身が数年フィルムのみにとっぷり身を浸してからというもの、ゴダールはそう簡単にいかなくなったのだ。

テレビで、私は精神といったものを培われた気がする。それは勿論、ある時代の新しいメディアの持つからくりを私が摂取しようとし、結局、核心を把み切れずそう名付けたのだが、精神というのは便利にすぎる言葉だ。まア、ある時代を分解し、再構成しようとする梃子のようなものを身につける術を育てられて来たのだ。それ以上でも以下でもない。ところが、フィルムの世界に入ってからというもの、フィルムからは、その取り扱い方とか、智慧みたいなものを身につけさせられた、と思っている。それは処世の智慧に似たものだ。たかだか百年程のフィルムの歴史にたまった塵の重さと言って差支えない。

少くともフィルムがかなりの智慧でどうにもならずふくらみ切っているのは事実であって、製作の形態、資本投下の形態、企画、脚本、演出上の形態が、いまやはちきれんばかりのうみを内にかかえていることも事実なのである。

そして、日本では、主にアメリカの典範によって広く劇場用、テレビ放映用を問わず作られているフィルムのかたちが、その為の智慧を強制していることも忘れることが出来ない。フィルムの持つ質というものはちょっとやそっとのことでは、その百年の重み、ハリウッドとその亜流たちから逃れることは出来ないだろう。ゴダールが長編の第一作『勝手にしやがれ』を作った頃、ヌーヴェル・バーグなる言葉で日本にも上陸して来たフランスの映画は、主に内容のこととしてよりも、その作り方の新しさないし奇抜さで私たちを驚かせた、と記憶している。例えば伯母さんの遺産をつぎ込んだ、とか、石炭王の末裔が作った、とか……でもその後、製作形態の底のつき方か、無自覚さ故か、殆んどの部分は在来の資本形態へと、恰も放蕩児の帰還のように組み入れられてしまった。ただ、ゴダールだけが方法に迄つっこんだ自覚を持ちえたのじゃないか、ということを最近では感じている。ゴダールが、何故テレビ的なのか、ということに関しては、今野勉あたりが細密に書いていることなので、今更つけ加える必要もあるまい。ただゴダールの作品の移り変りの上で、私が在来の感覚で、映画だなァ、と思ったのは『気狂いピエロ』ぐらい迄である。つけ加えれば、奇妙なことにSFの『アルファヴィル』がもっとも古めかしい劇映画だった。それは、愛という言葉を軸にしたロマンへの渇望がゴダールの体内を吹き抜けたからなのだろうか。

　そこで、私は現在のところフィルムの教えてくれる智慧を、いささか揚げてみたい気がする。それは、どうあがこうとつながってしまうということが第一である。完結した世界への志向性を持つことから脱け切れていないのだ。つまりは、今でも多くの場合、最も重要視されるのは物語性である。ドラマという集約された公式が、ひどく曖昧なかたちですべてに規律を与えようとする。このことからだけでも、遠心的に、現在と現実から離れてゆき、決して回復することのない空虚なだまし絵が量産される土壌が解るというものだ。そして、完結されることによって現実回帰を遮断してしまうオチを、うまくつけようとする智慧にどれ程フィルムの多くはみちていることか。ゴダールですら『軽蔑』のラストあたりでは、かなりその辺で低迷しているように思える。尤も『勝手にしやがれ』のラスト程、神話的になってしまえば、話は又別である。一種のヤケクソな御愛嬌だから。

　次には、映像の美学とでもいった代物である。モンタージュとフォトジェニイという二つの智慧から、フィルムは殆ど未だ脱け切っていないのだ。エイゼンシュタインやデュリュックの神話を信ずるものに栄光あれ、である。これには撮影の仕方が大きくからんでいる。第一、シナリオぬきで映画の成り立っていることが極めて少ないからである。そのシナリオには先の物語性と完結性が充分にぬりこめられており、監督は最大限の美的虚像に向って、スタッフの技術を動員しようとする。遙か昔、クレールが「コンテを作った時私の映画は殆んど完成している」と言っていたのを覚えている。がその言葉を、今でも余り私たちは軽蔑する資格がないようである。フィルムにとって、撮して都合の良いものばかりを撮して来た歴史は、そこに投下される資本にとって、都合の良いものであった歴史に違いあるまい。R・ムシルの『特性のない男』の中でウルリッヒが言っていることが想い出される。

「……道徳とは、一社会内での態度の規制、特にその態度の内的動因、それゆえ感情と思考の規制のことだ。……道徳とは、ほかのあらゆる秩序と同様に、強制と暴力とによって生れるということだ！支配の座につくことに成功した一匹の人間が、彼らの支配を保障する規定や原則を、ただほかの人間に課するだけだということさ。しかし、同時に彼らは、彼等を偉大にした規程や原則を厳守する。こうして同時に彼等は例として作用する。……換言すればあらゆるものが道徳的なのだが、道徳自体は道徳的ではないわけだ」（河出版、第三分冊、三九七頁）。一つのショットの撮り方から問いかけは、はじめられるべきである。ゴダールが、フィルムを扱い乍ら『男性・女性』以後では次第にフィルムの智慧を捨て去ろうとした方法をエスカレートして示していることに注目せよ、だ。予定されたコンテの崩壊が製作形態を揺がすものとなりうるのである。フィルムでは確かに道徳があり、今、そのエピゴーネンがテレビ・ドラマに流れ込んでいることも間違いない。

しかし、テレビの持つ宿命にも近い、非映像的形態は、画面の大小を超えて、傍観とか鳥瞰とか、パノラマ的な視点からは切り離されている。放送形態の連続性から逆算しても、ドラマは基本的に完結したオチを持ちえないのである。とりわけ民放の場合、ドラマを分断するＣＭ、フォトジェニイを疎外するスーパーの告知が、完結性を拒絶する梃子になっている。そこでは、絶えず時代と共に歩まねばならない宿命があり、ドラマの規律はひどく曖昧で稀薄なのだ。テレビについての誤解に関しては、くわしくは別に論じられなければならないが、テレビドラマをのり超えて、テレビそのものへと求心的に進んでゆくのも時間の問題だという気がする。消えかかった運命ではあるが「裏番組をぶっ飛ばせ」が担った具体的な視聴者の現在との結びつきを、今年は忘れられない。それはゴダールが『中国女』で作り出したフィルムの方法、と同等の重さを持っているだろう。『中国女』はひとつには言葉の映画だった。それもドラマとしての言葉ではなくて、進行する現在という時間内でのやりとりとして、言葉は成り立っていた。『男性・女性』等でゴダールは画面外からの問い掛けという形で、更にこの問題を発展させてゆく。

『中国女』で、はじめてゴダールはフィルム的なことの意味に戻ったという気がする。冒頭で私が単純にテレビ的と言えなくなったということの意味は、はじめてフィルムがフィルムとしての時間を持ったように思えたからだ。その歴史からの解放がはじまったと言っても良い。ヴェトナムからも、中国からも遠く離れて、異空間の虚像の報告に認知を働かせていることが、劇とも呼ばれ、ドキュメンタリィとも呼びうるこのフィルムの限界であったのだ。だが空間のうつし絵から脱れて、ゴダールの言うように「マルクス・レーニン主義的ロビンソン・クルーソーのように生きる」このヴァカンスを、嘗て一度もフィルムは試みたことがなかった。このヴァカンスの実践自体が、ゴダールにとってのフィルム認識そのものであり、この映画全体が認識の過程としての時間である、と何よりも私たちは受けとめざるをえない。ヴェロニックやゴダールにとってと同様の、大長征のはじまりは、フィルム全体の歴史にとっての大長征のはじまりなのだろう。フィルムの持つ空間的な外側の対象の光学的美化という性質から、うつすという実践への転化がここにはある。ゴダールがこの際もし不幸であるとすれば、フランスという国がテレビによる混沌やそれにまつわる誤解をひき起していない、という風土的なことにあるかも知れない。

フランス国営放送の〝豆を喰おう〟といった程度のスポットが、子供に熱狂的に受け容れられている段階では、スカートが捲れ上りモーレッツごっこをやっている混沌の風土とは違って『中国女』の実践自体がブルジョア的な遊戯に見えてしまうことの悲劇があるだろう。

ゴダールがフィルムの智慧を捨てはじめた時に、毛語録を基盤にして対話をはじめたことは、フィルムの革新ということで肯ける。私はテレビ的ではあっても、テレビに手を染めなかったゴダールが、次には《まだ生きていない人々のために書いている》というR・ムシルのように、フィルムの持つべき質へと進んでゆくような気がする。その時に、ゴダールはテレビ的なることを一歩超えて、予感の映画へと歩み進めるのだろう。私が身にまつわりついた浅智慧をふり捨てようと、現在の製作形態の中でフィルムをつないでいる時に、ゴダールは一種のさわやかな解放区のように見える。

我々にとっては、ドラマというかたちが道徳そのものであるということ。こんな現実は未だ続いている。


『映画批評』昭和44年11月（実相寺32歳）

ドゴールへのフェラチオ

日記。一九六四年十一月十八日。水曜日。リュ・ド・ユニベルシテに演出家アベルティを訪ねた帰り、クリス・マイケルがコメントを書き、ヨリス・イヴェンスが監督した短篇『ヴァルパライソにて』を観る。街へ出ると、やけにものものしい。聞けば、ドゴールが通る、ということだった。インターナショナルなイヴェンスの映画を観た後で、ナショナリストの行列に出会うとは、思ってもみなかった。オペラ大通りとサン・ロッシュの交るモノプリの前で、冷たい風を我慢して、夜の八時五十分から一時間位つっ立っていただろう。

多数の警官。大通りの両側を埋めつくした軍隊。そして銃の行列。仲々現われなかったドゴール大統領。ヨルダンのフセイン国王の為の夜会が、オペラ座で催されている。……十時になろうかという頃、漸く百台ぐらいのオートバイの一大集団に囲まれた黒塗りのシトロエンDSは、突然に現われ、瞬く間に走り抜けていった。ただ一大音響の移動。喧騒の一瞬。ドゴールが通った、というよりは爆音がつき抜けていった、という感じであった。DSの窓から見える巨大な男を私が網膜に捉えたのは、ほんの二秒ぐらいの夢であった。茫然、というのは正にこのことかも知れない。行列というには余りにも速い。マーロン・ブランドに先導されたカミナリ族の閃光。

「何だい、ありゃあ?……」と、人の良さそうな巴里市民が私の横で苦笑い。

「フランスの栄光が駆け巡るのさ」

「チェッ、気狂い奴」

世界の偉人を見てみたい、という私の弥次馬根性はこの二秒間で跡形もなく消えてしまった。偉人と言えば、聖フランスシスコ・ザビエルのひからびた手しか見たことのない私に、偶然めぐって来た目撃への期待は直ちにふくらんだ。誰だって余程のへそ曲りでない限り、ドゴールが通るとなりゃあ、見てみたくなるだろう。眼の前を通るのだから。国家という奴が。まして弥次馬根性の横溢した私のこと、冬の小便を我慢した一時間ちょっとは軽いものさ。千載一遇の機会だったのだから。今にして思えばひょっとすると、第二、第三のジャッカルは、あの日も、虎視眈々とドゴールへ銃口を向けていたのかも知れない。軍隊のあの堅固なバリケードのすき間から。フランスの栄光へ向けて。フランスへ向けて。……

替え玉、あるいはニセ者のドゴールが生き続けたのではないとしたら、矢張りフォーサイスの書いたように、ジャッカルは一九六三年八月二十五日に片づけられてしまっている。信じられないことに、標的を外したことのないジャッカルは、ドゴールが在郷軍人へ接吻する為の前傾動作とシンクロさせて引き金をひいてしまっていた。フランスが、フランスの栄光を守る為の国家的詐欺芝居を打っていないとしたら、矢張りドゴールは一インチの差で生きのびて来たのであろうし、一九七〇年十一月八日に、ほんもののドゴールは七十九歳で死んだのであろう。フィクションは、またしても現実を超えることが出来なかった。

今、映画化された『ジャッカルの日』を観て、矢張りジンネマンは現実を超えるものを見つけられなかったのだ、と思う。これは、原作者が、己れの原作に忠実だったと言いつつ満足して試写室を出る類の映画なのである。そして、終になる部分をかなり忠実になぞっていった為に、あの一インチの誤差の重みが、滑稽な感じを与えることになってしまった。あの最后の瞬間に、試射でメロンを炸裂させた様に、何故、映画の中でドゴールの頭をぶち抜かなかったのだろう。実際にはドゴールは生きていたのだから、という闇雲な前提を疑いもせず、それでもどうなるかとハラハラさせられる、などとこの映画を観て幸せなスリルを楽しめる人は論外である。私は想像力の復権の為にも、国家の栄光の砦をぶち抜く為にも、ジンネマンにドゴールを撃って欲しかった。ジャッカルはどうあっても、間髪入れず、二発目、三発目を、ドゴール目掛けて撃ち込むべきだった、と思う。そして、無残にも栄光と国家が砕け散る幻影を映像化するべきであったと思う。そうしたら、はじめて、私は弥次馬であったことの恥しさに尻尾を巻いて降参したであろう。

——過度の偉大さは、現実に対する感覚を失わせる—と言ったシャルル・ドゴール。

この傲岸さの中にひそむ退廃を、そして尚綿々と続く水脈を、何故、ジンネマンはフォーサイスの『ジャッカルの日』劇画版を作ることだけで満足してしまうのだろう。飛躍して考えるならば、ジンネマンは映画の中で、ドゴールの頭をメロンのように砕きたくとも砕けない程に追いつめられていたのだろうか。……絶えずC・R・Sの私服につき纏われ、脅迫の影に我を忘れていたのだろうか。いや、きっとそうに違いあるまい。彼もまた巴里の街角で打合せの談合をも集会禁止と警官にとがめられ、斯くナショナリズムの砦の補強と、静かなるブルジョアジイの高度管理社会の宣伝に、腕を貸す羽目に陥入らざるを得なかったのだ。いやいや、決してこいつは飛躍した考えでもあるまい。ジンネマンとて、ヒットラーがドゴールのお面を被ろうとしている一九六八年の貼り紙を充分知っている筈なのだ。ドゴール、万才！　フランスのマゾヒストより。という落書きを、巴里の街を歩きつつ横目で睨んだことも必ずあったに違いない。

プチ・クラマール事件が一九六二年八月二十二日。ジャッカルが、フィクションの引き金をひいたのが、その一年ちょっと後の解放記念日。一九六四年には、東京オリンピックが日本の国威発揚。亡霊の現実化。その年の十一月に、冒頭の私の日記と相成る。

最近とは異って、まだ街の中の到る所にFLNからOAS迄の落書きがあり、OASは締め上げられていたけれども余燼《よじん》はくすぶっていた。それでも〝フランス人はデ・ヴォーである〟として復活して来た偉人が、自分たちに都合の良い旧論理を管理してゆく体制を敷いて、栄光の飴玉を人々の咽喉につきつけていた。ぬくぬくとしたプチ・ブルがその甘味な夢をむさぼる〝静かな社会〟が定着しはじめ、新たなデ・ヴォーが町をのさばりはじめている時でもあった。フランス式ソワッサント・ヌフで、人々はドゴールのフェラチオにいそしんでいたのである。正しく〝ドゴール万才！　フランスのマゾヒストより〟である。オデオン座には、至って平穏な日々。バタイユの言う通りに「ブルジョワたちに、第二の前衛劇を提供していた」という次第。着飾ったブルジョワたちは、常に遅れるものだから、バローは、この遅れて来たブルジョワたちに、第二の前衛劇を提供していた」という次第。着飾ったブルジョアの前で、マドレーヌ・ルノーは砂に首まで埋もれさせて、呑気な顔をしてベケットを演じていた。それこそ良き日々。お美わしの日々であった。

　そして、一九六八年五月。想像力の復権を前に、静かなドゴールが〝馬鹿騒ぎ〟はノンだ、と言う。すべてはノンである。ヒットラーはドゴールの仮面をつけんとしてポスターの主人公となる。ノン。C・R・Sは牙をむき出しにして、暴虐の限りをつくし学生たちに襲いかかる。ノン。ノンのくり返し。この遠くへ行ってしまった五月革命を通過して、ジンネマンはC・R・Sの影におびえたのか、それとも『ユマニテ』に色眼を使って、トロツキストを滑稽に描いてしまったのか。ドゴールの死ぬ二ヶ月前に、彼の元へゲラ刷りを送ったフォーサイスの原作を頂いて、一九七二年の六月からカメラをまわしはじめても亡霊を撃つことすら止めてしまったのか。私には、ここの所がひとつも釈然としない。

　それこそ、ジンネマンはドゴールの亡霊を撃つ千載一遇の機会に身をおいたのである。あの〈六月十八日広場〉に面するアパートの窓辺で。♪マルション・マルション、ア・ラ・ヴィクトワール……国歌の高まりを、それこそ現実を見失わせる偉大さと栄光の高みの中で。……ジンネマン＝ジャッカルがこの一瞬の躊躇をしたことで、現在に到る迄亡霊は生き続けてしまった。この二時間二十分の映画は、結果の解った大相撲の取組みを、スロー・ヴィデォ・テープでもう一度視る程度の安堵感にすり変わってしまったのである。過度の偉大さの前で、私が弥次馬と堕したように、ジンネマンもまた、どうにもならないフランス、どうにもならない国家を茫然と見てしまったのだろう。照準器から眼をはなして。

今年、ゴダールからのバトン・タッチよろしくアンナ・カリーナがカンヌ映画祭へ持ち込んで摘出したプチ・ブルのフランス。静かな社会。三人でのお喋りを咎める警官達に守られた国家。花の巴里。ジャルパック憧れのフルコース。カリーナは、五月革命の残滓を踏んで、アナーキストがプチ・ブルへ、プチ・ブルがアナーキストへと逆転してゆく過程を、静かな社会の恋物語のうちにも淡々と描いた。ところが、ジンネマンはドゴールへのフェラチオをし続けている。それもまあ恥しくて照れ臭いのか、ぼかしてしまったようで、寧ろ鞭で打たれて、ひいひいと逃げまわっている有様と受け取れる。あんな子供だましのジャッカルで国家が殺せるか。カリーナの映画は、プチ・ブルの教師をフェラチオするところから始まっている。しかし、その教師の一物に歯を立てて、痛い、と飛びあがらせるところから逆転の芽を辛くも摑んでいる。

フォーサイスは、ジャクリーヌがサン・クレールのペニスを口に含みつつ情報を盗むことをきちんと描写している。「あーかんじゃ痛い」とサンクレールに言わしむる発端だ。国家のペニスをしゃぶらされているものは、秋山正美の『首相の愛撫死』に登場してくる女ではないが、いつか上下の歯をガチリと嚙み合わせ、一物を嚙み切って心中してやろうと待ち構えているものじゃないだろうか。何でジンネマンは嚙み切ろうとしなかったのか。実はジャッカルを支えたこのフェラチオを、ジンネマンがお行儀良く素通りしてしまったことで、私は一番失望してしまった。何で相手のペニスを口に含みつつ逆転しようとしなかったのか。ものみなフェラチオにはじまる。五月革命の原点、――異議申し立て。しかし、まず（CON）オマンコが先だ。という文句を、ジンネマンはひとつも解っちゃいなかったのだ。私たちのぎりぎり追いつめられたワイセツを抜きに、暗殺は、まして政治は、カリスマは描けないし、そこを素通りした奴にドゴールを、亡霊を撃てる訳もない。学生たちが（CON）オマンコ！　と叫んだ想像力の復権をジンネマンは何と見る。嘗て、『自由への道』のマチウ・ド・ラ・リュはパン、パン、と言いつつ戦っていったが、ジャッカルはコン！コン！　と叫びつつ、ドゴールを粉々に砕くべきであった。反革命のノンにのせられつつ、想像力の禁圧をひとつも気づかなかったジンネマンは、果してフォーサイスの原作をどう読んだのか、と疑わしくなってくる。


映画『ジャッカルの日』を観る。

ドゴールの行列が通り過ぎる。今度はひどくゆっくりと。殺して呉れと言わんばかりに悠長な足取りで。

それでも、尚、引き金をひかない。亡霊は現実化している。

相変らず、ペニスをくわえさせられてる俺達。

こんな文句を、日記につけたくない。


『映画芸術』昭和48年10月号（実相寺36歳）

無明とは、すなわち馬鹿のこと。慕何、莫訶、莫迦または婆伽と書かれ、梵語モーハーの写音である。モーハーとは「事理に暗いこと」「暗愚」を意味する。……と、岩本裕『日常仏教語』には書かれている。成程、どこにも光明はない訳だ。ところで私なんかは《無明》という語をひとつのシンボルとして、居直っていたのじゃないか、という疑問にぶちあたる。映画を業としていることになんらのヒロイズムもないならば、せめて馬鹿の極点で、と。……所詮、人間の営為の現実は、と無茶苦茶な居直り方をしてみせよう、というのが本音だったかもしれない。だったということは、そのことが人間的であるということの錯覚に深く自己陶酔していたことから、最近漸く醒めかかっているからなのだ。

だからと言って、私に仏が見えて来た訳ではない。今もなお、生きている時にのみ希望がある、ということでしか自分とかかわることが出来ず、それ故の宗教との対立点で身を灼く思いにかられている存在にすぎないのである。死はすべての終りであろう。それがどんなに犬死であろうとなかろうと。だから、死は輪廻の中での一つの事件にすぎない等と呑気に構えてはいられないのである。ただ、無明という都合の良いシンボル操作を止めようと思うに到ったのは、それが現在という時間のなかにある日常的なものだからなのである。シンボルを容易に自分で見つけ出すということには、一種の陥し穴があるだろう。居直って、無明を気取ることもありうるのである。つまり、それこそ真の暗愚なのであるが、皆目自分で自分のやっていることが訳解らず、無明ということに、現実生活上での感情の自閉状態の一切をすりかえてしまうという誤りが待ちかまえているからなのだ。はっきりして来たのは、こういうことだ。無明という様な言葉を軽々しく口にしないこと。第一、手前で馬鹿だ馬鹿だと騒ぐ程、他人が白けることもまた他にはあるまい。更に言うならば、無明ということを口にするのは、余りにも傲慢にすぎる。それは体裁の良い弱みの隠蔽にしかすぎない。馬鹿もそれこそ休み休みである。馬鹿も笑劇の徹底した場所にいるのなら良いけれども、何やら昨今の喜劇めいて、そのことを誇り出す方向に歩きはじめると、すべては崩壊してしまう。

　カルタゴの廃墟に立って物想に沈む、
　姿を変えた血を流さぬマリウス！

……書記バートルビイのこの姿を、私に読めとすすめてくれたのは石堂淑朗である。一八五六年に書かれたメルヴィルの短編小説『バートルビイ』はひどく不気味であった。倒錯とか、異常ということが遊戯としてファッション化している中で、バートルビイの姿には、それこそ取りつく揣摩《しま》がなかった。ここ数年の間、『特性のない男』ウルリッヒにいかれっ放しであった私にとっては、それこそ一切の逆転を迫られるような驚きであった。つまりは、何らの特性も、異常も認められない世界と存在の出現なのである。バートルビイは何もしない男の物語りであり、そこに私が形容を加えるならば、遊戯の時代の終焉を、ただ存在することによって証明しようとしている告発なのであった。これには参ってしまった。この本をすすめられたことで、脚本家の病んでいる内面をのぞく思いがしてしまった。一体、シナリオというものは何なのだろう、とまで思いは飛躍した。

　風景画家が〝活気〟と叫んでいるものは何ひとつない、という単調さで塗り込められているニューヨークのウオール街。そして、青い顔をして、小ざっぱりとし、哀れを催すほど慇懃で、どうにもならないほど侘《わび》しげではあるが、冷静で、沈着で、泰然自若とした若者。こんな若者を目の前にしてはシナリオの指定一切は無力化するに違いあるまい。脚本家だけが病んでいるのではなく、監督もまた病んでいることを悟らされてしまう。端的に言えば、映画による日本回帰も糞喰えである。勿論、これ迄の映画づくりの上でも、それ程大仰なことはしてきた覚えはない。若者についての希望は虚妄である、という一線から踏みはずした覚えもない。ただ、バートルビイの病的な陰気さと孤独が想像力の上に刻印を捺したように、我々の想像力がはしなくも、作品化へ揺り動かされただけなのである。バートルビイについては、風変りな男に関する驚き、といった段階を通り越してしまっていた。不吉な予感にやみくもに駈りたてられる鏡に、結局、自分の姿を発見するだけだったのである。権威もヘチマもありはしない。

何処から来たのかも解らず、ただ与えられた仕事だけをし、一切の弁明をせずに、自分の居場所を前世から熟知していたように、通りすぎ死んでゆくバートルビイ。死ということの現実だけは王侯、宰相とともにあるものだけれども、そんなバートルビイを狂として捉えても良いのだろうか、と私は疑わしくなった。狂っている——という一言で。それでは余りにも単純だ。無明と同じように、それでは狂もシンボル化してしまうかもしれない。ただ、狂を自称してシンボル化する程の余裕は私にはないだけである。狂についていえば、その危険な陥し穴は、今の所、他者を凝視める時の形容としてである。そこで、かなりの収容しきれないものを、狂として片付けてはいやしまいか。そのことが、自分自身でひっかかっていることなのだ。

「日本の幕末の連中がいう狂、何とか狂生とか狂天という場合は、あれは隠遁しようというんじゃなくて、まわりからも狂と見られるだろうし、自分自身も自分の気持がわからないままに行動せざるを得ないんだという、そういう気持の表現として狂というシンボルを使っているみたいなんです」(橋川文三・批評日本史・吉田松陰)

こう整理されていることと、現在の時代とを安直に結びつけようという衝動に、私たちの陥し穴は日々開いて待ち受けているのだ。脚本家の歩みと監督の歩みがピタリ一致することは錯覚としても、両者の本当の対立もまた風化しやすい時代なのかもしれない。だからこそ、私には狂ということもまた軽々に口にしないことだという意識みたいなものが出来つつある。それはまた、はるかな彼岸にあるものだという気持ちに支えられているのだ。「天才が神の賜物とすれば、狂気はそれに添えられた神の嫉妬だ」と、キェルケゴオルをはるかに望むことこそが、最も謙虚な姿勢かも知れない。

バートルビイをすすめられて以来、脚本家石堂淑朗の病み方をも、簡単には理解しえないようになってしまった。おそらくそれは脚本家の〝死に至る病〟なのであろうけれども。脚本を渡される時の監督の無力感というものは、宗旨の違った異教徒と共に昇る天国への階段に近い。どちらの側から相手を眺めても「異教徒は最厳密な意味では罪を犯したことがないというのも真なのである」というキェルケゴオルの言葉が適用出来そうである。この場合の罪とは、勿論『死に至る病』に書かれている通りに「…神の前で、絶望的に自己自身であろうと欲しないこと、ないし絶望的に自己自身であろうと欲すること」なのである。映画は自らの手で作り上げた瞬間から、そのおぞましさ、ないしは、その光輝ある先見性、時代への予感といったかたちで自立し、審判者となり変るのであろう。作者達は詩人の如くに、その内面から奔出する言葉で、自ら裁かれもし、祝福されもする。呪われてあるものは正に、映画を監督する自分なのだ。そして、自らの作品が、結果的にどう自己を裏切ろうとも、その裁断は絶対である。いさぎよく服従しなければならない。つまりは、罪によって、異教徒同士、別々の場所で、自らの所業に裁かれることになる。一度、バートルビイを目の前にしてしまうと、こういうしっぺ返しを喰うことになってしまった。私は……おそらくは石堂もまた、喰らっているだろう。……それがあの病的な孤独さに由来する想像力の刻印ということなのである。

――閑話。

昨年末「シナリオ」誌の座談会の席上、岩間芳樹さんに〝あなたの場合、シナリオ作家は必要ないんじゃないか〟と単刀直入に質問されて、うろたえた覚えがある。実際、その時には、何故自分がうろたえるのかも見当がつかなかったし、何故そういう質問がふりかかってくるのかも解らなかった。どうしてもシナリオ作家が必要である、という信じ切っていた一点がちょっとつき動かされた記憶がある。けれどもどう別々の場所で異教徒としての異なる神を抱きつつも、矢張り必要なのだ、という一点については今もなお変りがない。私が、これ迄書いて来たことは、岩間さんへの弁明の態もなしてはいないかも知れないが、聊か座談会の席上で曖昧にしか答えられなかったことを、はっきりさせたい、という意志がちょっぴりあった。バートルビイが媒介となって、ある種の作品が生れてくるというよりは、シナリオ・ライターこそバートルビイなのだ、という感じですらある。石堂淑朗こそバートルビイかも知れない。勿論、それに応わしい道具立ては必要だ。そして、音楽も。ワァグナアのワルキューレ。……尤もこういう象徴は石堂の忌み嫌うことであることぐらいは私も解っている。

一体全体、シナリオ・ライターと監督の間を、相互的な同時否定以外の関係におきかえることが出来るのだろうか。今迄数多くあったらしいこの両者の間の形而下的トラブルについて、私は何等口を挟み込む余地を持たないけれども、その相互否定が映画というものに綜合されてゆくものでもないだろう。つまりは相互否定が、より両者の孤独を深化するということと、その孤独の極点に映画が形象してくるという事実があるだけである。この自他の埋められない距離だけが確実なことである。感情的関係に止まっているということは、サルトルの言う《まなざし》といった曖昧さに止まっているからなのだろうか。確かにもっと根源的な関係を私も見つけ出したいと思う。神がいなかったらすべては許されるだろう、といったキリーロフ的論理を確かめてみたいものである。しかし、そのことについては、まだ何もわからない。

それにしても、その隙き間を埋めるものは、松下村塾的な関係か、或は専制主義的な関係しかないのだろうか。こんな状態で、シンボル操作をしていては、全く腐っていると言われても仕方があるまい。バートルビイという存在そのものを、その白日夢のような恐怖を描き出すことは出来るものではない。触発された、という作家の内面の動きだけでは、映画にならないのも道理だからである。関係を。関係を、である。いま、そのことが問題なのだ、という気がする。

そして、

はるかな彼岸に狂がある。その狂は、自分の体内に蓄積しうるものなのかどうか。それこそ、激動の時代に、あるいはそんな時代の予見に、やみくもに動かざるをえないシンボルとして矢張り使うものなのかどうか。このことにつき、中国と日本では、狂の用法に差があることを教えてくれたのは陳舜臣のエッセイであった。このこと迄私も、かなり日本流の精神病理学的な匂いの方へ、とそのことを解釈していた嫌いがある。論語に書かれているという意味合いで、幕末の連中たちを捉えることに加えて、いわゆる「狂」という一線を引こうとしていたのである。ただ、私は、今日迄の日本の志士たちに使われたり、表現されて来たことの「狂」が高遠の志、または観念の過剰ということだけでは済まされないような気がする。狂狷ということも、本来的な意味がかなり日本での風雪で変質したのであろう。天才と狂人は紙一重、という隣合せの垣根に、かなり魅惑的な麻薬を嗅ぎ取ったのではあるまいか。そして、論理を超えた行動のシンボルを掌中にして来た歴史があるような気がする。その辺りに、松下村塾出身者が近代日本を拓いてきたことと紙一重での吉田松陰という名前の媚薬が今もなおあちこちにバラまかれているような状況を見るのである。言ってみれば、論理的な志向の範疇をも超えて、一種の狂人願望が絶えず日本人の中には流れていたのではないだろうか。だからこそ、すべての事象を狂気の沙汰という表現で整理してしまうような潮流も跡を絶たなかったのではないだろうか。そんな流れに、私自身流されて来ていたような気もする。決して、私も例外ではありえなかった。

都を知らなかった私が、引揚げて来て後、一足飛びに植民地東京へ同化しえたのも、九州から大陸へという私の家の放浪者の感覚にぴったりだったからでろう。そして、内面での猛烈な羨望を京の都へと抱いていた。それは、幕末の志士たちが賑やかに立ち廻った狂の都であったからだ。そこに生成する起爆剤に対しては、今もなお執心を捨てることが出来ないでいる。私の羅針盤は現在暗礁にのり上げてもなお、狂の都へ、と向いているようなのだ。のり上げてしまった暗礁は、言う迄もなく、自分で作り上げた映画そのものに他ならない。

だから、

バートルビイを狂気だ、と表現するようなことを止めようと思う。はるかな彼岸に狂がある、ということで取敢えずは良いのだと思う。そして、都もまたはるか彼岸に、蜃気楼のように見るものなのだろう。

『シナリオ』昭和47年10月号（実相寺35歳）

音楽と狂気
――映画と音楽の谷間より――

映画音楽というものには、素晴らしい思い出とか、魂をつき動かされるような衝撃を受けた記憶がいくつもある。映画の素晴らしさは勿論、それと分ち難く情念を揺さぶってくる音楽の効用に、肌に粟生を生じたことが幾度も、私にはある。

それは、音楽の種類、俗か否かを問わない。兎に角、固有の一回性で映像と音が結びついている時、一観客としてそういう高揚に出逢った瞬間の愉悦なのである。作者たちの巧緻な計算又は生理的な必然で、全く異質なものがバラバラの歌を合唱するといった按配でも、抑えきれない興奮へかり立てられることがある。それは又、故意に音楽を使用しない映画についても同様である。音楽を使わないということが、音楽の空白というものが、より雄弁に作者達の思想を伝えてくることがある。そして、その空白の状態の中で、私たちは自らの喪失感に、心の中で音楽を痛みと共に求めてしまうのだ。

こんな映画音楽の具体例を挙げていったらそれこそキリがない。『二十四時間の情事』のジョヴァンニ・フスコとジョルジュ・デゥルリューの計算も素晴らしかったし、『夜の騎士道』のジョルジュ・ヴァン・パリスのマーチも心を揺さぶった。『突然炎の如く』のあの〝つむじ風〟も素晴らしかった。……日本映画を飾る武満徹の音楽もまた然り。いや、既に存在している音楽を映画作家が使う場合にもそれは言える。最早その使い方の発見、その衝撃の強烈さで、映画の印象と音楽とが隔てられなくなってしまう場合も幾つかあるのだ。『抵抗』のラスト・シーン。フォンテーヌが脱獄した闇に、湧き起るように聞えてくるモーツァルトのレクイエムがそうである。ロベール・ブレッソンの映画では、『スリ』のラモーもひどく心に残っている。

　私が、今掲げた例は、ほんの氷山の一角であって、洋の東西を問わず、おしなべて優れた映画の生命は、その音楽の活力で満たされているだろうし、ある場合には、音楽の力で記憶に止まっている、という本末顛倒の作品だってなきにしもあらず、である。

　ところが、ひどく不思議なことに、音楽または音楽家を主題として取り上げた音楽映画といった類のものに、全く碌でもないものばかりが揃っているというのは、どういう風の吹きまわしであろう。私の記憶に残るものでは、ニューポート・ジャズ・フェスティヴァルとか、ウッドストックとか、カラヤンの演奏とかいった類の実録的なものを除いて、劇映画のかたちで描かれた音楽家の映画には、まるで映像と音楽の主体的な結合というものが見られないのだ。いや、それどころか、音楽を聞かせるでもなく、薄められたふやけた恋愛譚に終始してしまうことが多い。作曲家の映画であれ、演奏家の映画であれ、恰も映画作家が音楽家にある種の怨念なり悪意を持っているのじゃないか、とすら思えるものがほとんどなのである。これはひとり私のみが感じていることなのであろうか。だとすれば私が余計な心配をしていることになるのだが、ベートーヴェンにしろ、シューベルトにしろ、シューマンにしろ、ショパンにしろ、リストにしろ、いやベルリオーズ、チャイコフスキー等々、私には墓の下で被害届けを出したくて、果ては名誉毀損で訴えたくて、うずうずしているのじゃないか、と思えるのだ。何故、こういう結果に終ってしまうのか、ということについては、色々な理由があるだろう。多くの場合、これらの音楽映画が二流のプログラム・ピクチュアとして制作されてくるということにも物足りなさがあるだろう。それに、音楽の持つ時間を映画のモンタージュが収容しきれないことにも原因があるかも知れない。そして、音楽家の楽想と私事に汎った恋愛感情をお座なりに結びつけたような脚本が跋扈していることにも問題はあるだろう。ただ、私自身、映画監督のはしくれとして考えるのならば、その最大の理由は、音楽家の抱く狂の世界に、これ迄の映画がついていけなかったのだ、という一点にある。ベートーヴェンが生涯を通じて、何人の女と寝たのかは私は知らない。いや、私は彼の生涯の歴史を通り一遍しか知らないけれども、ベートーヴェンはついに女と情交することなくその生涯を閉じたのではないか、とも思えるのだ。つまり、そのことが私には彼の持つ狂気と関連性があるような気がするし、こういった仮説から、映画は今日迄音楽家を描くという作業をしなかったのである。吉田松陰に見られる狂の世界を構成する精気の抑圧の例ではないけれども、音楽家が表現しようとする情念の頂きには、凡人の測り難い狂の世界が地獄絵のように現出しているのだろう。音楽となって具体化したものを手掛りに、私たちはその地獄を垣間見ようと必死になる。その狂の世界と、そこからほとばしり出る音のせめぎ合いとの間に横たわる緊張を見たいと思うのである。勿論同時に、聞こうと身構え、必死の思いで耳をそば立てつつも。……それらは一連の音楽映画と称するものにあってはすべて裏切られることになる。適度に抑圧されたほのかな慕情がピアノに向う時に「月光」となり、品の良い騎士道精神の残香がノクターンを奏でる、といった具合に。これでは音楽家の魂や情念は遠く何処かへ消し飛んで、彼等は浮ばれることがあるまい。そして、こういった音楽家の生涯を色彩る挿話が比較的歪曲しやすくちりばめられている人物が、その被害の絶好の的となる。その揚句が、一度ならず、二度、三度とデス・マスクないしは肖像画に似せたメークアップで、蠟人形館のパノラマのような情景を演じられてしまうのである。一体、音楽のもつ狂気は何処へ行ってしまったのであろう。

広汎にして且グローバルな観客を相手にする以上、せいぜいがポップス・コンサートの恒例の曲目選定に似て、音楽映画では古典を対象とする場合〝未完成〟〝運命〟〝悲愴〟の域を出ていない。人口に膾炙した音楽を作曲した人が俎上にのせられることになる。しかも、私生活である種の華々しい恋愛行為を挿話として抱えている人物に限られてくる。それも、一種綺麗事の、セックス抜きの憧景として処理しうる範疇のものが良い。本当に、こういう作られ方をしてしまっては、たまったものではないだろう。神人の間を遊弋《ゆうよく》するモーツァルトでは処理し難い。まして、コンスタンツがついていたり、金銭の騒動が多かったり、フリーメーソンとの関係も云々されるようでは。……メンデルスゾーンは恵まれすぎている。ブラームスでは韜晦きわまりない。ワーグナーではその狂への道程が余りにも遠い。まして、マーラー、ブルックナーでは晦渋だ。……ざっと高名な作曲家につき雑駁な考えを並べてみても、如何に、これ迄映画が音楽及び音楽家については良い加減なお茶の濁し方をして来たかは明白だろう。私ひとりの勝手な感想でもなさそうである。つまりは、この良い加減さが、《音楽と狂気》というよりは、《音楽の内包する狂気》というものを際立たせ、教唆する結果にもなったものである。言ってみれば、映画は映像の持つ時間を、トーキー以降、音楽の狂が奏でる情念で、表現としての力を持つことが出来たのである。映画における演劇のエピゴーネンとしての〃言葉、言葉、言葉〃の氾濫よりも、観客をトータルに包み込むうえで、音楽の狂は映画の欠落部分を補ったのである。そして、その逆はひとつも真実にはなりえなかったのだ。映画が音楽ないしは音楽家を補塡しようとした時、音楽家への献呈を行った時、それは何の力にもならず、芸術的な緊張をも産み出すことはなかったのである。勿論、これから先の映画が、音楽家の内包する狂気に到達しえないということはないだろう。その可能性は常にひらかれている筈である。

そして、いまひとつ考えてみるならば、この狂気というものの高潮には、それがひとつの作品として奔出することの内面には、音楽の作られてくるあの独自の感覚に源泉があるのかも知れない、ということである。如何にその世界が、私のような音痴にとっては神秘的であり且狂であるかは、ロォベルト・ムシルの次の言葉を反芻することで尽きてしまう。「……音楽の秘密は、音楽は音楽だということにあるのではなくて、音楽が〃かわいた羊の腸を用いてわたしたちを神に近づけることができる〃ところにある……」こういう言葉の前に、文学者の狂と音楽の狂との感応を読みとる時、映像の仕事に携わるものとしての無力感とやみくもな嫉妬に心を焼くことになる。ムシルの〃かわいた羊の腸を用いて〃という認識も相当なものだが、これ程、音の原点から音楽への飛翔の距離を、如実に私たちに教えてくれる着眼点もないだろう。そして、更にその〝神に近づける〟程にも私たちをして錯覚せしめ、ある感覚を通して行動への高みに迄魂を浮遊せしめる音楽というものは、狂気の所産だと思わぬ訳にはいかないのである。音楽というものを通じて、私たちは現代では仏に到る道程を摑みうるのかもしれない。ということは、音楽が私たちの魂と悟性を、歴史へと遡行する感覚と未来への予測を、内と外とを、仏性と無明とを結びつけ、るつぼへ投げ入れる最も直截な手段であるからだ。それは、どのようなデマゴーグに源を発していようとも、道徳律から自由な唯一の表現だと私には思われる。そして、音楽の生命の最たるものは、それを享受しようとするものにとっては、知性を超越した信仰へと心をひきずってゆく全的な力に支えられていると思えるからだ。私の言う信仰というものは、神の存在非存在の証明に明け暮れる範囲の哲学ではない。もっと人間的な段階でそれこそ人間を〝神に近づける〟或は〝神に近づいた〟と幻想せしめる心の高揚を指している。音楽はそれこそ、私たちの青春と老化を、その間の不可知の距離を一挙に埋めて、時間をも空間をもバラバラに解体し、ひとつの大悟へとひきずってゆく、信ずべきものなのであろう。だから、私にはそれが狂の世界と思えるのであり、その狂の世界を精気を抑圧しても到達した音楽家を驚異の眼で見てしまうのだ。佐藤晃一氏が「ムシルの〝白昼のように明るい神秘主義〟と言われる態度は、魂と理性、知性と予感との協力をいっそう緊密にせよとうながす」(河出書房・特性のない男、月報)と書いていることが、私にはひどく暗示的である。正に、その緊密さを求められるのは音楽の世界をおいて他にはあるまい、と思えるからだ。

モーツァルトのような、形容し難い、突然降って湧いたような、人類史上の例外的な大天才を除いて、私には女にモテ過ぎる奴は芸術の上で大した奴はいない、と思われる。鬱屈した精気というものが、自制した精気というものが、人間を狂の世界へ、思想へ、とひきずってゆくのだろう。この点でアベル・ガンスが作った『ベートーヴェンの大いなる愛』という映画だけが辛うじて、そんな芸術家の物凄さを映像化していたような気がする。アリー・ボウルの扮したベートーヴェンというものは悪い夢を見せつけられているように醜怪で、どう逆立ちしても女に逃げられてしまう恐ろしさを秘めていた。そして醜怪であればある程、画面を超えてその精気が垢のように身を包むのが感じられ、正に圧倒的な臭気となってその身体からやり場のない精気が発散しているように思えたのである。その映画を、昔、新宿の日活名画座で観た時〝こんな筈ではない……〟と辟易した記憶が残っている。しかし、今にして思えば、矢張りアベル・ガンスは偉大だったということだ。あのアリー・ボウルの形象した狂の世界にこそ、彼は音楽を見ようとしたのではなかったのか。そのどうにもならない醜さの内に、彼はベートーヴェンを誠実に聴こうとしたのであろう。晩年を飾ったあのクワルテットの予測を。狂の世界を己れのものとした人間だけが到達することの出来る彼岸を。……

　最近、私も現代の狂にいたらんものと、私の友人の手助けで一種の狂気を求めて彷徨する。シルフォード・グレイヴス、ドン・プレンのイエール大学に於ける演奏〝ノンモ〟とか、アルバート・アイラーの〝音楽は宇宙の治療力〟とか、ドン・チェリーの〝即興芸術家のためのシンフォニー〟とか、ファロア・サンダースの〝因果律〟とかいった類の音楽に私の昇天を期待している。ところが、それらはまだ、私にとって狂の世界への階段をも与えてくれないし、芸術家の世界の免罪符をも与えてはくれない。恐らく、私が厳しくそれらの音楽からしっぺ返しを喰っているのであろう。それらの音楽は私にとっては、私の生理的緊張を高めるだけで、ひどく冷静に私を置き去りにしてしまうのだ。そして、狂騒ということと、狂ということの間には遥かな隔りがあることを、私に考えさせたりするのである。何となくそれらの音楽には〝神に近づける〟作用が欠落しているようだ。知性の好奇心と知性による形式の再確認、解体、更には好奇心の対象化といった単細胞的な匂いが緊密化の方向をもたらしていないように思えてしまうのである。

　音楽は狂を孕んでいる故に素晴らしいのだ、とつくづく思ってしまう。コレクティヴ・インプロヴィゼーションであろうと、オートマチック・エクスプレッションであろうと、情念の奔流として、明るい自由な神秘主義へと歩むものでなければ意味がないと思えるのだ。こんな時に、狂気が私をリリカルに包み込む歌を聞いて、愕然となる。シカゴ・アート・アンサンブルをバックに、ブリジット・フォンテーヌが歌いかける。……

みなさん、十九世紀は終りました、
質問：私の後悔の感覚はどうなったの？
…………

映画が、音楽に献詞を持ちうる日は、そう簡単に訪れそうにもない。音楽には敵わない。と、私には絶望めいた気持ちが新たに訪れるのです。

『音楽芸術』昭和47年9月号（実相寺35歳）

第5章

女は神になり得るか

女は物になりうるか

解放ではなく禁制に、白日ではなく暗闇にエロスは在る。肉体を屈従と恥辱にまみれた隷属状態に閉じこめた時、精神は自在にかけめぐる

誰もが大胆になった?

セックスは解放された。ということにつき私にはまるでわけが解らず、戦後(?)というべきか、昭和四十年代というべきか、確かに雑誌、テレビジョン、映画、広告を見る限り、読む限りでは、セックスにまつわる諸々の事柄、風俗、事件はたいそう盛んなものがあります。もちろん、参政権を獲得した女性の社会的な立場、また旧家族制度の崩壊といったことなども、源を辿れば、表面に浮び出たそれらの現象と密接なのでありましょう。だからと言って、現在、セックスは解放されているわけでもなく、生物学的な変化が顕著に進行しているわけでもなく、社会的な規範との間に数々の相剋があるというわけです。文章表現の上で、広範囲な映像表現の上で、やや年毎に描写の幅が拡がっているということの現在なのでしょうか。全的なセックスにかかわる概念の変化ということに到っているのではなく、伝え聞く諸外国の表現における猥褻罪の枠の撤廃といったムードがやがて日本にも押し寄せるだろうという予測がちらほら、といった按配でありまます。

明治以降、常に諸外国を向いていた日本の習俗、生活慣行の変化、とりわけ大戦後アメリカに向き切った日本の姿勢の中で、セックスのことだけが、固有のナショナリズムを保てるはずがなく、——ここのところはいささか、私の悲観的（?）観測なのでもありますが——セックスはまず表現の自由を獲得し、それからマスコミュニケーションの伝達が迅速に滲透し、セックスについての虚像が日本人の日常生活とセックスにまつわる概念を徐々に変化させてしまうのではないかと、ひとつの混沌めいたものの中で、わけが解らないながらも、私はこのことにある種の不安を覚えております。つまり、セックスは果して解放されるべきものなのか、どうか。予感として想定される、現在の延長線上での一種のなしくずし的な形で訪れるであろう解放に、何か輝かしいものがあるのだろうか。心理的にはエロチシズムのよってきたるものが、社会的宗教的な規範ないし禁制のうちに存していたと捉えられるべきではないか。その囲みの中に、実は想像力の問題としてエロチシズムは息づき、力を蓄えてきたのではないか、……と。

ここのところがどうも私には混沌の渦に思えてくるのです。エロチシズムの行方は?……

エロチシズム。このことにつき私の感じるイメエジは死に到る病といったもの。死に到る道程の間での執着の典型。そして、その心理的高揚。いわば、生きていることの証しであります。が、必ずしもセックスの持つ機能そのものとは別種ではなく、派生してしかも独立した歩みを進んでいるものと思われます。セックスの解放ということが、エロチシズムにいかなる影響を及ぼすのか。そのことが人間の根源的な解放とどうつながってくるものなのか。解放の時点で、私達の手に生命の充実感めいたものが残りうるのかどうか。どうも単純にイコールとはなりえない気がします。セックスは解き放たれるべきものかどうか?

私達が無明の荒野にいることに間違いはありません。エロチシズムは私達の無明そのものであることも、その根源的な肉体のあり方にかかわっていることも存在するうえでの実感です。禁制の中、暗闇の中、鎖と固い石の壁の牢獄の中で、私達はエロチシズムの光明を死の掟に対してかかげようとしてきたのではないでしょうか。死に到る病といえども、死そのものを超克しうる麻薬としての効き目に眼をつぶりはしません。他者の超克としてのエロチシズムは死をその行為のうちに含みつつ、殺人を伴っています。セックスの結合は家族形成単位としての癒着した夫婦関係のうちにあっても、利己的であります。決して、暗黙のなれ合いとはなりえないでしょう。それは互いの侵犯作用の葛藤として死および殺人と密接なのです。そして、その侵犯のうちに、死の魅惑を極点において、そこからひとつの認識を得ようとするのです。

ということは、エロチシズムはその極限において反社会的な性格を有しており、禁制そのものの侵害の中で辛くも成り立ってくるものだ、とは言えないでしょうか。

私はどうしてもエロチシズムが自然の男女の行為に内在するものとして存在するという楽天性を身につけることができないのです。それは、セックスの解放が大衆の生命享受の自然な姿と断ずる楽天性にも似て、人間の肉体と心理の両方を退嬰化させるものと思えるからです。何故ならば、エロチシズムは死の否定として生の肯定であるのではなく、死の否定のうちに死の肯定を含むという双頭の鷲のようなものだからであります。

奇妙なことに、今のままでは、セックスの解放が人間のエロチシズムを圧殺してしまうかも知れないのです。エロチシズムの終り?……

このことが私をして、剥落しかかったセックスの禁制に、一縷の望みめいたものをアナーキーに抱かしめているのかも知れません。双頭の鷲をはばたかせる体制というものは果して、どのようなかたちを持ったものなのでしょうか。

私は社会的な地位の向上、生存与件としての男性との平等はともかく、セックスの解放が女性の解放と同義語めいた重みを持ってくることに偽りめいたものを感じます。それがひいては人間の幸福、女性の幸福、自然への回帰につながっているというのは錯覚にしか過ぎないでしょう。単純には、セックスの悦びと自由の享受といったことを手放しで讃美できはしないのです。

全体に対する個の場所でのエロチシズム。社会に対する自我の復権としてのエロチシズムは悦びにみち溢れており、反抗的な匂いを具えているとして捉えられた瞬間から、実は新しい組織へと組み込まれてゆくという矛盾があります。なぜならば、決定的に、そこでは罪という意識が欠落しているからなのです。エロチシズムは罪悪感を伴わない悦びではありえない。禁制を破り、その破れ目を指で丹念にほじくり、罪の意識と良心の呵責に追いかけられながら、私達は綱渡りめいたエロチシズムへの歩みをのろのろと歩んでおり、バベルの塔を作り上げようとしているのであります。

その矢先に、世界は裸体写真の氾濫で飾りたてた賑々しさで騒がしく、オナニイのすすめまでもが商品化されようとして、心理的な重圧を解き放とうとしている。このことがどれほど滑稽なことであるのか。風潮というもの、げに恐ろしきものであります。

そもそもエロチシズムにあっては、他者を所有したいと欲望した時に、ここで同性愛者のことを除いて、異性を所有することがどれほど物としての自由につながるかをひとつの尺度とすることができるでしょう。生の証しであるその出発点の、生を全否定した物として異性を自分のものにすることができうるのかどうか。逆にいえば、女性は物になりうるのか、という問いかけをひとまずしてみたくなるのです。

片手落ちではあっても、例えば今年漸く人口に膾炙した小説『家畜人ヤプー』的な角度をここではさておくとします。いわば男の攻撃的立場から……。

物を所有するということは、その物についての絶対的な所有ということであって、言ってみれば〝煮て喰おうと焼いて喰おうと〟ということでありましょう。セックスの結合に本来具わっている嗜虐的な傾向を、異性の所有という極点にまでのぼりつめることができるのか否か。エロチシズムの持つ殺人と密接した場所で、その現在の性格を解き明かしうるかも知れないのです。人間は大なり小なり、自分のうちに、嗜虐的、加虐的傾向と、被虐的傾向に愉悦を覚える痛覚を、肉体的にも心理的にも持っていることは明らかでありま す。それが、複雑にからみ合っているか、あるいは、単純な要素として内在しているかは個人的な範疇とし て。この点で、私はちょっと『オー嬢の物語』という小説を引合いに出してみたいのです。この著名な小説 の解説は必要ないと思われるのですが、この小説で、典型的に物への傾斜が書かれていることに注目したい のです。オー嬢を取り巻く男達が彼女を物へと変化させる過程がこの小説のエロチシズムの主題であります。 そしてこの場合、献身といった言葉のニュアンスとは異なって、被虐者としてのオー嬢のうちに物へ、な、り、き、 ろ、う、とする過程が同時に存在していることももちろんであります。象徴的な視点から描かれていても、これ はエロチシズムについての病理的で本質的な立場をよく説明していると私には思われるのです。

女性を所有する時、または所有したい時、全感覚でエロチシズムの琴線に触れんとした時に、私達は肉体 を軽蔑し、恥かしめ、卑しめることから始めなくてはならないでしょう。取り敢えず。……実際『オー嬢の 物語』の中では、彼女の精神のことは後廻しにして、彼女に加えられるありとある恥かしめはすべて物への 変化の実験のように、洪水となって彼女を押し包んでゆくのです。鞭打ちを加えられ、鎖につながれて、幽 閉されることから初まり、A感覚を養う拡張器をつけさせられ、尻に所有者の烙印を捺され、貞操帯めいた 鉄製の器具で陰部をおおわれ、体毛を剃られるといった、肉体についての否定を塗り込められてしまうので す。小説の最後で、ある舞踏会の夜、彼女はふくろうの仮面をつけさせられて、裸のまま鎖につながれ、石 のベンチで庭園を飾り立てるオブジェのように固定され、さらしものにされてしまいます。彼女を眺める舞 踏会の客達は、人間の言葉の届かないふくろうの一種か、物としての塑像のように彼女を眺め、彼女に触れ るだけでありました。この小説の終末はもちろん、彼女自身の死と隣合わせのこととして書かれているので す。小説の世界で、神秘的にかつ象徴的に、またオー嬢という非個性的で抽象的な人格設定で描かれたこと の中から、私達に残されるものは、果してこのようなかたちでのエロチシズムが可能性を持って私達を蘇生させるか否か、という、かなり深刻な問題です。

『オー嬢の物語』には続稿があり、また「オー嬢」の登場人物を使ったシャルル・エティエンヌの『OとM』いう小説もありますが、今年になって出版されたポール・ボルドリイの『オー嬢の物語の真の終りについての研究と仮説』という小説は、続稿以上に物への過程をさらに押し進めています。最初の『オー嬢の物語』の結末にある肉体否定の極限に精神が高揚してくるという暗示を超えて、精神とも粉々に砕いてしまう生理的な悲惨さと疲弊の頂点へと人為的にオー嬢を駆りたて、動物化することで徹底しようとしているのです。

『オー嬢の物語』の真本とその周辺の数冊が、一貫して女性の物体化をエロチシズムの梃子にしようとしていることは筋書だけからも明らかです。その肉体否定の過程が、果して勝利を最終的に得ているかどうかは別として。……このことについては私も全く懐疑的であります。私自身、空想的な範囲を超えられそうにもなく、現実に物への傾向を取りうるとは信じられないのです。が少なくとも、エロチシズムはそういった嗜虐的な傾きを高度に要求しているものであることは論をまたないと思われます。

それにしてもエロチシズムというのはそこが無明の荒野の本質にふさわしく、無償の苦行に似て徒労を強いるものであると言えましょう。オー嬢が自らの意志で拘束状態に身を置き、奴隷となり、男達の拷問を受け容れ、屈従と恥辱にまみれ、数多くの強いられた性行為の中で肉体に烙印を捺されても、彼女はそのことで精神を純化させ、それを自由に飛翔させてしまうからです。彼女は肉体を隷属状態に置くことによって、いっそう、虚妄からの自由を獲得してゆくことになるのです。この魂の浮游を前にしては、エロチシズムは蜉蝣のようにはかない己れを見出すだけに終るでしょう。ここにエロチシズムの持つ宿命めいたものを、私は感じます。物への道程の中で私が悟ることは、それがいかほど徒労であろうとも、嗜虐性のうちにだけ、個人の死という他者の完全な超克としての愛の本質的な姿勢を探りうることができるという結論めいたものなのです。

それは死の不安解消としての麻薬であってはならないし、私がエロチシズムをそういった社会的疎外からの回復剤と見倣していないこともちろんです。人間の存在としての死の不安、生への執着のうちに、〃色即是空〃と悟りえない修羅の行為のうちにのみエロチシズムは大きな比重を占めるものだからです。

セックスの解放ということと、一足飛びにつながらないことのうちに、私達の愛の試行錯誤はあるのでしょう。また、現在のセックスの解放と言われているものの正体は一体何なのか、このことは、注意して監視する必要があると思われます。せめて、エロチシズムを圧殺させないように……

それでも、人間は女性の物体化を目指して歩みを進めようとするでしょう。そのことで、欲望の充足と想像力の飛躍に伴う罪悪感に激しく身をゆすぶられながら。そうして、具体的に物としての所有の方向へ、現在の混濁したセックスの風潮の中から光明を見出そうとするに違いないのです。そこだけをただひとつの拠り所として。……女性の立場からの物へなろうとする自由意志が、その時に無償のかたちをとって、エロチシズムへ参劃してくることになるでしょう。その相剋の中から、生命体の抹殺というリスクを冒して、ひとつの解放と自由が得られるかも知れないのです。これはあくまでも仮説であり、況んやその時点がはっきりと社会的に顕在化するものでもないので、捉え難いものなのですが。

女性を仮に物として飼育ないし教育していく過程をとろうというのは、あまりにも異性的な立場であるかも知れません。女性側の肉体否定ないしは放棄といった立場からはこの尺度は理解されることはあっても、取りえないことかもしれません。エロチシズムの女性側の立場が、現在一般的に言って、罪悪感とかけ離れた肉体的な悦楽の場への女性の自由意志による参劃の域にようやく辿り着いた段階で、解放を事足れりとする風潮があるからだと私には思われます。しかし、エロチシズムにあっては、世界の歴史とともに男女が共存して来たとは言え、絶えず男性にとって女性は未知の他者として止まっています。このことから、男性側にとっては、どうやっても捉え切れないひとつの結論が導き出されて来てしまうのです。

常に、男としては『オー嬢の物語』の終末のように、女性自身が純化させた精神から遠く離れなくてはならないという、全く物への道程からは矛盾した結論しか持たざるをえないのでしょうか。エロチシズムが異性との対話ということにつき全く効力を持たないものであるとはいえそうですが、女性の魂との距離はつまるところエロチシズムを媒介にしては埋められない、ということになりそうです。とするならば『オー嬢の物語』の女性征服の経過全体も、実はオー嬢を取り巻いた男同士の共感と対話のための鏡の役目だったのだと言えるかも知れません。女性の物体化という過程、そこでの徹底的な女性の肉体への蔑視は、共犯としての男達の同性愛に帰納してくるということがはっきりしてきます。連環のように、男にとってはいつも元の立場へと戻ってくる行為でしかないのでしょう。

エロチシズムは男の鏡?……

ここに到れば本質的に女性の方がより精神的な存在である、ということがはっきりしてきます。その肉体的な桎梏を負っているがゆえに。

私には、エロチシズムは罪悪感を意識するがゆえに、孤独なものに思えるのです。不可知の精神の前にひざまずく煉獄の叫び。女性を物になしえない予測の中で、物への馴致を渇望しているアナーキーな絶望。エロチシズムにおいては、男の立たされている場所そのものが、虚妄に近いと言えるでしょう。オー嬢の持つ強い純粋精神への昇華をつなぎとめる術はなく、結局解り切った敗北へと身をかり立ててしまうのでしょう。

おそらくこの矛盾した結果に耐えられず、ポール・ボルドリイはもうひとつの「真の終りについての研究と仮説」をうち樹てようとしたのでしょう。驢馬と結婚させられ、厩へ住まわされ、とどのつまり死に到る肉体的な拷問を、その衰弱の経過をテレビジョンでモルモットのように注視され、物への傾向を徹底化させて、女性の精神の自壊作用を目指しているのです。〈隷属状態での幸福〉といった感情をも破壊したい、という切望に支えられた「真の終り」の仮説を作りあげたかったのでしょう。

それでも、その徹底化ゆえに、男の側の絶望は余計深まり、エロチシズムによる男の自壊作用が起らぬという保障は何もないのです。それは、ただひとりの無明の荒野にとり残された人間の呻きなのです。女性は物になりえない？……

実は、女性は精神として最初から解放された存在、であったかも知れないのです。いや、存在なのでしょう。昨今のセックス解放云々とは全く別の場所で。それはエロチシズムとは凡そ無縁の存在であるかも知れないのです。いや、どうもそう思えてならないのです。男の執着と業のうちに、男はいつも己れを見ているだけなのでしょう。己れの影を。

『婦人公論』昭和45年10月号（実相寺33歳）

映画館の暗闇

一昔以上も昔……

カーバイトの匂い、アセチレンランプの匂いをなつかしみ、心惹かれ、あの祭の夜へ想いを馳せることはひどくいじましくも懐しい。

闇市の定着したマーケット。その天蓋の下を歩き乍ら、うず高く積まれたカストリ雑誌に眼を奪われ、極彩色の表紙の下に展っている世界を、どれ程、息苦しい迄に想像したことだろう。

パン助！　とひどく侮蔑的に町内の大人たちから叫ばれていた女は、人眼につかぬ早朝、静かに人力車に乗って帰ってくる。たまさか人通りのある時刻に、原色のブラウスを着た女が人力車で通りかかるや、町内の大人たちは買物する手、ものを売ろうとする手、箒をもった手を一瞬止め乍ら〝パン助が……〟と決って一様に呟くのであった。それでも、町内の悪童連は、私をふくめて、好奇心の燃えるようなかたまりとなり、板塀の下から、ドブ板の彼方から、ひっそりとその女が家に吸い込まれてゆくのを見送っていた。

表面、大人たちの侮蔑に同調したそぶりではやしたてても、私たちの心は溢れんばかりの憧れで充たされ、一種秘めやかな共犯関係をどれ程希《のぞ》んでいたことだろう。どんなにはやしたてようとも、その女は、決して歯をむき出しにして怒り出すようなこともなく、いつも静かな微笑みを私たちに向けて、一瞬、私たちが息を呑む暇間もあらばこそ、姿を隠してしまうのである。

どのような期待があったにせよ、すべては空想の中へ昇華されていった。「青い麦」はある筈もなかったし、それは飽く迄も、コレットやモラヴィアの世界なのである。その代りに、マーケットで、恥辱に耳まで朱に染り乍ら「野球少年」と束で買ってくる「デカメロン」「夫婦生活」「あるすとあまとりあ」に、心臓の鼓動は破裂しかねまじき勢いだったのである。

没落した旧将校の妻が買出しに行き、苦心惨澹の果てに、ヤミ屋として幅を利かせている昔の部下の甘言にのせられる。連れ込まれたヤミ屋の溜り場で、輪姦された揚句いくばくかの米と野菜を買ってくる。それからは、肉体が代償となってゆく……といったような告白が、実録風に類型としてのせられていた「夫婦生活」にはどれ程の妄想をかき立てられたことであろう。

マーケットの横手にあったひどくうす汚れた映画館に『肉体の門』の看板がかかるや、映画館の息子に三拝九拝、それでも足りず、悪童共は手持ちの宝物を持ち寄っては、彼に与え、そーっと裏口からしのび込ませて貰ったものである。お蔭で、私の持っていた土井垣の写真も、武末の写真も、パラパラとめくればフォームのかわる小鶴のバッティング写真も、清水のピッチングフォームも、彼のものと相成ってしまったのだ。そして、お決まりの失望。お医者さんごっこをやるのには、余りにも大きくなりすぎていた私たち。こんな、いじましくも哀れな想い出だけを持ち合せて、バラバラに、中学生へと変身していった。

その直後のことである。ペニスの硬さに痛みを覚え、続いてうずくような感覚が身体の末端迄も駈け抜けて、最初は小便と間違えた、射精の味を覚えたのは。勉強するかに見せかけて、友人から貸り受けた『ロシア宮廷の踊子』を読んで窒息しそうになった眩みの直後である。

一度、その味を覚えるや、猿と変わるところはまるでなかった、大方の私の友達は。私のズボンのポケットは破れペニスを握る為の具合の良い穴が縫っても縫っても開くことになってしまったのである。映画館の暗闇は、その時、はじめて本来の甘美な空間になっていったのである。市川右太衛門に危く助けられる関千恵子の姿を見ては、しばらく席も立てなかった。

たまさかめぐりあった映画館の息子に朧っとした眼を向けるや、彼はひどくはっきり私に言ったものである。

――俺は産婦人科になるぞ。

そう言われて、私はうろたえたものである。返すべき私の答もなく、マスに疲れた渇望が、身体をおおっているだけだったから。大人たち、親たちの眼を盗み、教師の背に舌を出し、私たちはそれこそ狂ったように、女の裸というより、女のあそこを求めて血走っていたけれども、そこ迄思いつめている奴はひとりもいなかったのである。そういう奴が居る、ということの衝撃は、燎原の火のように拡がっていった。激しい悪童との抗争の中で、何かひとつの答えを見つけ出さねば。……

そのうちに、私の周りの連中は、夫々、もっと進んだ段階に達していることがわかりかけて来た。旅館の息子は、江戸川乱歩風に、天井裏から下の世界を覗き見していたし、何人かは、ベティだの、リリィだのという符牒で呼ぶ種の桃色遊戯の相手を見つけていたし、美校生へヌード・モデルを斡旋している親爺をもった奴がいることが解り、それだけで英雄視をされたものである。

不祥事。私の仲間から、高校受験間際で、桃色遊戯の発覚から退校処分者が出、一夕、何とはなしに白けきった、慰労会ともお別れ会ともつかぬものを開いた。勿論、映画館の息子も処分を受ける羽目と相成った。その処分に連座しなかった数人は、逆に後めたい気分になり、一段と大きくそびえるような二人の退学処分者から辛うじて慰められるような始末。

――ま、くよくよすんな！　と、彼等に言われ、私たち数人の仲間はうなだれるばかり。電気もつけず、暗くなった部屋で、そんな時、彼等はお別れの記念とばかり、エロ写真を雑作なくポケットから出して机の上に放り投げた。瞳孔も拡散し勝ちな驚きと私有欲にかられた身を灼く想いのいじましさに我も忘れ勝ちであったが、お互い牽制し合って咽喉から出かかる手を抑え、ただひたすら私たちは暗闇を待っていたのである。そんな時に、声あり。

——お前、一体、何になるんだ。と、例の悴は私をじっと見据える。

私は、その質問にうろたえると、

——役者になる。

と、自分でも予想外の答えを出していた。

——ふうん、それも良いかも知れないな。綺麗な女優とやれるかもしれないからな。

こう、決めつけられて、私はますます卑小な存在になっていったのであった。

最近、ある雑誌で鈴木則文監督の随筆を読んだ時、私はその告白にひどくうたれたのである。私にとっても映画は性の匂いと切り離せない彼岸であった。否、今でもなお、そうであるかも知れない。不幸にしてかどうか、私は十年余りをテレビの世界で過してしまう羽目になるのだけれど一度たりとも、その世界に、性の匂いを嗅ぎ取ったことはなかった。幻想もなかった。暗闇もなかった。テレビはエロチシズムとは無縁の世界であった。

高校に入って、演劇部の録音機に収録された己れの声を聞いた時の驚きは、性もはじけんばかりのものがあった。役者になろうか、等という迷いは絶望へと瞬時にして姿を変えた。ナチの高級将校の妾だったということで、猟奇的な興味にそそられて、コリンヌ・リュシェールの古い映画を見にいったのもその頃のことである。「風俗綺譚」「奇譚クラブ」「裏窓」をまわし読みしたのもその頃のことである。写経ひとつしたことがないくせに、エロ本の筆写をしては、夜を徹した。レチフ・ド・ラ・ブルトンヌ、ヘルマン・ケステン、アンリ・バルビュス、そして、ケッセル。堀口大學の訳は聖書に近かった。詳しく覚えていないのが残念だけれども、源氏屋、という訳語ひとつにも艶めかしさを感じていた。セヴリーヌという名前は性の代名詞のようなものであった。後年、ブニュエルの『昼顔』には、全く失望をした。勿論、個人的な嗜好にしか過ぎないけれども、カトリーヌ・ドヌーヴではまるでウドの大木である。『緋のカーテン』のアヌーク・エーメか、シモーヌ・ヴァレールのような女優こそその役にふさわしいと、当時、空想の映画化を自分なりに頭に描いていた。監督はアンリ・カレフであろう等と、妙ちきりんなことを。『昼顔』とか『幸福のあとにくるもの』を貪るように読んでは一物を硬くさせていた。そのくせ、うろうろとみっともない放浪のその揚句、八百円を握りしめて、想いを遂げたのは後二年で売春禁止法も布かれようという時になってである。武蔵新田の娼婦の部屋に、丁度、石原慎太郎の『太陽の季節』が載った文春が転っていた。こんなものより、武田泰淳の『異形の者』を読めば良いのに、と思っている間に果ててしまったのである。

高校時代の半ば、退校した映画館の息子と出喰わした時、既に、彼は変貌を遂げていた。

——お前、相変らず役者志望か！

——いや、シナリオ書くか、助監督になる。

——チェッ、けち臭えな。俺は大同書店の「平和」って雑誌で、無痛分娩の写真を見てから、産婦人科をやめて、共産主義者になることにした。

——産婦人科の共産主義者だって良いじゃないか。

——そんな、悠長なことを考えてるから駄目なんだよ、お前は。中途半端なんだ、……

そんなセリフを残して、再び彼は姿を消したのであった。

……ながい月日がたって……

中途半端なものが映画監督になったのではなく、どうやら、私もまた中途半端な映画監督になっているようなのだ。今では女の裸はいくらでも見られる時代になってしまった。むしろ、残されたマジックインキと、人間の身体で十センチ四方程度の囲みは、エロチシズムの最後の砦かも知れない。私も当世風に言えばポルノめいた描写のある映画を作ったりしたけれど、一時期のピンク映画の高揚期以後、『胎児が密猟する時』を境目として、私が映画に女の裸を求めることは下り坂である。そして〝ピンク〟という言葉に代って、

〝ポルノ〟という言葉が使われ出して以来、すべては駄目になったような気がする。「まんがNO．1」の佐々木守の発言が一番正鵠を射ている。何が反権力なものか。運動なものか。先鋭なものか。最近のポルノ映画なんぞ、という声に取り憑かれる。映画監督はキントト映画の親玉として時代錯誤の象徴となり、監督用の椅子からは転げ落ち、漸く見つけた裸になってくれる女からはその魂胆を見透かされる、といった按配。ポルノ女優に反権力の象徴を見る程、衰退しちまってはどうにもならない。京都で、お前らは理屈を言わんと裸になれえ！　と騒ぎ立てた大学生の方が、映画を業とするものよりも、映画の現在を把握しているような気がする。そして、むしろ、成島東一郎の『青幻記』の方が、現在では先鋭的なのか。女の裸を見るまい、というストイッシズムで進むか、女の裸を見たいが見ない、という決意で狂を体内に充たすか、爆発させるか、……

こんな時、最近、何年振りかで、例の映画館の息子と再会した。

——お前、どうしている。と、私が問うと、

——離島にいるさ。

——へえ、結婚したのか？　子供は？

——ああ、不妊手術をした。輪精管をくくっちまった。どんなに女とやったって安心さ、ハ、ハ、ハ、

彼は、声を上げて、九州の果てへと帰っていった。物に拘らずして、……透脱自在ナリ。又もや、彼の方が、一歩も二歩も先へ行っているようである。

『映画芸術』昭和48年6月号（実相寺36歳）

数多くの〈松陰〉たち

▼——日活ロマン・ポルノ事件は映倫の屋台を揺さぶった。とりわけ、自主的なものとは言っても、余りに警視庁の摘発の余波と時期が重なってしまった、〝性及び風俗に関する映倫の新基準案〟の発表は、その条文の一々に触れる迄もなく、映倫側の及び腰を問われることになった。ことは映倫の存在そのものへの疑問と、製作者と警視庁の直接の対話の方が手間が省けるといった印象を、作る側に与えたことなのである。

今回の新基準案の特色は、その指摘する表現に関する規定がひどく具体的なことである。つまり、四十四年十月に定められた以前の基準によれば、

一、性関係の取扱いは結婚および家庭の神聖を侵さないようにする。

一、売春を正当化しない。

一、色情倒錯、又は変態性欲に基づく露骨な行為を描写しない。……（以下略）

と、いった具合に、表現の細部または方法についての規定を直接条文に掲げるということはなかったのである。そして、取扱いには慎重を期するとか、観客の劣情を刺激しないように十分注意するとか、暗示については慎重に取扱うとか、観客の嫌悪を買うような下品な描写は避けるとか、法律の背景を持たない良識としての、態度の要請が表面に出ていたのである。そこには運用の際、社会情況が反映する余地がまだしも感じられた。

今回の新基準は、その要請の内容が、作品側の表現主体を侵すかの如くは具体的に規制内容が羅列されている点に特色がある。曰く、性行為の体位をあからさまに表現するフル・ショット、体位を具体的に描写す

る、といった細い指摘にはじまって、男女のエクスタシー的表現効果は、台詞、エフェクト等を含め極力簡潔化と抑制に留意する、といった按配なのである。

しかし、ここで、その問題を明らかにすることや、新旧の基準の比較をする必要はあるまい。ただ、私は映画の表現におけるこの基準の運用の幅に、以前より時代を遡るような狭隘な具体性を感ずるのだ。そして、基準それ自体がこの時期に装いをこらして出てくることが、警視庁の最初のロマン・ポルノ摘発の時点での、映倫側の発言からの後退と取られても仕方はあるまいと思えるのだ。第一、これが三年間の研究会を設けた、性と風俗についての基準にまつわる検討の結果だとしたら、映倫にとって、その三年間の研究はひどく実りのないものだったと言わざるを得ない新基準である。勿論これ迄の映倫が準拠した基準と照らして、条文上でのタブーまたは一般的に隠蔽すべき習慣からの後退ということはないだろう。ただ、運用の幅を狭めることをうたい上げる点で、明らかな後退だと私には思えるのであり、一度は警視庁に対しても、自主的機関としての映倫の存在を標榜した発言がどこかへ消えてしまっていることへの疑いは残るのである。五月二十三日付の管理委員長の『性と風俗』の項についての改正明示の中で「今日〝性・風俗〟の表現は、マスコミ各分野を通じて著しい変化を見、今後の伸長に関しても徒らな予測は許されない」といったことの前提も「普通の社会常識の面で受け容れられる映画の描写表現の自律は、なお厳しく守られて行かねばなりません」ということへ直ちに集約されてゆくのは、余りにも見えすいている。社会的な著しい変化と、普遍的な社会常識の二つが厳然と社会の中に横たわっている様な奇妙な印象を受けてしまうのである。つまり、この映倫発言は社会常識についての認識が時代の後をついていこうとする後衛的な役割も持たずに、ひとつの道徳的超時代性を匂わしめることに私は矛盾を感じてしまうのだ。社会的な著しい変化に、そうそう鋭敏な反応を映倫が行うことを期待している訳では毛頭ない。

ただ自主的な規制による、限界内での努力の枠を、社会情況の変化に対応すべく、幅広い運用の方向に向けられなかった意図をもって無念と思う次第である。そこには三年間の時間が欠落している。せめて、映倫の考える社会的な変化ということは何なのかを、前言で明らかにして欲しかったのだ。私たちの考える変化との差、距離がはっきりしたであろうから。

これ迄の基準運用の範囲で、全的に自由な表現を目指して討議して来た、俗にピンク映画といわれる種類の作品を手掛けてきた監督や、惹句としてのポルノ映画といわれるものを通じて格闘して来た監督達の声を黙殺したと言われても仕方があるまい。但し、私には映倫の考える一般性ないしは社会常識という方は、ひどく具体的に受け取れる。それは桜田門における常識ということなのだろう。

▼――私の印象としては日活ポルノばかりが摘発を受けるように見えるのだが、それは何故なのか。摘発による興行面での上映中止が直ちに経済状態を危機に陥れる弱少プロダクションでは、そのぎりぎり止むを得ざる状態から、描写自体を、社会常識の線に合致するべく改めてしまったからなのだろうか。これらのことについては、私なりの臆測をしか持ち合せていないのだが、警視庁の異様とも思える映画表現に対する介入ぶりは、何か全体的な風潮の中での一環と思いたくなる。いや、ことはポルノと済まされないのではないか。解禁か否かの論議はさておくとしても、この警察当局の動き方こそ著しい社会的変化と見なくてはならないだろう。如何なる危機感を共にして体制側が映画における性表現を取締ろうとするのかを、性風俗の変化の流れに映画を一致させること以上に、私たちは敏感に受けとめなくてはなるまい。時代は一挙に天保十二年へと遡る勢いなのだ。

映倫の自主性の喪失が、時代に棹さすのとはわけが違う。大袈裟に言えば、ことは総文明と総文化の対決に発展するのではないだろうか。ここでも、文明をひきずって来た資本の側の人間支配の姿勢がむき出しに感じられる。化政・天保の文弱に対して、尚武の気風を高めようとした水野忠邦の腹づもりというものが、奇妙にも徴兵制の噂をひた隠しにして経済成長のみが進行する現実の姿と重なり合ってくるのだ。花柳界は閉鎖、芝居、浮世絵の類は禁止。鳥居耀蔵が遠山の金さんと組んで町人を徹底的に取締まる。水野忠邦の国防意識の一点が江戸文化を圧殺してしまったことに思い至る。ポルノの論議は女の陰部、恥毛、性交状態の具体的描写、さらには性倒錯の種々相といった、人間の陰部十数センチ四方に貼られるマスクや黒く塗りつぶされるマジックインクの問題ではないのだ。表現というものは、創作主体の全的な自由に基づいた判断に基準があるのであって、そのことは、その主体の現象面で表われたことと思想との距離で、受け手の審判に待つものではあるけれども、権力側の介入する余地は、現象面においても全くないと言わざるを得ないのだ。何かそこでの表現活動の基本線が、テレビにおける視聴率論議と同様に、映画という、現在では明確な受け手を対象とする表現手段にあっても倒錯し、混沌とした大衆像のドグマで支えられているような気がしてならない。あらゆる表現されたものの受け取り方を一律に規制してゆこうとする悪しき統制が、実に巧妙な大衆操作が、今エロチシズムの表現を軸にして、新しい問題となってあらわれているのである。表現主体もまた同時に受け手だということの認識が欠落している。いや、現在、殆んどすべての表現は、観客ないし視聴者の困惑とか嫌悪の情をひき起さないように、といった受け手の側の反応を基準にして成り立っていることに問題があるのではないだろうか。だから、社会常識という軸が、風俗の変化、慣習の変化を超えて、万古不易な様相を帯びてしまうことになるのだ。そしてそこが常に抽象的な曖昧さを伴って、表現全体を規制するべく聳《そび》え立つということになる。

私は、大衆像の固定観念化と、大衆嗜好の固定観念化と、たかだかサンプル五百世帯程度の視聴率万能と、とかいったところから、そろそろ文化を享受する側のひとりひとりも離れてゆくべきだと考える。表現は、創る側にとっての主体的な燃焼であるならば、受ける側にとってもまた主体的な行為であるということの確認を、問題が顕在化した現在のような時期に日本人は考えるべきなのだと思う。

見たくなければチャンネルをまわせば良い。11PMが猥褻と思うならば、そんな時間にまで子供を起しておかなければ良い。ポルノが嫌ならば見なければ良い。

ドラマないし劇というものから、道徳ないしは暮しの智慧を読み取ろうとしなければ良い。修身斉家治国平天下にドラマは奉仕していない。

俗悪と思ったら買わなければ良い。……

兎に角、私は受け手の側に置かれた基準で、あらゆる表現の自由を規制しようとする頭の古さに我慢がならないのだ。そして、私を含めて、表現を受ける態度は、余りにも資本に飼い馴らされ過ぎているのが現状というものではないだろうか。

その限りでは、現在の延長線上では、たとえポルノが解禁になっても、むしろそれはおぞましきことなのだ。観光会社のルートの上にのった観光とか、自動カメラのレンズを通した風景とか、空気の入った缶詰とか、資本の作り出すファッションと同じ様に、ポルノの解禁は文化の問題として成り立つものではない。アメリカの『プレイ・ボーイ』のヌードは綺麗だから、不快感を与えないから、国辱ではないから、恥毛の写真を許可する等という、最も愚かしい方向に現実は進行している。そんな阿呆なことでアメリカとかポルノ解禁の世界的風潮に色目を使う必要は毛頭ないだろう。

要は表現主体のことよりも、受け手としての、真の意味での主体性を持った受け手として私たちが蘇生出来るか出来ないか、というぎりぎりの結着点に来ているということなのである。そこから判断を始めない限りは、映倫の新基準に則った市場流通性を持った骨抜きの表現を、猥褻感に戦慄することも出来ないピン・ナップ的な絵空事を、通用させるだけということになってしまうだろう。

▼――〝要するに人間には精気というものがある。人それぞれに精気の量はきまっている。松陰によればよろしくこの精気なるものは抑圧すべきである。抑圧すればやがて溢出する力が大きく、ついに人間、狂にいたる。……〟これは周知の司馬遼太郎作『世に棲む日々』の一節である。私には吉田松陰の狂の思想を陽明学からの解剖よりも、精気抑圧に源流を求めたようなこの一節がひどく面白かった。

ついに、人間、狂にいたる。と、それほどの自己抑圧で、うまく狂を体内に蓄えられるかどうか、匹夫の私には解らない。が、抑圧すれば狂にいたるかも知れぬ、という一点は解るような気がする。そこに己れの救済があるやもしれぬ。行動の原理も。そんな抑圧のなみなみならぬ決意が、思想と行動にかかわってくることをロマンチックな空想とばかり言っていられまい。願わくば、表現の抑圧が、私たちの内にますます狂を高めることを、である。そして、日本列島が精気を抑圧した狂の若者で満たされてくるとしたら、数多くの松陰たちで満たされるとすれば、映倫の『性と風俗』についての新基準も聊かの効用があったということになるだろう。警察当局の性の抑圧は、必ずその方向へと人間をひきずるだろう。やり場のない精気の匂いに、日本はむんむんすれば良い。今、ポルノなんか、解禁しちゃあいけないんだ。……ということで、映倫に納得。

『流動』昭和47年8月号（実相寺35歳）

男性支配への抵抗

スキャンダルを通して特殊化された女性像と普遍的な女性像にどれほどの差があるのか

女にとって、スキャンダルとはどんなものであるか。女とスキャンダルとは、どのように結びついているのか。実を申せば、私には余りよく解らない。

スキャンダルを捏造する側が、あるいはそれで儲ける奴が、損をする奴が、とばっちりを喰う奴が、女とどういう関係にあるのかを見定めることは容易ではない。

何となく通念があり、何となく見過ごしているのだけれど、ほんとうに女がスキャンダルの純粋培養器であるのか否か。ここら辺りの構造を見てみたいという気がする。こんなことを、一見冷静に、心理学者？社会学者？　は分析をしているように見えるけれども、通念としての女とスキャンダルの結び方に問題がありはしないか。そこをちょっぴり考えてみようという訳である。

現在、世間で喧伝されているように、女性週刊誌（または女にとっての週刊誌一般）がスキャンダルの媒体であるならば、それが女性の本質と深くかかわり合っている故かどうかも確かめなくちゃあなるまい。何故って、女とスキャンダルについての世間一般の見方が、どうもある種の偏見から生まれているような気がしてならないからである。

女にとってのスキャンダル、という言い方をする私も、よく解らないままに、既にそんな偏見の俘虜《ふりょ》になっているのかもしれない。

何故ならば、ことさらに性別の区分けから女だけをひっぱり出して、スキャンダルを考えようとすること自体、糾弾されるべき筋道なのかもしれないからである。つまり、女とスキャンダルの関係というものを、どのように分析したところで、私たちの社会で女たちが受けているさまざまな差別を解き放つ道ではないだろう、と思えるようである。女とスキャンダルという柱の立て方に、通念に毒されたものの考え方があるのじゃあないか。

だから、出来るだけ、スキャンダルを取り巻く行動とか思考とでもいったものに起こり勝ちな誤りについて自戒をしてみる、ということから始めたいと思っているだけなのである。女性解放のために、スキャンダルのことを取上げようといった大袈裟なことではなく。

女は、ひどくスキャンダルを好む動物である、といった乱暴な捉え方がある。もっとも一口に乱暴と軽く言うことは出来ないかもしれない。世間一般、私の身のまわりにも、こんな捉え方でスキャンダルの現象を受けとめている面はかなり多い。つまり、そんなことを口走るということは、その当人が気づくと否とに拘らず、女性の本質規定の力がそんな言葉のうちに含まれる仕儀に相成ってしまうからなのだ。言葉の重みは千金である。言ってみれば、スキャンダルは女性の内的、心理的、生物学的な本質に根ざしている、という通念の重みを感じない訳にはいかないのである。

そして、

・女はスキャンダルをどう受け止めるか

・女はスキャンダルをどう思うか

・女はどういう情況をつくり出してゆくか

といった仮説や具体的な証拠を、個々の生起したスキャンダラスな事態にあてはめて、その推理の輪を拡げてゆく、ということになるのである。それに、デマゴーグや、操作された情報、または作意が加わり、恰も無数の女たちの身体を通してスキャンダルはふくらんでゆくように見えてくるのである。週刊誌だけではない。新聞やテレビがそれに一枚も二枚も噛んでくる。おおむね、心理学者の先生がワイドショー番組などでバストショットで映し出されて、性格の研究からはじまり、麗々しく仮説を飾り立てるという按配である。その結果、

・あの女（スキャンダルの対象となるような）は何をしたのか
・あの女は何故そうしたのか
・あの女はどういう家庭で育ったのか
・あの女はどういう教育を受けたのか
・あの女はどういう癖があったのか
・あの女の癖は何に起因したのか
・あの女は自分のことをどう思っているのか
・あの女は、周囲がどう思っているかということにつき、考えたことがあるのか
・あの女は、情況をどう捉えていたのか
・あの女の判断の根拠になったものは何なのか

と、しまいにはうるさく項目別に、御託宣が下ることになるのである。勿論、仮に女と言っているだけのことであって、立場を変えて男に置き換えても、スキャンダルの反応というものは、似たような筋道で浸透してくるものだろう。

何とも奇妙なことには、各種の媒体で、さまざまなことが取り扱われ、解説をされ、批評され、過多といえる偏った情報提供のなかで、ことスキャンダルに関しては、ひどく臨床学的にことが扱われる。このことは、特徴的な性格として拾いあげておく必要があるだろう。つまり、スキャンダルというものには、固定し

た確固たる理論がある訳ではなく、明らかに、偏った材料偏重で情況めいたものが感覚的に作り上げられてゆく、ということなのである。しかも、何故それがマスコミの実践面では臨床学的に扱われているのに、女の本質へと回帰してしまうような短絡を、いつもいつも繰り返して一件の落着となるのか、ということの奇妙さである。メビウスの輪のように、からみついてとけることなく、それはまわりまわっている。出発が心理学であり、過程は臨床医学であり、急速に鑑識官の手を経て解剖に付された死体のように、縫合されるや、再び心理学へと回帰してゆく。さっぱり、スキャンダルというものが見当のつかない所以である。そして、そのことが女性というものを誤解させている大きな壁になっている。スキャンダルという得体の知れない怪獣は、いわば偏見と差別の象徴的な砦なのであろう。そして、私が思うには、女性の本質論への回帰というものが常に内在しているとすれば、それはひどく簡単で明瞭なことのように思われる。つまりは、現在の男優位の社会にあって、それが便利な論法だからである。ある種の優越感を男に抱かせる非常に単純な便法にすぎないからなのである。

この女の本質についての概念、執拗に週刊誌が好餌とする女とスキャンダルのくされ縁といった通念は、今や迷信のようなものでもある。

女というものの置かれた立場、差別におかまいなく、女の感覚、感受性、直観、迎合性、問題意識の程度、判断力の主体性などが俎上《そじょう》にのせられる。つまり、女は最初から偏ったせまい判断で行動する、というような概念が、性の機能の面からもひとつの神話として作りあげられてゆくようなのだ。こういう神話の偏り方こそが、つき崩されなければならないのであるが。

従って、スキャンダルにまつわる渦巻というものは、一種の魔女伝説のような色彩をすらおびることになる。ひとたび悪魔にとり憑かれたとなるや、その告発はかなり原始的な形態をとって、現代の情報のうえを駆けめぐる。形こそ違え、そんな裁判の猖獗《しょうけつ》は何ら中世と変わることがない。私が、世の中はまだ暗い、と感ずるのはここの点である。いやまだ、ではないかもしれない。なお、とか、より一層、と言い直すべきなのかもしれない。一見臨床学的であるが故に、スキャンダルの告発者または解説者、評論家といった手合はその神がかり的な感受性を己れに問い直すこともないのである。スキャンダルというものを判断する時には、それを充分に吟味している余裕がないことも特徴的だということに、気づかないからである。一貫した理論にあてはめることの出来る材料でない以上、どんなに臨床学的に見えても、そこでの女との結びつきは、魔女の告発に近似している。

理屈もなにもありはしない。兎に角、あの女が魔女だということであり、その追放と処刑にのろしを上げて騒ぎまわるのも、また頭の単純な女どもだ、という具合である。

どうやら女とスキャンダル、といった現代の通念を断つべきものは、まず女一般についてのこれまでの誤った理論と概念を狙撃することから始めなくてはならないようである。

さて、女はスキャンダルの培養器である、ということを男であるわれわれに伝えてくる概念とは何なのだろう。現在なおも醸成されつつある一種の雰囲気とは、いったい何なのだろう。私は仮にそれを雰囲気などと言ってしまったが、まさにその程度のものじゃないか、とすら思っている。

ひとつの通念は、女性一般の男性従属と感受性の没主体性を説く。しかし、これは考えてみればひどくあやふやな通念でしかない。性の、生殖器の機能差からくるとされるこの落差が、果たして歴史的にも、社会機構のうえでも、固定した概念であるとは、実のところ誰も信じてはいないだろう。歴史的、文化的な照明のあて方をすれば、その多面的な拡がりの中で、反証は幾らでも見つけられよう。スキャンダルを好む、ないしはスキャンダルな行動をする、憧れとは裏腹にスキャンダルを追及する、といった女性の専門分野とでも呼ばれそうな反応に対して、歴史は首肯するとは限らない。むしろその逆でもある。

この通念の論拠は、どうも男と女の単なる生理の違いだけから発しているように思えてならない。スキャンダルということは、つまるところ、女の生理と先天的に結びつけられてしまっている。アダムとイヴにまで遡るような勢いで、われわれに立ち向ってくる通念である。今のところ、女性一般の特質として、身の周りを埋めたてているかに見えるものにはさまざまなことが言われている。ちょっと心理学の本をひもといても、

・情緒が不安定である。
・論理的ではない。
・決断に際しては直観が支配する……等々。

大体、われわれ男性の誤解を裏づけするような概念を拾いあげることが出来る。いや、確かに心理学ないしは生理学的に掲げられた幾つかの特徴というのは、そういったあてはまり方をするものもあるのだろう。私はそのことについては何らの判断をすることは出来ないし、ここで反論も出来ないのである。ただ肝心なことは、スキャンダルといったことについて、それらの特徴が何の苦もなく体質論と結びつけられることの恐ろしさを言おうとしているだけなのである。

スキャンダルというものが、ひどく感覚的な受けとめ方をされているだけに、あるいは感覚的であるが故に、この結合からとんでもない方向へ論旨が飛躍することも世間ではしばしばあることだからである。つまりは市民生活への脅威ということで、スキャンダルが受け止められたり、平凡な女の憧憬が逆の形となって表われてくるといった分析を導くことにもなりかねない。

確かに、スキャンダルというものは、小市民生活にとって、自壊と他壊の両面の刃を持って感覚的な脅威をもたらすものであるかもしれない。そのことで、スキャンダルの愚をあげつらい、またその実体を捕捉したような気分になったとすれば、その根底にあるものは、前述の女性論の延長線上であろう。つまり、女性

は家庭的動物だという考え方、規定。子供の養育に適している、というものさし。生産従事に不適格であるとする判断。家族の一員。言ってみれば小市民生活の維持自体、そのものとしての捉え方を、無意識のうちにしているということなのである。

こうしてみると、女性とスキャンダルの関係とされているものの底には、女性一般に対しての、かなり固定した古めかしい、ある時代の、ものの考え方が流れていることが見えてくる。(決して歴史的とは言えない)家庭を愛し、そして守り、夫に優しく仕え、子供にはひどく教育的で、昼の主婦向けワイド・ショーのポルノ女優糾弾の主婦たちに拍手を送る幸福。何と言うことはない、男たちにとってはそんな女たち、妻たち、娘たちが、期待する女性像の典型であったことが見えてくるのである。だから、女とスキャンダルの切っても切れないような結びつきといったことも、実は男性優位の社会が作り出した雰囲気、ということが言えそうである。そして、こんな雰囲気が醸成されている限りでは、スキャンダルという感覚は日本の社会からなくなりそうもない。

そして、女は、まだまだスキャンダルの桎梏から逃れられそうにもない。

ゴシップの域をとび超えて、スキャンダルの対象となった女性たちは、日常性と小市民性を超えた特殊な信仰対象として、近年も多数がイメエジ化されてきた。けれども、それらの女性像をスキャンダルを通して特殊化し、普遍的な女性像と切り離して考えることは、もう止めにした方がいいのじゃないだろうか。しばしば、その現象は反撥と糾弾と同時に、勇気と称賛も勝ちえてきた。しかし、そんな特殊化の中に、どれ程の解放があったと言うのだろう。常識的に見ても、特殊化された女性像には、男性優位社会で通用する免罪符が特別に与えられた、ということにしか過ぎない面が大いにある。だから、その手放しの称賛と勇気への感嘆に、実はゆるぎない現体制の詐術があることを見逃してはならないだろう。だから、私たちは、スキャンダルを通して大きく飛躍したかのように見える女性像を持ちあげることに、ひとつの〝待った〟をかけてみる必要がある。それよりも前に、私たちが手を汚している差別と一見科学的、客観的、事実尊重に根ざして見える統計学の捉えた女性一般の概念を、疑ってみなくてはならないだろう。いってみれば、それは私たちの幻影との闘いでもある。幻影を土台にして平均的通念や統計を、そろそろ脱け出さなくてはならない。

私には、この平等への脱出、スキャンダルの桎梏からの脱出、仮説としての本質論への永劫回帰からの脱出のためには、スキャンダルと女性についての称賛もまた無用の長物であるとしか思えない。いや特殊化されたイメエジの中には、むしろ大きな害がひそんでいるかもしれない。何故ならば、そのことが男たちの砦を固くする磁石のような役割を持つものだから。

『流動』昭和49年4月号（実相寺37歳）

女は神になり得るか

……プレイボーイ、ラブハンター、は勿論のこと、コレクターにも限界があり……

昔、『コレクター』という映画を見た時、私も一度はあんなことをしてみたい、と思ったことがある。映画やその原作とはあまり深いかかわりもなく、蝶々が好きな奴には用心しようと、ぼんやり考えた。但し、蝶々は殺して、ピンで壁に掛けておくことが出来るけれど、女はそうはいかない。いや正に、肝心なことはそのことなのだ。女を殺してしまっては何にもならないのである。生きている肉体を前提としてエロチシズムは成立する。屍姦ということでも、生命の余韻というものが、その匂いが残っている範囲内での無機物を対象としているだろう。白骨を抱くことはありうるのだろうか？　それは飽くまでも、生きていることの幻想が、深く精神に渦巻いている瞬間に成立するのではないか。何となれば、エロチシズムこそ、己れの肉体を蝕んでゆく死に到る最も確実な道程なのだから。人間は、健康な看板、何処かの不動産屋のコマーシャルのように〝人間でえーす〟と言うから豊かなのではない。むしろその反対に、究極に屍姦願望を秘めながらも、自ら進んで死へと肉体を刻んでゆくエロチシズムの執念に身を焼いているからこそ、豊かなのであり、生きる証しを持ちえているのではないだろうか。

とにかく、男の収集狂が、一度女の収集を試みようとするならば、女を殺してしまっては何にもならないのだ。女は飽く迄も、強い生命力と共に生き続けなければならない。また、男としては、女を生かし続けねばならないのである。そして、コレクターとサディストを分かつ岐路はその後で明白になる。コレクターの心の隙間を埋めるディアーヌとして、女の愛情と心の転回を期待しないことで、サディストはコレクターとは異る道を歩きはじめる。いわゆる、プレイボーイと言われる類の収集狂の一種も、愛情と心の転回をそれ程期待してはいないだろう。但し必須条件として、数量を誇るということから免れることは出来まい。或いは又、奇種、珍種の類を誇ることからも免れることは出来まい。私が思うに、サディストという奴は、数量も、その出身の貴賤をも問わず、生きている女一般に、どす黒い己れの煩悩の油煙をふりまく人間、ということだ。

死に到る病を自ら病もうとする人間がサディストなのである。全身全霊で、女の自由を拘禁し、とりわけ言語を封じ、社会的慣習の歴史の中で育まれた恥の感覚とタブーをつき破る。女を物体化しうるかしえないか。そのぎりぎりの瀬戸際に迄身を落すことの出来る資質を具えていなければ、すべては遊戯と化してしまうのである。そして女を物体化しようとする下降運動の中に、男の矛盾した立場というものが浮び上ってくる。つまりは、女の肉体とその諸々の器官をいやしめ、恥かしめるという行為の中に、同時に、女の内なる精神の純化を助長するという上昇運動が湧き起るのを止めることは出来ないからだ。今や、サディストのみが、この男と女の真の緊張と格闘を渇望し、且つ実践しようと、風化してゆくエロチシズムを守ろうと努めているのではないだろうか。コレクターの立場にたっていては駄目なのである。その程度の次元で、一度俺もやってみたいと思っていてはまるで中途半端な欲望の数歩にしかすぎない。何故ならば、その段階では、膣性交ということの範囲を脱することは出来ないからである。恐らく、サディストというものは、膣性交からも自由な存在であるだろう。

……膣内射精を拒絶して、サディストへの転回を……

サディズムというものが膣性交ということと無縁ではなくとも、そこに主たる目的がないことはサド侯爵の故事に見る迄もない。すべてのサディズムというものが、日常を拒否した出発をするものである以上、正流とみなされる男女の結合と、膣内射精を拒否するものであることは輝かしい態度であろう。例えば典型的な例として、あの「奇譚クラブ」に連載されていた膨大な観念小説である団鬼六作の『花と蛇』を私は想い出してみる。

色とりどりの登場人物の中で、大家のブルジョア夫人であった静子という女性が、お抱えの運転手と女中の罠にはめられて、さまざまな屈辱を受ける運命が、この小説の主たる骨組であったと記憶する。この小説の中では、具体的に考えられる女へのあらゆる侮蔑的行為が網羅されているような気がした。しかも、そのことがくり返しくり返し、……驚く程の反覆と長さでもって描かれているのであった。〝カンタリスを混ぜた糖衣の茴香入りボンボンを喰べさせることを強要する〟といった場面はないのであるが、マルセイユのマリアンヌにもまして静子が受ける屈辱も相当な変化に富んでいる。裸体で生活を強いられることは勿論、その生活は監視下の拘禁状態であり、女一般の恥についての感覚をマヒさせるべく、さまざまな訓練と飼育と隷属への手段が取られるのである。排泄行為の公開、口腔性交の強要、多様な陰部開陳の姿態の強要、等にはじまって、性器による遊戯行為の訓練、媚薬又は器具による愛撫への適応、等と、細大漏らさずその具体例をあげていたり、整理していたらそれこそキリがない。静子をとりまく現実感のひどく稀薄な人物たち、サディストの群は、これでもかこれでもかと襲いかかってくる感じなのである。今日この頃、どういう訳か数多く書店の店頭を飾るようになったSM関係の雑誌や、一般の小説に描かれているサディズムの情景は、そのほとんどが『花と蛇』のエピゴーネンにしか過ぎないだろう。そして、私は、男のサディズムを扱った数多くの表現のすべてが、膣性交を拒絶していることにコレクターの世界からの脱却を目指しているように思えてならないのである。

ここでそのほんの例証として取り上げた『花と蛇』についても、そんな意味でのサディズムの側面は明瞭であり、しかもこの小説に於ける極点は、異邦人と強要された膣性交によって、妊娠という期間を、作為的に持たせられようとすることにあったのだ。妊娠状態のかたちを得る為にのみ膣が使用されること。そここそこの小説のサディズムの根本はある。つまり、よく言われることなのであるが、確かにサディズム的犯罪というものは、源流をサドにとっている通り、貴族の有閑犯罪としての側面を持っている。生殖のすじ道としての膣は、そのすじ道を拒絶されるのは当然だろう。V感覚からA感覚へ、である。男女を問わず鶏姦の禁じられていた時代に、鶏姦を求めることによって、サドは、これの昇華を求めたのである。そしてこの昇華は単に自分自身の生理的行為の具現でなくとも、代行者による象徴的な実現であっても良かった。下男ラトウールがマリアンヌと鶏姦を行うことの観客又は想像者の地位ですらサドにとっては満足だったのではないだろうか。社会的な止むに止まれない犯罪、貧困又は社会的圧迫に対する反発、言ってみれば飢えの極点から一片のパンを盗み出す行為等と、局面を異にしてサディズムが発生している以上は、膣が本来的に担った生産感覚は否定されるのも、首肯ける。そして、器官としての膣以外のさまざまな洞穴を目指して開拓者たちの歴史は営々と築かれて来た。言い換えれば、サディズムの歴史は膣性交拒否の歴史なのである。そして『花と蛇』によるその革新は、一旦ヴァギナの故郷へと錦を飾ったかの如く見せかけて、実は妊娠という期間だけを目的とする為に、その故郷へ回帰したことの二重に裏返しをされた徹底的な侮蔑によって、女を物体化しようとしたところにあるのだろう。コレクターからサディストへの転回は、その胎内回帰の願望を已れのものとして徹底化するところからはじまるのだ、と言ってもよい。

……風化してゆくエロチシズムの中で、共同体の幻に取り憑かれる……

サディズムといっても、今、私は専ら男の女に対する部分についてばかり取り上げているのであって、広汎にして且つ多様な荒野を彷徨《さまよ》うことは到底出来るものではない。そして、転回と言いつつも、そのことが容易ならざることだということも、また私にとって深く自覚された真実なのである。男が女の生命権を所有し、ある種の苦痛の実践者たりうる為には遥かなる道程が、とりわけ現在ではあるような気がする。つまり、単純な比率の上から言っても、ほとんどすべての男は軽度のサディストであること、アルゴラグニアの意識を持っていることは事実であろう。しかし、ほとんどの場合、それは単に想像上の出来事による代行に終ってしまっている。サディズムというものが陽の当る場所に出て来るということがあってはならない、と私には思えるのだ。ところが現在では、サディズムというものが一種の遊戯としての地位を余りにも確固として獲得しすぎたような嫌いがあり、その薄められたプレイというものの温存で、コレクターとの見境いもつかなくなりかかっている有様なのではないだろうか。第一、鮮やかな色彩に飾られたSM雑誌の類や、単行本、写真集、更には、大人の玩具と称する遊戯具として、拘禁具の類が商品となって大手を振っているようでは、サディズムもまた終りを告げてしまうという感じなのだ。生きるということのぎりぎりの接点から生れた歴史を持たない故に、ともすればそういった遊戯へと惰する傾向、有閑を埋める一面がサディズムにあることは否定出来ないことである。しかし、サディズムは夫婦ないしは恋人同士の倦怠を解消する手段ではないし、膣性交に到る過程としての前戯的行為であってはならないものなのだ。想像力の問題であるということならばまだしも、最早、陽の当る場所で、犯罪的な感覚、体制社会や慣習のタブーと抵触しない範疇のものをサディズムとは言えないのではないだろうか。どのように立派な皮革製品の拘禁具が売られていようと、それが商品としての流通を果たしだせば、それは装飾品へと変化してしまう。つまりその商品の予測、ないし想定された機能を、付加された価値観を、逆転ないし転覆させない限りは、サディズムというものは主体的になりえないのである。そして、実践者への輝かしい道程もまた五里霧中となってしまうのだ。

最初から女を縛る為に作られた縄。女を打つ為に作られた鞭。女に排便を催させる為に調合された利尿剤。といった類のものが商品として生れ流通しつつあるとしたら、風化への道はここに極まってしまうだろう。つまり、サディストというものは、現在通用しているすべての価値観を、その機能に対しても逆転を意図し、定められたことの転位を計るべく怨念を抱くものでなければ、膣性交を拒否して来た歴史に背を向けることになってしまう。そうでなくしては、膣そのものが商品としての市場流通性を持っている社会構造をどうやってひっくり返せるのだろう。アルゴラグニアは〝あんなことをしてみたい〟ということで、ある種の表現に代行者を見出していては駄目なのである。容易ならざる道ゆえにこそ、男の側の主体性というものを構築する作業にとりかからなくてはならないのだ。今、私たちの時代は、サディズムは現実になりうるか否か、という設問を有しているかのように見える。仮説ないしは幻覚の問題としてのみ、それが存在しているのか否か。男にとってのエロチシズムの復権ということが賭けられた重い鎖のようなものを、私たちは背負されているのではないだろうか。……それは、夢に近い。私が見る夢は、アリストファネスの『女の平和』の裏返しである。男の共同体による女の膣の拒絶。そんなことは可能性の領域であるが、……果して、男たちは女に対してスクラムを組めるだろうか。

……スポーツを女から取り上げて、そのかわりに精神を……

そこでもう一度、『花と蛇』に戻ってみれば、あのくり返しの中で、ついには作者すらもが静子という女性の前に屈服したかのように、終結してしまう小説の宿命は、私に静子という女の呆れるばかりの強靱さを印象づけてしまったのであった。作者は確かに、膣性交を二重に逆転する所迄昇りつめ、あのくり返しの時間を、一人の女性を完全に所有するべく心血を注ぎ込んだのであろう。それでも、結果としては、潜在的に女の内側に秘められたアルゴラグニア渇望の予測を白日の下に晒し、更には余りの執念で接近しすぎた故に、くり返しくり返しの時間を持ったが故に、女の前に匙を投げ、白旗を掲げたようなかたちになってしまったのである。そう私には思えたのであった。

R・ムシルによれば、殴打は苦痛とも侮辱とも感ずる故にますます耐え難いのだが、スポーツとみなすことも出来るのである。それは果すべき戦闘行為の任務のようなものである。体験とは、一連の一環した行為群の中に位置づけられて、はじめて意味と内容を獲得するという現象である。……静子にとって、彼女に加えられる強制力のくり返しの中で、はじめは苦痛であったものが小説の終末では彼女にとってのスポーツとなっていったのではないだろうか。こんな疑問に私は深くつき動かされた。そしてまた、静子の言語を奪い取り、完全な沈黙を得ることなしに、幾度も幾度も、単純なポルノグラフィーめいた猥褻な言葉を喋らせるべく、繰り返し強要させたことも団鬼六氏の惜しい手抜かりであった。石のように沈黙を与えよ、である。そのことによってのみ、静子もまた仮面舞踏会の夜のO嬢のように、自らのアルゴラグニアの昇華を果せたのではあるまいか。そして、その生きながら化石となる女の存在に、私たちの及びもつかない純粋培養の精神というものが生れることは、勿論当然のこととして予測される。しかし、そのことで男の側が己れの昇華に水を注がれたような気分になることは毛頭ないのだ。その拘禁状態の物体化の無人称の究極の状況で、はじめて女は世界というものを正当に意識するだろう、と思うからだ。女という存在は、その肉体を全的な拘禁状態に置いた時に、精神の飢餓感につき動かされ、自らの間隙を埋めるべく蠢動しはじめる存在だろう。……つまり、精神とよばれる、あの世界を分解し結合するものへの強制に、……(河出版『特性のない男』巻一、一五六頁)身を灼くことになるだろうから。

男のサディズムによって、女は神になりうるのだろうか。私には、男には法があり、女には道があるような気がしてならない。

とても女に適うわけがない。

『SM21』昭和47年10月号(実相寺35歳)

第6章

夢がたり

井上ひさし

――黒服体験　カトリシズムの影

私にとっての黒服

〝黒服〟という言葉は、私にとって特別な響きがあります。終戦直後に、ミッション・スクールに通ったものにとって、その言葉は共通のなつかしさと苛立ちを覚えさせるものじゃあないでしょうか。ひどく個人的な体験からはじめることを、どうかお許し下さい。

戦争が終って、チューインガムを識り、〝のらくろ〟を散佚《さんいつ》し、南風崎から罹災者乗車券で漸く幻の帝都に辿りついたものの眼に、〝黒服〟は暑苦しくなく、颯爽とうつりました。黒い墨で消された教科書を眼の前にした時、〝黒服〟はその墨の線と同様、力強い消去作用を私にもたらしたのです。

遥かに遠き張家口の空の下で、ルーズベルトとチャーチルが、ゲートルをきりりと締めた日本兵に踏みつけられているポスターを描き、三重丸を貰った記憶。そういった類のものを、何とか追い払おうと努めたのです。だらしのない話、私は〝黒服〟に苛立ちつつも尻尾を振り、頭を撫でて貰う本能にめざめ、戦後を歩きはじめようとしていました。

カトリック者の戦前、戦中の姿に想いを馳せる年頃でもありません。神の代理人についての知識もありません。それでも、私の民主主義は〝黒服〟と共にあったのです。

宗教は黒服から出発して、華やかな色彩となり、私の身を包みました。ルルドの奇蹟、ベルナデット、テレゼ・ノイマン、……どうも、私の受け取り方が間違っているのか、それとも伝える側の戦術の故か、私にとってのカトリックのはじまりは〝奇蹟〟という奴なのです。それに、当時のチューインガムについていたサンフランシスコ・シールズの選手写真と同等の価値を持った聖蹟カード。〝黒服〟に何とかこの色刷りのカードを貰おうと、殊勝な顔をする少年の姿なぞ、今となってふりかえってみれば、噴飯ものであります。私は井上ひさしさんの『道元の冒険』に心うたれた者でありますが、それは自らの道元への道程を何の衒《てら》いもなく書きしるされた〝あとがき〟によるところが大きいのです。皆目訳の分らぬ言葉の連続にも、自分を偽ることなく道を拓いた井上さんの正直さにうたれたのです。アンチ・ヒーローまたはアンチ・ヒーロー的部分へのやさしい眼差しに包まれている文学を探すとすれば、井上さんのものに、まず、その匂いを嗅ぎ取ります。私も精一杯、そんなやさしさを身につけたいと願っています。

訳の分らぬ文句をくちずさみつつ、フランス人の結婚式に聖歌隊の少年としてかり出され、御聖堂の二階席から綺麗な外人の花嫁を眺めつつ飴玉を貰った宗教。クリスマス近くなると、その準備に忙しがり、進駐軍とほぼ同様の宗教の柵内にいることで、悦に入り乍ら寒い町を歩いた宗教。ザビエルのガラスケースに入ったひからびた手を見乍ら、眼を円くした宗教。何とも情けない話だけれど、公教要理、天主の十戒の暗誦はうたかたの露と消えて、私とカトリックの結びつきは、口に入るもの、遊び道具と結びついている面が非常に大きいのです。

このことを、今、決して軽い冗談と考えているのではありません。この結びつきゆえに、カトリックが落した影は、私にとって大きいのです。そして、己れに落ちている影の部分から推しはかって、私は私なりに井上さんの世界を見てしまっているのです。

とんでもないことだ、と井上さんには叱られてしまうかも知れませんが。まア、……もう少し、私の話を続けさせて下さい。

当時の私に大きな影響をもたらした〝黒服〟は仲々の美男子で、モッキンポット師のイメエジとは異なり、色浅黒い、今で言うなら近藤正臣のような好男子。まるで、頼りがいのある兄貴のようなスマートな青年が、背中に戦後を背負って、神と奇蹟を喋るのですから、男の子でもフラフラとしてしまいます。井上さんは受洗されたけれども、私も危うく受洗する迄に心を動かされて居りました。第一、貰うものばかり貰って、執拗な勧誘をそう何時迄も逃げ切れるものじゃありません。私は、とりわけその〝黒服〟の前で良い顔をしていたから、重点的に勧誘すべき者のひとりと思われたのか、「君こそ、カトリックに生きるべきだ」と幾度も幾度もささやかれて、最早逃げ切れない、と心中ひそかに覚悟を決めていたものであります。「中学生になったら入ります」と一寸延ばしに受洗の瞬間を遅らせていたのが、幸というべきか、不幸というべきか。ある日、突然その〝黒服〟が姿を消して、学校からも居なくなってしまったのです。マッカーサーの二千日もそのかなりを経過して、ちょっと戦後の様相が変りはじめた頃であります。

結局、私は受洗しなかった。それだけに、余計、それからの何年間は神の存在の重荷を背負うことになってしまったけれど。……

そんな頃のある日、近藤正臣風の〝黒服〟の居場所が解って、愕然としたのです。彼は、綺麗さっぱり黒服を脱ぎ捨てていたのです。灯台下暗し。私たちの同級生のさる模型屋さんに彼が居ることが、友達の間でひそやかな噂となりました。同級生の姉さんと親しくなった彼は、とうとうそこで、P―51のバルサモデル等を商う側にまわってしまったのです。丁度、朝鮮戦争勃発の時でした。学校の帰りに〝黒服〟の幻影を見ようと模型屋のウインドウ越しに、近藤正臣の姿を眺めた時、私の胸中はひどく複雑でありました。助かった、という思いと、裏切りやがって、という思いと。

白っぽいジャンパア姿で、まるで断髪した近藤正臣のように、映画ベルエポックの二枚目という雰囲気がなく、何かあっけらかんとしており、嘘めいた感じがなくて、ひどく現実的で、宗教という奴は雲散霧消してしまったのです。〝奇蹟〟はそれ以来、色あせたものになりました。

他愛もない話をくどくどと書きましたが、私が井上ひさしさんのカトリシズムを想う時、どうしても、この自分なりのカトリックの出発を避けるわけにはいかなかったのです。そして、何故か私には、こんな自堕落な宗教との出逢い方が、恥とも、痛みとも、個人にとってはかけがえのない重みともなって、井上さんの文学に親しみを覚える種となっていることを、書きとめておきたかったのです。

井上さんの黒服

神の存在、非存在をめぐって、激しくゆれ動いた時期が私にはあります。十六歳で受洗し、〝ヨゼフ＝マリア〟という洗礼名を持った井上さんには、そんな観念の闘いは無縁であったかも知れません。だが、私のように、受洗一歩手前で脱落したものにとっては、青春のある期間を賭けて、神の不在証明と沈黙を必死に表沙汰にすることが〝黒服〟からの解放につながっていました。

嘘つきな神父、嘘をつかせる神父、堕落した神父、堕落させる神父。私は井上文学の流れの中に、神を信じたものの落ちゆく姿への信頼と憧れを見ます。その暗示のうちに、逆説的ですが痛烈なカトリシズムの匂いを嗅ぎ取らぬわけにはいかないのです。

これは、終戦後の一時期、神を信じたものも、信じなかったものも、……という文句ではじまるフランスの抵抗詩人の言葉に酔った感覚では、つかみ切れないすごさだと思います。

『モッキンポット師の後始末』という、直接主人公にカトリックの神父を扱った小説を読むと、とりわけユーモアというものが、一種のすごさであることを実感します。

つまり、神を信じたものと、信じなかったものの差というのは決定的であることが、私にははじめて（大仰に言えば日本の文学全体を通してはじめて）、解ったような気がするのです。「現代は、人間ひとりひとりがヒーローである時代だ。今の時代では、誰もかれもひとり残らず楽天的英雄なのである……」そんな英雄遍在の時代に、英雄譚は確かに必要がない。モッキンポット師という、井上さんの〝甚だ風采の上らない、天狗鼻の、汚らしい〟ヒーローも時代遅れになろうとしています。

実は、そこが井上さんに私の感ずるすごさなのですが、そのことを井上さんは百も承知のうえで〝黒服〟の影を描いている、と思えるのです。聊か傍道に外れますけれど、美男の〝黒服〟と出会うか、遥か東方へ辿り着き襤褸を纏った醜男の〝黒服〟に出会うか、ということは存外大きな岐路なのではないでしょうか。その出会いに感動を持った井上さんは、地獄の劫火へも身を灼かれる為に堕落してゆく〝黒服〟に、カトリックを見ることが出来たのに違いありません。そして、それ故にグロッタの画家たちのように、ユーモアというものの本源から身をおこすことが出来たということであります。徹底した語呂合せに、己れの全存在を賭けることも出来ようというものであります。

だから、私は己れの中途半端なカトリック体験の中で、井上さんの作品に触れるまでは、〝黒服〟と市井人との距離ということもまるで解らなかったのです。この解らなさ、言い換えれば無知さ加減が、神の不在証明へ、実存主義へと私をして風俗の後追いをさせたのだろうと思っています。今、このことを思うと、本当に恥しい。矢張り、これに至ったのには私の出会った近藤正臣風の〝黒服〟が、いともた易く市井人へと、その距離を飛んでしまったことの軽さがまとわりついているのでしょう。こんな軽い超え方のうちに、決してカトリックは顔をさらすものではない筈です。

あっさりと捨てるということができる地平に、神は決して現われますまい。そこには、人間的な弱さも、弱さ故の信頼もなく、コンプレックスも、劣等生の悲哀もなく、従って、ユーモアというものが生れ出ずる泉がないのです。戯作もありえない、語呂合せもない。特出しも見たいという弱みもない。何の歌も聞えてこないのです。

井上文学の本質――と、まァ大仰に、私が言うのをお許し下さい――は、恐らく私とははるかに隔った〝黒服〟体験にあるのでしょう。彼が少年時代に心をゆり動かしたカナダ人の修道士たちは、孤児たちの飢えを解消しようと、なりふりかまわぬ汚なさであったに違いありません。女の肉体の幻影につき刺さるような苦しみを覚えて、のたうちまわった〝黒服〟たちなのでしょう。東北と東京の差は、西洋と東洋以上の差となって〝黒服〟体験に現われるものなのかも知れません。

あっさりと模型屋の若旦那になってしまった、当世風に言えばカッコ良い〝黒服〟アンチャンと触れ合ったものなぞには、神が見えなかったのも当然であります。受洗ということの決定的な烙印のあり方を、つくづくと井上文学によって思い知らされたのです。

扨、以上のような〝黒服〟体験を、私は井上さんの作品から空想してしまうのですが、どんなものでしょう。市井人とは劃然とした距離に生き、尚且、市井とのかかわりの中で下降してゆくもののうちに、限りない感動を持って井上さんがカトリックを見ることが出来たのは、そんな〝黒服〟体験の影が深く落ちているからではないでしょうか。

思えばあたしの恋人は
あたしを観にくるお客
それに気がつきある日
大事な秘所《ところ》をオープン

と歌うマリアを描くことが出来たのではないでしょうか。……

尤も、これは、時代遅れのモッキンポット師と、井上さんの自覚するヒーローを超えた地平から聞えてくる歌なのでありますが。

何故、ユーモアなのか、何故執拗なまでの語呂合せなのか、ということが、カトリック者井上ひさしの本質に深くつきささったものであることを、私は疑わないのです。というよりは、信じています。はじめから終始一貫して、井上さんはキリーロフ的論理とは無縁の世界に住んでいるようです。

私にとっての〝黒服〟は弱者の存在を教えてくれるものではありませんでした。それは、あまりにもあっけなく、アンチ・ヒーローであった故に、戦後民主主義の幻想と表裏一体のなしくずしの影であったのです。ところが、井上さんの体験にある〝黒服〟は、弱者とか劣等生を暗示して呉れる強い存在であります。その強さ故に、モッキンポット師も、小説の上ではフランスに帰らざるをえなかったのではありますまいか。楽天的英雄遍在の日本という土地を遠く離れて。…

どこ迄、井上さんは先を読んでいるのでしょう。ヒーローとしての〝黒服〟に感動した記憶を持たないものは、井上さんの足元にも及ぶことは出来ないのだ、とつくづく感じ入ります。

つまり、神を見ることが出来るのか、出来ないのか、という、人間としての決定的な感応にもかかわってくることなのです。

私は井上さんのユーモアを想う時、数限りない怪獣を産み出した、亡くなられた円谷英二さんのことを想い出します。カトリック者としての円谷さんが、異形の獣たちを作り出していったことに、どうしても井上さんと共通のやさしさを見てしまうのです。

神が通りすぎる

『珍訳聖書』の十五景とエピローグは、見るもの、読むものをして思わず襟を正させる光にみち溢れています。

「お目こぼしストリップに客が来ますか！」

と救世主が叫んだあとの沈黙は、正に神の沈黙の長い間なのではないでしょうか。

「ユダヤの人は長い間ひたすら救世主を待っていた、浅草の人と同じように、ね。そしてついにユダヤへ救世主はきた。しかし、彼は、ユダヤの人が待ち望んでいたような救世主ではなかった。彼はユダヤ人が望んでいたローマからの独立に手をかさなかったし、お金を儲ける方法も教えてくれなかった。楽にこの世を生きる方法はなにひとつ教えてくれなかった。ただ、自分と闘うことだけが必要だと、それだけを教えた。自分で自分をお目こぼしするのはいけない、それだけを教え、そして殺された……。」

私は、ここに、あの〝ジェルソミーナ〟や〝カビリアの夜〟の涙の光にも似た美しい感応の本音を読みとってしまうのです。現世の御利益からかけ離れて、全く無力で、沈黙のうちにあり、神の代理人を通しても具現しない力。無窮の虚空へ響くこだまとしてのカトリックの影を。これもまた、ひどく正直に書かれた、井上さんの信仰のあかしなのではないでしょうか。（尤も、このことについて、井上さんは終始一貫、如何なる作品に於ても韜晦趣味は持たなかった、と思います。江戸の戯作者たちを凝視めた折も、チンプンカンプンな正法眼蔵と睨めっこをした折も、……私には、すべてが正直な信仰の告白に貫かれていると思えるのです）

ラーメン屋の屋台の前で、風の如く通り過ぎる刺客に倒される男に、キリストを見ることが出来る者こそ、衒《てら》いのないカトリック者の姿なのではないでしょうか。それは正しく、自分をお目こぼしするのはいけない、ということで生きようとする弱き者の精一杯の姿なのです。癩者への接吻でもあります。

人生の如何なる瞬間に、神の通りゆく後姿を覗き見ることが出来るのか。それを事実認知の上で論議しようとすれば、北海道に頻々と近頃現われるらしいＵＦＯ論議と変りなくなってしまいます。何と、現実に私たちの身の周りを埋め立てるものの中に、そういった類のリアリズムが横行していることでしょう。確かに、この際事実はどうでも良いことなのです。そして、我身をふり返ってみれば〝黒服〟に裏切られた後で、私が悩んだ神の不在証明の数年は、そんな段階での重さしか持っていなかったのじゃないか、とも思えてしまいます。

この一点を、余程しっかり見据えない限り、井上さんのユーモアを貫く真実を見逃してしまいそうです。西鶴の二万数千吟というエネルギーにも匹敵する語呂合せの精神を、受け流してしまうことにもなります。それは、ヴォルテールの『カンディード』で辿り着いた「兎に角、われらの耕地を耕そう」という精神のあり様にも似ている真実なのじゃないでしょうか。

私は、井上さんが恐らく強者としての〝黒服〟体験がある故に、こんな境地に迄到達することが出来たのだろうということからすべてを考えてきました。しかし、勿論、決してそれは割り切れた明鏡止水の境地というものではありますまい。他力本願であるだけに、余計、自分を目こぼしてはならない場所なのでしょう。そこには、さまざまな矛盾が、相反する憧憬と畏怖の念が、つつしみと居直りが渦巻いているに違いありません。だから、井上さんの作品は発光体となりえているのではないでしょうか。

カトリックというものを軸に据えてみると、そういった内面の照射が、どのような形で作品に影を落しているのか、ということが漸くにして見て取れます。そして、ともすれば軽い冗談としてやり過されてしまい勝ちなものの中に、神が宿っていることを思います。ユーモアというものが、何故か軽く考えられ、記号化した訳の分らぬ言葉の飛び交う観念の洪水のさ中で、井上さんの占めるべき場所は大きいのです。霊と肉の格闘の中に、典型的な苦しみを読み取ることばかりがカトリックへの道ではありますまい。乱暴な言い方をすれば、モーリヤックの対極にあって、井上さんは矢張り、本源的に霊と肉の闘いを凝視めているのです。しかしたたかなものだと思います。その凝視め方がやさしければやさしい程。劣等感の正直な吐露であればある程。

鏡にうつる己れにぶつかった『天保十二年のシェイクスピア』の佐渡の三世次のすがたは、鋭い切り口と思えます。

「鏡の中のおれを殺したおれ、抱え百姓を斬り殺した抱え百姓のおれ。すると死ぬのか、おれは？」三世次の最後の言葉の中にも神は通り過ぎます。三世次の割った鏡で咽喉をつき刺したおさちの後姿とひとしく。私は、こういったくだりに、霊と肉のひきさかれた谷間を彷徨う真実の叫びを聞くのです。井上さんの眼差しの強さを読むのです。

悟りのうちに人間は存在せず、また煩悩のみにても生きているに非ず、です。自分を目こぼしをしてはならない、という声が聞えてきます。佐渡の三世次が絶句する瞬間に、私は神の影を、確かに見ました。神の影で、慄えている人間の占める場所というものを。井上さんが、執拗に、くり返し、私たちに送ってくる言葉の洪水には、常にその一点が問題となっているようです。

私たちも、一度全身を鏡にうつしてみる必要がありそうです。楽天的英雄遍在の時代ということは、誰もが王様であるということ。しかも、そのすべての王様の耳には〝王様は裸だ〟という少年の声が届いていない、ということのようですから。

『国文学』昭和49年12月臨時号（実相寺37歳）

彼岸への想い　広瀬量平さんの世界

闇

私は、手探りで、歩いています。暗い暗い闇の中を。……何時から、このはてしのない闇の迷路に彷徨い入ったのか。何時、私の歩いていた道が夜になったのか。それとも、私の周囲で、世界は突然、陰画となってしまったのか。……さっぱり見当もつきません。

私はしばし立止り、全神経を集中させて、出口を見つけようとするのです。けれども、闇には針の穴程の光も洩れて来ず、私は途方もない空洞の中に、ひとり道に迷ったことを知るばかりなのです。ありとあらゆる幻の感覚を働かせて、なおもひとつの方向を探ろうとはしても、詩人や聖職者や、賢人や、巫女や、貴族たちが、恰も文明の松明《たいまつ》を砂漠の下に隠してしまったかのように、空洞の中には解けない謎があるばかりなのです。

それは、ひょっとすると、言葉や歌の霊をどこかへ失くしてしまった私たちの無明のすがたなのかもしれません。きっと、無明の状態を絵解きするような蜃気楼なのでしょう。私たちは、果てしない過去の薄らいだ記憶の闇へと回帰しつつあるのかも知れないのです。

そんな時、……

かすかな風が吹きます。その風は、炸烈を予感させるような音楽的なひろがりとなって、空間を包み込んでゆくのです。

それが、

恐らく、広瀬量平さんの言葉に違いありません。

私にとって、それは正しく〈霹〉靂なのです。けれども、雷の閃光も、ふりそそぐ光の矢も、目にすることは出来ません。その風が吹きはじめたことだけを知って、闇はますます闇となり、そればかりか、……今度は、はてしない地底への旅の誘いを、太古への誘いを受ける羽目になってしまうのです。音楽空間の誘いです。

幽冥界に吹く一陣の風。こんな言葉を使ったら、広瀬さんに怒られてしまいそうです。けれども、私には、広瀬さんの世界の根幹に、そんな匂いを嗅いでしまうのです。そして、何の指標もない闇の中では、風の吹いてくる方向へと、兎に角、やみくもに歩みを進めなければならないのです。

風

音楽にまなざしがある。と言ったら奇妙なことになるのでしょうか。私ひとりの勝手な想い、ということになるのでしょうか。

今、私は、広瀬さんの世界を覗こうとする時、まず最初に、こんな言葉を想い浮べてしまうのです。そのまなざしは、闇の中に彷徨う私に、激しくつき刺さってくる息吹のようなものであります。空洞の中で、何処から凝視められているのかは解りませんが、私は、視線の力を実感していることだけは確かなのです。広瀬さんのまなざしの力を。……「従来の西欧的十二平均率の網目からは洩れてしまうような微細な音程の翳りやリズムの襞をも注意深く掬い取ろうというような姿勢を私にもたらした。しかし所詮東洋的停滞などと呼ばれる我々自身の土俗に対して屈折した感情を持ちつつも、そのアンヴィヴァレンツが更にこの仕事に深入りさせ、それを進行させるエネルギー源ともなった。……」（尺八―一九六九。レコード解説。作曲者のことば、より）

広瀬さんは、アンヴィヴァレンツという言葉の所で、愛憎一体とでもいおうか、という括弧つきの注釈をしておられます。この愛憎一体ということで、すべては言い尽されているような気が私にはします。作曲者自身の言葉でその世界を提示される時、これ程適切なものを私は知りません。しかし、その言葉だけは、私自身が何故闇の中に居るのか、何処へ歩もうとしているのかを解く鍵にはならないようです。

つまり、広瀬さんの音楽世界には一切があり、また、一切がないからです。聴くものをして宙に迷わせる時間があるように思えるからです。

私が直感した広瀬さんに絶えず見られているようなまなざしの音（それは慈悲心の音なのかもしれませんが）に、一足飛びに近ずくことも出来ない訳なのです。取り敢えずは、矢張り〝風〟の方向へ、その皮膚に知覚される音へ向って、わが身をさらすより他にはないようです。

広瀬さんの音は、地底の、奈落の、マグマの灼熱の遠いこだまのような感じもします。〈霹〉を聞く時、思わずひきこまれてゆくような、身体ごと果てしのない穴へ落ち込んでゆくような、一種の下降感覚に私は捉えられるのです。

出発点、とでも言いましょうか。それとも、俗な言葉を使えば原点とでも。……本当の話、私は広瀬さんの思想の音楽に対して、言葉をもって立ち向うことが出来るなぞとは考えていないのです。けれども、この自分自身の欠落を知ってなお、手探りで闇を歩くには、言葉を吐かずにはいられない不安感に陥入っていることも告白せねばなりますまい。私も、〝ねに泣きてこそ見せまほしけれ〟ではあります。

〈霹〉から、広瀬さんは出発したのだ。と言っては言い過ぎでしょうか。いや、私にはどうしても、〈霹〉が出発点だと思えるのです。原始に吹く風と魂のふるえを、黄泉国の辺境で作曲者は叫んでいるような気がするのです。

しかし、その声は断続的です。私たちの耳に届かないこともあるのです。広瀬さんの歌う幻が闇の中に空想されます。注意してみると、風の音も、マグマの鳴動も一瞬静謐な闇に隠されています。この一瞬は、私たちの内なる地獄を垣間見ることの出来る休止符でもあります。吐く息、吸う息のくり返しの中で、作曲者が大きく息を吸った瞬間の真空状態でもあります。こんな時、私は言い知れぬ恐怖に襲われてしまいます。どんなに俗な言葉でも良いから叫び続けていたくなるのです。私たちの声で、もう一度日本学？　といったものを確かめ直したくなる一瞬なのです。それこそ、愛憎一体の……

凡ゆる音が聞え、そして、次の瞬間には沈黙しています。私は沈黙の恐怖と向き合わされるのです。そう、確かに、沈黙の音楽という形容こそが、広瀬さんの音にはふさわしいのかも知れません。何故なら、それこそが私たちに向って手をさしのべてくる地獄なのですから。……それが、まなざしというものなのでしょう。広瀬さんは己れを凝視め、己れを凝視めようとはしない闇の中の私たちに、風を送ってくるのです。いや、そういう具合に、私には受取れるのです。否応なしにその息吹の力をもって、自分の内なる根を凝視めさせる音楽なのです。生命と言っても良い。……だから、私には尺八との出会いが広瀬さんの出発点だと思えたのです。

そこでは、作曲するものの自由さと、演奏するものの自由さと、聞くものの自由さと、それぞれの思想を媒介にした音楽空間が展開されるからです。私は尺八のことについて詳しくは知りませんが、〝尺八を吹くことは「奏」ではなくて「禅」である〟（前出レコード解説。月溪恒子「尺八楽」より）という精神の在りかが、何よりも広瀬さんの音楽を貫いていることを感じます。それはごく微細な心のふるえを音に還元してゆくしなやかさを持ち、感情のうねりを忠実に追い求める世界でもあるのです。

まず、虚心に耳を澄ますこと。

手探りの闇と、絶え間ない下降の中で、私が語りかけた時に、光は見えずとも、何か巡礼の鈴音が幻聴のように聞えてくるような気がします。これは、私の錯覚でしょうか？……

そして、
私は広瀬さんの水に火を見、火に水を見るのです。こんな出鱈目を、きっと広瀬さんは許してくださるでしょう。つまり、火の燃え拡がる様である〈燎〉に水を、水の淀みと停滞である〈湫〉に火を見るのです。

私は音を聞くのではなく、視ようとしています。

巡礼の幻聴、がありました。

身を埋め立てている暗闇には、何の変化もありません。しかし、私は〈燎〉の尺八と弦楽器のからみ合いの中に、心の中だけで響く音を見ているのです。それは、ひどく重い足どりで、何処かへ歩もうとしているものの渇望と言えるものなのです。

忽然と、私の眼の前に展開する風景は、那智勝浦の海であり、その黒潮が洗う波の世界なのです。そこから、補陀落渡海をした上人と同行信者たちの往生の希みが伝わって来ます。

声明から、和讃へ、そして御詠歌へ、この流れが段階を踏むものかどうかは私には解りません。が、〈燎〉の音楽的時間は、私たちの往生への希求のクライマックスと思えるのです。シンバルも、鈴も、木鉦も、私には遠い昔、熊野で入水をすすめた信者たちの音に見えるのです。広瀬さんの音は、私の耳につき纏って、口から御詠歌となって再生されてゆくような気がします。

ふだらくや岸打つ浪は三熊野の
那智の御山にひびく滝津瀬、……

〈燎〉のうねりは、十一月の熊野の黒潮のうねりと一致して見えるのです。そのクライマックスは、南方を渇望し、当然のこと乍らインドへと向いています。〈燎〉にあらわされたものが六十一才を迎えた上人たちと同行の信徒たちの往生への願望だとしたら、〈補陀落〉は波にもまれつつ進む、常世への道程そのものではないでしょうか。リコーダーのえも言われぬ誘いと、間を縫ったハープの音に、私は、はじめてかすかな光を見ることが出来たのです。ここに、広瀬さんの世界が、広瀬さんの歌があるように思えます。

　そうです。風は、絶対無の空間に吹く遥かな私たちの記憶だったのです。〈ヴィヴァルタ＝成〉の世界の音なのです。「具舎論」にある宇宙観。宇宙の生成流転。「そして、亡び去ったあとの、有機物も無機物もない絶対無の空間に、かすかな一陣の風が吹き、……〈中略〉……亡び去った前世の万感の思いをこめて吹くこの一吹きの風……。一方、私は東洋において宇宙のすべての根元であるという息について考えていた」（ヴィヴァルタの楽曲解説。作曲者自身のもの、より）私はバーユーを聞く時、慄然とする程の感動に捉えられたのです。その息は、闇の中に吹く広瀬さんの風に導かれる私自身の足どりの重さでもありました。

　沈黙の恐怖は、絶対無へのかすかな記憶の恐れだったのでしょう。

　この風は灯をかき消す風ではなく、灯に生命を与える風でもあります。ひどく抒情的な〈湫〉の歌は、必死でその灯を絶やすまいとする生命の一条の光でもあるでしょう。

　私は必死にささやかな記憶をたぐりつつ、そんな風の方向へと歩もうとしているのです。

　そんな時、
　風になびく富士の煙の空に消えて
　ゆくへも知らぬわが思かな……

　新古今集第一六一三、巻第十七雑歌中にも収められている西行法師の歌が聞えるのです。

　東国へと『とはずがたり』の二条は伊勢物語や西行に想いを馳せ乍ら旅をつづけました。私が、昨年広瀬さんと御一緒させて頂いた映画では、大岡信さんがこの歌を劇中人物の胸に刻ませて下さったのです。〃とはずがたり〃の二条のように、東国へとのぼった四条の旅。広瀬さんはリコーダーの息を抒情的な歌で流されたのです。それも〈湫〉の世界でした。

　私はその時、西行の歌と、広瀬さんの歌の重なりに消え入らんばかりの立眩みを覚えたのです。そこには、映像を必要としない時間の流れがありました。遠き故郷としての絶対無に吹くバーユーが闇の中の灯となっていたのです。

私が先刻、思想の音楽と形容したのは、この音楽的時間の重みということなのです。その時間がもたらす内面への照射です。それは正しく射るというに応わしいまなざしの力なのです。火に水を、水に火を求めてゆかざるをえない力だったのです。その映像的、絵画的な印象は、すべて闇のカンバスに求めざるをえない思想なのです。

彼岸

さて、

私は愛憎一体という広瀬さんの世界を見る時に、その思いの深さと拡がりに驚かされます。数多い広瀬さんの曲のひとつひとつを取り上げることなぞ、私に出来ることでもありませんが、〈三つの尺八のためのハレ〉における三本の尺八の作りあげる壮大な建築は、そんな一例だと思います。

柔軟さと硬質な感覚がせめぎ会い、独白と対論と、バラバラの叫びが駈け巡るような世界が現出されるのです。その音の奔流の前で、茫然とするのは私だけでしょうか。しかし、私はこの曲の時間的な持続に、シュトルム・ウント・ドランクに、時間性と空間性の綾にだけ感動を覚えているわけではないのです。また、その息の疾走の彼方に、バーユーの純な子供の声を幻聴している訳でもありません。

私が広瀬さんの世界に誘われてゆく大きな原因は、その思いの大きさと表現された音の間の途徹もないアンバランスにあるのです。この失礼な素人の感想を、許して頂かなくてはなりませんが。……何故ならば、私には広瀬さんの音楽的な音に没入するだけでは、そんな純粋性めいたものだけでは、捉え切れない闇の深さをその表現に感じるからなのです。「在原業平は、その心あまりて、ことば足らず。しぼめる花の色なくて匂い残れるがごとし」と古今集の仮名序に書かれている思いの丈を、想い出します。私には、この言葉は調和という価値基準を超えて、天才のありあまる余情を賛嘆しているように思われてならないのです。恐らく、広瀬さんもまた、表現に完結した調和と技巧を毫も考えていない型の人間だと思われます。勿論、時代の要請とか、来るべき時代への予感とかが、技術とか、表現の美学に重要な意味を色づけさせる時もあるでしょう。しかし、今、正に私たちの渇望してやまないものは、愛憎一体のエネルギーとも言える〈飛翔〉なのだと思われます。打楽器のさまざまな音の交錯、そして弦楽器も打楽器として扱われざるをえない瞬間。……その〈飛翔〉の時に、恐らく広瀬さんの心は天翔けているのであり、楽器の限界に歯がみする想いで、より遠くの世界を凝視めているに違いありません。

それは、……それこそ、

〈カラヴィンカ〉の住む極楽浄土なのではないでしょうか。そこで、痛切に響くオーボエの音は、広瀬さん自身の歯がみのようにも思えるのです。インドを訪れ、バーユーの息を実感しようとしても、自らの日本人としての土着性との谷間に揺れ動く振子を止める術もなく、沈黙のために音を叫ばずにはいられない。……といった私たちの足元にはね返ってくる思いの大きさを感じるのです。その振子の振幅に、広瀬さんの世界の特質がある、と私には思われます。

それは、

彼岸への想い、と言えるものではないでしょうか。常世への憧れではないでしょうか。大岡信さんの書かれるたちばなの夢なのではないでしょうか。私には、インドへ行かれたことで、広瀬さんの振子の振幅運動はますます激しいものとなっているように思えます。仏教渡来以前の、私たちの記憶のアンテナにかすかに感応する母権時代の常世意識を呼びさまそうとする方向へ、広瀬さんは転回してゆかれるのではないか、と勝手に空想しています。

広瀬さんの〈パーラミター〉を聞く時、私はそんな転回と動揺を、フルートとチェロのピチカートの対話に感じるのです。その対話は、砂漠の下の歴史をも〝あはれとおもはせ〟るやも知れません。外来宗教としての仏教も常世神として受け容れた古代の記憶を、呼び戻すことになるのかも知れません。いずれにしても、私たちの彼岸への想いが、仏教の伝来と共に観念として固まっている部分をも、もう一度つき動かされることになるのだと思われます。つまりは、私たちのバーユーから希求された彼岸への想いを見つけてゆこうとする歩みなのでしょう。

夢

でも、現在、私は相変らず闇の中に居ります。手探りで、歩いています。暗い、暗い闇の中を。……勿論、広瀬さんの音に触れて、しばし歩みを止めたことから立ち直って、マグマへ向けてか、下降を続けてはいます。そして、広瀬さんの影響で、常緑の国から来る橘の実を想い浮べてはいます。

さつきまつ花橘の香をかげば
昔の人の袖のかぞする（古今集、一三九）

私は、こんな匂いを広瀬さんの音に嗅いでいます。広瀬さんの夢は、弥勒来迎の金色に輝いているようです。

何がわれわれの夢なのか。……

ということについては、昨年御一緒した仕事では、ただひとつ広瀬さんと私との間で喰い違いがあったことのように記憶しています。恐らく、私は七五調四句の今様歌に、その声明のリズムに捉われすぎていたのでしょう。〝歌のさまは保たれども、まことすくなし〟という部分で、私の方が足をすくわれていたような気がします。だから、私はまなざしを感じつつも闇の中で彷徨う結果となったのです。
けれども、
私は、近頃とみに、紀貫之の次の歌が気になって仕方がありません。

やどりして春の山辺にねたる夜は
夢のうちにも花ぞちりける（古今集、一一七）

この桜の散る幻影もまた、簡単には片附けきれない私たちの記憶に宿るものだと思えるのです。
橘の夢と桜の夢と、……
私は、次に、このことを広瀬さんに托してみようと思っているのです。

『音楽芸術』昭和50年4月号（実相寺38歳）

章子《あやこ》巡礼

1　一枚の写真

今、私の手元に一枚の複製写真がある。江口章子、三十歳当時か、と傍にペンで記された写真を、私は去年豊後高田の短歌誌〝げっしゅう〟を主宰する歌人村上富六さんから頂いて来た。

古びてはいるけれども、かなり鮮明で最近の複写であるらしく、白黒のしぶい調子の中で、過ぎ去った時間の彼方で、カメラのちょうど横手を向いた江口章子の瞳は美しい。

どんな折に、この写真がうつされたものであるのかは、怠慢にも聞き洩らして来てしまった。というよりは、豊後高田の村上さん宅でこの写真を見せられた時に、江口章子の瞳の美しさに茫然となって、その写真にまつわる来歴を聞き忘れてしまった、と言うべきだろう。

何時だって、街中の写真館の灰色の燻んだホリゾントの幕は神秘的である。巷の喧騒を離れて、一歩写真館の中に歩みを進め、案内されて薄暗いスタジオに入った時、今でも私は別世界への夢に耽りそうになる。大きな暗箱にマグネシウムの閃光。それこそ鳩が飛翔すると信じていた手品の玩具箱のような記憶は遠くなっても、写真館が別世界への、異次元への通路であることにかわりはない。たまたま免許証の写真を撮りに街の写真館へ入るや、コクトオにとっての鏡のように、ホリゾントの幕は私を誘惑する。そして、大判のポラロイド・カメラと向い合った時、シャッターの音と共に、レンズを通して身体ごと吸い込まれそうになってしまうのだ。……だから、写真館のホリゾントを背景にうつされた人像写真を見る時、私はその人を異次元からの使者のように思ってしまう。

江口章子もまた、恰も私達の手の届かない次元にいるかのように一枚の写真の中に生きていた。一体どこの写真館でうつしたものなのであろう。

微笑むでもなく、情熱をむき出しにするでもなく、ただ自分の感情の起伏を他人に決して触れさせまいとするかのように、じっと江口章子はレンズに身を委ねている。その黒い瞳は濁りなく清澄で、やわらかくつむった口元には、むしろあどけなさすら漂っている。ただ、横にはっきりとのびた眉毛の線が、この女性のむき出しの意志をかすかに辿らせてくれそうではあるが。……これが、あの激しく燃えて人生を生きぬいた江口章子の像なのであろうか。彼女は、異次元の女なのであろうか。

村上さんは〝江口章子は江戸絵のように美しかったそうです〟と私に語った。それ程の美しさ故に、狂が宿っていたのであろうか。「義国が章子さんを〝江戸絵のように美しかった〟と語ったのは、その結婚式に列席して、章子さんの美しい花嫁姿を見たからだと思われます」と村上さんは、自ら書かれた『江口章子の一生』（講演用に書き下されたもの）で書いておられる。左様、江口章子は余りにも美しかった故に、狂を自らの内に宿していたに違いない。周囲の群がる人々の中を、何の弁解もなく、ただ駆けぬけていったに違いない。闇を閃光が走るように。そして、狂を演ずることと、狂そのものとの間の皮膜を自らつき破って、燃え尽きていったに違いない。美しきものに狂が宿るという宿命を、存分に知り抜いてその瞳を凝らしていたのだろう。既に、三十歳の当時から。

2　ふるさと

大分県を訪れる度に、私はえも言えぬ若さをひとりで噛みしめる。故郷を喪失しているものにとって、そこはかすかに血の騒ぐ祖先の地だからである。アイデンティティの根を下ろす土壌を持たぬものにとって、その空気はまことに痛い。引揚者の私にとって、私の家族にとっては、最早何処にもふるさとはない。ただ、臼杵の苔むした墓の冷たさが隔絶した時間を教えてくれるだけである。どんなにか、その地を故郷と呼べたら良いだろうという内面の苦しみが、拒まれ、問いかけられることすらない沈黙と光の中で、私の身体全体を充たしたことだろう。

「孤立的であることは、偏狭、利己的とも通じ、その結果郷党を愛し後進を指導する精神に欠けることにもなる」渡辺澄夫氏は、その著書『大分県の歴史』の中で、長い歴史の中で育てられた県民性の一端をこういう風に書かれている。つまりは、拒絶されるべくして拒絶される種を自ら蒔き乍ら、私の家族も、大分県から出ていったひとつの典型なのであろう。そんな他人に言えない家族の歴史への審判を、現在という時点で私は受けなくてはならない。

「……いじょうな情熱性のみられるのも特色だが、なによりもエゴイズムの存在、大きくまとまることの困難さ、孤立性等々を指摘するひとが大変多いようである」これは祖父江孝男氏の著書『県民性』に指摘されている大分県の県民性の一節である。

今、完全な外部者として、旅行者として、巡礼者として大分県を訪れる時に、そこで指摘された言葉の鋭さに、ひとり満身創痍で彷徨する感覚を私は誰にも打ち明けられなかった。

なにゆえに　うらぶれはてて
ふるさとへはかえりこし
今更にうらぶれの身の
かえるまじきはふるさとと
砂白き浜にしるさむ………　〈〃ふるさと〃より〉

江口章子の絶唱を虚空の彼方に聞き乍ら、去年の暮、大分を訪れた折、私は宇佐の御許山への落日を前に身を晒していたのである。江口章子もまた、故郷から拒まれたひとである。勿論、私の抱いた喪失感覚の卑小さとは比べようもない深い痛みに江口章子は身を灼いていたのであろう。ただ、私は、低い次元ではあっても、勝手にある種の感覚的な共通性に惹かれ、そして巡礼へとのぼったのである。この旅は、勿論いつ果てるともしれぬ道程である。幻影に導かれた旅ですらある。幻影の中でも良い。パトリオティズムの塔を再発見してみたいものだ。畑の中に、ただ礎石のみが風に吹かれる虚空蔵寺の塔を夢想することにも似ている。それ程、空しいことなのかも知れないが。……ふるさと。

3　さすらいの歌

私が江口章子を識りたいと思い、その魅力に深くつき動かされたのは、三年程前に原田種夫氏の評伝『さすらいの歌』を読んでからのことである。

――一九一六（大正五）三一歳。江口章子と結婚。千葉葛飾に住む。

――一九二〇（大正九）三五歳。五月、章子と離別。

ほとんどの白秋の詩集、歌集などにつけられた年譜にはこの程度のことが記されているだけであった。完全に、白秋の巨大な影に隠れてしまっていた、と言っても良い。むしろ、白秋をとりまく女たちの中では、白秋が姦通罪に問われた松下俊子の方が一般的には強い印象を与えているのである。私は浅学にして歌誌「風炎」を主宰される西本秋夫氏が江口章子のことを丹念に調べられ、誌上で連載されていたことも知らなかったのである。

だから、原田種夫氏の魅惑的な筆致になる『さすらいの歌』を読んだ時は、大きな驚きであった。まず第一に、江口章子という女人の生き方を知った衝撃。そして第二には、そのような女人の魅力を知らなかった空白についての衝撃。江口章子の『さすらいの歌』に書かれたすべての魅力は、激しい奔流となって、私の心の渇いた砂地に一息に滲透してしまったのである。

それより以前、私は白秋を慕って柳川を訪れたことがある。白秋の生家〝油屋〟は、彼の父親の代からは酒造業であったそうだが、復元された生家には大詩人を生んだ何処となしに、往来とは違う空気の溢れているようなよそよそしさが感じられた。柳河版と銘打たれた白秋の詩集や小唄集が入口には並べられており、詩人の聖域を巡礼するものの為に用意され、整えられた空間で、私はますます詩人との間の距離が開く分離器の上に立たされているような戸惑いを感じたのであった。

尤も、こんな聖地巡礼をすること自体が愚かなことなのかもしれない。ただひたすら白秋の名声と栄光は、私にも眩しかったのである。柳川の柳も、土蔵も、水紋も、すべては、詩心の欠如した巡礼者にとっては眩しいものであった。私にとって、その風景と空間が眩しくなく覚えるようになったのは、荒木経惟の写真集『センチメンタルな旅』を見て以来であり、加えて、『さすらいの歌』を読んだ衝撃を受けて以来だった。そして、今度は私は章子巡礼の旅にのぼっている。はじめて、眩しさと裏腹の影の部分への旅に。

勿論、幾人もの先達の歩いた道程を頼りにして、自らの足元に灯をかざしながら。

私は、江口章子のかくあったであろう生を映画にしたいと思っている。そして、それは女人というものがかくあって欲しいという希みに、いつしか変っている。江戸絵のようであった美女、江口章子は『さすらいの歌』に依れば、晩年脳病が猛威をふるい、泣き、笑い、暴れ、歌も詠まず、「ひだりいよーっ、ひだりいよーっ」と絶叫しつつ、差入れのおにぎりにけだもののように喰らいつく日々であったと言う。

一年三ヶ月の間、章子は座敷牢の中で生きていた。昭和二十年十二月二十九日周防灘から吹きつける凍てつくような風の朝、江口章子はこの世と訣別したのである。

悲惨としか言いようがないかもしれない。けれども、狂を演技しおおせたにしろ、脳病であったにせよ、その終着駅の激しさに心うたれぬものがいるのだろうか。村上富六さんは〝狂をもたない女人というのは淋しいと思います〟と言っておられた。私にとっても、それは羨しい限りの生の極限なのである。自らを発光体として、白秋のおおいかぶさる影の部分を生きた江口章子は、己れの全感覚をふりしぼって、女というものを演じ切ったのだ、と思わずにはいられない。（江口章子の生涯と、その走馬灯のようなきらめきを知るには原田種夫氏の『さすらいの歌』を読むべきである。私が大分を訪れて、所々で尋ねた江口章子像との喰い違いも、視座の相違であって、聊も評伝としての、またはじめて人口に膾炙した報告としての価値にかかわるものではない、と思われる。この小説は既に一万部以上が世に出ているそうである。座敷牢に、痩せた骨だらけの身体を凍えさせていた晩年の江口章子の悲惨に、またいかなる大分県の人脈案内、文学散歩にも未だ取り上げられていない江口章子の埋没に、光をあてた功績は『さすらいの歌』に帰せられよう。

去年、村上富六さんを訊ねるべく私に紹介して下さったのは、大分合同新聞の狭間記者である。その折、失礼も顧みずとび込みで伺った私に、色々と御教示下さった同記者は、「地元でも、江口章子さんのことは、まだあんまりとりあげようとはしていません。ぼつぼつなんです」と語っておられた。江口章子の悲惨と栄光は、とすれば、まだまだ死後三十年近くを経た今日でもその評価を得ていない）

4 風景

国東半島は地図でみると、周防灘につき出された握り拳のように見える。この半島をめぐって国道二一三号線が海沿いを鉢巻のように走っている。今は六郷満山文化のことをさておいて、西の方豊後高田市から北東へ、真玉町を越えて約二十粁《キロ》程走ると、香々地町に辿り着く。国道から別れて細い道を海の方へ下り、更に右折すると、町の中を一本の道が真っ直ぐに伸びている。私が訪れた去年の暮、章子の命日には未だ十日程も日があった頃、空は青く、陽光はかしこに戯れるように影をつくり、町は嘘のような明るさと静けさに包まれていた。ただ周防灘からの風が身を切るように路地をかけぬけては、泣き声をあげ、往来を行き交う人影はまばらで、風だけが我もの顔に町を支配していた。そんな香々地の町に、章子の生れた頃の賑わいを求むべくもない。ただ間口が二十間近くもあろうかという大きな家が、往時の余韻として傾き、剝落するが儘に、風に身をさらしていた。

聞けば、これが江口章子の生家であった。

住む人のないこの豪邸は、裏にまわってみると、荒れ果てた庭があり、アルミの洗面器などが枝にひっかかっていた。嘗ては倉などが十数棟も軒を連ねていたということである。庭から先の空虚な土地に、人間たちの幻影を見る。そして幻の声を聞く。それがすりぬける風の声であるとはわかっていても、没落の光景には、思わず身体をひき締めさせられるものがある。風の鳴る間に間に、章子の「ひだりいよーっ」という声すらも聞えて来るような悲しさがあった。豪商の家に三女として生れ、両親の寵愛を受け、さらに町の人達からも可愛がられ、加えて持って生まれた美貌に輝くばかりであった少女時代から、年は巡って晩年の座敷牢に到るまで、栄光の生と悲惨な死とが隣合せでべったりとその刻印を捺したかのように、今、剝落した江口章子の生家は瀕死の床にあるように私には見えた。それは、未だかたちがあるだけに、滅んだあとのさわやかさもなく、諦念の明るさもなかった。人間の怨みつらみの声をここかしこに宿して、最後のあがきをしているように見え、何ともやり切れない思いがしたのである。

私は破れた硝子越しに、廃墟と化した家を覗いてみた。広い台所が見え、塵と蜘蛛の巣に光も濁って見えた。まるっきりの空想とは言え、そんな舞台装置に、若き日の章子の姿を想像することは至難の業である。おぞましい地獄を垣間見てしまったように、座敷牢での叫び声だけがいたずらに空想されるのであった。私は、突然にこう思った。この廃墟が狂気なのだ、と。狂気のかたちなのだ、と。狂気の残した精一杯の自己主張のかたちなのだ、と。だから、復元され整理された柳川の油屋とは違って、香々地の油屋には沈黙の恐怖がみちみちている。ここにはあの聖域の持つ、人間離れした形骸がない。まだ人間の匂いが、色濃く塗籠められた歯ぎしりが隙間風となって、訪れる巡礼者に訴えようとしている血が通っているのだ、と。北原白秋の生家と、第二の妻章子の生家の現在の間には、これ程の差があるように思えた。彼等の軌跡のように埋め難いものと私には思える一方、また、汚れ、すりきれた『雀百首』一冊を抱きしめていた晩年の章子の姿を偲べば、俗人の計り難い、天才詩人どうしの感応をただ指をくわえて見るより他ないとも思えたのである。

5　もう一枚の写真

扨、そこで私はまた一枚の写真のことを想い浮べる。その写真は大正九年の「木菟の家」地鎮祭当日にうつされたものであるらしい。相州小田原の写真館の名前が入った縁どりのある写真には、中央にカンカン帽の白秋と、傍に紋付を着たような章子がうつっていた。江口章子はやや半身に構えたような感じで、ひょっとすると足場が不安定なのやも知れないが、集った人々との記念写真の中で、ひとり異様に見えた。何故、私がそのように思ったかは、決して事件当日の運命的な別離のことが頭にあったからではなくて、その時の章子の眼が狂気をはらんでいるように物凄い鋭いものだったからである。

この写真を見せて下さったのは、香々地で陶器などを扱う〝喜久屋〟さんというお店の江口信子さんである。江口信子さんは御主人の御母堂が章子と従姉妹の関係にあたるそうで、去年突然にお尋ねした折に、忙しい最中、章子の筆蹟や、柳原白蓮の筆蹟もある章子の持っていたサインブック等と共に、この写真を見せて下さった。「この夜、あの事件があったそうですよ」と、淡々と語る信子さんの見せて下さった写真は、拡大して見る程に、江口章子の激しさを表わしているように思えた。それは、あの江戸絵のようだった、という言葉を偲ばせるホリゾント前のものとはまるで違っている。最早、その夜の予測を孕んでいるように、今だからこそ私には思えた。そして、ただ単にその当夜の事件だけではなく、江口章子がその後半生を生きた軌跡を納得させずにはおかない強さと、むき出しの情念に溢れているような写真だった。そして、そのことを深く私の心に焼きつけてしまったのが、江口章子の眼なのである。

その眼は、白秋を睨むでもなく、あらぬ方角に想いを馳せている眼でもない。いわば、それらの全てであり、またつのるさまざまな感情の高まりを、鋭い眼付をすることでひとつに纏めているような、そして辛うじて爆発を抑えているような、そんな眼なのである。

新聞記者池田林儀と出奔したことで、余りにも突然の出奔で、さまざまな臆測が乱れ飛んだ。ただし、実際に姦通があったにせよなかったにせよ、すべての臆測は、今となっては章子の外周を空しく巡るばかりである。地鎮祭当日の派手な園遊会騒ぎのいざこざが、すべて章子の上に重くのしかかり、北原家との角逐の谷間で感情が爆発してしまったのか。章子と池田との不倫な関係の露見がこの出奔につながっているのか。紫烟舎時代の白秋の文章から幾年も経ずして、こんな事件が持ちあがったことだけは、章子の写真の眼に答えを待つより他にないだろう。

「今度の妻は病身だが、幸い心は私と一緒に高い空のあなたを望んでゐてくれる。さうして私を信じ、私を愛し、ひたすら私を頼ってゐる。この妻は私と一緒にどんな苦難にでも堪へてくれるだらう。たとひ私が貧しくとも、曩《さき》の日の妻のやうに義理人情を忘れてあはれな浮世の虚栄に憧れ騒ぐ事もあるまい。……」

白秋がその友山本鼎にあてた手紙に描かれている章子の内面は何処で変貌の瞬間を迎えたのであろうか。私には、到底ある一日の出来事とは思えないのである。二人の天才の魂が相寄り、反撥し、火花を散らし、虚空へと曳光をきらめかせ乍ら散っていった軌跡に、俗人の窺い知る術のない狂気の眼差し、他者へのかかわり方があったとは思えないのである。雑誌〝ユリイカ〟の白秋特集号の座談会で、山本太郎氏が「姦通があった。その女性から山本鼎宛の手紙が、ものすごい恨みがましい手紙がある。」というようなことを述べておられる。秘められたその手紙を読みえぬ今、これまでの私たちの臆測は、凡人の感情の起伏の範疇での狭い視野で、あれこれと凡庸な心理分析をくり返していたように思える。

香々地で、江口信子さんから、あの写真を見せて頂いた時に、むしろ私には、あの突然と思えた出奔が、章子にとっては当り前の帰結のように思えて来たのである。それは、章子が羽ばたき飛翔する当然の軌道上のことに思えて来たのである。愛であれ、何であれ、一切の癒着から章子は自由であったのではないか。そして、もし狂気と呼ぶべきものの正体があるとすれば、そのひとつの顔は、こんなかたちをとるものなのであろう。

犀星は〝我が愛する詩人の伝記〟の中で「……美女俊子さんとい丶、また章子さんとい丶、ある時には白秋にはいなくてはならない人達であったこと、また、別の年の日には別れなければならないことだけ、われわれにその不倖がわかったのである。……白秋の肉にはふたりの爪あとがのこっていて、その痒さを白秋は目をほそめながら搔いていた日もあろうと、私には思えた」と書いている。

章子もまた、深く肉にのこった白秋の爪のあとを、痛みと共にどれ程いとおしんだことだろうか。それからのちの生々流転の中で、その爪あとは決して消えることはなかったろう。

6　夏の向日葵

村上富六さんは、章子の生涯を、一口に言って「夏の向日葵のような一生だ」と形容されている。日に向って頭を昂然と上げるような向日葵こそ、まさに章子の生き方を形容するのに応わしい、と私も思った。

池田林儀と別れ、柳原白蓮のもとに身を寄せるも、酒色におぼれる日々から追い出され〝女人山居〟のときを迎える章子。その白蓮の眼を通した挿話も、私は最近松永伍一氏の『絶望のない天使たち』で知ったのである。白蓮の貴族的自尊から〝あんなだらしない女〟と言われた時、章子は白蓮の対極にあって、白蓮の手の届かない栄光も手にしていたのではなかったろうか。自堕落な女、と白蓮からきめつけられた時、向日葵は確かに陽光へ手をさしのべていたのだ、と思わずにはいられない。そして、女としての悲惨と栄光の二つながらを掌中していたことも、私を羨ましがらせるものなのである。

時には娼婦、情痴の女、などと喧伝されつつ、江口章子は、それこそ、普通の人に倍する速度で、しかも加速度をつけながら、奈落へ向って、修羅へ向って、駈けぬけていく。その底にあったものは、村上さんの指摘するように「女になりきれないのじゃないか」という戦慄めいたものだったのかも知れない。

……子を生まぬ女の肉体はさわがしい。彼女の肉体に耳をあてゝみるが良い。生るゝべくして生まれえないもの、声が、いつも彼女の肉体の中にざわめかしう呻っている。……〈「女人山居」より〉

この章子の心の深淵を、村上さんは「人間にもなりきれず、仏にもなりきれぬなやみ」と言われた。そのふるえが章子をして、愛の巡礼者に仕立て上げたのであろうし、また多くの出会いと別離をもたらすことにもなったのであろう。維新の志士とは異って、また男の軌跡とは異って、章子は狂をシンボル化する必要にかられていた訳ではなかった。狂とその演技の間を游弋することに、己れの美型と自意識をのり超える道を見つけようとしていたのではないだろうか。その果てに、仏が見えてくるという一点に賭けながら……。

あの地蔵堂に落魄《らくはく》の身をひそめ、座敷牢のあの暗闇で糞尿にまみれながら……いやいや、余りにも完璧な運命の演出としか言いようのない最後の舞台装置の上に身を置きえたからこそ、江口章子は向日葵のような女人だった、と私には思えてくるのである。松永伍一氏が指摘される恋の勝利者白蓮の闇と恋の敗北者章子の闇との質の違いと互いに交錯して下降し上昇する意味が、何かここに至って解ってくるような気がした。

7 石ころ

香々地を訪れた風の強い日。右手に白く砕ける波頭と紺青の冷え冷えとした海を眺めながら、私は江口章子の墓に詣でた。海につき出た崖の上は整地され、白い瀟洒なコンクリートの建物があり、そこは青少年の家か何かであるらしく、私は狐につままれたように、再び道を戻った。江口家の墓所へ到る道は、今歩いてきた立派な道とは別に、左手の高い崖に細くつけられており、段々状の所を昇ると、崖のふちに踏みならしたような筋があるだけであった。行手を故意にさえぎるような小枝のからみ合いをかきわけながら昇って行くと、不意に眼の前はひらけ、かなりの数の墓石が枯葉の絨毯の中に林立していた。

この墓所を一目見ただけでも、江口家の往時は偲ばれる程の立派さである。私はその墓の中に、章子の眠る場所を探した。右手の雑木林に近い所に一個所、奥の列のほぼ中央に一個所。何か目じるしのような石が置かれた場所があり、私はもう一度確かめる為に街へ降りたのである。確かめてみると、江口章子の墓は、奥の列中央にあることが解った。そこには、墓石もなく、墓標もない。ただ何の変哲もない石ころがぽつんと置かれているだけであった。私が参った日には、誰が手向けたのかその石に立てかけて数本の線香の燃え残りと、サクマのキャンロップの飴が二つ供えられていた。

「……いかに狂った人とはいえ、昭和二十一年に歿してからもう二十四年も経つのに、墓標さえもない。江口家の他の墓と比較してもあんまりだ。親族にしてこうかと思った。

よし、なんとかして江口章子の生涯をわたしなりのやり方で掘り起してみようと心に誓った。その哀れな小石の墓を見た瞬間にそれを決意した。……」原田種夫氏の『さすらいの歌』の冒頭にはこう書かれている。私は自分で、その小さな石と向き合った時、原田氏の胸に去来した想いが、燃えた火が痛く解った。ある評伝を追って、ある女人を求めて、こんな巡礼にのぼったことも余りない私だが、行きついた果ての墓石代りの石ころを眼の前にして埋もれている人の呻きと、その呻きに心を動かした人たちの気持がはじめて解った。小さな石ころの下から、私には軋むような江口章子の声が聞えて来たのである。あの心をふるわせるような涙の声が。そして、私も出来ることなら表現をしてみたい、と胸に小さな炎をたきつけたのである。

「歌碑を作ろうという運動があるから、ひょっとすると、もう出来ているかもしれません。いや、まだかな」と、大分合同新聞の狭間記者に言われた私は、そのことを村上さんにお尋ねした。歌碑はまだ建っていなかった。私は、それこそ日本の各地に散在する歌碑、文学碑の類に何の感興も持たない人間だけれども、江口章子の歌碑だけは、是非建てて欲しいと願った。あの石ころだらけの目じるしを見たあとでは。国の果てなる国東に埋もれていることも結構だ。けれども、せめて墓石がないのならば、ひとつの導《しるべ》が欲しい。切実にそう思ったのである。

歌碑はまだ幻の歌碑にしかすぎない。香々地に、章子を拒んだふるさとに、何時の日、そんな導《しるべ》は建つのだろうか。「海の見える青少年の家の入口あたりに建てたいのです」と村上さんは言っておられた。それでも、ふるさとは仲々そんな碑が建つことを、許してくれそうにはないらしい。今年になって、村上さんから頂いた手紙に依れば〝香々地町の江口家の菩提寺、安楽寺境内に建てたいと決めています〟とのこと。狂気というものの、輝くばかりの正体は、これ程の拒絶を日常から受けなくてはならないものなのであろうか。そのことを思い、私は途方もない立眩に襲われてしまったのである。

その歌碑には、江口章子のこんな歌が刻まれるそうである。

8　幻の歌碑

ふるさとの香々地にかへり泣かむものか
生れし砂に顔はあてつゝ

『流動』昭和49年8月号（実相寺37歳）

※追記・脚注

とうとう………

章子（あやこ）の歌碑は建てられることになった。

場所は、長崎鼻の突端近く、自然石で総高二米余と、最近頂いた建立計画書にはある。昭和五十二年末の章子の命日迄に〝ふるさと〟の歌は陰刻される。

今度、香々地を訪れたら、周防灘から吹く風の音も、少し和んで聞えるかも知れない。

歌碑建立事務局の土谷斎氏から頂いた葉書には「その人の運命が余りにも数奇に満ちていました為に、郷党に理解されず、又理解してもらう様な努力もなされていません為に、一歩を踏み出す迄に時間がかかりました」とあった。

あらためて、私は章子巡礼を、やり直す積りである。

それにしても、

とうとう、

章子の歌碑は建てられる………

詩人のいる場所

――人間のわからなさ――

「でも、世界には、不条理なことがたくさん起るでしょう?」

「世界史には、決して起りません!」

といった問答を、ムシルの『特性のない男』(河出版)で読んだことがある。おそらく、ムシルは史家への皮肉ではなく、冷徹な記述として、この対話を作中にさし挟んだのだろう。

紅のちしほのまふり山のはに
日の入ときの空にぞ有ける

嘗て、小林秀雄の『実朝』を読んだ時、私の心に焼きついたのはこの歌にまつわる行であった。健保五年の四月、宋人和卿は船を造り終えた。が、その船はどうしても浮べることが出来なかったと言う。『吾妻鏡』には〝彼船は徒に砂頭に朽ち損ず〟と、いとも簡単に、見捨てられた巨船のことが記されている。小林秀雄は〝史家は、得て詩人というものを理解したがらぬものである〟と、何故かこの巨船に取り憑かれた実朝の謎を横目で見て、その心に直接光をあてようとしている。四月十七日の午剋より申の斜《さがり》に至るまで、諸人は筋力を尽して船を曳いた。そこには、さまざまなことが渦巻いていただろう。夢とか、思惑とか、侮蔑とか、冷視とか、無関心とか、作意とか、涙とか、真情とか。しかし、船は浮ばなかったのである。

〝実朝はどの様な思いでその日の夕陽を眺めたのであろうか〟と書いた小林秀雄は、実に鋭く詩人の魂にふれているという気がしたのである。〝何かしら物狂おしい悲しみに眼を空にした人間が立っている。そんな気持のする歌だ。歌はこの日に詠まれた様な気がしてならぬ。事実ではないのであるが。〟（傍点、筆者）

私はこの文章を読んだ時、成程と思った。いや、今では少しその時の感動が薄れてしまっているので、適当な言葉も想い浮ばない。けれども、この実朝の絶唱をその日の夕陽と結びつけた感性の鋭さに、ほとほと参ってしまったのであった。そして、詩歌への感応ということは凡俗の及ぶところではない、とつくづく思い知らされたのである。更には、この直観力というべきか、透視力というべきか、あのユリ・ゲラーも尻尾を巻いて退散するに違いない小林秀雄の眼差しの前には、確かに凡庸の史家が、詩人の歴史をその詩人的特性で捉えられないのも無理はないと思ったのである。

勿論、この歌はその日に詠まれたものではない。しかし、小林秀雄が〝この日に詠まれた様な気がしてならぬ〟と言った時には、如何なる史家の条理をつくした説明よりも、実朝の心に正当に立ち入っていると思えたのである。そして、歴史というもののさまざまな時効の総和に、未解決のまま幾多の捜査本部を解散した残骸、または誤審、誤解を超えて歴史の闇の間に下降している、と思えたのである。

さて、

実朝は謎の人物である。実朝の魅力というものはその正体不明のわからなさにある。もう一歩足をつっ込めば、そのわからなさというものは、歴史家の操る条理からくることかも知れないと思う。私は小林秀雄の卓抜な直観に、ムシルに通う鋭さを嗅いでいたのかも知れない。尤も私たちにとって、結局自らの無力感を拠り所とした想像力でしか歴史の深みにはまる道はないだろう。実朝のような人間と向き合ったときには、その詩心を追い求める感応のうちに、より真実がひそんでいると思えたのである。事件の因果律からあれこれ推し量ってゆくと、こぼれ落ちるものがあまりにも多すぎる。そして無味乾燥な類型に行きついてしまうのだ。

実朝が何故渡宋の為の巨船に取り憑かれたか、という解き明かせぬ謎については、さまざまな推論がなされてきた。陳和卿という人物をめぐっての臆測も、これ迄さまざまに取沙汰されてきた。しかし、それにまつわる実朝の夢がどう粉飾されたものであったのか、和卿は果してインチキな人物であったのかといったことには、今は詳しく立ち入らないことにする。兎に角、私が小林秀雄の文章を読んで成程と思ったことは、小林秀雄の直観がその日の実朝にとっての落日の瞬間を照らす事実だったのだ、ということに尽きている。言ってみれば、そこには史家の推論を超えて、心の事実があった。建保五年四月十七日の実朝の時間は、あの歌にある落日の景。裁断され、ストップ・モーションで心の映写幕に投写された儘の映像であったのだろう。

私が今更あれこれと例を持ち出す迄もなく、そのような時間に対する鋭利な切り口といったものは、実朝の歌の特質なのであろう。私がこの歌に惹かれていたのも、そんな移りゆく一瞬を切り取った感性の鋭さにある。それは澄んだ水面を影もろとも凍りつかせるような切れ味である。私もカメラと共に、幾度も落日の瞬間に立ち合って来た。勿論、仮りにフィルムをエクリチュールと信じ込もうと、実朝の歌ひとつに適う術もない。しかし、きまって、いつもいつも夕陽と向いあう毎に、想い浮ぶのはこの歌だったのである。

小林秀雄の『実朝』を読む以前、確か高校の頃、私はこの歌を〝紅のちしほのまつり〟と勝手に思い込んでいた。そういったひとりよがりの覚え方というのが、短歌を読む時、私にはしばしばあった。例えば子供の頃百人一首で遊ぶ時、大人に混じって、私はただ一枚の札だけは自分のものとして確保しようと思っていた。勿論、歌の意味も良く解らないくせに、矢鱈とその歌の響きに惚れていたのである。西行法師の〝なげけとて〟という歌であった。ふり返ってみると滑稽なことに、私はその歌をこういう風に間違って思い込んでいたのである。〝なげけとて月や刃物を思はする〟と。歎息、月、白刃、涙、それらが冷え冷えとした闇をつらぬく一条の光として、子供心に好きだったのであろう。こうした、歌を誤解した原風景というものは仲々に消え去らない。西行の歌の場合は、自分で思い込んでいた誤りも段々に薄れていったのだが、実朝のこの歌については、今もって血潮の祭といったイメエジをひきずってしまっている。

それは正しく『千入』の『真振』なのであろうが、斎藤茂吉の『金槐集私鈔捕遺第三』で尾山篤二郎という人の本に紹介労々触れた行がある。

「第三句を尾山氏は『血潮のまぶれ』で血塗れで、『日没の空を見て血まぶれであると見たなどは流石に武人のみを相手に生活をしていた彼だけあって、とても長袖者流の言ひ得ない処である』と評してゐる。これも尾山氏の新説であって珍らしいが、要するに駄目な説である」と。

私は尾山篤二郎という人の本を未だ読んだことはないけれど、血のイメエジが描かれているのをひどく面白いと思ったのである。勿論、茂吉の文中に紹介されていることしか私は知らないので無責任極りないけれども、後段の〝武人のみを相手に生活をしていた彼だけあって、云々〟の行にはとてもついていけないし、茂吉が駄目な説であると言うのも尤もだと思う。けれども、くれないの血の色、その匂いが漂ってくるのを、今もって私は抑えることが出来ないのだ。とりわけ理屈をつけて論を述べるだけの力もないけれど、それは私なりの感応としか言いようがない。空一面に、悪夢のように真紅の薔薇が咲きそろってしまったような慄然たる光景に、私はどうしてもあの四月十七日の夕陽を見たいと思う。

そして、塚本邦雄の『王朝百首』の中に、「この夕映の荘厳の凄じさは言語を絶する。紅はすなわち彼の心の中にしたたる血、いつかは流される血潮であった。……」という行を見出した時、私は心中秘かに、自分なりにこの歌についての原風景がさ程珍奇でもないだろう、と確信したのである。あの大詩人塚本邦雄程の人が血のイメエジを喚起しているのだから、と。……それにしても、いつかは流される血潮ということは〝砂頭に朽ち損ず〟という時間経過をぬきにして、砂浜に座礁した瞬間の無用の花物を目の当りにした時、いよいよその凄じさを増す心の事実なのではないだろうか。恐らく、小林秀雄の見た実朝の孤独も、こういったイメエジであったに違いない。

矢張り、実朝のわからなさは史家の描く条理のうちにあるし、私たちの教えられた歴史教育のうちにもある。実朝の生きた二十八年間に、ここでスポットをあてる能力もないけれど、これ迄の史書の中にある裁断では、どうしても陰謀家と傀儡と無力文化人といった輪郭しか浮んでこない。言い換えれば、政治的人間と武断的人間と貴族的人間の三すくみといった状況である。ところが、例えば山崎正和の戯曲『実朝出帆』で北条義時が協力して船を曳く景には、史家の筋道では入り込めない人間の事実があるだろう。とりわけ、類型を超えた義時の人間像として……。私は『実朝出帆』の素晴らしさというものは、義時の輝きにあるような気がする。

そして、太宰治の『右大臣実朝』の素晴らしさは、公暁の輝きにあるのではないだろうか。但し、このふたつの作品から受ける限りない解釈の幅の輝きも、実朝についてだけはどうすることも出来ないわからなさに終っている、と思えてならないのだ。それは二つの作品に共通する実朝の明るさ、ということなのではないだろうか。

アカルサハ、ホロビノ姿デアロウカ。人モ家モ、暗イウチハマダ滅亡セヌ。

太宰の書く実朝の言葉のうちに、昭和十八年の終末感は見事に捉えられていると思う。(今、私は実感としての戦慄とか、不安については言及出来ないけれども) それは無邪気な霊感と無邪気な退廃に色彩られた太宰の予感なのであろう。勿論、太宰が実朝に托したことと、山崎正和の托したこととは、無邪気さを除いて雑駁に同一視することは出来ない。けれども、実朝の死に到る調和、終末への実朝の霊感については、同じ土壌に咲いている魂を私は見てしまう。実朝のわからなさは、この終末感に漂う透明さといったものにわざわいしているのではないか、と私は考えている。

戦時中の滅亡への終末感、『右大臣実朝』の書かれた昭和十七年から十八年あたりの時間を、私は実感することが出来ない。その時代に托した太宰の実朝的なることの思想を摑むことも難しい。そして実朝という人間の終末感を、その死に到る病としてのアカルサや無邪気さという地平で見ることに、抵抗も覚える。小林秀雄の夕陽のように、詩人の血と想いが見えてこないと思えるからである。終末感というものの正体を詩人の内面に探り、その明澄さで生涯の筋道を逆算してゆくことに、感傷と呼ぶべきものは入り込まないだろうか？　嘘めいたものは匂わないだろうか？　それは血というものを抜きにした、霊性に近い人間ということになりはしないだろうか。詩人実朝のうちに血を見ることと、それを見ないことの落差は、かなりの隔りがあるように思えるのだ。

ただ、私はこのことが太宰治の欠落だなぞと、身の程知らずに指摘しようとしている訳ではない。太宰はユダとしての公暁に最も愛着を感じ、蟹を取っては叩きつけ、砂浜で焚火をするうちに、自分につながる血の匂いを鋭敏に嗅ぎわけていたから、と思うのである。ほんとうは太宰にとって、実朝なぞどうでも良かったのだ、とすら私には思えてくる。こう言っては言い過ぎだろうか。……何故ならほとんど『右大臣実朝』の終りに近く、自己告白し叔父を語る公暁の迫り方は圧倒的だからである。そこには愛憎などと言っては余りにも雑、……余計な言葉をさし挟めない太宰の心情がみなぎっている。アカルサ、滅ビの予感、無邪気な霊感といったものは人間につき纏うものではあるまい。それは神格化されたすがた、または観念的な理想像の特性なのではないだろうか。太宰が実朝をこの領域に、十字架上のキリストに押し上げてしまったことは、公暁への傾斜から考えれば、用意周到な必然であったのだろう。

しかし、私は無垢な実朝のアカルサに、どうしても反撥を覚える。矢張り、血の色を見たいと思う。塚本邦雄の言う〝いつか流される血潮の色〟を実朝の脈に見たいのである。

↓
草の庵にひとりながめて年もへぬ
友なき宿の秋の夜の月
↓
浅茅原ぬしなき宿の庭の面に
あはれいく夜の月はすみけむ
↓
行めぐりまたも来てみむ故郷の
やどもる月はわれを忘るな
↓
はかなくて今夜あけなば行年の
思出もなき春にやあはなむ

ざっと、私は勝手に『金槐和歌集』から実朝の歌をえらび出してみた。これらの歌の作られた年代順の配列を解き明す力も私にはないけれど、何か順を追って加速度がついたように、短調のアンダンテはアレグロになり、そしてプレストへと、狂ったように奏でられているように思えてならない。最後に引用した歌の迫りくるプレストのひびきについては、私が余計なことを言わぬが花である。

塚本邦雄の『萩月遁走』に見事な一文がある。それを引用させて頂く。

「この時はじめて人は実朝の境涯に分け入るがよい。由比濱の浮ばぬ船、ながらへるか死ぬか、その二者擇一さへおのが心のままにならず、いかに反抗しようと傀儡将軍の命は旦夕に迫っている。睦月二十七日に弑されなかったとしても、二月にあるいは彌生に、刺客はかならず命を奪ったらう。」

そしてこれらの歌は時間を一瞬にして凍結させてしまうような鋭利な実朝独特の切り口を持ったものではない。実朝の孤独を際立たせる血脈の鼓動が刻むリズムのように思えるのである。更に言えば、くれないの血の色は溜められて、濁り、黒一色へと収斂してゆく。

うば玉のやみのくらきにあま雲の
やへ雲がくれ雁ぞ鳴なる

といった〝黒〟へ。

この実朝の孤独の鼓動は、奇しくも小林秀雄の描くモオツアルトのト短調とは明らかに違う色だ。そのことを小林秀雄は明瞭に書きしるしている。〝空の青さや海の匂いの様に、万葉の歌人が、その使用法を知っていた『かなし』という言葉の様にかなしい〟と。

万葉の tristesse allante と鎌倉の tristesse allante の色のちがい。

このふたつを対比させたことによって、はじめて小林秀雄は実朝の心の事実というものに迫りえたのであろう、と私は勝手に推察する。歌鞠に明け暮れ、絶えず終末を予測していた退廃を見るだけでは、周囲に陰謀家と傀儡の横行を配したギニョールの観客で終ってしまう。それを史家の筋道と迄言い切ることは出来ないけれども、詩人の事実へ迫るスポット・ライトとは異る、とは言えるのではないだろうか。

モオツアルトをひっぱり出したついでに言えば、例えばアインシュタインの言うK五九五のピアノ協奏曲についての〝天国の門、永遠の戸口〟といった形容にも、実朝に無邪気な霊感を見ることと相通ずる陥し穴があるような気がする。勿論、アインシュタインはわざわざ「この作品を訣別の曲と呼んでも、それは決して感傷的な考察の結果でもないし、《最後のピアノ・コンチェルト》という観念に誘惑されてのことでもない」（浅井真男訳による）と断ってはいる。しかし彼が「人生がなんの魅力もないものとなってしまった、という書簡のなかの告白に対応する、音楽的告白」と言う時に、既にモオツアルトは神格化されてしまっているのではないだろうか。私は史家としてのアインシュタインの凄さには感動するのだけれども、こういった音楽家の内面の重層を見落した形容をする瞬間に、アインシュタインはモオツアルトを無機物に転換させてしまったのではないかと思う。それは心の事実への迫り方ではなくて、矢張り一面的な感傷による解釈なのではないだろうか。わざわざ〝観念に誘惑されてのことでもない〟と断り書きすることに、弁解を読み取ってしまうのは不当なことなのだろうか。感傷というものが歴史の条理に存外つながっていることを、アインシュタインのものには感ずる。アインシュタインは卓抜なモオツアルト史家だけれども、ゲオンの狂おしい迄の恋情には及ばぬところもあるだろう。

　突然に訪れる死の不条理というものを、生へさかのぼって、予感とか終末感といった条理の糸で織りなしてゆくことには、殆んどの場合説得力がない。それは詩人や音楽家の血を欠落させた神格化だからである。私がやみくもに苛立つ人間のわからなさというものは、生涯の軌跡をそのことで調和させようとする一面性に対してのことなのだ。そのことを、歴史に於ける人間のわからなさと思っている。無垢の魂の存在を信じきれない、私の感応力の貧しさかも知れないけれども。……

　建保七年一月二十七日、実朝殺人事件は起った。

　出テイナバ主ナキ宿ト成ヌトモ

軒端ノ梅ヨ春ヲワスルナ

『吾妻鏡』には、こんな歌を実朝が残したと記されている。勿論、これは編纂者の付け加えたものであると言われる。『吾妻鏡』はどうしても実朝に死を予感させたかったのであろう。その背後に何を隠したかったのか。……ここで詮索しようとは思わないが、義時の陰謀の隠蔽としたら、何とも直ぐバレるような嘘のつき方だし、義時犯人説をさし示しすぎている。おまけに義時が中座したのも、余りにも拙いやり方だ。この推理小説の絶好の材料のような興味のある事件につき、むしろ今では作家の自由な想像、史家から荒唐無稽と呼ばれるような奔放な空想を、私は期待している。それが私の歴史の野次馬としての楽しみでもある。

あの、みっしりと漢字の煮詰ったような『吾妻鏡』を隅々迄読み通すことなど、到底私の手に負えぬことだが、この日「夜に入って雪降る。積ること二尺余」という記述は、いつも頭に焼きついている。白一色の鶴岡八幡宮での惨劇だったのだろう。

紅の血潮には、白い舞台装置がふさわしい。

そして、

私はこの惨劇の景を頭に描く時、きまってコクトオの『詩人の血』という映画を想い出す。あの雪合戦の景を。

……宵闇迫るアムステルダム街。バスクベレーをかぶった学生たち。ガス灯の光が雪に反射している。銅像の周囲で、学生たちは雪合戦をはじめる。雪の球が飛び交い、銅像にあたり、……それを壊す。……

そして『恐るべき子供たち』のダルジュロスのイメエジ。私の妄想は、いつもそこに導かれてゆく。実朝にとって、父は兄は甥はダルジェロスだったのではないか、と。実朝は頼家と雪合戦をした記憶がなかったのだろうか。年を経て後、公暁の帰還はダルジェロスの帰還だったのではないか、と。……

よしんば、その場を見届けたとしても、義時はジェラールのように呟いただけなのではないだろうか。

〝自分は夢の世界に遊んでいるのであろうか？〟と。

承久の乱へ到る跫音が響いている。その不安と戦慄と混乱と退廃の中で、実朝こそ〝恐るべき子供〟であったに違いない。破滅へ到る筋道の中で、自分たちだけの小宇宙に棲息し、時代への反逆に全身をおののかせていたのではないだろうか。

「自分たちだけの密室に閉じ籠もり、いつまでも子供っぽさが抜けきらず、互いに強い愛情を持ちながら、相手を傷つけ合う」という『恐るべき子供たち』の鈴木力衛の解説文が私に迫ってくる。ひょっとすると、実朝と公暁の傷つけ合いは、義時の遠く及ばぬ世界での出来事だったのではないだろうか。

勿論、これは大いなる私の妄想である。

しかし、

「かの大徳公暁女のまねをして、白き薄衣ひきをり、大臣実朝の車より降るゝほどを、さしのぞくやうにぞ見えける。あやまたず首を打ち落しぬ」（増鏡）

という情景は、どうしても、大人たちの及ばぬ愛憎一体の遊びのように思えてならないのである。何でわざわざ〝女のまねをして、白き薄衣ひきをり〟ということなのか。さしのぞいた時に、公暁と実朝は、かすかにふたりでしか解らぬ微笑を浮べ合ったのではないだろうか。出来ることなら、私の妄想からくるこの実朝の微笑を映画にしてみたいと思っている。建保七年の雪合戦は、心の事実の出来事として、大人たちの条理では及ばぬ宇宙だったのではないだろうか。

しろい雪のうえに、一瞬、自らのくれないの血が見えたとき、実朝はほんとうの自分の色をまぶしく思ったことだろう。

矢張り、私には人間がわからない方が良さそうである。まして詩人のいる場所は、私にはとてもわからない。

『メソドス』昭和50年9月号（実相寺38歳）

夢がたり

私、ただ一介の種板職人で御座居ます。

御存知の方もおありでしょうが、先年、御深草院二条の『とはずがたり』を下敷きに〝あさき夢〟を見たもので御座居ます。

いきなり皆様の御前に罷り出まして、聊か眼も眩む思いがしております。今更、闇に住む者が何を申し上げれば宜しいのでしょうか。私に、はっきり解っておりますのは、未来は地獄ということだけで御座居ます。まア何と申しましても、紅毛の女人に〝男はトマト魂〟と迄、蔑まれてしまった当節で御座居ます。今更、何を申すのも無駄のような気が致しますが……。

扨、……

私は、一体何をお喋りしようとしているので御座居ましょう。とんでもないことをしているような気が致します。私は大宅世継ではありません。また、釈迦堂で出逢った老婆のように、人に優れた見聞を持ち合わせている訳でも御座居ません。お話する材料に乏しく、まして想像力なぞも抱いてはおりません。

ただ、編集部の方の甘言に、一瞬、我身を忘却した迄のこと。途方もないことをお引き受けしたものと。後悔をしております。

しかし、きっと、これも何かの因縁なので御座居ましょう。皆様の御前に、我身の恥を晒すのも、私に課せられました罪業消滅への一里塚なのやも知れません。それ程に、光と影、幻術を弄《もてあそ》ぶ者の罪は深いので御座居ましょう。

只今から、私がお話することは、埒もない妄想で御座居ます。ゆめ、このことはお疑いなきように。……私はただの妄想狂なので御座居ます。そうに違いありません。私の申しますことは痴れ者の戯言と、笑いとばして下さいますよう。または、夢とお忘れ下さいますように。……それが私のお喋りに、一番相応しいことなので御座居ます。

身は中空に漂うが如く、私は最早私でなくなりつつあるようで御座居ます。眼に映るもの、耳に聞えること、手で触れるもの、鼻を刺す匂い、……それらのすべてが、私を空しい夢にしてゆくような気が致します。蒼穹の天幕の下、此身に聊かの取柄もなく、一体何をお喋りすれば宜しいのやら。……まだ迷っているようで御座居ます。

編集部の方は、実作を基に、との仰せで御座居ました。が、……己れの産み落した映画につきまして縷々申し述べることは、死児の齢を数えるに等しいことで御座居ます。

まだ見ぬ夢を、せめて夢語りをさせて頂こうというのが、今の私の気持で御座居ます。それ故に、私は身を中空に浮べ、亡き霊の手を待ち受けているので御座居ます。そろそろ、身も軽くなって参りました。その手に導かれて、私の妄想は肉を離れて遥かな高みへ、異形の翼を伸ばしつつ、天翔けようとしております。見えて参ります。呻き声も聞えるようで御座居ます。……苦しい、……血が、……薄ぼんやりと。白い、雪が。……そして、闇で御座居ます。何も見えませぬ。身を埋め立てる石礫の闇で御座居ます。中世を憧れるものには、ただ闇が、闇だけがたったひとつの手懸りなので御座居ます。

むば玉のやみの現はさだかなる
夢にいくらもまさらざりけり

この古今の恋歌を、想い出して頂ければ幸いで御座居ます。

扨、……

あの日のことを思い浮べてみますと、霧の中に踏みまよう心地が致します。矢っ張り、と申すべきでしょうか。あの報せを耳にした時の私の驚きときたら、……

何故に斯様なことが、というはかり知れぬ驚きと同時に、矢張り来るべき終幕が下ろされたのか、という思いもあったので御座居ます。

はい。只今、私は由比ケ浜の岸辺で、落ちゆく陽の歩みに向き合っております。砂には、得体の知れぬさまざまの破片が埋まっております。波打際には、焼けた流木のようなものも見えるので御座居ます。その木は、海の中で炎を発していたので御座居ましょうか。誰の残したものなのでしょうか。それは、ひょっとすると、今や跡方もなくなった巨船の竜骨の一部だったのやも知れません。

兎に角、一切は終わってしまったので御座居ます。今となりましては、あの方の心のうちを覗く手段も御座居ません。私の手に真澄の鏡はないので御座居ます。

実朝さまの命は尽きてしまいました。

そうして、……

風。風に耳を傾けます。

皆様は、風の運ぶ声を聞く術を御存知でしょうか。きっと、皆様は香気に触発される心を持ち合わせておられることでしょう。あの名高い古今の夏歌の感覚を。

五月待つ花橘の香をかげば
昔の人の袖の香ぞする

しかし乍ら、私にとりましては、橘の香りに昔を問うことも叶わぬ望みで御座居ます。ならば、母なる海の呼ぶ声に、心の暗い淵を見ることしか出来ないのではありますまいか。又、無駄口になっております。風のお話でした。……

風に耳を傾け、音を見るので御座居ます。

砂浜で、ふと拾いあげた巻貝を掌で包み、耳へそっとあてて頂き度く存じます。自らの心音と風の鼓動が、空白の感覚で同じ律動を刻む迄、砂浜に佇んで頂きます。その時、彼岸の人の声と叫びが、一瞬甦えるような眩惑に捉えられるので御座居ます。

思えば、公暁さまも、そうやって、人気のない砂浜で、ただ風に身を任ねておられるのがお好きのようでした。そんな公暁さまの言い知れぬ後姿に、淋しさは光となって立ち昇る程で御座居ましたが。……

あの報せを耳にした折、恰も予期した出来事と私が受け止めましたのも、そんな公暁さまのお姿が瞼に焼き付いていたからなので御座居ましょう。

私は、ある時は将軍家にお仕えをし、又ある時は義時さまのお傍にもおりました。しかし、私の眼にも、公暁さまだけは石としか映らなかったので、お近づきになれる機会もなかったので御座居ます。いつも、厳しい、他人を寄せつけぬ遮光幕が、公暁さまの周囲には漂っておりました。

そろそろ、私の身分を明かさねばなりますまい。

私は巫女でも、白拍子でも御座居ません。そうなのです。……私は、ただ、影なのです。人の影に宿る闇の精霊なので御座居ます。

建保七年の一月二十七日、鶴岡八幡宮の社頭で、あの出来事は起ったので御座居ます。あの日、将軍は御出立の前に、歌を詠まれたそうで御座居ます。

出テイナバ主ナキ宿ト成ヌトモ
軒端ノ梅ヨ春ヲ忘ルナ

このお歌を、真実、将軍が詠まれたのかどうか、私には解き明かす力も御座居ません。もし、どなたかの作為としたら、この予感に一切を塗り籠めようとする理不尽な雲行きがあったので御座居ましょう。ただ、思いますに、何となく下手な予定調和という気が致します。この歌は胸騒ぎとは無縁だと思われます。

でも、……

影の私には、一瞬の閃光が伝わったので御座居ます。私は事件の目撃者では御座居ませんでした。けれども、あの報せを受けましてから、走馬灯のように朧《おぼろ》な輪郭が私の脳裏を駆け巡ったので御座居ます。

実朝さまの身体が崩折れ、最早影の宿れぬ塊になられる瞬間に、微笑の閃光が走ったのでありましょう。

あとは、一面の白。そして、血の紅で御座居ました。積ること二尺余の雪の舞台は、ほんとうに実朝さまにはお誂え向きの場で御座居ます。それはそれは、大層冷い日で御座居ました。雪は、風を拒んで白く、実朝さまの影は、雪の白いまぶしさに収斂されていったので御座居ます。

「そこらつどい集まれるものども、たゞあきれたるよりほかのことなし」といった有様も、眼に浮ぶようで御座居ます。

今となりましては、この由比ケ浜の砂のように、誰も何も語っては呉れませぬ。ただ人々は、砂が風に舞うのを眼を細めて傍観するように、臆測と流言の旋風に散っていったのだ、と思われます。

さまざまな忍び声が辻々を吹き荒れたので御座居ます。

義時さまの陰謀だという声も御座居ました。いや、三浦一族の計略だろうという噂も高かったので御座居ます。さまざまな声は、時に高くなり、そして低く地を這い、時間を超えて、闇へ戻ってゆきました。頼家さまの死に対する公暁さまの怨念なのだ、という声も御座居ました。ある時は「実朝と義時と、一つ心にてたばかりけるなるべし」とも囁やかれたので御座居ます。また、京都方の策謀という声もありました。

しかし、兎に角、実朝さまの命は尽きたので御座居ます。

人々は健康に、且つ明るく、色々な解説をしたがるもので御座居ます。官打ちの効き目と単純に喜ぶもの、乱に到る跫音を聞きつけては憂うもの。……そんな中で、実朝さまの記憶は踏みにじられていったようなのです。狂気の果ての死、という声も御座居ました。自ら手を下さぬ自殺という論議で御座居ます。実朝さまのはりめぐらせた精緻な糸が、果たして御自身の首を断つ結果になったのでしょうか。面白い程の裏目読みで御座居ます。死に到る病につきましては、これまたあらゆる種類の分析が蜃気楼のように鎌倉の空をおおったので御座居ます。性病から瘴気迄、口にするのも勿体ないような次第でした。そのうちに、実朝さまの生き写しの彫像などが飾られるようになり、その額にも時間の塵が積ったので御座居ます。

とうとう、実朝さまを悪人と断ずるような光もあてられることがあったので御座居ます。その光も弱まった後に、人々誰もが無関心となりました。ただちょっとした事故になり、それからは、無垢の魂の時が訪れるようになったので御座居ます。顚末というのは、こんなものでありましょう。

金槐集におさめられた、ほぼ二十二歳迄のお歌だけが、ますます、重くなっていったので御座居ました。でも、歌は人格から独立したものでも御座居ます。それは、拙い本歌取りでも、本歌をものとせぬ自由な息吹きでも、実朝さまそのものの心ではありますが、私共に語ってくれることは少ないという気が致します。ですから、風の声に佇みたいので御座居ます。万葉調の歌風といったことも、今となっては、どうでも良い事のように思えてなりませぬ。

昭和になってのことで御座居ましたか。……前田家の定家自筆本の発見での騒ぎも、実朝さまの闇に下降する階段では御座居ませんでした。鎌倉にも、万葉集の断片はあったであろうといった臆測なぞも、私にはどうでも良い事のように思われてなりません。

幾色もの絵具を溶かして重ねて塗りますと、白になってゆくそうで御座居ます。あの日の雪は、そんな白い予徴だったのでありましょうか。

まアここらで、私の眼に映りました閃光につき、お話しておくのが筋かと存じます。

私は、あんな実朝さまの微笑をお見受けしたことは御座居ません。諦念とも違う、もっと屈托のない、無邪気な白い歯で御座居ました。確かに、実朝さまは微笑まれたのです。いや、そんな気がしてなりませぬ。

……そうして、あろうことか、私は公暁さまが微笑まれるのを見たような気がするので御座居ます。それを、歴史物語の中で情景描写致しますれば、「かの大徳（公暁）うちまぎれて、女のまねをして、白き薄衣ひきおり、大臣（実朝）の車より降るゝほどを、さしのぞくやうにぞ見えける」（増鏡）といった按配になるので御座居ましょうか。……

私は、その時程、公暁さまに親しみを覚えたことも嘗てなかったので御座居ます。お二人の間には、きっと余人の解らない脈動が刻まれていたのではありますまいか。

うば玉のやみのくらきにあま雲の

やへ雲がくれ雁ぞ鳴なる

こんな歌の生まれてくる深淵を、公暁さまだけはお解りだったのではないでしょうか。世間の方々は、頼家さまと実朝さまの違いばかりを喧伝しているようで御座居ます。けれども、お二人の影が重なり合い、ひとつの闇になられる瞬間を、誰も見ようとは致しません。傷つけ合い乍らも、切り離せない親愛の情に、私共は立ち入ることが出来ないので御座居ます。それは私共の手が届かない世界の愛憎ではありますまいか。実朝さまは、自らの終幕も、公暁さまの終幕も見透されていたように思えます。そうして、公暁さまも、自らの死への予測を充分知りつくして、雪の八幡宮で、息を凍らせておられたのでしょう。まさに、その点で公暁さまは頼家さまの影だったのでありましょう。私には、食事をされる折も実朝さまの首を離さなかった公暁さまの挿話が、いたずらに公暁さまを貶めているように思えてなりません。

その時、既に、公暁さまは彼岸の光の中に居られたのです。実朝さまと二人して、余人の及ばぬ愛憎劇の幕を閉じようとされていたのです。この劇には、ただ漠然と成り行きを見守るしかない観客がいるだけで御座居ました。私共は、お二人の旅立ちを止める手段を持ち合わせておりませんでした。勿論、この劇には義時さまも全く無縁でした。

〝恐るべき子供たち〟の血まみれの遊戯に、大人たちの介在する余地はありません。

物心ついてよりこの方、……

私は、こよなく夕陽に向うひとときを愛しているもので御座居ます。落日を見る毎に、もっと素晴らしい合唱を聴くことが出来るのではないか、という思いに充たされるので御座居ます。きっと、そのひとときに影の精霊としての充足があるからで御座居ましょう。「馬車は遠く光のなかを駆け去り、私はひとり岸辺に残る、……」(伊東静雄・有明海の思い出)と、近代の詩人が見事に唱ったひとときのことで御座居ます。

風の運ぶ声は薄れ、私は巻貝を母なる海の彼方へ放り投げるのです。
陽は、今しも、水平線の彼方へ、漆黒の洞穴へと帰路を急いでいるように見えます。今日の夕景も、あの実朝さまのお歌には及びもつきませんでした。

紅のちしほのまふり山のはに
日の入ときの空にぞ有ける

いつもきまって、夕陽を見る度、この歌が幻のように、私の心には浮ぶので御座居ます。いつの日、千入の真振のような紅の空に、めぐり逢うことが出来るので御座居ましょう。もしその色を見ることが叶いましたならば、実朝さまの心が見えるのやも知れません。その空の色は、きっと血のような色なので御座居ましょう。雲は、血に浮ぶ魂のかたちではありますまいか。
「歌はこの日に詠まれた様な気がしてならぬ。事実ではないのであるが、……」（小林秀雄・実朝）
この日と申しますのは、勿論建保五年四月十七日のことで御座居ます。宍人和卿の船は皆さまも御承知のように、諸人を嘲笑うが如く、辷《すべ》らなかったので御座居ます。水に浮かばなかったので御座居ます。私には、今甦って参ります。夕陽が沈む折の軋むような音と共に、あの日、浜辺を賑わした詩人の掛声が聞えて参ります。義時さまも、勿論先頭にお立ちになって、あの日は実朝さまの遊びにつき合っていらっしゃいました。鎌倉中のものが、医王山への旅に、夢を托していたので御座居ましょうか。……そうして、
巨船が水を拒んだ時、実朝さまは、最後の遊びを思いつかれたのではないでしょうか。そうして、誰にも知れず、公暁さまと眼を見交わされたのでありましょう。打ち棄てられた船は、吾妻鏡に記されておりますように〝徒に砂頭に朽ち損〟じたので御座居ます。時を経るにつれて、むき出しの竜骨が夕陽と戯れ、砂浜

に幾条もの影を伸ばして居りました。それは、確かに、あの出来事の序幕だったので御座居ます。あの日を境にして、鎌倉は現実を取り戻し、ただ実朝さまと公暁さまのお二人だけが、お互いの身から立ちのぼる淋しさの光背を確かめていらっしゃいました。きっと、義時さまは、あの日の夕陽が沈みきった闇の彼方に、来るべき承久の乱の跫音を聞きつけられたので御座居ましょう。

報せを受けました折、〝矢っ張り〟と私が感じました訳が、少しはお解り頂けましたでしょうか。……

何も、

何も見えなくなって参りました。足元からは冷気が私の身を包み込んで参ります。闇の訪れで御座居ます。扨、次には何が見えてくるので御座居ましょう。鎌倉を訪れて将軍と顔を合わされた鴨長明の姿でしょうか。それとも、青衣の女人の幻でしょうか。冷え冷えと人気のない御所の廊下でしょうか。……萩の花でしょうか。蟬のぬけがらでしょうか。……

私の夢がたりは際限もなく続きそうで御座居ます。皆様に、これ以上のお付合いを願うのも叶わぬこと。いつの日か、斯様な種板職人の妄想を乾板の上に定着させる折もあろうかと存じます。

世中は鏡にうつる影にあれや
あるにもあらずなきにもあらず

実頼さまのこの歌を、私の埒もない戯言の休止符に致しますのが適当、と存じて居ります。

凪。

凪で御座居ます。今、浜辺には沈み切った夕陽の最後の光芒が弱い影を作っております。ぬばたまの夜。

……影の死にゆく時が訪れようとしております。

『アドバタイジング』昭和51年5月号（実相寺39歳）

第7章

瀕死のエクリチュール

数奇としての無常感

「罪なくして罪を蒙りて、配所の月を見ばや」と、つねづね願っていた中納言顕基のことが『発心集』に書かれている。「道のほとりのあだ言の中に、我が一念の発心を楽しむばかりにや…」とその序文をしたためた折、長明の心には顕基のことが最も親しく浮かんでいたのではないだろうか。

『発心集』にある顕基のことは、その話限りでは、別にさして深い思想があるものとは思えない。『撰集抄』にも似たようなことしかのせられていない。

恩寵を受けた後一条帝の崩御にあって、二君に仕えずとばかりに叡山に登って剃髪したことと、のちに、関白頼通が対面した折、世を捨てて猶子供への恩愛の断ち難かったことが記されているだけである。

ただ、私はこの顕基の話が長明の心と結びつくことに、ひどく重要な意味を見たいのである。『発心集』の方には、

世を捨てて宿を出でにし身なれども
なほ恋しきは昔なりけり

という『後拾遺集』にも収められた歌が引いてある。この歌もまた、かなりの高い調子で長明の心に響いていたものではないか、と推し量るのである。

『発心集』には数々の面白い話、心に沁みる話、深く考えさせられる話が集められている。けれども、私は

とりわけ軽い顕基の挿話を長明に親密なものとしてとりあげたい。「配所の月を見ばや」といった数寄人の感慨が、長明の琴線にふれる調べであっただろうと思えるからだ。阿弥陀の絵像に法華経と琴や琵琶が同居している日野外山の方丈は数寄を凝らした長明の栖ではなかったか。そのことを自讃する晩年の長明の心に、顕基の「配所の月」といった風流こそが、最も似つかわしいものだと思えるからである。

『方丈記』の結章には「仏の教へたまふおもむきは、ことに触れて執心なかれとなり」と書かれているが「いま、草庵を愛するも、閑寂に着するも、障りなるべし」とそれにつづける長明の本音は、きっと顕基の〝なほ恋しきは〟の〝なほ〟に共感しつつ、心がふるえていたに違いない。

これは私の気まぐれな妄想かも知れないけれど、例えば『発心集』にある空也の話などは、聞き書きとして素気なくのせられているだけである。千観内供の転身ということのバネの役割だけで、「身を捨ててこそ」ということが、重く長明の心に響いていたとは思えない。隠遁者としての長明の数奇と空也上人の思想の間にはかなりの隔りがあり、発心を楽しむばかりにや……といった長明の趣向には似合っていないように思えるのである。

私は、六道絵そのままであったろうと思われる治承四年から養和を経て元暦三年あたり迄の地獄図を体験して来た長明が、顕基のような断ち切れぬ執着を抱いていることに、その人間の質を見たいと思う。そして、隠遁してもなほ記述者としての本懐をひそかに断ち切れず、いやそこにこそ信じられる一点を持っていたことに、長明の無常感の正体を見たいと思うし、風流も見たいと思う。

本来、古典というものは私たちを映す鏡だろう。とりわけて中世のそれは、己れの醜さ、自讃をひっくるめて、ある時の、ある立場での私たち自身をうつすものなのではないだろうか。

いつも読み返す度に、私は『方丈記』にふりまわされてしまう。その無常感を鼻もちならず思ったり、その執心をいやらしく思ったりする。が、実はそれが読み手としての私自身のことだと気がついて、思わず眼をひらく結果になる。

『方丈記』は家についての記述で一貫しているのだけれど、そこには自己韜晦のない長明の心が簡潔な文章でむき出しになっていて、己れの顔が映りすぎて読者はどぎまぎさせられてしまうといった按配なのだ。つまり、私たちは単色《モノトーン》の無常感といったもので隠遁者を塗り籠めないように、といったことをやんわり諭されるのである。「配所の月」の風流を虚心に感じとらないと、そこに到った長明の道程も見えてこないのではないだろうか。そして〝なほ〟に賭けたような文人の本懐も見えてこないのではないだろうか。

何しろ、長明は到底一筋縄ではゆかない男なのである。その青春の蹉跌と、

世は捨てて身はなきものとなしはてつ
なにをうらむるたが歎きぞも

といった激情が『方丈記』の無常につながる太い糸であることも忘れてはならないだろう。

方丈を自讃することの裏側にあったものは、日野に隠遁してもなほ、家に執着するおしとどめようもない異様な心の昂りではなかったろうか。恐らく逆境の顕基の「配所の月」をいとおしんで、記述者の道を選んでいったと私には思えるのだ。そのことが長明の心に棲んでいた無常感を退嬰的な単色ではない、鮮烈な色にみち溢れた心の昂揚として記述へ向わせたものだ、と近頃では思えてならない。

その例を一々あげる暇はないけれども『方丈記』の全体に汎ってそんな長明の意欲と生への信頼は冴えわたっている。福原遷都の行でも、その混乱の中で〝かの木の丸殿もかくやと、なかなか様変りて、優なるかたもはべり〟と飽く迄ものさまを冷静に記しているのもその一端だ。類焼の注意に及んだり、住居の変化を十分の一、百分の一に及ばずと記したりしていることも、その証しではないだろうか。方丈のことにして

も、継目ごとに掛金をかけ〝もし、心に適はぬことあらば、やすく他へ移さんがためなり〟と簡易組立式の住み方の記を得々と描写している面白さはたとえようもない。

こういった家の記述に仮託したことで、長明の無常感は活き活きと明るくなっている。その明るさこそ、数奇としての無常感といったものが宿っているのであろう。そして、正に『方丈記』の心境と『発心集』の顕基の〝配所の月〟に寄せる想いは、その明るさの中で合奏している。

それはまた、長明と兼好の無常感の質のちがいを最も良く浮き彫りにする明度かも知れない。『徒然草』の第五段の顕基の故事についての素気のない筆致に、私は長明と百八十度隔ったものを感じてしまう。そして、あれやこれやと埒もなく勝手な妄想をくりひろげている。

『アート・トップ』昭和50年9月号（実相寺38歳）

徒然草・エロスとタナトス

私は私なりに、つれづれ草のつれづれとは何だろうか、と悪い頭で考えてみたりする。退屈しのぎにか、気晴し故にか、……兎に角、兼好の『徒然草』は書き出しからして、一筋縄ではつかまりそうにない。いわゆる喰えない奴、という感じなのだ。このことについては、私の中学、高校時代の古文の教師が、したり顔に教師用参考書片手に注解をしてみせても、受験勉強の傍、旺文社の参考書を読んでみても、納得のゆくことも、満足のゆくこともなかった。しばらく前に読んだある註訳本には、〝孤独寂寥のままに、……〟といったような口語訳がつけられていた。それはそれで、ひどく当り前の、無機的な味もそっけもない訳だなあ、と思ったけれども、そこに妙な心理的な意味をつけられて解釈を押しつけられるよりは、淡々とした様態が浮ぶだけ、ましだなあ、と生意気にも考えたことがある。

いずれにしても、門外漢の私などが、その意味をあれこれと探しまわるのも無駄なことで、つれづれ草の序段の〝つれづれなるままに〟は、その儘、疑いもなく、感覚的に、或は生理的にすっぽりと呑み込まれてしまった方が良いような気がする、と近頃では居直っているのだ。

唐木順三先生の『中世の文学』で「…ここでは divertissement はすべて否定され、ennui を ennui のままに受取らうといふのである。……」ということを教えられてから、兼好の姿勢には及びもつかない我身をふりかえって、ますます『徒然草』を煮ても焼いても喰えないものと思い込むようになってしまった。

つまり、私が序段の書き出しで早くもつまずいてしまうのは、兼好の中には、私たちが掌中に出来るセンチメンタルな綺麗事がないからである。何よりも鴨長明のように〝ゆく河の流れは絶えずして、しかも、もいわば安心していられないから ドキリとさせられるのだ。との水にあらず……〃といった歌謡曲調で世間を唱いあげてないからドキリとさせられるのだ。いわば安心していられない感じである。勿論、長明と兼好の時代の差を無視して、乱暴な文句を吐ける義理じゃあないのだけれど、日野外山の草庵の一種西方浄土的な景観の閑さの中にある長明の無常観と、兼好のリアリズムとは百八十度も違うということだ。兼好の現実肯定故の無常感に思わず個人を超えた時代の重みを感じてしまうのだ。〃ennuiをennuiのままに受取らう〃ということは兼好の知性の高さもさりながら、混乱しきった人間社会の中で、正にぎりぎり居直ろうとしたたくましさを説明するものではないだろうか。これをつきつめていけば、あの戦中から戦後の荒廃の中での実存主義的な存在論に近い認識が導きだされてくるのかも知れない。そこ迄の追い方は、今の私には出来ないにしても、〃あだし野の露きゆる時なく、鳥部山の烟立ちさらでのみ住みはつる習ひならば、いかに、もののあはれもなからん。世はさだめなきこそ、いみじけれ〃と第七段で、兼好が語りかける時の〃いみじけれ……〃は、諸々の世俗的あるいは求道をふくめた現世の人間の営みを、すべてるつぼに投げ込んだような厚みがその一言に集約されていて、〃それが世の中というものじゃないか〃、又は〃だから人間の生はおもしろい〃といった意味や、C'est la vie！的な意味を、はるかに超えてしまっていると思われる。それは私には阿含経の経典の一節のように思えてくるのである。今ここで、『徒然草』の各段すべてに汎って、そんな意味を探ろうとしたら、こりゃあ大変な事で、到底、私の手に負える代物ではないが、阿含経が私には『徒然草』からピンと来てしまったように、リアリズムとしての無常が、兼好の立場を支えているということは、感情の飾りものをとり払って居直らざるを得なかった南北朝周辺の時代背景と長明の頃の時代背景との差、無常観の差として当然であろう。そして、つまりは、どっちが、現在の私たちに迫ってくるかということなのである。

此頃都に流行るもの、

夜討ち、強盗、偽綸旨、……

二条河原の落首は、ちょっぴり文句を入れかえたならば、正に、未来を失ってしまった現代の人間たちの憤懣と等しくなるのだが、……

日本の歴史の中で、いわゆる南北朝の時代、『太平記』『梅松論』に描かれた時代は、無責任な言い方をすれば、面白い時代である。何に書かれていたかは忘れてしまったが、以前、司馬遼太郎氏が南北朝時代は余り描く気がしない、何となれば、そこには美学がないから、という様な意味合いのことを言っておられたという記憶がある。私も美意識または美学のない生き方で、諸諸の人間又は武士が動きまわっている時代は、この時代において他にないと思っていたので、成程なあ、と思ったことがあった。

「太閤記」「源義経」からはじまって、「新平家」に到ったNHKテレビの大河ドラマも、「徳川太平記」やら「真田幸村」やら、「幕末」「風雪」と各テレビ局のブラウン管を賑わしたことのある国民文学的テレビドラマも、奇妙なことに『太平記』だけは、またその時代周辺のものだけは、作られたことがない。相変らずタブー視されているのか、どうか。まわり道をされてしまっているのである。こんな、単純な現象をちらっと窺っても、狂気の時代が現代の茶の間には向かないのかと思ってしまう。武士の美意識の欠如みたいなものが、ドラマを構成していく上で障害となっているのか、吉川英治の『私本太平記』ですら、取り上げられてはいない。テレビ化・映画化ということを尺度として推量するのは最も愚かしいけれども、この明治以来の南北正閏論の余波の根は意外に深いのではないだろうか。つまり、兼好その人ならずとも、兼好の生きてきた時代も、こんな意味で煮ても焼いても喰えない時代なのである。安堵・恩賞・虚軍の明け暮れで、いうなれば、精神分裂的な人間たちが、狂気が駆け巡った時代のただ中に兼好は生きていたのだろう。私には、兼好の思想を隠遁者の思想と断ずるのは間違っているような気がする。

また『方丈記』をひき合いに出して恐縮だが、「……かしこに小童あり、ときどき来たりてあひとぶらふ。

若、つれづれなる時は、これを友として遊行す。かれは十歳、これは六十。そのよはひ、ことのほかなれど、心をなぐさむること、これ同じ」というくだりの長明とこの番人の子供が、お互いに心をなぐさめあって遊ぶことが出来る情景などは、実に、現実からたった一人はじき出された老人の世迷言《よまいごと》ないしは愚痴とすら思えるし、その一節の少し前にある「人の耳をよろこばしめむことにはあらず。ひとりしらべ、ひとり詠じて、みずから情をやしなふばかりなり」というあたりが、いわゆる隠遁者文学の感慨として、その孤独寂寥のピークなのであるまいか。

両統迭立の時代で、関東のあらえびすが都を踏みにじり、天下一統珍しや、の時代にあっては、修学院や横川に遁世しても、兼好の場合は、実は、そのことが時代への主体的且積極的な居直りだったのだ、という気がする。長明の方が、災害・飢饉等を具体的微細に描写していても、ひとり、脱社会からの成功に酔って高見で寝呆けているように思える。勿論、兼好の描写もおおむね、リアリズムである。但し、単なる状況描写という訳ではない。そして更に、そこにちりばめられた黒いユーモアとでもいうべき無常を観ずる眼がある。〝いみじけれ……〟という眼だ。私には義和の飢饉に、死人に〝阿〟の字を書いて歩いたという『方丈記』に出てくる仁和寺の坊さんよりも、『徒然草』の俗臭ふんぷんたる仁和寺の坊さんたちの行いに、ものすごさを感じてしまうのだ。いってみれば、長明は、坊さんも飢饉も関係なく阿の一字で成仏出来ることの説話性に、ひとり酔い痴れていたのではないだろうか。それよりも、「心更に起らずとも、仏前にありて数珠を取り、経を取らば、怠るうちにも、善業おのづから修せられ、散乱の心ながらも、縄床に座せば、覚えずして禅定なるべし」という第百五十七段のかたちを説いたくだりに、現代の我々に迫ってくる言葉を読みとってしまう。

精神錯乱めいた混乱の中世と、似たような因子を持って現在をやみくもに重ね合せるのは愚かしい。殊更警句を読み取る必要はないけれども、私たち人間にとって、かたちを得るに到る過程は、決して問われずに過ぎて良いものではない筈である。この兼好のかたちへの執着は時代への居直りの極点だと、私には思えるのだ。

宇能鴻一郎氏は、師直・道誉らの居直った心理は、その行動から推測できるだけだが、一人だけその姿勢をはっきりと文章に残した同時代人として兼好に触れ、次の様に書いている。「打ちつづく戦乱の時代に、王朝のころのような盛りの花、隈ない月はもはや期待できない。……雨に向って月を乞い、逢わぬままで終った恋の辛さをかこつことに、喜びを見出すことにしようではないか。……徒然草は実に多様で矛盾した文章の集積であるが、美的小世界を作ろうと試みた掌編をのぞいて、何らかの感慨の含まれているものに限れば、その根本をつらぬく態度はあきらかに師直や道誉と同質の、ふてぶてしい居直りの姿勢なのである」(「絢爛たる暗黒」)

私は〝……あやしうこそものぐるほしけれ〟と、序段のピリオドを打った時の兼好の姿を勝手に想像して、たゆみない性の昇華を感じてしまうのだが、それは途方もないことなのだろうか。というのも、『徒然草』にかなり数多くちりばめられた男と女の愛と性にまつわる挿話の中に、兼好自身の体験から割り出したエロスの肯定を読むのは余りにも表面的で、陥し穴がありはしないかと警戒せざるを得ないからである。つれづれなるままに、という姿勢にしては、ことエロスについては、かなり楽天的な、一種俗物のような認識で全編をおおっている様な気がするからだ。

「世の人の心をまどわす事、色欲にはしかず。人の心は愚かなるものかな」ではじまる第八段の久米の仙人の話に代表されるエロスの受容は、兼好の中で何の屈折も伴っていないのかどうか。伴っていないとするならば、エロスについては、兼好の若い時分の体験的座興から逆算した、かなり物解りの良い分別臭いものとして、読む立場としては、私なんかは興ざめてしまう。勿論、女ということについては、有名な第百七段の、さんざんに嫌いなタイプの女をこきおどしたくだりに、冴えた兼好の認識を読むことは出来るのだが、そこにある種の男の立場からの小気味良さはあっても、あの時代にひきずった狂気というものが性の世界に投影しているとは思えないのである。まして兼好の文章としては歯がゆいのだ。兼好の居直りが、新田義貞ですら阿房廉子に狂って戦さも忘れたのじゃないか、と思わしめる時代の性の世界を、なんとなく上っすべりしていることは、一体どういう理由なのだろう。R・ムシルが『特性のない男』で書いているように、「……世界には、不条理なことがたくさん起るでしょう！……でも、世界史には、けっして起りません！」といったことに、ことエロスに関しては兼好も抗することが出来なかったのだろうか。くり返しの体験の中で生まれてくる論理というものにエロスを兼好もはめ込んでいったのだろうか。性の営みは、日常的にくり返しくり返し営まれるものであるだけに、一つの規定が、ある立場からの道徳が、兼好の性にまつわる狂気を文章に定着するという段階で押し流してしまったのかもしれない。きちんと整えられた文章によって、エロスの位置は『徒然草』の中では、むしろその裏側に沈澱してしまっているのではないだろうか。それは、時代に拒絶反応を示されまいと必死にリアリズムをつらぬいた無常＝死の到来の認知に照らして、余りにも軽い。だからこそ、私がつまずくのは、序段の〝あやしうこそものぐるほしけれ〟の一節なのである。この一節にこそ、男の饐えた性の匂いと、ふつふつと湧き上がるやり場のない精気との格闘と、気も狂わんばかりの自己をねじふせて創作衝動へかり立てる姿を、私は見てしまうのである。これは私の自分勝手な誤りなのだろうか。そうでなくては、……いや、……「手足はだへなどの肥えあぶらつきたらんは、外の色ならねば、さもあらんかし」という様な具体的な描写として、止め難く顕われてしまうのは兼好の性の挫折に違いあるまい。塩冶判官の妻を、夫を殺してまで手に入れようとした高師直の卑近な例を兼好自身がどういう感慨と生理で見ていたのか。その病気と狂気の紙一重の境があったのであろうと思える場所に、今ズバッと踏み込めない私は、ただ、〝あやしうこそものぐるほしけれ〟……の一節に無闇とつまずくのである。そして、世界史には決して不条理なことは起らない、という時間の中へ埋没してゆくのを押し止めようとしている。

私は、今、例えば、こんな個所がひどく気になるのだ。短い第二百四段の一節。「犯人を笞にてうつ時は、拷器によせて結ひつくる也。拷器の様も、よする作法も、今はわきまへ知れる人なしとぞ」

兼好は、それこそ、つれづれなるままに、涼しい顔をして、こんなことを書いたのか。それとも、……心の中に、時代へのどす黒い怒りと絶望をこめていたのか、……せめてかたちだけでも残したいと思っていたのか。時間がエロスの無機物の気まぐれとしてしまうことを知り抜いていたのか。兼好を、現在のポルノ解禁、取締り云々の議論に加えてみたいものである。無常迅速。

『国文学』昭和47年7月号（実相寺35歳）

一遍不在　法滅の世

阿弥陀仏の誓願ぞ、返す返すも頼もしき、一度御名を称ふれば、仏に成るとぞ説いたまふ。弥陀の誓いぞ頼もしき、十悪五逆の人なれど、一度御名を称ふれば、来迎引接疑はず。観音大悲は舟筏、補陀落海にぞ泛べたる、善根求むる人し有らば、乗せて渡さむ極楽へ。

夏のうだるような暑さ。何もかもが太陽に吸い寄せられるような暑さ。じっとしていても身体の底からふき出してくるような暑さ。今年の夏は、またひどく暑かった。眼は濁った空気を通して紗のかかった世界をしか捉えず、耳に聞こえるものは、街全体のうめき声。誰が、何処で、何を、はっきりと叫んでいるのか、呟いているのかわからない。けれども、私たちの耳に、熱い伝導体としての空気を通じて、うめき声が届いてくる。去年の夏にも、聞こえた。ぼんやりとかすんだ眼には、かたちを結像する能力が欠け落ちていたけれども。……兎に角。夫々皆が、勝手な場所で、ばらばらに、ばらばらの歌を唱っている。それが夏の合唱となって、私の耳には四六時中入ってきた。今では、照葉樹林帯のこの恵まれた暑さの中で、そんな声は合唱になり、音となり、ついには一大音響となり、地響きとなり、私たちの立っている大地をも陥没させようか、という程の力を持つようになってきた。そう、それにしても、今年の夏はひどく暑かった。咽喉をうるおす水を呑むことも、はばかられた。空は鈍い光を放って地を圧し、陽炎すらも、逃げ水すらも許されない勢いで、ただ暑い空洞を広げ、夢と幻の一切合財を私たちから取りあげていた。雨も仲々降らなかった。絶対者の摂理というものが存在するとしたら、恐らく、この長くて暑い季節には意味がある。何かの予兆と予感をこめ、人間たちに何事かを悟らせようとしたものに違いない。

旅に出ることも躊躇われた。何処迄駈けてゆけば良いのか。何処迄この凪いだ季節を背負っていれば良いのか。そして、どの山を越えれば、あの耳を聾する合唱から、己を取り戻すことが出来るのか。……身体をすっぽりと包み込む幻影過剰の時代に、ひとりひとり、無作為抽出で蒸発してゆく力が働いているとでもいうのか。絶対者の力というものが。……そう、旅は正しく、この夏、何の実体も持たなかった。それはポスターと雑誌の口絵写真の中にだけ、紙一枚の薄さとして存在していた。

……曰く孤独とか　終末とか……

私たちは何処へ逃げる術も持たず、遁れる路も知らず、ただひたすらにうずくまって、あたりを見廻すことも止め、闇雲な世界へと我勝ちに没頭していった。あの猿の置物のように。終には、眼もふさぎ、耳もふさぎ、口を固くつむって。……ところが、そんな自分ひとりの黄泉の世界に閉じ籠っている積りで、何時しか、気づかない儘に、自らも合唱隊の一員となっていることを悟って愕然とする。閉じた口を確かめても、膚《はだ》は饒舌になっていることに気がつきはじめる。それは一種異様な臭気を放ち、ああ何ということだ。……世界へ通じるただひとつの通路が、腐食してゆく自分自身だということに気づくのだ。それでも、この夏に、その進行を食いとめる術を見つけることは最早不可能だった。哀れにも、暑さに翻弄される侭、ばらばらの合唱に身をどっぷりと委ねてしまう。こんな夏の暑さの極限で、漸く、現実を摑もうと、空しく虫に似せて蠕動することを覚えはじめる。そんな時に、一体何を手にすることが出来よう。何を握りしめることが出来よう。ふり返ってみれば、合唱とは、あの一大音響とは、腐ってゆく人間の蠕動の軋む音だったのではないか。だから、マンモス合唱隊は、せめて、せめて、自分たちの歌う歌の題ぐらいは知りたかったのだ。……すると、摩訶不思議にも、あのシンボルめいた言葉が伝わってくるじゃあないか。そして、自分もそのシンボルを用いて現実を摑まえた気持になってくる。飽く迄も、気持、に。そうなると、地平をおおっていた得体の知れない声の正体も、漸く意味が解ってくる。……曰く、孤独とか、狂死とか、終末とか。……この瞬間に、一切は真の暗闇。シンボルの気持の良い微笑を、誘惑を、受けいれた瞬間に、一切は闇の中へ溶解してゆく。……突然、すべての映像と、音声は遮断される。

無明。ここ迄、落ちれば、声にはならずとも、唇は念仏をなぞって動くかもしれない。しかし、そんなことは全く解りはしない。また何の保障もない。恐らく、この身に腐るべき皮も臓物もないのだろう。そして、あの秋を迎える。あの、骨を打ち鳴らすようなかそけき音が、巡礼の鈴となる。

ただ頭には、遠い遠い日の夏の記憶。寒蟬。そして警鐘とか、警告とか、慷慨とか、予感とかにかかわりなく、すでに、日本ではすべてが終わっていたのだと、思い知らされる。が、シンボルを摑んだ時に、現実は遥か彼方へと進んでいたのである。

哀しみあれど声揚げて哭くこと能はず

延喜元年、菅原道真は太宰府に流されてしまった。いよいよ、藤原氏の時代である。摂関政治は、欲しいがままの権力を手に入れて、藤原氏とそれに連なる人々はのさばっていったという。尤も、藤原氏の内部でも、血の濃淡で、極端な対立と格差は生まれただろう。権力者とそれを持たぬ者との落差は、日本では、この頃から、社会体制の中ではっきりとした根をおろしていったのではないか。持てるものと持てないものの差が、想像力をめぐって、はじめてこの頃から対立項として明らかになってきたのじゃないだろうか。藤原氏に足枷をはめられた貴族たちをも、一応、持てぬものの範疇に入れるとするならば、業平などは不平不満分子の代表者である。彼がすぐれて、想像力を糧に生きんとしたことは、当然の成り行きと言わねばなるまい。脱線だけれども、貫之の心情にこの辺りのことから、もう一度入り直さねばならないのではないか。大岡信さんの説かれるように、貫之の歌に間接表現、暗喩という詩的装置をみることには、深い時代的な背景があったのだ。

「……私の問題にしようとしたことは、月であろうと紅葉であろうと篝火であろうと、あるものをみるのに、それをじかに見るのではなく、いわば〝水底〟という〝鏡〟を媒介としてそれを見るという逆倒的な視野構成に、貫之が強く惹かれていたらしいということである」（大岡信『紀貫之』）

つまり、貫之にとっての必然。業平程の奔放さではなく、権門の一端に必死となって時代を生きようとした人間の表現を、私もそこに見出したいのである。保胤の『池亭記』に書かれている「楽しみあれど大きに口を開きて咲ふこと能はず、哀しみあれど高く声を揚げて哭くこと能はず。進退に懼あり。心神安からず」といった状況を、貫之は精一杯、己の骨肉の腐食を食い止めつつ生きようとしたのではないだろうか。こんな格差の定着した時代に、人々の歯ぎしりの隙間から、浄土信仰が燎原の火のように拡がっていったことを想像するのは難しいことではない。

十世紀と二十世紀の地獄草紙

そんな信仰に歯車をかけたのは、疫病であり、凶作であり、飢饉であり、日本沈没であり、防災地帯のないコンビナートであり、化学化合物の予想もつかない災害であり、爆発であり、大火であり、旱魃であり、汚染物質であり、あの長い長い暑い夏であったろう。私がここで、時空を超えて混乱のうちに、浄土信仰と無常観を都合良くみちびき出していることを、お許し願いたい。私にとって、この日本の十世紀は、もうひとつの区切りとしての二十世紀とオーヴァー・ラップされてくる地獄草紙なのである。ただ、飛躍してひとつの結論めいた時代形容を比較してみるならば、十世紀の末期には、終末感というものが予感の段階で捉えられていたということ。それに比べて、今世紀では、私の考える限り、最早、予感とか想像力とかいうものが現実を超えなくなっているということ。つまりは、終わってしまったあとの残滓が現在である。ということなのである。従って、十世紀にあっては、怨霊思想が猖獗を極め、御霊会なども行なわれる余地があったのだ。

現在では、天変地異の原因を持って行く場所が何処にも見当たらない。遊行者や修験者は、一体何処へ旅をし、何処を歩くのか。怨霊が退散した後に訪れた終末という荒廃は、空也の歩くべき土地もないといった按配になってしまった。山という山は資本の手によって宅造がすすみ、あるいは広大なゴルフ場に変貌して、念仏に耳を傾ける暇もあらばこそ、我勝ちに雷にうたれんとする。道を歩かんとすれば、自動車が跋扈し、せめて空也の歩く所、訪れる所といえば、駅構内に備えられたコイン・ロッカーぐらいのものであろうか。河原、荒野に打ち捨てられた屍はなくとも、阿弥陀仏を唱えて弔うべき嬰児の屍だけは現在でも日時の超過したコイン・ロッカーから続々と見出される。いやはや、こんな有様とあっては、幽冥界も人々から遠くなる訳である。怨霊とても、水銀汚染や、ＰＣＢや、有毒粉乳の屍を持ってこられては大迷惑というものであろう。

現世に極楽浄土を現出せんとの愚

釈迦の死後、仏教の行なわれる過程には、正法、像法、末法の三つの区分けがあるという。白河法皇は水の流れと賽の目と山法師はままならないと嘆いていたらしいが、望月の欠けたることのなしと威張り返った道長にも等しく末法の意識は訪れたのである。前述の天変地異に人災が加わり、末法思想は浸透していった。夜討ち、強盗、恐喝、放火、強訴の類は相次いだ。乱暴に言えば、体制内のすべての階級を末法意識がゆり動かしていたのである。ものの本によれば、日本では永承七年、丁度十一世紀の半ばから末法時代に入ったらしい。とすれば、法滅期が続いている訳なのか。もともと、正法時代には仏のみ教えが伝わり、教・行・

証の三位一体の時代。それが像法、末法と時代が進む（？）につれて、教理だけが形骸化してゆくものらしい。私はこんな時代区分を考えたことだけでも、仏教というものを呆れるばかりに優れた奴の所産と思ってしまう。こんなことを見通せる奴というものは、到底現在の私たちの尺度では計れないだろう。

いくら権力を掌中にしても、これじゃ藤原氏とて、利潤追求とばかりにはゆくまい。法成寺を建立しようという気持にもなるだろう。今では、往時を偲ぶ便もないが、阿弥陀堂を中心に、豪華絢爛な堂塔が軒を連ねていたのだろう。正に『栄華物語』の白眉である。末法の時代となれば、持てるものはなりふり構っちゃあいられない。使役される側にとっては堪ったものではないが。上層階級は地方の豪族に至る迄、我も我もと現世に極楽浄土を現世せんと必死になったのである。この狂騒ぶりが末世たる所以であろう。何と百以上もの阿弥陀堂が十二世紀頃には、あちらこちらに出来上ったという。西方極楽浄土の教主、阿弥陀如来の来迎を得て、極楽に往生しようという教えにとびつくことなど、権力者のやりそうな短絡思考である。しかも、道長の子、頼通の建てた鳳凰堂にみられるように、手前達は常に地獄を踏台にして想像力を独占しようとする傾向が顕著に見られるのだ。インフレと土地価格の急騰と木材の買占め、自分達の小屋も建てられない私たちが、せめて〝性〟の砦をつき崩そうとするや、猥褻罪でひっ捕えようとする今日の政治のやり口と、ひとつも変わる所はない。何時の世にあっても厭離穢土、欣求浄土の思想を、雲中供養の菩薩の奏でる音楽に托すことが出来た人間たちは幸せである。この世に作られたユートピアで、仮眠をむさぼれる奴は幸せである。そして、どういう訳か高度の管理社会ともなると、自分の財産、私有物へのバリケードは更に強固なものとなるらしい。そう、避暑の旅すらできない私たちにとって今年の夏は、全く、暑かった。

だから、うかうかと、終末論なぞに乗っかるものじゃあない。終末論に乗れる奴というのは、逆に言えば自分たちの私有物と垣根を持てるものでもある。合唱隊の一員となって、シンボル化した言葉を吐いたら事は更に重大だ。ますます深みにはまって、次のシンボルを欲しくなるだろう。そうなると、最早キリのないイタチごっこである。

死へと昇華してゆくエロチシズム

少しでもチエのある輩は写経に励んだりしただろう。又は、老婆心をもって善行に努めようとしただろう。救われたい、というヴィジョンが中世にはあった。そこで私は、持てぬ者たちのある種の部分が、只ひとつ己に残された実践の手段として、焼身や入水に依ったことを切実に思う。死と隣り合わせ、死へと昇華してゆくエロチシズムを、そこに見ないわけにはいかない。何と、やはりこの時代から想像力の糧として、エロスの砦は私たちの最後のものであったことが証明されていたのじゃないだろうか。死に急ぐ若者たちの立場と、権力とがはっきりと対立していることを、末法の時代は教えてくれる。まざまざと。…日本列島改造と新産都市といった現世の極楽浄土で、救済はこと足れりと考え実践出来る人間たちに、星にならんと、死に急いだものの想像力が理解を絶するのは当り前だ。エロチシズムの最大の実践者世之介が「譬えば腎虚してそこの土となるべき事。たまたま一代男に生れての、それこそ願いの道なれ」と恋風にまかせて、天和二年の神無月に伊豆の国から舟出をし、何処とも知れず往生していったことを、現在ならば、官憲は厳しく詮議するだろう。だから現在では、権力がおしきせの旅のポスターを作意的に氾濫させているに違いない。国家が最も我慢ならないのは、持てぬ者たちの想像力という代物なのであって、私たちが世之介のように補陀落渡海することをひどく忌み嫌っている。掲げてゆけばキリがないのだが、国家は自殺行にはひどく鋭敏な拒絶反応を示すものである。たとえば三島由紀夫の死ですらも、佐藤栄作をはじめとする「理解に苦しむ」といった言葉が直ちにはねっ返ってくるような次第である。

法滅の無明の地平で

いささか傍道に外れたかもしれない。末法の時代にもう一度眼を向けてみよう。持てぬ者たちは、写経の余裕もあらばこそ死に急いだ。極楽往生を性急に求める念仏者のすがたにこそ、痛切な終末感があったのではないだろうか。そこには次から次へとシンボルを見つけてゆこうとする、一種容易な他力本願や付和雷同は見出せない。平維盛が高野山で出家をし、熊野へ分け入って後、那智の水へ生身を沈めたのも、往時の念仏者のぎりぎりの立場であったろう。そして、法然や親鸞が、ついには一遍上人が歩き出すのである。

何とか、この十世紀のひと区切りが私たちに匂わせてくるものを糧とすることは出来ないか。すでに何もかもが終わっている時代に、後追いしてきた終末論の原点を、私は中世に見ようとした。けれども、どうやらそのことで、ますます暗黒の中へ後戻りも出来ぬまま迷い込んでしまったようである。つまりは、観心念仏も出来ず、阿弥陀仏からさずけられる他力の信心をも見失い、それこそ法滅の地平で、果てしなく出口を探している状態なのである。しかも私たちのなしうる旅は、高野から熊野へ、そして南海への経路でもない。ポスターずりの風景だけにつき纏われ、遊行する路をアスファルトでおおわれ、箱詰めの状態で一定の軌道の上を送還されるだけの道程である。そこにも、機械的な意味で死は突然に訪れる。この日本という実験場。……法滅の時代に権力への他力本願で死なされることだけは、どうしても避けたいものだ。こんな時代だからこそ、犬死を飽く迄も拒絶するべきなのだ。到る所に機械的な死が遍在しているから尚更。体制の総力をあげて、人口調節を計り、新たな地獄草紙を描こうとしている盛りなのである。

せめて畳の上で死ぬなら道誉のように、と肝に命じたいもの。ゆめ、体制の速度にのっけられて、自動車を激突させたりしないように。すべての速度を、成る丈人間の歩みの速度に。その調子の中から、復権を希わない限り、決して権力はこちら側へ歩み寄ってこないし、終末論は玩具としての役目しか果たさないだろう。

何時頃からだろう。あれはジェームス・ディーンなる若者がポルシェと共にぶっつぶれてからかもしれない。速度と隣り合わせの死というものに、日本では、カッコウ良いファッションがくっついてきたのは。あれは完全な犬死である。それに続いた、若者たちの数々の類似した終焉。有名であると無名であるとにかかわらず。これらのものには、末法の時代のものたちのぎりぎりの痛みがまるで感じられない。現在の権力が最もよろこばしく歓迎するものは、この種の若者たちの死に態であるだろう。それは正に、前述した自殺に対する拒絶反応との対極にある。何故ならば、機械による死というものには、想像力の芽生える余地がまるでないからだ。非人間的な管理体制の中で、仕掛けられた罠。その罠にうかうかとはまって死なないことだ。権力はそんな死をこそ、甘美な幻影で、あらゆるメディアを通じて呼び掛けているのだから。阿弥陀堂建立のかげで、疲弊にあえぐ地獄草紙の素材になってしまっては、元も子もない。それとも若者は、スポーツカーのハンドルを握りしめ、速度へ挑戦することに行法を見出し、その座席に観心念仏を見出しているのだろうか。いや、そのこと自体が幻影の時代の飼い馴らされた所産なのであろう。

往生極楽の見取図がない中年の私たちには、すべては終わってしまっている。……斯く末法の時代を辿ってくると、どうも、予兆とか、予感で物語っている時期は十二世紀あたりで終わりを告げている、という気がする。そうならば、補陀落山目指して若者たちが渡海する現在の姿を、国家が忌み嫌うことも解るのだ。それでも、ただひとつ残された痛切な死に急ぎの道を、若者たちは歩くだろうが。……

暗闇の夏の夢・一遍

「『南無阿弥陀仏が往生ぞ』というときの、『が』の一字のもっている意味は重く大きい」と、唐木順三先生が説かれる一遍の称名行を、せめて、私たちの孤独、私たちの暑い夏からの脱出の原点にしたいものである。

暗闇の夢。しかし、一遍と出会えぬ私たちに、まだ衆生同行の念仏踊りは踊れそうにない。私たちは見渡す限りぐるりとコンビナートに囲まれてしまった。すべてが終わってしまった風景の中で、口まかせの念仏に我を忘れ、耳に交響楽の聞こえてくる時はあるのだろうか。

今は未だ、記憶としての寒蟬がかすかに鳴いているだけである。それも、秋の盛りで、完全に消えてゆく運命だ。もし私たちに来年があるとしたら、夏はもっと、もっと暑いだろう。そして、きっと、窒息の夏だろう。

『季刊人間・この未知なるもの・2』昭和48年10月号（実相寺36歳）

莫将仏為究竟

私たちは塔を壊そうとしている？

あるいは、塔についての感覚、記憶、体験を失くそうとしている。

それは町並から抜きん出て、虚空につきささり、天界への傲岸な想いに身を細らせて佇立している。ある共同体に固有のシンボルであり、また、その共同感に身の焦がれるなつかしさをそそられるもの、心の中にそそり立つもの。私たちが喪失しつつある故郷の蜃気楼であり、正しく今日では砂上の楼閣となりつつあるもの。そんな塔は風化してゆく。日本の中で。

故郷が否応なしに私たちの体内で風化してゆき、空洞となってゆくように。いや、それに輪をかけて、自らの手で塔を破壊するといった犯罪行為に手を貸し、塔が支えて来たものと、塔を支えて来た私たちの思想を根こそぎにしている。恰も、私たちが建築に値するものを作り得ず、建造物または構造物と呼べる代物にしか、自分たちの時代を見出しえないように。

そう、私自身の生活の中で、塔を仰ぎ見るということが、かなり前から、なくなってしまった。そして、胸おどらせ乍ら、街角を曲る瞬間に現われる塔の姿に、期待を寄せなくなってしまった。または、歩きつつ、見え隠れするその姿を頼りに、手深りで共同体の中を彷徨うこともなくなってしまった。塔が失くなっている。ということは、それに托していた共通の運命も消えてしまった、ということになるだろう。今現在、塔が辛うじてそそり立つのは、か弱い心の中の映写幕にだけである。それもひどく哀れな光源に透過されて、ぼんやりとしか像を結ばなくなっている。

あの蠱惑的な夜にその手を差し伸べていた塔の夢。闇に、溶け込み、時折私たちの夢に立つ塔の幻影。その幻影の、今は何とはかないことだろう。私たちは塔を壊そうとしている。いや、壊してしまったのだ。あの、仰ぎ見る塔を。

実際、俗に塔といわれるものが、現在の風景にないわけではない。とりわけ洒落てか、タワーなどと呼ばれて。ひとつ尺度を変えてみるならば、それはむしろありすぎる位なのだ。都市と都市とのベルト状のつらなり。地価の値上りの中で、果しなく拡ってゆく宅造と近代的構造物。そして海への侵蝕。埋立地の細胞分裂。ある種の機能を仮託された塔状の構造物は、それらの風景の到る所に立ってはいる。仰ぎ見る対象としてではなく、私たちが鳥瞰図を得る為の高みの代用物。ある場合はテレビジョンの電波を運んでくるための媒介物。等々。

観光目的の塔としては、昭和三十九年に京都の塔は論議の対象となったけれども、結局は資本に寄り切られて勝負あり。今では、皆眼をつむり、あるいは展開する資本の風景の中で麻痺してしまった感覚は、日常そのことを口にすることすらなくなってしまった。仰ぎ見るのではなく、そこに昇って下界を見る為の塔。その文明の恩恵に、一度は私たちも酔わされかかったのである。俯瞰フルショットを私たちの手にすることが出来るのだ、などと。特権階級の独占物を解放する視点なのだ、と。騙されてはいけない。当時、私はこんなことを書いた……京都タワーとて、兎に角建ってしまった。安直なマン・ツーリングの手段に飼い馴らされた大衆のレジャーの方法を、恰も本来大衆が欲したこととして、金儲けのために利用した飽くなき商魂のフルショットである。現在、免罪符のように通用している〃わかり易さ〃とはこういうものなのだ。従って、私たちは接頭語としてのマスというのが、単純な独占からの解放であるよりも、私たちの堕落への根こそぎの道を意味するのではないか、といった恐怖に捉えられる。近代化ということが、ここで問われることになる。（映画評論・昭和四〇年）……

観光目的ということから考えれば、日本の各地でその為の塔が乱立したピークは、この京都タワーである。更に勘繰ってみれば、ほぼ時期を同じくして新幹線なるものが走り始め、産業道路が日本を縦貫し始めた。以来今日迄の約十年足らず、私たちはGNP論議に踊らされ、列島改造論の悪臭に脳髄を侵され、漸く何かに気がつくようになったのである。その何かが、塔を失っているということではないか。何も写されることのない映写幕ではないだろうか。

……塔。梵語ストゥーパの俗語形の写音「塔婆」の省略語。↓そとば。ストゥーパはもと「仏舎利を奉安した塚」の意であるが、のちには供養のために、あるいは霊地であることをあらわすために建造した高層建築物を称した。（岩本裕『日常仏教語』）……

仏塔でなくとも良い。鐘楼でも、望楼でも。私たちのパトリォティズムの原点が消えてしまったことが問題なのだから。仏塔も含めて私たちの塔は、今や風景の中で死滅している。

塔を呑み込み、埋めつくしてゆく都市化の波にもまれて、何を道標として、私たちは何処へ帰ってゆくのか。どこを目指すのか？　私たちが描いていた人間の土地の風景は、こんな貧弱な構造物に、地上でのフルショットの視点を遮切られるものなのではなかった筈なのだ。強制されたような塔からの視点を、どうやら拒絶するべき地点に到っているようである。今、肝心なことはどうしても金を払ってそこに昇り、一分間百円の望遠鏡にしがみつくことではない。また眺めるべき豊潤さのない街角で、ガラス張りのエレベーターに乗って、自らを晒しものとしつつ、ビルの上へ上へと運ばれるものでもない。私たちの手になる共同体のシンボルとして、下からその姿を仰ぎ見つつ、上へ昇らされることを頑くなに拒否する塔の建築に賭けることなのだ。怨念によって塗りこめられた、自らの手になるワッツタワーのようなもの。足が大地に根をおろした、傲岸な想像力の塔というべき代物。飛ぶことや、高みからの見物を、拒絶するもの。たとえば、三里塚の平和の塔。鉄塔。ぎりぎり、そこにしか最後の砦は残っていないのではないだろうか。

仏塔もそんな砦に近い時はあった。貴族たちの、法界の、為政者たちの鎮護を願って建てられたものの多くは朽ちても、血になじみ、時になじみ、それらのつらなりになじんで、残った幾つかの塔は心の砦の役割を果して来た。ひととき、たとえ浮浪者、盗賊の塒となろうとも。その構築に心血を注いだ工人たちの土壌へ、ながい時間は所有権を戻し、年ふる歴史を経て、私たちの故郷の点景へと戻してくれたのであった。そこに「賽の河原和讃」の総和を見、死んだ嬰児たちの築く石積みの塔をダブルイメージすることが、私たちには不可欠の戦慄だった。往時、仏塔は私たちの意識を超えて生理を包み込み、時には恐ろしく、また時にはひどく優しかった。由来の知れぬ石塔の類は勿論、町の稜線から頭ひとつ高い由緒ある塔も、そんな厳しさと優しさで共同体を包み込んでいたのである。シンボルであればある程、近づくこともためらわれた。嬰児に限らず、すべての死者たちの怨念がその各層にぎっしりと封じ籠められているような気がしたからである。

ひとたび、血につながる塔に近づいて、その軒下にたたずめば、隙間という隙間から死者たちは手をさし伸べ、生きとし生ける者へ向けられたもろもろの怨念を、私を媒介として一挙に晴らそうとするのではないか。こんな緊張感が塔にはあった。私はそんな記憶で支えられていた。

……ひとつ積んではひとのため、
ふたつ積んではふたりのため、
みっつ積んではみどり児に、……

私が映画『無常』で歌おうとしたのは〝賽の河原和讃〟の石積みの小塔の記憶である。その塔に集約された私たちの営みの故郷へ、帰ろうとしたのである。

扨、近頃塔の崩壊と表裏一体、仏教書が大変に猖獗を極めている。俗に仏教書ブームと呼ばれて、何十万部も売り尽す本迄現われる始末である。般若心経を中心として、密教念力あたりまで。勿論、世間で喧伝されているブームを支えているのは、新書判の体裁で、入門・解説のタイトル、キャッチフレーズをとったもの。「心」とか「情」といった題で一般的な人生訓を述べたものが中心であろう。ブームとはいわれても、大方の分析によれば、仏教全体のルネッサンスとは無縁で、物価騰貴による生活苦等、種々の社会条件の悪化からの逃避的傾向につけ込んでいるもの、という見方が支配している。いわば、落ち込んだ時代に繰り返される心理的な逃避傾向が、ここには顕著に現われているという訳である。私も殊更、その分析には異をさし挟もうと思わない。何となれば、思いつく儘に考えてみても「摩訶止観」や「天台本覚論」や「臨済録」や「正法眼蔵」などがベストセラーになっているということでもないからである。第一、正直申せば余程の覚悟を決めて取り組んでみても、結局何が書いてあるのかさっぱり解らず、といったものが仏教書には数多い。そんな簡単にブームになってたまるものか、である。

人生訓的な道徳律が新書判でまことしやかに解説されてはいても、人々はそのことで直接「法句経」を読もうとした訳ではないのである。だから、どうも現在の仏教書ブームは、仏教そのものとは縁がなさそうである。

そのことは、本来の塔というものを見失い、観光の塔がそれに代り、西山夘三氏言うところのダイジェスト観光、肉眼を抜きにした写真観光が猖獗を極めていることと、どうやらぴたり一致するようなのだ。忌々しいことに。つまりあの呪わしき〝ディスカバー・ジャパン〟というムードと。

はじめに塔が建った。そして、新幹線と道路が点を結んだ。規格品観光の大量生産。一億総生産態勢へ。資本は、映画を含めて、金にならないものを切り捨てるのに何の躊躇もない。文化は勿論のこと。ディスカバー・ジャパンに欠落していたのは、日本そのものにマスの巡礼者たちが拒絶されるという視点であったが、列島改造論がそれに続いた。この底流にのっかって、愈々、仏教書ブームの到来という訳である。この経路を辿ってみると、何か出来過ぎている、という感じすらする位である。すべては恐ろしい程に、私たちをかり立てる方向へと、暗合している。真の無明へ、無明へ、と。何十万、何百万、いやひょっとすると、この煽動されたブームにのっかって、何千万という人間が塔に昇ったことだろう。そして、上空からの眺めに、何を想い、何を埋めたのだろう。きっと、何もありはしない。死者たちの怨霊のとりつかぬ塔で、生者たちの怨念が雲散霧消するだけの効果しかなかった筈である。続々と出版される入門書、解説書の類と同じように。

人間は自らの塔を住家とする必要はない。塔に棲むのは、あまつ乙女で沢山である。仏塔の戦標も、この観光の波の中で、遊園地の記念塔めいたものに変質していったのだ。その結論が、往時の東大寺七重塔を模したとされる、あの万国博の展示館である。その空虚なかたちと人のむらがり集うさまを私はどれ程おぞましく思ったことだろう。あの展示館を仏塔のかたちにしようとしたことは、いみじくも仏教の瀕死の様をさし示すものではなかったろうか。地下からの叫びは、おそらくあのかたちをとることに対して、すさまじい怨嗟の合唱を響かせていたに違いない。形骸の無残さ。仏教者の側から、あのかたちをとることに、何の反対運動も起らなかったことを不思議に思う。塔は私たちにとってジャングル・ジムではない筈である。まして、万博以後、あの塔を実際に東大寺へ移そうという動きもあったとか。実現しなかったことを、せめてもの慰みとしても、痛く私たちの塔についての感覚が駄目になっていくことをつくづく思い知らされたのであった。救済は何処にあるのだろう。

高田好胤師は「佐藤栄作氏の総理大臣執務机に『般若心経』があるのをみて〈佐藤さんは精神の人〉と断じた」と、その権力追従を高瀬広居氏は「創」六月号で指摘している。精神の人の不可解さと、宗教者の奇怪さをそこに私も見る。高瀬氏の項目別にあげられた鋭い指摘に首肯くと同時に、何故、師の断じた〈精神の人〉があの巫山戯た万博仏塔を、精神の人ならば燃やそうとしなかったのかを不思議に思う。般若心経が権力者の机上にあったのは、単なる装飾品に過ぎない。あのえせ仏塔も、観光とGNPの妙なる装飾品であったのだ。これならば何の不思議もなく、つながるというものである。ならば、高田師がおこなおうとしている薬師寺金堂の再建も、その線上のものなのではないか。裳階をつけた竜宮様式の金堂は、さながらドリーム・ランドの奈良にふさわしい西の京の景観となるに違いない。入門書《ガイド・ブック》、解説書片手に、多くの衆生は観光ルートにのって、その華美な姿を見に来るであろう。いや、それだけでは結局承知すまい。各層の裳階には、椅子、テーブルを配置し、眺望絶佳のレストランが経営されるかも知れないという次第で。私は、現在の仏教書ブームと旅行案内書ブームを到底別種のものとしては考えられないのである。

私は、以前井上ひさしさんが『道元の冒険』につけられた〝あとがき〟にひどく打たれた覚えがある。『正法眼蔵』を読んでこれが日本語なのかと思い、一行も解らなかった、という正直な告白。その後の道元攻略のすがたが、誠実な足跡を感じさせてくれたからである。おぼろげに浮びあがって来る道元のすがた。そこ迄のながいながい道程。実際その通り、私たちには何も見えちゃいないのである。それは、己れが見ようとしても、見えぬものかも知れないし、そこに何の保障もありはしない。闇を彷徨う捨身の業に近いことなのだ。余計な手とり足とり、たとえ話と道徳律で、無明の長夜を脱けきれるものではあるまい。まして、故郷に帰る縁のない私たちにとって、塔がおぼろげな透過光で消え入ろうとしている時に、一体、何で仏が見えるというのだろう。こう思いつつも、私自身、自らの深き罪業にも思いあたり、思わず身を引き締める。確かに、この手は汚れている。私自身『無常』以来三本の映画を作り、直接仏教的主題に基いてはいないけれども、その周辺を逍遥《しょうよう》したことで、火に油を注ぐ結果に幾分役立ってしまったのではないか、と。

仏教書ブームに惑わされてはならない。臨済録に記されている通りに「如法の見解を得んと欲せば、但人惑を受くること莫れ」である。仏教書が巷に氾濫している時に、殊更重く、臨済の言葉が胸をつく。逢着せば便ち殺せ。仏に逢ったらば仏を殺し、……麗々しくしたり顔に、私が現在の仏教書ブームを結論づけるまでもない。臨済の次の言葉を引用すれば充分過ぎる。

……仏を持って究竟と為すこと莫れ。我見るに、猶厠孔の如し。菩薩羅漢は尽く是れ枷鎖、人を縛する底の物なり。所以に、文殊は剣に仗って瞿雲を殺さんとし、鴦掘は刀を持って釈氏を害せんとす。道流、仏の得べき無し。そして世間の多くの坊さんが、効能書の研究に没頭して、そこに心の自由を求めようとしているが、とんでもない間違いだ。もし、仏を求めようとすれば、その人は仏を失い、もし道を求めようとすれば、その人は道を失い、もし祖師を求めようとすれば、その人は祖師を失うであろう。（臨済録・朝比奈宗源訳）

……と、千年以上も前に臨済は喝破している。今更、仏教書と騒いで、応急処置を求めるのも阿呆の仕業と言わねばなるまい。

私たちは、何処に塔をたてようとするのか。

『季刊人間・この未知なるもの1』昭和48年7月号（実相寺36歳）

※追記・脚注

現在薬師寺の金堂は落慶・西の京の景観は変った。私は、少しこの文を書いた頃と心境が変っている。西塔の工事もはじまるそうだし、回廊も復元されると聞く。そこ迄、寺容を整えることは、技工の伝承から言っても、意味があるだろう。

再建、非再建の論議は兎も角、我々の眼に、歴史のある時点での伽藍の姿を見せてくれるなら、それも一興と思いはじめた。過ぎ去った空間構成を実感しうる場所が生れるのも良い。

塵をかぶった縮尺の模型ばかりが幅を利かせている博物館よりも、生きたものになるかも知れない。

文化財については、復元ということは言う迄もなく肝心なことである。たとえば寝殿造りの邸宅ぐらい、国の予算で作れないものか。戦闘機一機、対潜哨戒機一機分で、出来る筈なんだが。

瀕死のエクリチュール

追跡『好色一代男』

映画よ、お前もか！……

昔、といってもそんなに以前のことではない。正確に何時頃言われたのかはもう覚えちゃいないけれど（無精をして、調べ直すこともしなかった）、一九四〇年代のおわり頃であろう。フランスの映画監督アレクサンドル・アストリュックという人が〝カメラ万年筆《スティロ》〟説というものを唱えたことがある。

別に、それ程難かしいことを言った訳ではなくて、つまりは、カメラは万年筆同様にしなやかで、自由な表現の手段である、といったことを唱えた訳である。

何となく、耳に響きが良かった故か、その説は革命的な技術革新のような気がしたものである。カメラが万年筆となり、映像は文章となり、……左様、確か結論的には、映画はécriture《エクリチュール》なのだ、と言われていたと思う。こう結論づけていたのは、アストリュックだったと思う。或は、アンドレ・バザンというヌーベル・バーグの母体となったような批評家だったかも知れない。まァ、この際、どちらでもよい。

映画はエクリチュールである。ということは、共同作業または制作上の共同体、あるいは企業のシステムを超えて、心良く胸に迫って来る言葉であった。エイゼンシュタインのモンタージュ論、ルイ・デュリックのフォトジェニイ論などで、映像の内包する言葉に酔っていたものには、そんな提唱がひどく新鮮に思えた。もっとも、ランガージュ・シネマトグラフィック（映画言語）なる言葉も、その頃からの流行りである。これを言い出したのはアンドレ・バザンなのか、マルセル・マルタンなのか。まァ、乱暴な話、これもどっちでも良い。いや、他の誰かでも構わない。

私が映画監督になろうか、もの書きになろうか、とらちもない空想をふくらませていた学生時代の話であるから、〝カメラ万年筆《スティロ》〟説というのは、その両者を言葉のうえで、調子良く組み合せたような幻術という気もした。

さて、さて、アストリュックがその説の実践として作ったらしい『真紅のカーテン』という短編映画や、モーパッサンの原作による『女の一生』なぞという映画を、それこそ期待にうちふるえて観に行ったものである。けれども、……何か肩すかしを喰らわされたような気がした。別に、唱えている割りには他の映画と変るところもないし、『真紅のカーテン』の方は、それでも、小味な短編だったので、〝これがカメラ万年筆かなァ〟なぞと、ちょっぴり思ったりもしたけれど、『女の一生』は普通の出来の文芸映画だと思った。

カメラは矢張りカメラで、万年筆なんぞではないわい、と思ったものである。それでも、ロベール・ブレッソンの『田舎司祭の日記』なぞを観ると、矢鱈と日記を書く大写しが出てくるので、こういうものを指すのだろうか、等と馬鹿なことを考えたりもした。勿論、ブレッソンのスタイルとアストリュックの説の間に如何なる相関関係があるのかは、私には解らない。日記の大写しの連続に、字幕がわりのカメラ万年筆《スティロ》は冗談としても、ブレッソンのカメラをあやつる方法は、ひどく抑制がきいて、表現のストイックな点で、アストリュックの説を補っているような気がしたことは確かである。

第一、カメラ万年筆説は、決してリアリズムの方法論ではなく、むしろ定着願望、内部の独自の物語化といったおもむきを匂わせていたからである。そのブレッソンには『抵抗』というレジスタンスを描いた映画がある。実に単純な一本の軸、脱出への行為だけを描いた作品であるが、これなぞは脱出行為の客観描写としてカメラが追いかけているのではなく、むしろ内面の意志の形象化としてカメラが映像を作っているもので、正にカメラ万年筆説の具現化と言えそうである。これはいささかひっぱり出してくる例が古くて恐縮だが、アンリ・カレフの『ジェリコ』に於けるレジスタンス行為、監獄の中での描写と比較すると良く解る。

カレフの映画のことを、飯島正先生が、これもかなり以前に、確か『フランス映画』という本で概略次のように言っておられた。

カレフは獄中の人間を写す時に、カメラの美学から言って不要なもの、たとえば便器なども、カメラの位置がそこに行かざるをえない場合など、リアリズムの立場からそれを避けることはしなかった。……

つまり、この方法に比べると、ブレッソンは脱出者の意志、内面の葛藤、信念、そういったものにだけ焦点を合わせていた。必要ならざるものはすべて捨ててしまっていた訳である。だから華々しいサスペンスも、アクションもなく、ただひたすら一人の男が脱出してゆこうとする最少必要限だけを綴っていたのである。だから、脱獄を果しても、解放感と勝利の充足感がある訳ではなく、闇に消えてゆく後姿にレクイエムがかかる、といった按配なのである。

さて、私が、映画にまつわるこのような記憶を書いてきたのも、実は、écriture《エクリチュール》ということの意味を、あらためて問う必要がありはしないか、と思ったからなのである。何となれば、カメラを万年筆と想い、映像がエクリチュールとなってゆく過程で、そういった傾向の映画は（お前のはどうなんだ、と問われれば、申し訳ないが、ちょっと棚上げさせて頂く）どんどん深みにはまっていったような気がするからである。

今、ふりかえってみれば、

ああ、あの時、映画にも、くるべきものがきたのだなァ、という思いに捉われる。それを直ちに文学と歴史との暗合で見ようとは思わないけれども、今となっては〝映画よ、お前もか！〟という気持である。

エクリチュールというのは便利な言葉で、コンサイスなどを引いてみると、書体、文体、文字、記入、等色々な単語の訳が沢山書いてある。そんなことをひっくるめて、要は書きもの、といったことに集約出来るだろう。これは、明らかに作家の存在を逆に照らし出す言葉だ。つまり、アストリュックは映画の共同体の現場監督、集団を引卒し采配をふるう段取り専門職のイメエジから、作家の存在感へ、映画をひきつけようとしたのであろう。そして、そこに高揚と同時に頽廃もあった、と私は見るのである。

だって物語というものは、物語るものであり、書かれることが第一義ではなかった、と思うのだ。どうも古来、頽廃というものは発明の副産物であるらしい。グーテンベルグにしても然り、エジソンにしても然り、リュミエール兄弟また然り。

物語は無数に書かれて来た。しかし、そのことは語ることの代替であった訳ではないだろう。私はこのことについての詳しい歴史や、書くことと語られることの拮抗の時代などについてつきつめたことはないけれど、ある種の語りつがれてゆく形式や、サロンでの仲間うちでの物語から、より広範囲の対象へと主体が確立されていったようなものでもない、という気がする。いや、エクリチュールというものが厳としてあり、その〝文は人なり〟的な意味で主体が確立したときに、頽廃も同時に起ったことをアストリュックの例から想う訳である。エクリチュールを意識した時点で、文学の場合であれば、直接語るということの緊張を喪失してしまったのではないか、と思わざるをえない。つまり、作者というものの刻印が捺された時、そのことを確立した時に、語ることの闊達さ、語りつがれるべき事件、事柄との緊張感は脱落していくものだろう。言ってみれば、アストリュックは、近代というものを適確に捉えていなかった為に、たかだか百年足らずの映画という表現の、見る、見せるという緊張感から、古典への〈本歌どり〉に復帰してしまった、ということなのである。

私はこのことをひとつの頽廃と思っている。そして、テレビは兎に角として、第七芸術などと呼ばれたり、自ら呼んだりした映画の危機は、そこにあったのか、と思うばかりである。このことを基盤に据えて、私は近世というものを見なくちゃあならない。どうしても。

文学の轍

前段で、私は映画というものとエクリチュールとの関係につき、気儘な散歩をしてきたのだけれど、映画がエクリチュールということを唱えて頽廃に首をつっ込んだことが、文学の辿った轍を踏んだのだろうと想像もした。そのことは中世から近世へという流れの中での説話性ということについても言えそうな気がする。その前に私も物語文学と説話の関係は兎も角として、説話という概念の漠たる広野に茫然としていることだけは断っておかねばなるまい。……

説話とは何だ……

眼の前を、余りにも色々な言葉が交っている。神話とか、伝説とか、昔話とか、世間話とか、……説話というものは、余りにも呑み込み方がはげしくて、戸惑いを受ける。ただひとつ私の持っている前提は、そこで、中途半端な、チャチな主体が問われることなく、エクリチュールから主体への逆照射のない世界、ということなのである。言いかえれば、説話文学というエクリチュールにあって、誰が、どのような形で、ということへの興味は私には余りない。聞き書き、纏め、そんなことを誰が直接書きものとして止めようともどうでも良いことだ、と思ってしまう。

物語文学、まァ雑駁にこう言って王朝女流文学などを、仮りに指しておくけれども、そこでも、書くことと語ることとの関係は、現在の読み手としてのわれわれの位相とは大きな隔りがあったに違いない。エクリチュールから作者主体へ、または作者から文体へ、といった形ではない、語られることとの人間的な対峙、あるいは共犯関係といった緊迫の方がエクリチュールをも満たしていたのではないか、と思われる。だから、説話文学にあっては、その緊迫感はアノニムの物凄さ、迫力を持ったものでもあったろう。歴史の中での共同体意識に支えられて奔流してくるといった感じがある。説話のエクリチュールというものは、人間の遭遇する事件（意外であろうと興味深かろうと）出来事、それにまつわる人間の反応、関心を第一番に照らしている、と言えるだろう。

いや待て、勿論、物語文学に於ても、この興味と関心が主軸となっていることは間違いない。すると、古代から中世にかけての流れの中で、その差異というものは語り口の問題かも知れない。しかし、その語り口の持つ切り込み方、言い換えれば即物的に事件の描写をモットーとする説話の断面と、主人公の心情に仮託された主観的断面というものは、決定的な差でもありうるのだろう。先刻、映画のブレッソンとカレフの差を想い起したように。……

このふたつの断面が、何となくないまぜになって、未整理のまま、出版ということの興隆してくる近世へ、なだれ込んでいるような気がする。

いやいや、近世へと入ってゆくのは、まだ早い。私はもう少し説話というものの語り口を見てみたい。


ここで、個人的なむかしばなし、……

ここで、またしばし、私は自分の想い出に立ち還る。またもや映画のお話である。（まァ、現在、私は映画監督を業としているので、その立場を本講座の中に持ち込むことも、お許し頂き度い）これは、何やら高尚めいたフランスの監督のエクリチュール談義とは異って、私の修業時代の挿話である。十五年位前のこと。私はシナリオを書きたくて、その勉強をしていたことがある。その作法がなかなかに呑み込めず、というよりも人間観照の甘さの方に原因があったのだろうが、モタモタと習作を書いたりしていた。その頃、何とか秘伝のようなものを授りたいものよ、と著名な先生の門を叩いたことがある。その先生は当時雨後の筍のように日本各地に出来たテレビ局を股にかける忙しさで、私のようなチンピラに伝授する秘伝なぞないと言われたが、親切にも途方に暮れる私に一つだけその作法の根幹を教えて下さった。

「すべては、水戸黄門と森の石松だ」

と。この言葉は、それ以来私の頭に焼きついている。水戸黄門漫遊記の型を応用するか、その反対に卑賤な石松を応用するかで、シナリオの骨格の八割方は出来上るのだ、という説であった。ドラマのジャンルは何であっても良い。兎に角、この二つのパターンを応用すれば出来上らざるものはない、と先生は解説されたのである。

何となく煙に巻かれて、私は納得も出来ぬ儘、それっきりシナリオ修業を止めてしまった記憶がある。その当時、私はこの言葉の真意が解らなかったのだ。何んでも、この二つのパターンをあてはめてそのバリエーションを作っていくことなぞ、ひどくいい加減なことのように思えたからである。

その時から十年位経って、私はその先生と再会した。勿論、私はシナリオの修業を途中で放り出している訳で、それ以後もロクなものは書いちゃあいない。ただ、その最後通牒のような文句が頭にこびりついていただけである。その先生はニコニコし乍ら、私に、シナリオを書いているかと問われたのである。私はそこで、十年前の秘伝を持ち出して、あれ以来止めました、と答えた。すると先生は、私の薄っぺらな受け取り方を優しく悟らせるように、ニコニコと言われたのである。

「説話がすべて、ということなんだよ」

と。まァ、森の石松の方はおくとしても、私にはその時はじめて水戸黄門に象徴される先生の意図が解ったのである。

つまり、シナリオを書くべき人間の出発点は、エクリチュールを越えるしたたかさでなくては駄目なのだ、ということを根本的に暗示されていたわけである。そういえば、ふりかえってみると、私の態度はひどくエクリチュールにこだわっており、心情的でありすぎたような気がしたのだ。二つのパターンからのバリエーションという単純な示唆の中に、シナリオは、書くことと語ることの緊張と同様の、書くこと、見せることの緊張に包まれるべきものなのだ。ということが含まれていたわけである。

それは、言い換えれば説話的興味というものであろう。生起する原因、その転変する過程、結果を、いたずらに主観的判断で正義化することなく冷静に書きとめること。奇談的要素（ドラマの場合には劇《はげ》しさという意味をも含めておこうか）を、エクリチュールを過剰に意識することなく、ある場合は無批判に、無感動に、客観的に記してゆくこと。この作者の非介入の決意、といったものが説話の魅力の強さを、語ることとの関係で維持している、とも言えるだろう。そこにリアリズムの生れる豊穣な土地があるとも言えそうである。こういった態度、私の先生が暗示をしたその方法のしたたかさ、図太さ、強さ、といったものは近世の高峯としての西鶴への流れに見てとることが出来るものだろう。

近世は仲々身につかない

ちょっと先を急ぎすぎたようだ。先生の暗示にもう一度戻らなくてはならない。先生の述べられたパターンは、凡そどんな漫遊記ものにも見られるものである。観客の方は、身装《みなり》をやつしてはいても、あの年寄りがオールマイテイの札であることを知っている。知らぬのは、その劇中の登場人物たちの方である。そこで難事に出喰わしたり、あるいはオールマイテイの札であることを知らずに取り囲んでくる輩どもとの間に、事件のロマネスクは生れる。そして、観客は知りつつハラハラし乍らも、最後に「われは水戸黄門なるぞ」という言葉で大団円のカタルシスを覚える、といった寸法のものである。

この型を、あらゆるものに置き換えれば、庶民的ヒーローの登場するシナリオは産み出せるものであるらしい。私はこの型のバリエーションということにのみ心が走っていたので、先生の言われる説話的興味への暗示を忘れていたという次第である。

『三河物語』で、譜代の願望をめんめんと書き綴ったような大久保彦左衛門や、水戸黄門が、どういう脚色で、はたまた講釈師の舌先三寸で英雄となっていったかは私には解らない。勿論、そうなるからには、充分そういう要素があっての話であろう。事実からの出発が零ということはありえない話である。ただ先生が指摘されたのは、貴種流離譚が根幹である、ということだった。つまり、テレビでその英雄の活躍に一喜一憂する庶民たちの、いまにつながる英雄譚の受取り方の根を示された訳である。

『信長記』とか『太閤素生記』といったものに、私は眼を通している訳ではないけれども、『三河物語』に見られるように幕藩体制というものが確立し、〝譜代〟という位置までもが観念化、形骸化するような時代に、〝水戸黄門漫遊記〟が辛うじて貴種流離譚の流れを受け止めていることを、先生は教えたかったのであった。

そして、私は近世という時代の中で、おはなしと事件のロマネスクにさぐりを入れる根幹というものを暗示されていたことに、今更気づいた次第なのである。

そういう意味では、なかなかに近世という時代は身につかない、とつくづく思った。これは、随分と身勝手で、乱暴な言い方だけれども、中世の小説（？と仮りに称しておく）が貫ぬいて来た事実のロマネスクから、そしてその果てに望む常世への彼岸主義から、人間の内的なロマネスクへ、といった経路を、単純に図式化することも出来そうにないからである。

たしかに、商業資本主義の勃興期にあって、町人たちの刹那的享楽主義が、人間の自由とか、主体性とか、自我の方向へ動いたことはあるだろう。その流れが仮名草子から浮世草子への段階の中で、事件的なテーマとしての遍歴、流離を踏まえて、主人公というものを軸に据えつつ進化していったようにも思える。いや、そういうことであったに違いない。けれども、私にはその境目はひどく未分明で近代に迄流れて来てしまっている、と見えるものでもある。そして仕末の悪いことに、私ども近代の思い上りが、近代の準備期間として近世を塗り込めているように教えられて来た側面もあったのである。このことから当然のこととして、近世というものの文芸の復権につながる態度が要求されるだろう。独自の道を私も見なくちゃあならない、と遅まき乍ら思いはじめた次第である。シナリオの修業から出発して、説話性への回帰をさぐることで、ひょっとすると私の先生は近世を見ることも暗示されたのかも知れない。勿論、これは私の思いすごしというものであろうが。

でも、近世というものは、エクリチュールと主体の間の葛藤に、はじめてあらわれてくるものであると同時に、近代小説性（今、ここでは人間のロマネスクということにしておこうか）と説話性の葛藤がわかち難く結びついていた時代だ、ということだけは言えそうである。

私は不学にして、西鶴の浮世草子のうちに、どれ程それ以前の古典の影響がわかち難く結びついているかを一々指摘することは出来ないが、町人出の西鶴にしても、中世歌謡や、能、狂言の知識で埋まっていたことは間違いないだろう。そこから、どれ程多くの引用や、本句取り、本歌どりを西鶴が葛藤しつつ消化していったことか。そのことをつぶさに見る力のないことを残念至極に思う。でも、その葛藤の中に、確実にひとつの時代がはじまっているのを見ることは出来る。近代のフィルターで曇り勝ちになるのは残念だけれども、出来うる限り、近世の持つ位相を自分でも確かめないと、映像のアイデンティティとしての中世説話へ短絡してしまいそうである。そうなれば、ひるがえって、私たちの近代も良い加減なものになってしまうのだから。

矢張り問題はécriture《エクリチュール》にあり、ということだろう。つまり、行為する人間としての主人公はありやなしや、ということだ。主人公の行為への内的な必然はどういう軸になっているのか。ということなのである。

近世の貴種について

世之介は、私のみるところ、貴種である。この辺り、当時の人たちの受取り方がどうであったか、ということについて余り自信がない。但馬国出身の金持、「かねほる里の辺りに、浮世の事を外になして、色道ふたつ寝ても覚めても夢介」と替名でよばれる男と、京の遊女との間に生まれた世之介は、出自からして性豪、英雄の誕生である。冒頭からして、並の町人、平民の流浪譚のはじまりではないことが解るというものだ。一代男である以上、その一代を色道に殉ずることが出来るだけの環境に恵まれて生まれてくること、これは貴種である。西鶴の『好色一代男』は近代小説の黎明であるように言われることもあるのだけれども、まァ、それはさておき、この冒頭に、早くも近世の葛藤が見えてくる、と言って良い。

「但馬の国かねほる里」というのは、生野の銀山か。近くに朝日、中瀬の金山もあった。と校注で読んだけれども、その鉱山採掘の山師ならば、特権階級もいいところであろう。終生、世之介の追求する好色というものに納得出来るリアリテイの与え方をしなくてはならないのだから。

この追求を虚構の上で充たす為の条件は周到に設定されたのである。そして、大富豪という特権階級の典型を設定することで、中世の好色遍歴の貴種と並ぶ近世のチャンピオンを作り出した訳であり、そのことがリアリテイを与えると同時に、世之介を生涯、先験的に貴種という枠ではめ込んでしまった近世の葛藤と思わしめる点なのでもある。そして、近世の貴種もまた流離する。

私は、よく限界という言葉を読むことがある。ひょっとすると、一代男の書き出しの貴種という点に、葛藤を見るのでなく、限界を、と言い換えた方が良いのかもしれない。しかし、現在、どうも限界という言葉の使い方のうちに近代の思い上がりがあるように感じられてならない。

この〝貴種〟ということからして、世之介が実在する個体としての生命を持っているとは思えないだろう。そこには、当時の凡ゆる浮世の男の要素が集約されて、純化されていると予測されよう。だから、西鶴の限界があった、とは言いたくない。それは歴史の驕慢さというものじゃあないか。私は西鶴のこの語り口に、矢張り葛藤をみることにしたいのである。

西鶴のたたかい

冒頭、早くも西鶴は、典型としての貴種の設定という地平で、近代小説の主人公を遥か彼方に望み乍ら苦しんでいるように見える。人間のロマネスクの領域に足を踏みこもうとした者が、時代の中で闘う姿の提示でもある。その後の展開の中で、行為する人間のリアリテイの問題は常につき纏ってくるだろう。だから、夢介は替名であっても、

「かづらぎ、かほる、三夕《さんせき》思ひ思ひに身請けして、嵯峨に引込或は東山の片陰又は藤の森ひひそかにすみなして、契りかさねて、此のうちの腹よりむまれて」

といった母親の正確な腹がわからずとも、西鶴にはどうでも良かったことが、また見えてくるのである。

世之介を追う……

さて、それでは、ほぼ編年体といった趣で各章が綴られていく『好色一代男』を通じて、行為する人間とおはなし（事件のロマネスク）の拮抗によって、どのように世之介の姿が明瞭になってゆくのか、というとこれが私にはさっぱり摑めないのである。貴種の設定であれば、あとは各章の話のロマネスクで充分だ、というものでもないだろうし、西鶴ほどの人間が、そんな地平を彷徨っている筈もない。しかし、終章で女護ヶ島へ渡っていった世之介を見送ったあとでも、はて？　世之介というのは一体、どんな男だったのだろう、と首をかしげてしまう。その個体としての稀薄さに、私はふりまわされてしまうのである。となると、あらかじめ渡海の予定されていた貴種として、時代の浮世男の複合体であったことを納得するだけなのか。そこのところをはっきりさせておかないと、何やらこちらが煙に巻かれてしまうのである。先刻も横道に外れて

触れたように、この内的必然を摑めないから西鶴の限界があるとも思いたくない。ならばもう少し、私は主人公世之介の遍歴を見てゆくことにしよう。

「恋は闇といふ事をしらずや」

とマセタ口を叩く七歳、そして、滝本流の師匠の坊さんに、

「……定而おれにしのふでいいたい事が御座るか」

と姨への恋文代筆を頼む八歳、そして、十一歳の折の伏見の遊女の心がけに打たれる話など、幼年期のくだりも、世之介という特定個人の映像はひどく稀薄なのである。このことは、次々に好色の遍歴を重ね、旅行くさきで遊女と情を交わしてゆくあたりでも、あまり発展していないような気がする。むしろ、アノニムの誰でも良い典型が、文章の話のリアリテイの中でおぼれまいとしてあがいているように見受けられるのである。十八歳で、江戸へ修行に行かされても、道中の宿場宿場で女遊びを続け、江尻の宿で兄弟の女を身請けし、芋川の里ではひら饂飩《うんどん》を商い、

「うかうかとおとろい」

親を嘆せて、勘当を喰う羽目に陥入る。この旅のありさまも、語り口としての事件の報告に終始していて、西鶴は世之介の内面に私たちを立入らせることをしない。

兄弟の女も花薗山のしも里に発心して髪を剃り、共に楽しんできた世之介からは捨てられている結果が報告されているだけなのである。十九歳の時に、勘当のあと、日暮里あたりの庵に出家をしてこもったりする。しかし、そんな殊勝なことが長続きする道理もない。葛西の長八と言う少年を寵愛し、更に、池の端の万吉、黒門の清蔵といった三人と、

「日夜乱れて、いつとなくざん切りになでつけ」

衣は雑巾となってしまう始末である。

まァ、何とも手におえない、仕末に悪い男なのだ。が、この辺りでも、西鶴の描写はリアリズムのカメラのように、カメラ万年筆とはならないのである。このことは、いくら仔細に追っていってもキリがないように思える。

吉野へ行く山伏にくっついて上方に戻り、九州へ下り、旅の一座に入り込み、追い出されて上方へ帰り、京で、

「年籠の夜、大原の里にて盗みし女に馴初、二十五の六月晦日切に米櫃は物淋しく、紙帳もやぶれに近き進退。是も置ざりにして」

佐渡の銀山《かなやま》へ海上十八里の出雲崎に渡る日和を待つうちに傾城町へ出掛けてゆき、其冬は佐渡へ渡る舟もなく、出雲崎のあるじをたのんで魚の行商人となって、酒田へ迄も流れてゆくといった具合である。

世之介の流離は驚くばかりの行動性を伴っている。そして、この遍歴を与える西鶴のパトスを追ってゆくだけで息切れがする。

と、まァ私は息切れを抑えつつ世之介を追って来たのであるけれども、どうもますます世之介の個体が解らなくなってしまうのである。急転回をしてゆく事件、各地の傾城町、未亡人、私娼、蔭間の風俗は活写されていても、その為の狂言廻しとして世之介の方は埋もれそうな程の展開が『好色一代男』では続いてゆくからである。

『好色一代男』巻三に至って……

「床近く立ながら帯とき捨、きる物もかしこへうち捨、はだかでぐすぐすとはいりさまに『是もいらぬ物』と肺布ときて、其のまましがみつきて、いな所を捜てひた物身もだへすることまだ宵ながら笑し」

といった、実に活き活きとした描写の冴えで、地方の女の姿が鮮明に浮びあがってくるところに西鶴のリ

アリストとしての眼を私は堪能してしまう。

けれども、これを受けて世之介が昔をおもひ出すくだりは、

「我江戸にてはじめの高雄に三十五までふられ、其後も首尾せず。今おもへば惜い事哉。この女が其太夫にて、是程自由にならば尤おもしろかるまし」

といった程度の陳腐さなのである。世之介はどんな奴だ！　と、イライラさせられる。

出雲崎の女郎の描写は、編中、私の好みからいって、第一番の人間臭さを持ったものである。西鶴は透徹した描写から生きた人間を浮び上らせているくだりだと思う。だのに何故世之介の方は共に寝て、かくも冴えずに没個性の浮世男に成り下ってしまっているのだろうか。七歳にして恋心が芽生え、性欲の異常な成熟をとげた男が各地の遊里に遊んで成長していった姿があるとすれば、こんな描写では済まされない筈なのである。真面目、不真面目、一時しのぎ、或はさまざまな理由からにせよ商いもし、人生経験も積んできた男の感慨というものが、こんな程度のふやけ方で良かろう筈もない。

このことについては、西鶴が故意に眼をつむったとしか思えなくなってくる。彼の興味の対象、小説の作り方が世之介の成熟とは一切無縁な所にあるのだ、ということを私は考えるのである。私は出雲崎の女郎には、その体臭をも匂わせるような、ある場所でひたむきに生きる人間の姿を迄読み取ってしまう。けれどこの章に来て、世之介は余りにも、その女とのコントラストで、朧にかすんでしまっていることが、はっきりした、とも言えるだろう。さて、この出雲崎のくだり、つまり『好色一代男』の巻三、〝集礼の五匁の外、越後寺泊り遊女の事〟には、もう一つ重要なポイントがある。

今、前半の成長を出雲崎迄追って来て、主人公の行為を生む内的必然が、どうやら「一代男」の軸でないらしいことを確かめた。西鶴にとってエクリチュールということの完成も、その完成への志向も、浮世草子の一作目には関係がなさそうだということも見えてくるようである。世之介は時代のチャンピオンにふさわ

しい没個性な人間として、近代小説の主人公からはほど遠い。私は世之介が、当代の浮世男の複合体であることが近代への橋渡しに力が及ばなかった点だとは、性急に思わない。けれども、編年体的に主人公の成長発展の軌跡を追っかけてゆく構成を作者が意図したのだとしたら、その為に長編への全体的志向があり、伏線をはりめぐらせて、挿話を主人公の内的必然との葛藤でつないでゆこうと意図されたものであったら、余りにも主人公の必然についての配慮、そして主人公への客観描写の貧弱が甚々しいと思うのである。ここには何かがあるのじゃないか？　と勘ぐりたくなるのは当然だろう。

考えてみれば、各話の短編としての挿話で登場する人間（特にこの前半部分では、出雲崎の女郎のくだり）等の輝きを読めば、そのことが西鶴の力量からくるものでないことは確かめられよう。西鶴は、世之介を貴種として設定した時から、その通り一遍の成熟については捨ててかかっていたのではないだろうか。

エクリチュールと説話の間に……

実に、この編年体的型式という奴が、私を惑わせるものなのだ。そうして、この転合書が、主人公の内的必然の欠落と短編の配列の谷間できしんでいるあり様に、近世の文学の位相を見るのである。このことを再びはじめのメスで切り取ってみれば、エクリチュールと説話との間のきしみ、とでも言えるのだろうか。いや待て、このことを結論めいて口にするのはまだ早い。

さらに、世之介を追う……

ここでもうひとつの重要なポイントを提示しておく必要があるだろう。それは、

「……近付に成し女袖をかざし、舟ばたまでおくりて互にみゆる内は小手招き、京にて出口まで送るる心知ぞかし。彼女郎舟にのりさまに私語《ささやき》しは『こなたは日本の地に居ぬ人じゃ』と申ける。……」

というくだりだ。寺泊の傾城町の女郎が吐いた言葉は、世之介が天下無双の男だということであろう。日本中には見当らないという意味はすぐ解る。加えて、これは日本に長く居られない、という意味にも読み取れるそうである。肝心なのは二番目の意味だ。この後者の意味が大きいとしたならば、これは正しく世之介が女護の島へ渡海する伏線なのであろう。けれど、……西鶴は長編小説としての伏線の意図を、果してこの寺泊から出雲崎へ三里半ほど戻ってゆく舟出に托したのであろうか。「こなたは日本の地に居ぬ人じゃ」と契りを交した女が、世之介の気の大きさに感嘆し、その好色ぶりの物凄さに感嘆してこの文句を吐いたのか。それとも西鶴は、世之介の遊蕩の大きさを強調するために、軽い気持で書いたのか。いずれにせよ、日本の地に、の日本という表現には気にかかるものがある。が、私にはそれが最後の舟出の伏線として意図されたものであるとは、はっきり読み取れそうもない。

『好色一代男』をノベルとして、全体的に把えるべき立場なら、その見地から張りめぐらされた（？）伏線として解釈することも出来るのだろう。対比的に、北への舟出、南への舟出ということを西鶴は考えたのかもしれない。しかし、寺泊等での世之介の人間的成熟の軸が曖昧であることを思うと、私には余りこの言葉に構成上の伏線があるとは考えられないのである。西鶴大先生に、この私語のほんとうの意味と、その意図を聞いてみたいものであるが、それも叶わぬ以上、あれこれ悩むばかりである。でも、何となく、私は西鶴の書きっぷりが、はっきりと伏線としての意図に拘わっていないように思えるのだ。それを確かめる為に、もうちょっと旅をつづけよう。世之介の旅もつづいて行く。……

塩釜神社の巫女に惚れて、力ずくでものにしようとしても、

「この悲しさいか計、『道ならぬ道ぞ』とひざをかため泪をながし、こころのままにならじと、かさなればはね返して、命かぎりとかみつきし所へ」

亭主が帰って来て、有無を言わさず、鎌倉時代の遺風である強姦罪の処刑に、片方の鬢の毛を剃り落され

てしまうのである。かねて占師の言っていた〝平生身を慎むべきこと〟に思い当って、恥をさらさざるをえなくなった身の上で、世之介は碓氷峠を追分へと旅してゆく。その近くの新しい関所で、世之介は見咎められ、

「片髪鬢いかにしても合点のゆかぬことぞ」

と関の牢屋に入れられてしまう。そこでは、古い囚人たちにいびられて、歌ったり、踊ったりしてご機嫌をとり結び、漸く、連中とも親しんでのち、隅の牢の女に気づくのである。その女は、当時離婚の権利を持たない女性として、精一杯反抗的な人間であったらしい。尼寺へ駈け込むこともせず捕えられているその姿にうたれ、世之介は、牢屋の中で、その女の真情に打たれたのである。

私はこの世之介二十八歳「因果の関守」のくだりに来て、はじめて、世之介の内面への影を思い知ることになる。

将軍家の法事の為、微罪の囚人が釈放されることになり、世之介はこの女を背負ってゆくうち、夫ある身の駈け落ちは親兄弟にも連座がかかると、数人の男にとり囲まれて女ははかなくも叩き殺されてしまう羽目になる。

「……『かかるうめきにあふ事、いかなる因果のまはりけるぞ。其時、連れてのかずば、さもなきを、これ皆我なす業』と泪にくれて身もだへする。不思議や、比女両の眼をひらき、笑顔して間もなく又本のごとく成りぬ。『二十九歳までの一期、何おもひ残さじ』と自害するを、二人の者色々押とどめて帰る。」

勿論、世之介の遍歴は、この後も数年つづいてゆくのだが、三十四歳の折、父の訃報に接して終りを告げる。世之介は、

「……『こころのまま此銀つかへ』と母親気を通して、弐万五千貫目たしかに渡しける明白実正也。何時成とも御用次第に太夫さまへ進じ申すべし。」

というようなやけくその決意も新たに大大大尽の好色道へ飛び込んでゆくことになるのである。彼の諸国遍歴譚はこれで終りである。巻五以下では、各地の遊里の各所案内記のような紹介に力点がかけられている。その意味では『好色一代男』は、女護の島への渡海をその両部のエピローグとした、二部構成とも言えるだろう。私は、この後つぎつぎに登場する一流の名妓たちの挿話にはふれずにおく。ただそこでは大大大尽となった世之介の個体はますます稀薄な感じがするということだけを記しておく。が、そのことは西鶴の実に巧妙な構成なのじゃないか、と遍歴を辿ったことによって漸く思いはじめている。

後半のくだりは、各地の聞き書き的寄せ集めといった趣じゃないかと私は思うし、そのことで説話的要素は一層に濃いだろう。だから世之介の個体としての存在感はますます薄いのかも知れないが、そのことは西鶴は充分承知していたと思えてならないのである。

何故ならば、それ以後の二十七年の遊里遍歴は、時間軸による成熟がない。まがりなりにも前半は、成熟へそして大大大尽への道程が置かれていた。が後半は、極端なことを言えば世之介なしでも成立する世界なのである。私は各挿話、たとえば吉野太夫や島原の高橋太夫などの話の質を今は問題にしていない。この二部構成の分裂に、実は西鶴は浮世をリアリスチックに透視する基本的構成を考えていたと思うからである。

007、いや世之介は二度死ぬ……

ひとつひとつ考え直してみる。

寺泊の女郎が「こなたは日本の地に居ぬ人じゃ」と言ったことは、そのことが『好色一代男』の長編小説性を証明するひとつの伏線ということだけではなかったのだろう。

第一部、つまり巻四の一段迄の途中、寺泊の女郎との挿話までは、世之介の内面への投影はひとつもはっきりしていなかった。ところが巻三の、この女郎の私語以降、求心的にドラマチックな展開がおこり、世之介の成熟は、町人層の勃興ということとは裏腹に負の指数として深まってゆくのである。それにつれて、先験的な条件としての貴種という型は実在感のある人間へと変貌してゆく。人間と事件のロマネスクはからみ合いはじめる。

私は世之介は、夫を自らの意志で捨て去った女の反抗（革命ではない）を知った時に、その女を連れて逃げ出すという業を背負った時に、寺泊の女郎の「日本の地に居ぬ人じゃ」という言葉と正反対の日本に於ける市民意識へのめざめの中で、時代に殉じて死んだのじゃないかと思う。007ではないけれど、私には確かに世之介は二度死ぬ、と思えてならないのである。そこに、西鶴の近世に生きた葛藤があったと見たいのである。

私は、女の親族たちに叩きのめされ、蘇生して、墓を掘り返している男たちと会話を交す世之介には、はじめて成熟があったと思うのだ。霧の彼方にあった世之介は、シャーマン姦淫願望という原初的な欲望から加速度的に時代と人間を見るべく描かれ、一度死ぬところへ運ばれている。私は、今、このことを西鶴の心憎いばかりの計算だと思わぬ訳にはゆかない。百姓に、

「女郎の心中に、髪を切り爪をはなち、さきへやらせらるるに、本のは手くだの男につかはし、外の大臣へ五人も七人も『きさまゆへにきる』と文なぞに包こみて送れば、もとより人に隠す事なれば、守袋などに入れて、ふかくかたじけながる事の笑しや。兎角、目のまへにてきらし給へ」

と言われた時、世之介は心の底から、

「今までしらぬ事なり。さも有べし」

と呟くことが出来たのではないだろうか。

この「今までしらぬ事なり。さも有べし」という世之介の呟きは、遍歴と来し方への想いとして、最早、寺泊の女郎の描写とコントラストになったあのふやけた感慨ではない。ぎりぎり、人間の営みの物凄さを識

り尽した男が、女を背負って逃げた行為の代償として血で求めた真実の叫びに近いのではないだろうか。
だから、私には、英雄、貴種としての世之介が見えなかったことも、ここに到って納得出来るのである。この瞬間の世之介は、私にとっての英雄でもなく、貴種でもない。いわば同じ人間の地平で連帯を求め合うことの出来る負の指数をもった男なのである。だから、この長編『好色一代男』の第一部は、貴種、当代の複合体浮世男としての世之介の成熟を軸にした上昇カーブを描いたノベルではない。貴種から人間への下降の曲線で意図された、痛烈な時代色を担っているものなのじゃないだろうか。貴種としての世之介は見ずとも良かったのである。

西鶴は貴種を遍歴させることによって、それを超克してゆくドラマを作ったのだ、と思うのである。そこでもう一度、あの女郎の私語を想い出そう。

「こなたは日本の地に居ぬ人じゃ」

それは舟出をしてゆく、貴種としての世之介の背中にむけられた女郎の痛烈な批評であったのではないだろうか。この私語以降、急転回してゆく（と、私は見るのだが）ドラマに向けて、貴種としての世之介を断罪する西鶴の葬送の辞でもあったのではないだろうか。その為に、その事前の、ふやけた感慨が配置されていたのだ、とも思いたい。

だから私は、日本に長く居られないだろうという言葉は、決して、エピローグとしての女護の島渡海の伏線とだけは思わないのである。むしろ、貴種からアンチ貴種への、人間ドラマへの希求、つまりはécriture《エクリチュール》と語ることのきしみがここでは顕著に表わされている証拠なのだ、と思うのである。これを限界と呼ぶことは近代の不遜と言うものだろう。

今一度、考えてみれば、巻三の「口舌の事ふれ」以降、巻四の「因果の関守」「形見の水櫛」にかけての世之介の遍歴は、市民階級、その特権階級の勃興期の時代謳歌ではなかった。プレイボーイの遍歴に訪れる敗北の時間であった。それはドン・ジュアンの石像をも空想させる。

これは、西鶴が単に遍歴の中でのバラエテイとして取り込んだものとは、今迄見て来たようなことから考えると、私には到底思えないのである。そして、寺泊の女郎、塩竈の巫女、追分牢の女は、すべて私には西鶴の配置した世之介への告発者たちだと思える。だから、私は「二十九までの一期、何おもひ残さじ」という科白に世之介の遊びとか気取りを見ることは出来ない。その言葉こそが寺泊の女郎の私語と受けるものだと思えるのである。そこで、天賦の説話作家の独自の色を、この世之介の一度目の死に見ることは、私の思い過しだろうか。そのことを殊更説話と近代小説の谷間のきしみと見ることもないだろう。私にはここでの葛藤、ここでのリアリズムに、西鶴の図太い批判と誠実さを読み取ることで充分だという気がする。

となれば、恐らく、松田修先生が七という数の暗合でも説かれるように、女護の島への渡海は、南の海を目指した補陀落渡海のエピローグなのであろう。それは、単に日本へ居られず海外雄飛を試みる世之介の姿ではない。日本の女にも飽き、狭い日本に己の好色道の尋ねる先もなく、世界へと船出してゆく歓喜の姿が描かれている訳でもあるまい。そこにあるのは二度目の死なのである。いや、一度死んだ世之介は、長編の第二部においては、個体として完全に稀薄である。成熟の時間軸もない。

西鶴は残りの二十七年間に、遊里の名妓のエピソードをふんだんに採り入れることで、わざと世之介の個体を薄めておいたのであろう。このことで、西鶴は即身成仏のような、生き乍ら死んでいる世之介の姿を暗示したかったのではないだろうか。そこでの二十七年間は、まさしく浦島太郎の海底の常世の国での暮らしのように、華美にも夢のうちである。勿論、第二部においても、一応編年体的に話は受け継がれてゆくけれども、その独立性と平列性は一部にくらべて、ひどく顕著なものがある。浮世に心残らず、願へる程もなく、死んだら鬼が喰うまでと舟出してゆく時に、世之介は他力本願の透明さに身を包まれていて、すでに生き乍ら死んでいたのだ。数々の淫具は、維盛に「鉦うちならしてすすめ奉る」といった坊主たちの楽音の法悦、伴奏のような役割を担うものだろう。

この生き乍らの死という暗示に、貴種の姿を捉えたことで、女たちの側の心情は一層に浮びあがってくる。とすれば、
矢張り『好色一代男』の第一部と第二部はバラバラなものがくっついている訳ではなくて、西鶴の計算通りに有機的に結びついているものなのだ、と言えそうである。私は説話からの流れとして、はなしのつなぎ手の登場を物語の連結器として見、それから一代記的手法を辿ってくることもさりながら、その発展線上の極点に『好色一代男』があるとだけは思いたくない。段階論から言えば、仮名草子から浮世草子へ、あるいは『竹斎』から『浮世草子』へ、等々、さまざまな歴史的な文芸の流れは見られるだろう。しかし『好色一代男』が、ひとつの途方もないエポック・メーキングの座標であると思われるのは、そんな段階論として近代との谷間に咲く花だからではないのである。

それこそ、西鶴の試みたこの独自の二部構成による人間観照のやさしさにあったのではないだろうか。と、考えてくると……

何か、私にはその説話性を採る、ということも空しいような気がしてくる。それこそ、中村幸彦先生の書かれる通りに、それは「あまりにも近代小説性のみが論じられてきたことへの反証」といった匂いに把えられていると思えるからである。

つまり、説話性というものを、単純にその時代の鏡とすることも大きな錯誤だ、と思えるからなのだ。もっと正確に把えるのならば、語られるということとエクリチュールとの間を、つきとめる作業でなければ意味がないと思えるからである。

エクリチュールとしての、人間の行為から切り離された説話性を摘出、分類することは、大して意味のあることじゃあないだろう。むしろ、文学に定着させようとする作者の行為としてのエクリチュールと現実と

の谷間の距離を計ることで、設定、構造から、説話性を見てゆかなくてはなるまい。私は『好色一代男』の二部構成を、その絶好の例だと思った訳である。何よりも、その分裂、そして裂け目。そこに、西鶴の文学者としての現在があるように思えたからである。その裂け目に、高揚も、また敗北も、あったのではないだろうか。誠実な時代相というものが。

西鶴は重くのしかかる……

エクリチュールの確立ということに近代の証しを見るとすれば、その確立と同時に脱け落ちたものも、本当は拾ってゆかなければならないのだろう。現代では、いろいろな表現手段のすがたが、文学に於けるエクリチュールの確立からこぼれ落ちてしまったものを拾っているのだ、とも言えそうである。とすれば、文学と他の表現手段の間に、歴史的な暗合を見るのではなく、同時に進行している現在というものを見てゆくのが本当のことなのかも知れない。だが、エクリチュールが確立した時に脱け落ちていった緊張感が、言葉の霊としての畏れや震えや憧れや呪いをして、他の手段に宿っているということでもなさそうである。

こういった言葉と向き合った時の緊張感と、静謐なものとしてのエクリチュールとの裂け目を、西鶴のように、身体でもって通過しないことには、事は簡単に運びそうにもない。その裂け目にあって、表現者としての身もだえするような苦しみに灼かれないものに、近世というものは身につかないんじゃないか、と思えるのである。

エクリチュールとしての近代、説話としての中世、その間の超え方に、どうやら現在の問題は深く横たわっているようである。

だから、アストリュックのカメラ万年筆《スティロ》説にも、映画としての頽廃があるということと同様に、説話性のみの映画にも、また大きな頽廃があることは指摘しておかなくてはなるまい。

西鶴の『好色一代男』が二部構成になっていることは、作者にとっての計算であった。と同時に、誠実にこれらの問題と取り組んだ西鶴の裂け目であった、と言えるだろう。これ以上、このことについて大それた推論をする積りじゃないけれど、この点を見失ったか、この近世の格闘を軽んじてしまったがために、近代小説の祖としての光のあて方はあっても、それ以上に、方法的な受け継ぎをしなかった怠慢さも、私たちの近代にはあったのじゃないだろうか。こういう疑いだけは提出しておきたいと思うのである。

主に、そのことは次のような点に纏められていると思われる。

時代の表象としての浮世の一代男を、複合的な存在で捉えたこと。その複合的存在にひきずりおろしてゆく西鶴の批評眼が貫かれていたこと。

その複合的存在の個体化に、第一部のピリオドを打ったこと。そして、第二部では、世之介をレポーター的な稀薄さに終始させたこと。西鶴はこの二部構成を必然的なものとして作りあげたこと。

こういったことは、明治以降の日本の近代が、大雑把に言えば大戦後の文学を持つ迄の期間、遂に西鶴をのり超えることは出来なかった方法ではなかったか、とも思えてしまうのである。エクリチュールとの確立とともに、個人としてのトリビァリズムに包まれた私小説は、ふり返ってみれば、随分と長い間、広い分野に汎って日本の近代をおおっていたものだ、という感慨に捉われてしまう。

矢張り、……

近世への着目ということを（明治の文学者たちの西鶴への傾斜の問題点は、ここではさしおく）私は、必然的な現在の課題として、重く考えぬ訳にはゆかなくなって来たのである。

あさましき身の行末……

私は近世、とりわけ西鶴の浮世草子に見られる現在性というものを、（この場合、私たちの問題としてのという意味で使っている）本当はもっと広範囲に見てゆきたいと思っていた。けれども、私自身の映画からの想いと、西鶴の浮世草子への入り口での逍遥に、埒もなく時間をとってしまったという気がする。天和二年か三年あたりの処女作の段階で、西鶴の提出してくれる現在性に、私自身その問題の多さを収容しきれない。世之介の追跡調査だけで、頭ははち切れそうになっている。

「『……是より女護の嶋にわたりて、抓《つかみ》どりの女を見せん』といへば、いづれも歓び、『譬ば腎虚してそこの土となるべき事。たまたま一代男に生れての、それこそ願の道なれ』と恋風にまかせ、伊豆の国より日和見すまし、天和二年神無月の末に行方しれず成りけり」

といった、私に言わしむれば二度目の死、常世の国への旅立ちは、この天和二年という時代相と、四十を過ぎた西鶴の想いからも裏打ちされて考える必要があるだろう。

構成の第二部、遊郭遍歴のレポーターとしての世之介の船出は、決してロマンチシズムの高揚の極限でないことは、先にも触れた。

「あさましき身の行末、是から何になりとも成べし」

というのは、時代と社会に向き合った西鶴の記録者としての決意のようなものではないだろうか。

私は寺泊の女郎の私語に、長編の帰結につながる伏線を見なかったし、ロマンチシズムの発露も見なかった。第二部の世之介を生き乍ら死んでいるとしたのも、そこに記録者としての西鶴の決意と分身を見たいと思ったからなのである。勿論、金銭を超えての心情に溢れた吉野太夫や、遊女高橋の挿話に、それらの遊女と心を通わせた町人たちの青春を見ることも肝心であろう。好色、ということを軸に据えた人間の解放の一面を見ることも出来る。しかし、天和二年の船出は、むしろそういった西鶴の見聞した青春にとっての挫折であった、と私は見たいのである。町人たちの青春にとっても、天和二年の神無月という時点は、ひとつの黄昏であったのじゃないだろうか。この船出は町人抑圧政策からの脱出または息抜き、という直接的な意図をもったものかどうかは私には解らないけれども、そのようなムードを嗅ぐことも万更誤りではないだろう。だから、だからこそ、「あさましき身の行末」ということには、西鶴の表現者としての万感がこめられているのじゃないだろうか。

それは、西鶴の青春、または世之介の青春への想いということではなくして、長編の帰結、大団円としての日本脱出ということでもなくして、譬えてみれば〝生き恥さらしても〟といった記録者としての司馬遷の決意に近いものが込められているのじゃないだろうか。

つまり、西鶴は『好色一代男』を書くことで近代小説的なエクリチュールとの方向に傾斜していった訳ではなく、ドキュメンタリストとしてのなみなみならぬ決意を披瀝して、説話を己れのものにしようとしたのであろう。

私がこういう風に考えるのも、実はそれ以降の西鶴に、近代小説性という見地から見た後退は感じないからである。（『諸艶大鑑』から『西鶴名残の友』に到る西鶴のノベリストとしての営みを、ここで私なりに見てゆくことは出来ないけれど）『好色一代男』で近代の扉を叩こうとした男が、『西鶴諸国噺』や『本朝二十不孝』や『武道伝来記』等々の著作で、中世の説話集的な世界へ戻っていったということではあるまい。『好色一代男』の方法は『諸艶大鑑』で後退している訳でもない。何故ならば世伝は世之介とシャム双生児のように分ち難く結びついているからである。それはロマンチシズムと表裏一体のリアリズムが西鶴にあったことの証明なのではないだろうか。

西鶴は話し上手だったと言われる。現在のマスメディアに於ける咄とは違って、軽口にも、噂にも、見聞にも、行為としての話を通じて、近世なりの緊張感があったに違いない。夜咄の席上での西鶴の口ぶりを、実際に耳にすることが出来ないのは大変残念なことでもある。彼は一見世之介のロマンチシズムを産み出した後で、後退をしているようにも見える。けれども、それはエクリチュールの限界、欠落への冷静な眼が働いていたからだ、と言っては余りにもうがち過ぎだろうか。私は世伝と世之介の関係を見ると、どうも西鶴の立つ位置が、近世の葛藤というものの象徴のように思えるのである。

それは、

何よりも西鶴が記録者だったからであり、おそらくは卓抜なニュース・キャスターであったからであり、11PMの司会者だったからであり、行為としての話を身につけていた男であったからなのだ。

私は、現代の小説家たちが、話し方の技術に於ても、聞きづらく劣っている点に、聊かの疑いを持つ。エクリチュールと語りの分極化に疑いを持っている。この分極化に、果して時代の鏡は、記録者は、したたかな眼はうまれるだろうか。そのことについては、絶望的だ。〝映画よ、お前もか！〟という気持に到ったことの顚末は、これでお解り頂けるだろう。

エクリチュールは死に瀕している？

今、はるか遠い彼方へと小説がつき進んでいる。私はそんな気持に襲われる。輝かしい未来を求めているのか、それとも内側へ内側へと、自分でもわからない程に沈潜しようとしているのか。勿論、私には現代小説の座標なんか、とんと解らない。けれども、説話に触れる悦び、物語りに浸る愉しみが、かたちを変えて久しいことは確かである。そのことで、私たちはいくつにもわかれた技を持った大木を、梢も見えぬままによじのぼって来た。試行錯誤を繰り返しつつ。

ほんの一例として、モーリス・ブランショの『アミナダブ』を開いてみる。（私がブランショなどを引っ張りだしてくるのはキザな話だ。これは、たまたま、ということにしかすぎない）こんな小説を読むのは、正直申せば苦痛である。私たちを埋め立ててくるエクリチュールは、次第次第に読むことの苦しみ、という生理感覚で人間を責めたてるとしか思えない。

『アミナダブ』の冒頭で、トマ（一応、主人公であろう）は女の手招きを見たようでもあり、見ないようでもあり、……兎に角、ある家の中に入ってゆく瞬間から、私にはブランショの筆に追従してゆくのは苦しみだった。結末がある訳ではない。船出といった大団円はない。大往生もない。仮りに、そこで止まった、といった按配の区切りがついているだけなのである。

エクリチュールは、ひょっとすると語りの時間に変って、読む時間の忍耐力と苦しみを内包しているのかも知れない。トマの遍歴は、読書する時間の苦痛の感覚かも知れない。ブランショの狙いは、ひょっとすると、そんな所にあるのだろうか。いや、正確な作者の照準を見定めることも不可能な迷路に、私たちは彷徨うことになってしまうのだ。

小説が、これ迄読者の為に用意してきたさまざまな質を、故意に破壊しようとブランショは計算しているようである。象徴とは言っても、一体何の象徴なのか解らずに、読者は己れの手持ち札をバラバラに捨ててしまわざるを得ないのである。思いもかけずおち込んだ迷路、足を脱け出せない罠といった感じに、読み手は『アミナダブ』を捉えようとする。しかし、そんな空間的な概念をも侵蝕されていることに気がつくようになる。ブランショは、そんな感じで止まることを決して許そうとはしない。飽く迄も、私たちを空っぽに、透明に作り変えてゆこうとする。それが常世への憧憬を失った人間の絶望なのだろうか。私は読むことの苦しみとの闘いに、浮び上らぬ絶対の〝掟〟を、もどかしく渇望するだけだったのである。

小説にもいろいろあるさ、とのんびり構えていられる時代でもなくなりつつあるようだ。

「彼は好きなときに外に出てこられるという可能性を保っておきたいとのぞんだ……」

ある家の中に入り乍らトマがこう望んだように、私たちの日常感覚は、このようなものだろう。だから、絶対への旅の苦しみも、当然の報酬として受けとらなくてはならない。

「たぶん休息などはもうないのかもしれない。だけどこの旅にはきっと終りはあるだろう。」

このようなトマの内面の空洞は、私たちのよりかかっているものの虚妄性を示唆している。ほんとうに、旅には終りなどありはしないのだから。〝掟〟の厳然たるすがたというのは、このことなのかも知れない。『アミナダブ』という聖書に由来した題名の意味するところは不分明でも、この小説は、読むという行為の絶望を示している。〝はてしのある旅〟への虚妄。……

トマは一体何者なのだろう。生きた人間なのだろうか。霊魂なのだろうか。分極としてのトマは？〝語るに耐えぬものを語る〟小説は、一切の破壊作用のようなものでもある。ブランショの書き記すことは、現実へ回帰するものとは、到底私には思えない。それどころか、読み手の抽象作用もブルドーザーで破壊してゆく。家は楼閣は何処にあったのか。結局、どこにもなかったのか？

『アミナダブ』のような小説は、本を閉じた時に、その旅の記憶をも、露光過度の写真のように白く白く消してゆく。そして、声にならない声で、取り残された私は叫ばなくちゃあならない。誰か言って呉れないか、あの童話の中の子供のように「王様は裸だ！」と。

もしかすると、これが現代の聞き書き、とも思える。けれども、私たちの岸辺に漂着するエクリチュールのどす黒い残骸なのかもしれない。

世之介の旅と、トマの旅を比べる時、私は前者の旅に光を見る。

駆け落ちの最中、丹後路の切戸の文殊堂での夜、おさんの夢枕に文殊菩薩が現われる。出家となれば、仏道に入れば、世間の人も命をたすくべし、というありがたき夢心であった。けれども、おさんはこう答えた。「すへずへは何になろうとも、かまはしやるな。こちや是がすきにて身を替ての脇心、文殊様は衆道ばかりの御合点、女道は曾てしろしめさるまじ」

風が吹けば、はかなく散る塵の世の中に、不義の恋をつらぬいたおさん。

私は〝すへずへは何にならふとも、かまはしゃるな〟と言う反逆に、旅の重さをみたいのである。それは世之介の船出と似ても、さらに強烈な反逆だ。旅に終りがあろうとなかろうと、そんなことは人間のこざかしい妄念の渦にすぎないことを、おさんの言葉は語っている。これは西鶴の旅でもある。冷徹なドキュメンタリストの旅である。

アンチ・ロマンのまなざしがエクリチュールとして観念化したことと、百八十度異った旅なのである。そのことに、私は光を見たいと思う。

écriture《エクリチュール》は、今や新たな死に瀕している。西鶴をちらりと通過しただけで、そのことが胸に迫ってくる。小説は何処へ行ってしまうのだろう。それこそ、はてしのない旅へのぼりつつあるのだろうか。

エクリチュールは、死に瀕している。……言葉は霊を失っている。

『講座・日本の説話・第五巻・近世』昭和50年6月(実相寺38歳)

第8章

私のテレビジョン年譜

私のテレビジョン年譜　昭和34年〜52年

もし、あの時、風が吹いていたならば、私の撰択は、もっと異っていた筈だ。

【昭和三十四年】

私はテレビ局に入社した。フジテレビの試験に落ちて、ＴＢＳに合格した。一勝一敗。フジテレビの試験問題はひどく難しかった。例えば、〝下駄の鼻緒は足の親指と第二指ではさむようになっているが何故か？〟というような問題。〝七合枡と五合枡で九合の水を汲むにはどうするか〟という問題。まだ覚えているが書くのは止める。落ちた所の試験問題は忘れないものだ。後年、私と同期のフジテレビの連中と会った時など、コンプレックスを感じたものである。

その頃、私は故あって、昼間某所に勤めていた。しかし、そこの水が合わず、かねてより念願だった映画の世界に入りたいと思っていた。しかし、映画会社には頭に来た。夜間部の卒業生を受けつけてくれなかったから。

ＴＢＳ（当時はラジオ東京テレビと言っていた）の入社試験は、東大の教室を借用して行われた。行ってみると、あんまり沢山の応募者がいたので、合格は諦めていた。それでも、親戚に紹介して貰ったコネと、昔お隣りに住んでいた人がたまたまＴＢＳに居られた、という別口のコネが私にはあった。そこに一縷の望みをかけた。

恐らく、このコネが利いたに違いない。私はギリギリで入社出来た。入社して后《のち》、成績のトップは今野だ、という噂が流れた。最低は、私か並木だろう、という噂も流れた。世話になった方に何をお礼に持ってゆくべきか解らず、駱駝のシャツとステテコを買った。それを差し上げたら、目を白黒させておられた。並木にそのことを打ち明けたら、ひどく怒っていた。「そんなものは無礼だ。ジョニ赤（当時は価値があった）にすべきだ」と。しかし、入っちまえばこっちのものである。

面接試験の折、〝何のテレビ番組を見ているか〟と聞かれたのには困った。当時、我家にはテレビがなかったのだ。私の同期生、並木章（現在ＴＢＳ制作局プロデューサー）は「ＮＨＫのおとらさんが好きです」などと、出鱈目且得意気に答えていた。しかし、〝おとらさん〟は当時ＴＢＳ一の人気番組だった。これでも受るのだから、存外ＴＢＳの試験は大したことなかったのだろう。

更に余談を重ねれば、試験官に〝尊敬する人物は？〟と聞かれて、私は〝南海ホークスの鶴岡一人です〟と答えたのだが、これについても並木に合格発表前に注意を受けた。

「そういうことを聞かれたら、リンカーンかジェファーソンと答えるべきだ」と。

「ジェファーソンなんて、良く知らねえもん」

と言うと、「知らない人物程、尊敬出来るものだ」と彼は胸を張った。

まァ、運良く入社して、運良くテレビの演出部に配属になった。この時、直でテレビの演出、教養へ行った仲間に、今野、村木、高橋、中村、並木、それに作家になった阿部昭などがいた。この中で、先刻より名前の出てくる並木とは、大学時代からの腐れ縁である。彼は入社決定后も、大学卒業がおぼつかず、ウイスキー、カステラ等あらゆるものを教授の元にせっせと運んでいた。八割方はつき返されて処置に困り、泣く泣く大学近くの喫茶店で大箱のカステラに自らむしゃぶりついていた。そのくせ涙声で「ＴＢＳのラジオの受付には良い女がいる」等と大きな目玉に好色さをむき出しにしていた。

早稲田を卒業する日、私と並木は連立って卒業式を見物にいった。普段、大学構内に余り足を踏み入れたこともない並木が、卒業OKの嬉しさに自ら進んでやってきた。二人で、大講堂の最後列にいて式典を眺めていたのだが、突然「総代として呼ばれたら、どうしょう。前へ出て行くのが大変だ」と、並木は真顔で心配しはじめた。昂ぶる彼の気持を抑えるのは大変だった。因に、私は「ルネ・クレール又は現実の鍵」という卒論を書いた。フランス映画のことを書いて誤魔化したが、彼は堂々と「モーパッサンに於ける性交後の悲しみ」という題の卒論をものしていた。二丁目の灯が消えたのは、三十三年である。

扨々、陽春から夏迄の研修期間が終って、私たちはスタジオ番組のAD（アシスタント・ディレクター）になった。当時TBSの演出部は班制で、石川、岡本、富井、高橋、小松、橋本、宮本というチーフ・ディレクターの下に、DとADがいた。私は高橋班に入った。「日真名氏飛び出す」等をやっていたグループである。今野は富井班、村木は宮本班、高橋は小松班中村は橋本班、そして並木は、どういうわけか芸術家グループの岡本班だった。ところで、中村は研修中に酔っ払って便所の扉と窓を間違え、フルチンのまま契約旅館の二階から顚落して秋迄入院。今野はミスキューを出した揚句、番組進行中にスタジオより遁走泥酔して契約旅館で煙草を消し忘れてボヤ騒ぎ。教養へ回った阿部は先輩のすべてをバカ呼ばわりし、何の命令も聞かず、我々同期の評判は地に堕ちた。TBSの編成局では、昭和三十四年組というのは屑の集まりと言われていた。

この年から、私はさまざまな番組のアシスタントをやった。思いつく儘に列記してみれば……

「屋根の下に夢がある」「日本剣豪伝」「鞍馬天狗」「駈け出せミッキー」「東響コンサートホール」「日曜観劇会」「東芝日曜劇場」「銭形平次」「日真名氏飛び出す」「東京○時刻」「母と子」「この謎は私が解く」「夕やけ天使」「あばれ奉行」「新選組始末記」「ホップステップお嬢さん」「七時にあいまショー」「お母さん」「三銃士」「刑事物語」「七人の刑事」「ただいま11人」「近鉄金曜劇場」「サンヨーテレビ劇場」「新劇アワー」「グリーン劇場」……まだあるけど、際限ないからもう止める。兎に角、テレビ演出部から、映画部へと配置転換になる迄、スタジオを駈けまわっていた。〝特出〟をしたこともある。これはトクダシではなく、トクシュツという。つまり特別出演の略で、ドラマ進行中に突如、闖入者よろしくアシスタントが画面に映ってしまうことを言っていた。キューをふったら丸めた台本が飛んでカメラ前を横切ったこともある。私が入社した頃は生放送が多かったので、いろいろと珍妙な出来事が日々続出していた。もう少し年を取ったら、ルネ・クレールの『沈黙は金』のように、テレビ初期のスタジオにまつわる喜劇を作ってみたい、と空想している。そろそろ私も「昔は良かった」と呟く年頃になりかけている。同期の仲間で、アシスタントとして特出の王者は並木。高橋はうまく立向った故かそういう不体裁を免れている稀な男だ。

扨、昭和三十四年頃はVTR番組は未だ少なかった。但しドラマ・音楽もの・劇場中継がVTR化してゆく速度は早かった。それでも編集はままならず、収録の際は頭から尻まで通しでやることが多かった。途中でNGが出ると、二本収録しているVTRをON・AIRでのりかえるか、頭から収録し直すか、という時代だった。

この頃、アシスタントのやる仕事と言えば、予算書からはじまって、深夜送りの車輌伝票、弁当の伝票に至る迄、あらゆる種類の伝票を書くこと。コマーシャルの素材を揃えたり、キュー・シートを書いて投写室等に配ること。稽古場に日本茶とジュースを用意すること。そして和室のセットを想定してゴザを敷くこと等々。本番でスタジオに入る前にやることが余りに多く、然も一人のアシスタントが一週間に四、五本の番組をかけ持ちしている為、ドラマを教えられる余裕などまるでなかった。勿論、他局のことは知らないが、手をどう抜けば良いか、C調に生きるにはどうすればよいか、といった智慧は確実に身についてゆく環境だった。

夏に演出部に配属になって、秋には芸術祭ドラマ（当時は局内あげての盆踊りのような感じだった）「あざのある女」（石川甫演出）につくことになった。少しはマシなことをやらせて貰えるのかと思いきや、十人程いるアシスタントの最後尾で、車輌と弁当の担当。二週間近くに汎って、二百人近い出演者とスタッフの車輌の手配と弁当の手配をやっているうちに、芸術祭は終ってしまった。もう二度と芸術祭にはつくまいと思っていたが、以后毎年芸術祭につけられる羽目になった。それというのも、その時の私の弁当手配が余りにも鮮やかだったからであり、以后〝弁当の手配にかけちゃＴＢＳ一〟などと阿呆らしくもおだてられた故である。

【昭和三十五年】

この年も、ずーっとアシスタント暮し。弁当の手配とゴザ敷きに明け暮れていた。

確かこの頃、演出部同期の仲間たちと、〝ｄＡ〟という雑誌を発行した。生意気にも「早く俺たちもディレクターをやらせろ」という趣旨で発行し、局の内外に配ったと思う。

そして、一度だけ具体的な行動を起しかけた。

「**おかあさん**」という番組を、一回、三十四年組の新人に共同演出でやらせろというもので、余り我々の騒ぎ方がうるさいと思ったのか、〝じゃあ企画してみろ〟ということになり、台本迄作ったのである。結局スポンサーの受け容れる所とならず、この企画は没になってしまったが、アイデアは並木、構成は今野で、皆でケンケンガクガクの末、具体的に書くことが私の役割りだった。

出演者に殿山泰司、森山加代子を想定して宇野浩二の『子を貸し屋』にヒントを得、質屋の若い女房が、ケチな亭主に哀想をつかし、自分たちの赤ん坊を質棚にあずけて、それとひきかえに、亭主の目を盗んで金庫から金を持ち出して遊びに行ってしまう、といった話だった。

【昭和三十六年】

前年の後半は「**Q**」という芸ドラにつけられたが、この年、私は「**すりかえ**」という芸ドラにつけられた。ピック・アップされた若手演出部員の共同演出ということになっているが、考え方の違う者が集って演出など出来る訳がない。だから具体的には中川晴之助氏を頂点として、真船、酒井、並木に私の五人がテーマの論議を終えた後、一人のディレクターに四人のアシスタントという関係でものを作るということになった。臨時工の問題を扱ったドラマで、脚本は国弘威雄氏と中島丈博氏のもの。途中から確か松本孝二氏も加わったと思う。

この年あたり、ドラマのVTR化はかなり進んでおり、カットでは編集しないが、ブロック別に編集するようになっていた。「すりかえ」はそのブロックを相当細分化して、編集個所は、当時としては画期的に多く、七十ケ所位編集したと思う。

「すりかえ」と前後して、この年の秋頃から、ぼつぼつ、私達にもディレクターになる機会が巡って来た。当時の慣例として、まずは劇場中継からである。

私は日劇の「**佐川ミツオ・ショー**」で、はじめて、自らカメラ割りをし、番組を主導する機会を与えられた。とは言え、映画界のように晴れて監督昇進といった一人立ちの区切りがある訳ではない。〝劇場中継など面倒だし、それ程演出の余地もある訳ないし、技術の中継班は手慣れたものだし、心配することはないから、若いアシスタント連中の訓練に丁度良い〟といったところが演出部の古い連中の考え方だった。それでも、フロアーを猿回しの猿よろしく駆け回るより、たとえ狭苦しい中継車の中とは言え、並んだモニターの前に坐るのは気持良いものだった。第一本番中坐っていられるというのは大変な特権だし、また楽なことだ。

放送の時の番組タイトルは「**歌う佐川ミツオ**」にしたと思う。約一時間半程の番組だった。もう、どんなつもりでこの中継をやったか覚えていないけれど、たまたま、当時の日記をひっくり返したら、十月十二日付で、この番組をやったことが書いてあった。今、読み返してみると、意味不明の個所もあるが、まあ恥を晒すのも一興だし、ここに一部分を写しておく。

☆昭和三十六年十月十二日の日記。

十月二日に、はじめて中継のディレクターとしてVTR撮りした〝歌う佐川ミツオ〟を流した。自分自身の第一歩として、中継ディレクターの段階をふみだした訳だが、中継という形での演出の在り方と、その自分なりの進め方について、色々な反省をしなければならない。

先ず、劇場中継というものを、自分の中で、一度完全に解体出来なかったことによる、つみ重ねの曖昧さ。佐川ミツオという一つの素材を利用する際に、自分の中継という形での演出が、従来からあった中継技術というものの前に、七割方敗れさったことを痛感した。テレビ中継演出者としての僕自身がショーに向けた眼は、ものすごく受身のものであったということ。

そして特に考えねばならないことは、別の演出家は観客と対峙して自分のショーを演出した訳であるが、僕自身の演出とは、そのショーというマティエールと、そのショーに対決している観客が同時にもう一つのマティエールであるということ、そして中継を行うという時間・空間的な現在性が第三のマティエールである、ということの認識が少なすぎたことだ。……（以下略。だらだらと矢鱈と長く、この日は日記をつけている）

この中継では、せめてアップを多用して素材を追おうとした積りだった。先輩たちからは色々と親切な忠告を貰ったものである。ある先輩からは「即興的に、オソードックスな方法へ切り換えるべきだ」と言われたことを覚えている。しかし、そうそう確かな歴史もないテレビ中継の方法にオーソドックスがあるものか、と全く耳を貸さなかった。

その故か、この年の暮、もう一回やることになった中継ディレクターの機会では、演出部長から厳重に戒告される羽目になった。

「**さようなら一九六一年、日劇ビッグ・パレード**」という中継が私の二回目の仕事である。単にショーの舞台を中継する、というのが劇場中継ではなく、劇場そのもの、その場所、その時間、状況を中継するべきだと考えて、私は中継カメラを劇場の外へ持ち出そうと思った。そして年の瀬に当って、安保をからめて街ゆく人々に戦争への予感をインタビューして廻ろうと思った。劇場の内のショーと外の無関係な通行人をつなぐ時間性が出れば、と思ったのだ。しかし、仲々当時便利な小型カメラもなく、四台目のカメラを使わして貰えず、そんな意図は半分挫折してしまった。そこで、いつそのこと外を全部スチールにし、ドキュメンタルなスチールをカット・インでショーにぶち込もうと思った。

ＯＮ・ＡＩＲ当日、テレシネに百五十枚程のテロップ、スライドを入れた。自分の意図に満足し切って、ショーを度々中断して、街ゆく人や働く人の写真と、戦争への予感のインタビュー・テープを、ＯＮ・ＡＩＲで挿入した。

サブで放送中から、ひんぴんと電話が入って来た。別に視聴者からではない。ネットを受けている他局からである。長崎放送からの電話で、〝何か混線してる〟と言われて頭に来た。〝これで良いんです〟と電話を切った。放送中大騒ぎとなり、漸く終って素材の回収にテレシネへ行くと、並木が袖を引っ張った。「今、デスクに帰るな。部長が怒って待ってる」と親切に、知らせに来てくれた。

並木と二人で、部長が帰る迄食堂の片隅で珈琲を呑んだ。

「中継など、適当にお茶を濁せ。アホなことやるな」と並木が忠告してくれた。

「済まん済まん」てなことを言ったかどうか覚えちゃいないが、暇を潰して演出部に夕方戻ると、未だ部長は椅子に坐っていた。そこで戒告となった訳である。しかし、この頃は若かったから、何も聞かなかったと思う。

「僕からも良く言っときました」と並木が言うもので、戒告していた部長も白けて終り。

危機を救ってくれた同窓生には感謝している。だが、しばらく後、並木が彼自身はじめてのドラマ演出「泣くなマックス」を放送した時は、私が彼の危機を救った。放送中、モニターを見ていた演出部長は騒ぎだした。私は放送サブへ飛んでゆき、並木の袖を引いた。今度は深夜の人気なき喫茶室で、二人して部長のほとぼりがさめるのを待った。しかし、仲々部長とは中途半端な時間には帰りたがらぬものである。深夜宅送の時間迄待っていたのかも知れないが。……兎に角、もう良いだろうと並木を連れて演出部へ戻ると、部長がじっと待っていた。

「並木くん！　何%の視聴率を取れると思うかね」といきなり部長が言った。

「三十%ですか……」と並木。

「三十%？」

「いや二十%かな……」

「何イ、二十%!!」

「いや、十五%、かな……」

「十五%!!」

「いや十%で良いかな……」

「何イ、十%!!」と部長はカンカンだった。

「五%かな」と並木は、まるで叩き売りのようだ。

「部長、八%ぐらいにしといたら」と横から私が口を挟んだ。この辺りで、部長宅送の車が来た筈である。

【昭和三十七年】

正確には覚えちゃいないけれど、この頃、ＪＯＫＲ―ＴＶはＴＢＳ―ＴＶと名前を変えた。そして、赤坂一ツ木には新社屋も落成して、現在ある姿の局になったと思う。しかし、現在は入口あたり矢鱈に柵があり、まるで檻のようだ。

この年もしがないＡＤ暮しだが、何本かディレクターをやった。

陽春に、三度目の日劇中継「**フランク永井ショー・君恋し**」。

並木の忠告に従って、そろそろドラマもやれる頃だし（浅薄にも当時はドラマのディレクターをやるのが目標だった。何せ、ドラマのＴＢＳの演出部員だったから）この中継は、正に適当にお茶を濁した。胸を張って、放送直後に演出部の部屋に戻った。

「あんまり、画面にハレーションを入れるなよ」と部長が、優しく言った。

「まぶしかったですか？　部長」と、私も優しく答えた。

「**おかあさん／あなたを呼ぶ声**」

脚本、大島渚。出演、池内淳子、戸浦六宏他。

これが私のはじめてのドラマ作品である。

『愛と希望の街』という大島さんの映画にいたく感動して、脚本をお願いした。代々木の長田ビルにあった「創造社」へ赴き、大島さんにお会いした。『天草四郎時貞』のポスターを背にした大島さんはひどく大きく見えた。〝『愛と希望の街』を裏返しにして、それを超えたもの〟とか何とかしどろもどろにお願いしたと思う。兎に角、引き受けて下さり、素晴しい脚本が出来上った。然し、演出した結果は竜頭蛇尾に終った。このドラマのはじまってから五分位のショットの積み重ねは、恐らく私の演出した全作品の中で最良のものだと思う。しかし、感覚と技術が最後迄、あの手この手と考えすぎて、脚本の生命を殺してしまった。特に、ラスト・シーンの撮り方について、ひどく大島さんに叱られた。「いたずらな技術を捨てて、きりかえして撮るべき所は、きちんと撮らなければ駄目だ」田村孟さんには「頭から、余り高いヴォルテージで出ると、収拾がつかなくなるぞ」と言われた。こういった言葉は、忘れるもんじゃない。未だ、頭の芯に残っている。

この時、私がディレクターになるにつけて、局内では、先輩の真船禎さんが応援して下さった。この作品はVTRのブロック撮り。確か四ブロック位、深夜収録だったと思う。夏期賞与の闘争中で、ストライキ除外例の番組だった。この時から、私の演出したテレビスタジオ時代の作品の美術はすべて森健一が担当して呉れた。「あなたを呼ぶ声」には音楽をつけず、音響と、トレルリのトランペット・コンチェルトを使った。これについても、大島さんの忠告を受けた。「音楽は利用するべきだ」と。

「おかあさん／生きる」

脚本、石堂淑朗。出演、菅井きん、原保美、山本学。それに、ドラマは素人のモデル、吉原恵子さんが加わった。吉原さんの度胸の良さと低いドスの利いた声には驚き入った記憶がある。

囲われ者の二号の娘に、ダニのようにくっついてる母親の話で、娘が出奔すると、アパートの隣に住む貧乏学生の元へ〝母親になってやる〟と転がり込む結末だったと思う。

この脚本は、石堂さんがNTV「愛の劇場」という番組の為に書いた作品で、せんぼんよしこさんが演出される予定だった。何故かNTVの方でキャンセルになり、それを私が貰い受けたのである。既にNTVの名前入りで印刷された台本があり、その表紙を破って、TBSの印刷所へ回した記憶がある。とても面白い脚本だった。放送は七月頃だったたか。VTRのブロック録画。後半の十分程を、クレーンにのったカメラが縦横に動くワン・カットで撮った。この頃、ＴＢＳの技術者たちは、カメラからケーブルさばきの人に到る迄、職人的に上手だった。このカメラワークについては、

「テレビの場合、ながら視聴なのだから、余りカメラワークに凝っても意味がない。お茶を呑もうと下を向きゃ、折角のワン・カットも二カットになってしまうよ」と部長に忠告された。

「折悪しく眼にゴミが入って、またたいたら、百カット程になりますか」と私は答えた。

この喜劇に合せて、ジンタ風の音楽をつけようと思い、作曲を冬木透さんにお願いした。そして、集まった演奏者の方々に、わざとぶっつけの初見で演奏して頂いた。テンポが外れたり、出鱈目な演奏となり、ひどく良い効果だったと思う。

「もっと上手い演奏家は集められないの？」

と部長が言った。

「番組の音楽費が足りないんですよ」と答えると、「そうか」と部長も納得していた。安い予算内で処理していることを匂わせると、部長は納得するものだ。

八月に、「**おかあさん／あつまり**」を演出した。脚本は中山堅太郎。この男は、当時ＴＢＳで一緒にフロアーをやっていた。今は電通の社員である。出演は、斎藤チヤ子、田村正和、ホキ徳田、他。これもＶＴＲだった。

遊び狂ってるブルジョアのドラ息子グループにひっかけられたファッション・モデルのお話で、妊娠したと訴えると、ガキを堕せ、堕さないという口論になり、妊娠したモデルはその仲間から放り出され、一人で母親になるだろうという暗示が結末。風俗的ドラマだった。雰囲気としての音楽に、ペトラ・クラークの「ヤ・ヤ・ツイスト」や、オーネット・コールマン、ウェス・モンゴメリイなどを流した。この時期、余談

だけれども私はモダン・ジャズに狂っていた。その仲間が美術の森健一。輸入レコードのバーゲン・セールなどで、今考えれば馬鹿馬鹿しいが、一枚しかないレコードをめぐって、殴り合いの喧嘩をしたものである。

この三本の「おかあさん」を演出した後で、又々芸術祭に放り込まれてしまった。前年の「すりかえ」が共同演出という奇妙な形を産んで、まずまずの成果。この年も一本はグループでやろうという結論になったらしい。今度は四人で、大山勝美氏を頂点として、梅本、鴨下と私。プロデューサーは石川甫さんだった。脚本は山田信夫さん。途中から、白坂依志夫さんも加わったと思う。「**若もの―努の場合―**」という題だった。これも共同演出は現場に入る前迄。実際は大山氏に一任し、梅本がロケ担当、私がスタジオ担当のＡＤをやった。鴨下は何をやったのだろう？　調子良く逃げまわっていた気もする。

一家の生活の重みが肩にかかる工員の若者と、彼を励ます恋人のお話。随分、色々な所にＶＴＲロケをしていたが、何しろ大山氏は完全主義者なので疲労困憊した。当時、坂本九の「あの娘の名前は」という歌が流行っていて、一ブロックを終って、ＶＴＲをプレイバックする時、梅本と二人で、

〽ＯＫカナ、ＮＧかな、

ハタＫＥＥＰカナ、カナ、カナ、

ナカ、ナカ、キマラナイ、

などと歌っていたら、「無礼者!!　共同演出だぞ!!」と、トーク・バックで大山氏にドナられたことを覚えている。

結局、この年も芸術祭で終ってしまった。

【昭和三十八年】

この年あたり、勿論ＡＤ暮しが大半だけれども、色々な番組のディレクターをやる機会も増えてきた。何しろ、元日特番の演出をやることで、一年が始まったのである。

特番と言っても、一時間ものの歌番組で、「ハイティーン・ア・ラ・モード」という奴だ。ただ有名歌手が出て、持歌を一曲ずつ歌うだけなのだが、それじゃ面白くなかろうと、出演歌手に〝何故、歌を歌うのか〟といったことをはじめとして、色々な質問をぶつけてみた。佐々木功さんが〝労働、その報酬でお金を貰う〟といったのが印象に残った。構成は中山堅太郎にして貰い、美術の森健一と一曲毎に違うセットを考え、まア、歌手の方には申し訳なかったけれど、出演者をオブジェにして、カメラで遊びに遊んだ。魚眼レンズで股下から撮られた佐々木功さんなど、ニコニコしていたけれど、内心憤懣やる方なかったに相違ない。ドラマをやる時とは違って、音楽ものをやる時は、全ての遊びが許されているようで楽しかった。けれども、そのうち遊びが過ぎてホサれてしまった。この番組に出演された歌手の方々は、平尾昌晃、スリー・ファンキーズ、西田佐知子、飯田久彦、弘田三枝子、斎藤チヤ子、佐々木功、安村昌子、克美しげる、……未だ他にもいた筈がだ、もう想い出せない。

この番組は、私の番組にしては珍しく好評だった。きっと局のオエラ方が屠蘇気嫌で見た故だろう。当時の大森直道編成局長に態々呼びつけられて「お前にはチンケな絵心があるんだなア」と言われたのも、この番組の放送直後だった。たまたま同席していた部長が、「局長！　こいつには絵心だけはあるんですよ」と酒を注ぐと、局長は部長の顔を見て、

「お前は絵心が解るのかい？」と言っていた。

この頃、私は週にドラマ二本、音楽もの一本のＡＤをしていてひどく忙しかった。普通、ドラマ班と音楽班は分かれているものだが、何の因果か身の不運、その両方にまたがるシフトにつけられたのである。その

間を縫って、正月中に、

「**おかあさん／鏡の中の鏡**」を演出した。

脚本、須川栄三。出演、朝丘雪路、丹阿弥谷津子、他。

母親代りのステージ・パパのお話だった。とは言え、喜劇ではなく、その親が娘に重く響く心理劇。これは部分VTR撮りの生放送だった。確か、このドラマも音楽を使わなかった筈だ。

二月に、「**おかあさん／さらばルイジアナ**」。

脚本、田村孟。出演、原知佐子、川津祐介、石坂浩二、その他。この脚本も、NTV「愛の劇場」用に書かれたものだ。それを、又々拾わせて貰った。

神学校の学生と義母の関係。複雑な感情の交錯と、欠落の告発。かなり難しいけれど、素晴しい御本だったと思う。今、お話の細部を想い出せないが、自分としては全力投球だったと記憶する。フィルムロケあり、部分VTRありの生放送だった。ランスルーを終った頃、主演の川津祐介さんが精神昂揚の極に、科白をすっかり忘れてしまったと言い出してうろたえた覚えがある。鎮静剤の注射をうって、何とか生放送は無事だった。VTR万能の現在から思えば、この緊迫感もなつかしい。

音楽は八木正生さんにお願いした。モーツアルトの〝レクイエムK六二六〟のモダン・ジャズ的アレンジだった。

この後、春から夏にかけて「**七時にあいまショー**」という歌番組を何本かやった。土曜の七時に放送していたポピュラー音楽の枠だ。このシリーズ、あまり視聴率も良くなかったと思う。佐々木功、飯田久彦、斎藤チヤ子、安村昌子の四人がレギュラーで、主に荻原敬一さんと田中敦さんがディレクターだった。私は四月に企画変更になる前の、四人のレギュラーによる最終回を担当した。

しかし、この時、何というサブ・タイトルをつけたかは覚えていない。レギュラーの他に仲宗根美樹、松島アキラ、といった方々も出演した。正月の特番で味をしめて、又ぞろ森健一の悪ゴリのマットと出鱈目なカメラ・ワークで、歌を滅茶滅茶にした。ＶＴＲプラスフィルムで、歌のイメエジをべたべたフイルムでふくらませたが、やや色々なことをやりすぎて、見苦しいものになってしまった。例えば四面鏡の箱の中で歌って貰い、マジック・ミラーなのでカメラは外からぐるぐる回って撮ったりしたが、まるでガマの油といった感じ。従来の小節毎のスムースなカット割りに耐え切れず、カットをもっと細分化し、しかもポジとネガで切り換えたが、ホールドせずに全部流れてしまった。それでも、ＶＴＲを撮り直す余裕なく放送しちまったが、翌週から企画変えになるので、スポンサーも、部長も何も言わなかった。

四月からは、古今亭志ん朝さんが司会となり、毎回単発形式の歌番組になった。それでも「七時にあいまショー」のタイトルは残っていた。新企画になってから、

「歌う倍賞千恵子」が、私の最初の演出だった。

構成は、中山堅太郎。〝下町の太陽〟という歌を中心にして、ドラマのようにくそリアルなセットを組んで撮った。篠田正浩さんに対談のゲストとして出演して貰った。

その後にやったのが「**歌だ！　若さだ！**」。

これも中山の構成。Ｇスタジオの高い天井一杯にジャズ喫茶のどでかいセットを組んだ。天井を地表にして、地下二階のセットにした。ジャズ喫茶をスタジオに再現して、客席、舞台、楽屋等の雰囲気をリアルに描こうと思ったのだ。当時のトラカメは性能も悪く、技術担当の武谷さんに相談した所、普通のカメラのオルシコンだけを肩で担ぐような形を作って呉れた。石井浩カメラマンが、オルシコンを肩で担いでセットを歩きまわって呉れた。このカメラ分解しちまった故に他で余り役にも立たず、以后私専用のカメラと相成った。

それから「**ＴＶっ子、九ちゃん**」。

構成、永六輔。ゲストいずみ・たく。永さんには画面にも出て頂いた。森健一と私は、歌番組に劇用のセットを組むということに凝って、川崎の工場街をバックにした空地と路地を、Gスタ一杯に組んだ。水溜り、塵芥、ドラム缶、等を配し、更に汚しもに腕をかけて、刑事ものの犯人逮捕の場といった感じのセットを作った。二人はVTR当日あまりの出来栄えに満足し切っていた。ところが、ドラマの時間になっても、誰もスタジオ入りしない。九ちゃんもあらわれない。ADにも来ない奴がいる。局内を駆けまわってみれば、皆ドラマのスタジオに変更になったと思い、クローク辺りでスタジオ表を調べてうろうろしていたのだ。この一件で、又部長に呼ばれた。「あまり、まぎらわしいセットを組むな。歌を聞かせりゃ良いんだから、パネルか、ミラー・ボールがありゃあ良いんだ!!」と、部長に言われた。

「今度ドラマの演出をする時に、歌番組風のセットを組みます」と私は素直に答えた。部長のあきれたような顔が、今でも目に浮ぶ。

この頃大島さんが同世代だからと佐々木守さんを紹介して呉れた。彼の書いた「おかあさん／静かな恋人たち」は印刷迄したけれど、ついに部長は首を縦にふらなかった。いろんな企画が流れたが、これが一番口惜しかった。何故なら、その脚本には我々の世代の感慨がこめられていたからだ。闘争の高揚期に結実した愛が、闘争の解体と共にしぼんでゆく過程を取り上げた、一種の〝されどわれらが日々〟である。この他にも篠田正浩書下ろしの、戦后のベビー・ブームを主題にした脚本も流れた。思えば、企画を共に考えたり、脚本を書いて下さった方々に、随分迷惑をかけている。

扨、この頃私はどんな日々を送っていたのか。たとえば、

☆昭和三十八年五月二十一日の日記

朝、八時三〇分ニ、アシノウラヲクスグラレテ眼ヲサマス。非常ニ不愉快ナ気持トナル。ソノママ二〇分バカリ寝床デウトウトスルモ、サボルワケニモユカズ、五〇分ニオキル。トリタテテ身体ハ疲レテイル訳デモナイガ、睡眠時間ガキリツメラレルノハ不愉快ダ。今朝寝タノハ五時三〇分ゴロナノデ、三時間テイドシカ寝テイナイ。デモ、三時間グライシカ寝テイナイ時ノ方ガ、朝飯を喰エルノモ妙ナ話ダ。パン二切レ、ヤサイト卵トアスパラガスヲ喰ウ。着換エテ家ヲ出タノガ九時一〇分。アラゴンノ「聖週間上巻」ヲ携行スル。ダガ往キノ車内デハ、全ク読ム気ガセズ、目蒲線、東横線トモ眼ヲツムル。地下鉄デハ立ッタノデ、ボーット暗イコンクリートノ壁ヲ見ル。一〇時ニ会社ニ着キＶＴＲ室ヘ行ク。「七時にあいましょー」今週分ノ編集。計六ケ所。意外ニハヤク片附キ、十二時ニ終ル。ガッカリスル。モット生理ヲ発散スルコトハ出来ナイノカ。俺ノ演出的生理モ頭打チダ。食堂デ〝お好み寿司〟ヲ二人前喰ベル。全部喰エル。イササカ心配ナノデ、ワカ末ヲ買ウ。

演出部会ニ出ル。仲々ハジマラズ雑談トダルナ雰囲気。途中ヌケ出シテ、スポンサープレビューニ立会ウ。奇怪ニシテ滑稽ナストリップ。〝フザケンナ〟トイウ感ジ。又、部会ニ戻ルト、折シモ、演出部ニオイテアルテレビ受像機ハ、仕事ニウルサイカウルサクナイカデモメテオリ、コノ演出部員達ニハ、怒リトイウモノモコノ次元デシカ内在シテイナイノカ、ト愕然トスル。シカモ、民主々義ノ部運営ニウマウマトノッケラレテ、自主的ニ勤務ノ自己規制カードノ見本迄作ルモノガ現ワレル始末。

二時ニ、吉川ノ結婚式ノ運営委員会ヲ発足サセルタメニ〝いづみ〟ヘ行ク。ソバヲ喰ウ。帰ッテキテ、予算書関係ニ精ヲ出ス。五時スギニ曲直瀬プロヨリＴＥＬ。坂本九ノ使用曲目ヲ打合セスル。九曲。木曜日ニ永六輔氏ト打合セノ手筈ヲトトノエル。六時スギニ、三階ロビーデスパゲッティヲ喰ベル。ワカ末。演出部ニ戻ルト、勤ムノ合理化ガ守ラレテイル故カ、グット人数モスクナイ。大山勝美、向井爽也ト雑談スルモ、アマリ会社ニ長居ハ無用ト悟ル。九時〇五分ニ会社ヲ出テ、地下鉄ニノル。『聖週間』

ヲヒラク。家ニ帰ルマエニ、鵜の木デ本屋ニ寄リ『幻視ノ中ノ政治』ト『バラと革命』ヲ買ウ。家ニ着イタノガ十時〇五分。スグ飯。ナスヲイタメタノト、チャーシュート、スープ。三杯喰ウ。十一時ヨリ、ファイブフェザースショーヲ観テ、原稿ヲ書コウト自分ノ部屋ニノボリ、フトンニ横ニナッタ瞬間、コノ機会ヲ待ッテタヨウニ睡リガ身体ヲムシバム。—ＤＥＡＤ—

ガバチョト眼がサメルト朝ノ三時四十分。原稿ノ予定枚数一枚モ行カズ、眠リコケタコト痛シ。

「**おかあさん／汗**」

脚本、恩地日出夫。出演、稲垣美穂子、加賀まりこ、他。生放送で、一部ＶＴＲ、一部フィルムだった。夏の盛りに仕事をした。音楽は間宮芳生さんにお願いした。

二人の性質の異る姉妹のお話。姉は汗水垂らして一所懸命生きる型。妹は刹那的な享楽に生きる型。妹が妊娠し、二人は〝母であることの〟条件を巡って対立するといったことが核心だった。

私は部長に約束した通り、このドラマでは音楽もののようなセットを組んだ。例えば、白ホリの前に場所を説明する切り出し文字の吊看板だけとか。……「存外、こういう方法はリアルじゃないか」と部長に言われて、流石に返す言葉もなかった。

近鉄金曜劇場「**いつかオオロラの輝く街に**」。

脚本、大島渚。出演、小山明子、岩下浩、玉川伊佐男、他。フィルム・ロケ少々を含むＶＴＲ。私がヴィデオで作った一時間もののドラマはこれ一本である。音楽は真鍋理一郎さん。

松竹助監督シナリオ集に載せられていた、ひどく長い同名のシナリオに魅せられた私は、ＴＶへのアレンジを監督にお願いした。かなり有名なものなので、お話を説明する迄もないだろう。

このドラマが放送される迄には、企画提出後数ケ月の紆余曲折があった。変革への夢は、後衛を自認する局にあっては、無用の夢である。ＶＴＲ収録后もオクラ入りになりかかった。だが、当時の宮本副部長の口添えなどで、どうにか放送されるに至った。

このドラマを演出するに当っては、一切これ迄の自分を支えていた感覚偏重を排して、技術の乱舞に眼を外らすこともなく、人間のこころにだけ眼を向けようと思った。多少、そんな自己規制めいた方法に自然さが欠けていたのかもしれない。自分では、ごく古臭い皮袋に新しい酒を注いだような印象を持った。ＯＮ・ＡＩＲが終って、大島さんに「君はテクニシャンだなあ」と言われた時には絶望的な気持になった。

「七時にあいまショー／若さがある」

ドラマの演出が終って、又音楽ものに戻った。構成は中山堅太郎。それに詩人山田正弘さんの詩を流した。出演は、内田祐也、伊東ゆかり、梓みちよ、鹿内タカシ、他だった。早大写真研究会の協力を得て、学生たちの撮影した〝青春〟の写真をセットの代りに使った。〝カリフォルニア〟などという歌を鹿内、伊東のデュエットで歌う時、カメラは都会へ働き手の若者が出奔して疲弊した日本の農家へズーム・アップ。……こんなことをやっていたので、ＶＴＲ収録中サブには鈴木道明副部長がつきっきりだった。鈴木さんにも色々と迷惑をかけたが、彼はボクシングの心得がある副部長で、口より手が早い。サブは修羅場の観を呈したが、何とか収録し終えた。でも、結局、これが私の最後の歌番組となってしまった。

ディレクターの機会が頻繁に巡ってくるシリーズに私をつけておくとロクなことはない、と部長達が考えたのだろう。この年も芸術祭につけられてしまったのだ。大山勝美の「正塚の婆さん」のＡＤとして。

この芸ドラには、ワリにイキの良い連中がＡＤをやった。鴨下、高橋、村木、久世と私の五人だった。鴨下は何のかんのと理由をつけては現場を離れたし、村木は一見穏やかな顔で全く他のことを考えていたし、久世はこの手のドラマを馬鹿にし切っていたし、私は稽古の間に眠りこけていた。大山さんは高橋しか相手にしなかった。

芸術祭につけられると、一年は早い。年の瀬に、日劇チャリティショーの中継をやらされる羽目になった。長時間のショーを、鴨下、吉川、私の三人で分割して担当した。私の担当した所は、美空ひばり、坂本九、が主な出演者だった。芸ドラにつけられて滅入っていた反動で、私は思い切り羽根をのばした。劇場のカメラに、スタジオ用のペデスタルをつけ、舞台上にもロウ・ペデのカメラをあげて、クローズ・アップで歌手を追った。歌っていない時の表情に興味を持って、間奏の時は超クローズ・アップで肉迫し、歌いはじめると豆粒のような大ロングにひいたりもした。自分の感覚のおもむく儘に、勝手な画をとりまくった。劇場のお客さん達も、舞台の上のカメラが邪魔でザワついていた。勿論、局内もザワついた。放送が終るや、ひどい戒告を喰った。「お前は相変らず馬鹿だな」と並木に言われた。

「俺にも経験があるが、まア、二年はホサれるね」と先輩の荻原敬一氏はニヤニヤしていた。この冗談は、ピタリと当った。何の気なしにやった中継ものの波紋の大きさが、私のテレビ・ディレクターとしての方向に決定的だった。並木に馬鹿と言われるのも無理はない。演出部には、ファンから非難の投書、電話。美空ひばり後援会からの抗議。「お前に火の粉がかからないように苦労してるんだぞ」などと部長に言われた。「大体、お前は番組を私物化している」と副部長。私は天才美空ひばりを尊敬していたが、きっと美空ひばりへの私流の愛情表現方法が世に容れられなかったのだろう、と諦めることにした。どうとでもなれだった。こんな混乱のうちに、昭和三十八年は終ったと思う。

【昭和三十九年】

そんな日劇中継と並行して、私はドラマの演出も受け持っていた。しかも、新番組で、はじめて週一のレギュラーのディレクターとしての仕事である。この第一回分放映は三十八年の暮じゃなかったか、という気もするが、まアどっちでも良い。編成の方で準備した企画は当時NTVで当りをとった「男嫌い」というドラマの男性版で、題は「でっかく生きろ」。四人の独身男性が共同生活をし、それぞれ毎回、自分の青い鳥を求めるという趣向。この四人には、杉浦直樹、岡田真澄、古今亭志ん朝、寺田農がなった。加えて毎回、女性のゲストが出演という形の喜劇。……しかし、企画が二番煎じだった故か、私の演出が悪かった故か、視聴率も余りあがらず、一クール十三本で打ち切りとなり、私は途中でディレクターを下ろされて、六本しかやらなかった。

私は十三回に汎って、自分なりに周到な用意をしたけれども起用した脚本家のことでもクレームをつけられ、はじめて受持ったレギュラー番組を見事に大敗した。編成や演出部のオエラ方に好評だったのは冬木透さんの作曲したテーマ音楽だけで、部長は放映の度毎に「お前の作るものはわかりにくい」と口痴をこぼした。思えば、随分〝わかりにくい〟という言葉を部の管理職に言われたものだ。しかし、「でっかく生きろ」はそれ程わかりにくいドラマだった訳ではなく、年の瀬の日劇中継の余波で、オロサレル結果になったのだ、と思っている。

私の担当した分をメモ風に記せば、

一回目、脚本・白坂依志夫、ゲスト・北あけみ
二回目、脚本・寺山修司、ゲスト・水谷良重
三回目、脚本・宮田達男、ゲスト・中川弘子
四回目、脚本・長尾広生、ゲスト・芳村真理
五回目、脚本・進藤重行、ゲスト・田村奈己
十三回目、脚本・佐々木守、ゲスト・川口知子

この頃にはＶＴＲが定着しており、生放送はなかった。五回目でオロサレて、再び最后の回をやらせて貰った訳だが、どういう訳か演出タイトルに私の名を出すことを認めて貰えず、上田亨ディレクターの名前が放映された。このことも、いまいましい想い出である。

私がオロされるに当っては、レギュラーの俳優諸氏も相当抵抗を示し、態々演出部長を交えた会合がもたれた程だった。この時には、珍妙なトラブルが部長、副部長と私の間で続出したが、ＡＤをやっていた堀川敦厚くんがいつも冷静に処理して呉れた。俳優諸氏の抵抗も嬉しかったけれども、生活権の問題に迄なりかかり、堀川君の努力で何とか収拾することが出来たのだ。最近じゃ、もう遠い昔の笑い話と化しているが、寺田農などは、会う度に「お陰でＴＢＳから、しばらく俺もホサれちまった」と笑う。「馬鹿、自分の芝居とツラのまずさだよ」と私も笑ってやり返す。でも、当時は、真剣な闘いだった。「二年はホサれるね」と言った荻原氏の冗談は当って、私は四十一年迄完全に演出の機会を与えて貰えなかったのだ。このウラミ、いつか晴らしてやろう、と思っているが、所詮ゴマメのハギシリか。……局も大きいし、人も変っちまった。花ぞ昔の香に、とはいかず、いや花なぞありはしない。

ホサレた日の日記を、写しておく。

昭和三十九年二月二十六日附のものだ。

午前八時。堅太郎宅ヨリ帰ル。一晩中プーニ興ズル。（プーとはトランプでやる麻雀のこと）

午前八時半。就寝。ジェラール・フィリップヲカナリ読ム。（ジェラール・フィリップの伝記本のことだ）

午后三時。起床。朝食。

午后四時。家ヲ出ル。鵜の木駅前売店デ漫画サンデーヲ買ウ。

午後五時。出社。直チニ、部長ニ呼バレル。少シDヲヤルナ、トノコト。理由ヲ聞イタガ、明確ナ返事ナシ。ニヤニヤシテ、〝ホトボリヲサマセ〟ノ一点バリ。ナヲ聞クト、イライラシタ顔デ、〝ホトボリヲサマセ〟

午後六時。大山、高橋、並木チタト談笑。何モスルコトナシ。

午後七時。夕食。副部長ト出会イ、〝観念的ダ〟ト言ワレル。観念ガ大切ダ、ト喋ル。サッパリ通ジナイ会話。

午後八時十五分。金松堂デ、亀井勝一郎『中世の思想』ヲ買ウ。現金。

午後九時。でっかく生きる、リハーサル。Aリハ。ADトシテオ茶の世話。珈琲、紅茶、ジュース、コーラ、日本茶トDヲオ茶責メ。

午後十一時。一新デ、寺田農、堅太郎ト談笑。

午前〇時半。漢江デ、夜食。

午前一時半。アマンドデ、談笑ノツヅキ。麻雀ノメンバー足ラズ。

午前三時。宅送。

まア、こんな顚末で、私はADに逆戻りとなり、この年は主として「**ただいま11人**」などについていたと思う。それでも、シフトでは東芝日曜劇場のディレクターの所にも名前が入っていた。名目上のことだ。「ただいま11人」で一度、東芝で一度、企画が回って来たことがある。

部長には〝自分で企画を考えるな、少し他人の企画を演出することだけに精を出せ〟と言われていた。従って、他人の企画が回って来た時、自分なりの処理の仕方を考えて部長に説明したら、又〝ホトボリヲサマセ〟と言った。テレビでも、よくよくホトボリがさめるのには時間がかかるものらしい。11人も東芝も、石井ふく子さんがプロデューサーだった。演出部の迷える小羊を導こうとして下さったのだろう。Dの機会を部長に進言して下さったのだ。11人の時は、〝ホーム・ドラマ〟の真髄として全編、喰い放し。十一人分カレーを作る苦労と、戦場のような食事時間の拡大描写と言ったら部長は首を横にふった。東芝の時は、たしか平岩弓枝原作「女と味噌汁」という企画だったと思う。準備稿めいたもので、美術の坂上健司氏と話をしたこともある。〝中心テーマは、隅田川の汚染。味噌汁を作るのが上手い芸者の部屋も悪臭で窓は開かない。第一カットは、川に浮ぶコンドーム。それからクレーン・バック〟と言ったら、部長も何も言わなかった。ただ憐れむような悲しそうな眼で、溜息をしていた。勿論、この二度の話は準備段階にも到らず、ポシャッた。他のDがその企画で立派な仕事をしていた。

ADの傍、私は長尾広生さんと、大河ドラマの企画書を作った。企画を考えるな、と言われると考えたくなるのが企画である。〝何か出せ〟と言われると出せないものが企画である。吉川英治の『私本大平記』をベースに、足利尊氏と佐々木道誉に焦点をあてた企画だった。企画書自体が長尾広生氏の大作で、原稿用紙二百枚以上の厖大な企画書だった。しかし、簡単にボツになった。確か、当時編成の岩崎嘉一さんが主人公を「楠正成に変えろ。そうしたらイケル」と親切な忠告を下さったが、私も熱を失っていた。

何か、八方塞りで、この儘演出部で飼い殺しになるのも目に見えていたが、配置転換にならなかったのは不思議な位だ。人事移動は、局内で盛んだったが、不思議に私は残った。「僕のことを買ってくれてるんですかね」と鈴木副部長に聞くと、

「お前だけは、セリに出しても、他の部で引きとらないんだ」という返事だった。何となく、演出部にオメオメと居るのも馬鹿馬鹿しく、この年の秋、丁度東京オリンピックの頃、安い切符を手に入れて、外国へ遊びに行ってしまった。有給休暇も残っていたが、長期間休むので、私費留学という名目の願いを出した。部長はブスブス言っていたが、大森局長が許可を呉れた。IDEHECに入ろう等と本気で考えていたのだ。

巴里へ行って、その気も薄れ、シネマ・テークに日参した。この年に、私は結婚した。暇もあったので、自動車の免許証も取得した。

【昭和四十年】

テレビ映画というジャンルが、番組面で幅を利かせはじめたのはこの頃からだ。これ以前、もう何年のことか忘れちまったがＴＢＳではテレビ映画の局内制作を考えて、試験的に栫井ディレクターにフィルムでホーム・ドラマを作らせたり、宮本、円谷、中川各氏を研修でアメリカに派遣したりしていた。そして、円谷、中川、飯島の三氏がフィルムの監督として演出部を離れ、映画部に籍をうつしていた。

外国から帰って、宙ぶらりんの儘、演出部で過していた私を拾ってくれたのは円谷さんだった。この年に、私は四人目の社外出向監督として、演出部を離れている。映画部に移り度いとの希望を出すと、鈴木副部長に睨まれて、拒絶された。しかし、たまたま円谷氏の演出する日仏合作テレビ映画の話が持ち上り、助監督が居なかったので、うまく話が運んだ。演出部員たちは、外に出たがらなかったし、私の希望は奇特なことだった。

私は都心の赤坂から、通勤先を祖師ケ谷の円谷プロに変えた。テレビ映画の揺籃期だったし、そこに集う映画人達は若かったし、楽しかった。ＴＢＳ局舎に比べれば豚小舎のような所だったが、そろそろ吹いて来た局内合理化の嵐からも遠く離れて、私は息を吹き返していた。とは言え、この年は助監督暮し。自分じゃ一本も演出する機会に恵まれなかった。

【昭和四十一年】

日仏合作テレビ映画「**スパイ・平行線の世界**」は陽春に終った。スタジオでホサれてから丸二年とちょっと。五月頃に、ディレクターの機会がやって来た。

「**現代の顔シリーズ／円谷英二の巻**」。

フィルム・ドキュメンタリイである。丁度、「サンダ対ガイラ」という特撮映画に入っていた円谷英二監督をクローズ・アップで追いかけた。この頃、同監督の監修する「ウルトラQ」シリーズがTBSで放映され、大評判になっていたので誕生した企画である。この御縁で、以后円谷英二監督には随分お世話になった。映画部に拾って下さった円谷一さんは同監督の長男だった。今や、時も過ぎ、お二人とも鬼籍に入られてしまった。残念でならない。この番組でインタビュアーをやり、構成も手伝って呉れた金城哲夫さんも忘れられない人だ。以后のウルトラ・シリーズの名脚本家。汲めども尽きない夢の宝庫だったが、彼も若くしてこの世を去ってしまった。きっと、お二人があの世から、相談相手として手招きをされたのだろう。

この番組で、私はTBS入社后はじめて、上司からねぎらいの言葉を貰った。桥井プロデューサーに「御苦労さま」と言われた。

夏に「ウルトラQ」は終り「ウルトラマン」に変った。作品はカラーになった。「ウルトラマン」の第一回放映に先立って、一週間前に〝**ウルトラマン前夜祭**〟というショーと予告編をミックスしたものを放送することになった。杉並公会堂からの中継VTRでやることになった。私には鬼門の中継のお鉢が回って来てイヤな気がした。しかし、桥井Pの厳命で、樋口祐三さんと私の二人がやらざるを得なくなった。映画部に身を投じて僅かな日数しか経っていないし、一回しか監督めいたことはしていないのに、何となくVTRの世界に戻るのが面倒だったのである。金城哲夫構成で、子供たちにショーと映画を見せ、翌週からウルトラマンを盛り上げようという狙いだったが、樋口氏と私は演出責任のなすりっこをしていた。ナンセンス・トリオをはじめとする喜劇陣とウルトラマンのレギュラー・メンバー達が稽古場に来ても気分が乗らず、当日任せの出たとこ勝負にしてしまった。進行役で怪獣博士を演ずる田中明夫さんなど、我々の良い加減さにあきれ返っていた。そのくせ、この番組の制作中、樋口氏と私はＴＢＳ界隈の旅館に泊り込んで麻雀ばかりしていた。結果が良かろう筈もない。出鱈目な出来具合で、樋口氏に麻雀で敗け、懨々中継車のＤになった私は、余りの惨めな舞台上の進行に茫然としていた。

舞台に颯爽と登場したウルトラマンは、ピアノ線の手違いで宙ぶらりんの儘苦しみにもがき、あわてて、幕を下ろすと、それがウルトラマンにひっかかり、満場の子供たちは馬鹿にして口笛を吹いていた。怪獣博士の作った怪獣製造機は本ものの豚からあらゆる怪獣迄造り出す能力があるという設定だったが、豚の出てくる段階で挫折しちまった。キイキイ泣くだけで豚は一向に言うことを聞かず、美術が針金で尻を突くと、製造機の出口から狂ったように飛び出した豚は、鳴きわめいて舞台をかけ巡り、スタッフは取りおさえる為に番組進行中にも拘らず、舞台上を右往左往した。一匹の小豚は怪獣よりも強かった。全編こういった具合で、不体裁としか言いようがなく、樋口氏と相談して、放送では、飯島さんの撮った怪獣ネロンガのフィルムを随所に挿入して誤魔化した。栫井Ｐに、二人共ひどく怒られ、責任上どうしても演出タイトルを連名で入れろと申し渡された。しかし、余りの恥かしさに、ＯＮ・ＡＩＲ当日、私はテレシネから演出テロップだけを回収して捨ててしまった。それでも、どういう訳かこの放送が三十％近い視聴率をあげ、すべての不体裁の責任も水に流れた。誠に、民放は視聴率さまさまである。

そして、漸く、私はテレビ映画の社外出向監督としての仕事をはじめた。

「ウルトラマン／恐怖の宇宙線」

脚本、佐々木守。音楽はこのシリーズを通じて宮内國郎さんだった。撮影は内海正治氏。子供が絵に空想の怪獣を描き、それに宇宙線があたって怪獣になるというお話、最初は「朝と夜の間に」という題だったが、メロドラマっぽいので、変えられてしまった。怪獣の名前はガバドン。眠ってばかりいる怪獣だった。ヘンリー・ムーアの彫刻のような怪獣を意図したが、出来上ってみればハンペンのお化けみたいでがっかりした。

「ウルトラマン／真珠貝防衛指令」

脚本、佐々木守。私の撮ったウルトラマンの脚本は全部彼の手になるものなので、以后名前を省く。図体がデカいが真珠を喰う怪獣のお話。ひどくグロテスクなものが綺麗なものを内包する主題でやりたかったが、出来上った縫いぐるみが何とも滑稽で、そんな主題は消し飛んでしまった。怪獣のかたちは本当に重要だ。ガマクジラと名附け、デザイナー成田氏のイメエジ・スケッチの段階では、見るも気持悪いものだったが、出来上った実物は可愛らしく愛嬌たっぷりだった。特撮の現場に行って、プールに浮んでいるガマクジラを見ると遊園地の浮袋といった按配で、絶望的になった。

「ウルトラマン／地上破壊工作」

この回から撮影が福沢康道さんになった。縫いぐるみの愛らしさに絶望していた私は、成る丈特撮を使うまいと決心し、特撮班との間でちょっとしたトラブルがあった。しかし、番組売りものの怪獣を出さない訳にはゆかず、怪獣テレスドンというオケラの巨大化したような奴を作った。お話は、地下に眠る怪獣を持って地球征服をたくらむ悪との闘いだったと思う。この頃、ゴダールの『アルファヴィル』というSFを観て感銘を受けていたので、特撮を極力使うまいと思っていたのだ。しかし、結果は似ても似つかないものとなり、方法盗用の汚名を着ずに済んだ。皮肉な話である。

「**ウルトラマン／故郷は地球**」

大国間の宇宙征服競争の犠牲者である某国の宇宙飛行士が、ある惑星に不時着し怪獣に変身するお話。故郷忘じ難く地球に戻ってくるが、故郷はその異形を受け容れず殺される結末だった。怪獣の名前ジャミラは象徴的だろう。相当力を入れて撮ったのだが、力が入り過ぎて色々なシーンをカットせざるを得なくなった。隊員の一人が大国の覇権主義に疑問を抱くラストも、その為に薄くなってしまったのが残念だった。死にゆくジャミラが赤ん坊のように泣く所では、本ものの赤ちゃんの泣声を使った。私の演出は肩に力が入りすぎていたが、佐々木守の脚本は素晴らしかったと思う。


何をやろうと、このシリーズには固定した高視聴率があり、そのお陰でテレビ映画監督としての私の出発は順調だった。局のデスクに来ることも少く、演出部時代と異り映画部長津川溶々さんは優しすぎる程の人で、いつもニコニコだった。

【昭和四十二年】

この年もウルトラマンの演出ではじまった。

「**ウルトラマン／怪獣墓場**」

ウルトラマンが宇宙空間に葬った数々の怪獣が浮かばれず彷徨っているという設定で、骨だけの怪獣シーボーズがその墓場から地球に落ちてきて騒動になるお話だった。この怪獣にも、ある種の凄みをもたせたかったのだが、言うも愚かしい形に仕上ってしまった。その上、私に対する特撮班のいやがらせか、シリアスであるべき怪獣は漫画的な振付で、怪獣に仮托した鎮魂の主題は滅茶滅茶になってしまった。ウルトラマンに手を引かれて荒野をゆく怪獣がダダをこねたり、立小便したりするのを見て、私は決定的に特撮班に絶望していた。

もう、特撮の馬鹿馬鹿しさを逆手にとるしかないと考えて、次の「**ウルトラマン／空の贈り物**」を作ったのだ。

ただ矢鱈に重いというだけの怪獣が、ある日空から落ちてくる。これを宇宙へ返す為に、科学特撮隊とウルトラマンがさまざまな方法を試みるというお話。しかし筋らしい筋はなく、怪獣を葬る作戦を羅列して画にしてあるだけ。怪獣にはスカイドンと名付けた。怪獣の肛門にロケットを仕込んで打ち上げても、重みであがらず、肛門から水素ガスをつめ込んで風船怪獣にしても、自衛隊の余計なお節介で逆戻り、といった按配で佐々木守のあの手この手はひどく面白かった。矢鱈と怪獣の肛門を狙う故か、筋らしい筋がない故か、放送前にこのシリーズを手懸けてはじめて「わかりにくい」とか「えげつない」とか部長達に注文をつけられた。しかし、兎に角、この年、関東地方異様の雪害で、ストックも底をつき、無事放映された。何のことはない、終ってみればこの作品が私のウルトラマンの中で一番評判が良かった。

この年の初夏に、岸恵子さんが里帰りすることになり、その時期に合せて、急據六本の単発ドラマが作られることになった。製作会社は国際放映で、岸さんが六通りの女に扮するシリーズで「レモンのような女」という通しタイトルが決った。一時間もののテレビ映画で、モノクロだった。編成の好漢磯崎洋三氏を中心に脚本が準備され、円谷さんと半々で担当することになった。

この時、私の所に回って来た最初の脚本は田井洋子さんの書下ろしたもので、確か画材屋を経営する女の話だった。しかし、これは帰国した岸さんとの打合せでキャンセルとなり、磯崎氏と私は大アワテで次の脚本を探しまわった。もう放映日から逆算して、新しい脚本を依頼する時間もなかったのだ。その時点で、既に私はロケハンの段階に進んでおり、西荻窪に主たる舞台の画材屋も探してあったのだ。このピンチは、たまた岸さんと親しい映画プロデューサー市川喜一さんの好意で回避することが出来た。同氏が今井正監督と作る予定だった泉大八原作脚本の「アクチュアルな女」を提供して下さったのである。しかし、何せ映画用の脚本なのでテレビ一時間には長すぎるし、テレビ用の脚色も必要だ。泉大八さんの御好意で、テレビ用に勝手にテキストレジイさせて貰うこととなった。この作業は、他人に頼む時間もなく自分でやった。題は「**私は私―アクチュアルな女―より**」とした。このシリーズを通して音楽は冬木透。この回は作曲をせず、モーツアルトのディヴェルティメントＫ一三六を使用した。撮影は秋元茂氏。美術の朝生治男さんが、シリーズを通して良いセットを組んで呉れたことを想い出す。

株に手を出す破格の女教師の話であるが、その恋人役には高橋幸治さんが出演した。何せ準備にも時間がなく、あわてて作った故か、そう肩に力も入らず、まずまずの出来だったと思う。しかし、今井正監督の手で決定化が実現していたら、私のようなケレン味もなく、傑作が出来上っていただろう。惜しいことだ。

「**レモンのような女／燕がえしのサヨコ**」。

風のように現代の巷を吹き抜けてゆく女スリのお話で、いつもキラリと光った挑戦的な眼が人の心を見抜く。彼女とモッサリした男の出会いと別れ。その一瞬、一瞬の虚空に花開くメルヘンの花火。田村孟さんの脚本は、相も変らず冴えていた。音楽は、メイン・テーマにモーツアルトの魔笛を変奏して使った。出演は伊丹十三、原保美、女スリの舎弟に、なべおさみ。バアのマダム役で戸川昌子さんが顔を出して呉れた。この回は、自分では良い出来だと思ったが、放映后田村さんに「ナメの構図はやめた方が良い」と言われて恥入った。この言葉はかなり胸にこたえた。従って、人と人との客観ポジションに入る以外、無用な物ナメの構図には、以后神経を使うようになった。そう言えば、この頃未だ東京の銀座には都電が走っていた。深夜、そのレールに沿って銀座四丁目から新橋迄の移動カットを撮った。そのラスト・カットも、今や遠い昔の出来事である。

「レモンのような女」の三作目は、佐々木守の脚本だった。題は「**夏の香り**」。この頃、佐々木守はイルカの知能指数に凝っていて、はじめはイルカの調教師であるナゾの女の話を書いて来た。題して「イルカに乗った女」。しかしこれは実現に到らず、又々スケジュールがきつくなった。そこで急據生れたのが「夏の香り」である。佐々木守は、本当に凄い男で、達筆のうえに次から次へと色々な話を作り上げていった。

「夏の香り」は、ある女のある夏の一日を追ったものだった。その女は歌手。彼女中心の楽団解散の日。さささやかな乾杯。彼女の年下の恋人との別れ。……彼女の記念すべき日に、二つの重なった解体。若い恋人の残した胎内の子。しかし、診断の結果は想像妊娠だった。スケッチ風に、ある女の一日のエピソードを追い、東京郊外の夏の日常にいろいろな人間を発見し、暗い事件を扱っても脚本の筆致は明るく、爽やかだった。

この回を撮影する日数は放送から逆算して、ギリギリ五日。天気にも恵まれたけれど、何のトラブルもなく、ロケは爽やかに進行した記憶がある。私も衒いを捨てて、カメラをのびやかに解放し、あれこれと構図を指図したり、ファインダーを執拗に覗くこともやめた。五日の許容範囲にはそれなりの方法を、と思い、特に日活から借用した長い移動車にカメラをのせっ放しにして、カットを細分化することも止めた。前作のカメラ・ワークや構図とは正反対の作品が出来上り、自分では満足していた。尚、若い恋人役には石立鉄男が出演した。

これで、私の担当分三本は出来上ったのだが、最後の回はどう考えても放送に間に合うスケジュールがなく、関係者各位鳩首会談の結果、オムニバスに分割して十五分ものを三本作ることになった。それにしても、脚本を書く日数も殆んどない。飯島監督が加わって、夫々撮影一日、ワン・シチュエーションで何とか放送に間に合わせた。勿論、私は速筆の佐々木守に依頼した。

それが「**そばとオハジキ**」。岸さんとは関係なく、若い下町の恋人同士のちょっとした行違いをスケッチしたものだった。斎藤憐と原田糸子が出演した。間に合せ用にワサワサと撮影したことだけを覚えている。

この年は、私にしては結構忙しい年だった。監督稼業は軌道にのり、おまけに長女も誕生した。これは余計な話。扨、レモンが終って、坂の上の国際放映から、坂を下った円谷プロへ戻った。今度はウルトラマンの後企画ウルトラセブンだった。


「**ウルトラセブン／狙われた街**」

脚本は金城哲夫。あなたの隣にも宇宙人がいるといった主題。日常的な生活の場に入り込んだ危機を描いていた。宇宙人が変身した後も、汚い和室六畳のアパートにいるという描写を、プロデューサー側からは注意された。「こういう手のドラマは、成る丈洋室にしてくれ」と言われた。奇妙な話である。

セブンのシリーズは音楽が冬木透。この回の撮影は福沢康道氏だったと思う。変身する以前、つまり宇宙人が人間の姿を借りている時には、仲々シリアスな展開だったが、変身したらドラマもへったくれもない。宇宙人のかたちについては、縫ぐるみの限界をウルトラマンで確かめていたので、もう余り注文もつけなかった。この回の宇宙人の名前も想い出せない。何やら、長靴の化け物のような姿だった。


「**ウルトラセブン／遊星より愛をこめて**」

脚本、佐々木守。撮影、福沢康道。

人間の血を吸う宇宙人が登場した。と言ってもドラキュラ風のドラマではなく、放射能汚染で血液の濁った惑星から、綺麗な地球人の血を求めて宇宙人が来るというお話だった。この宇宙人は手口が巧妙で、女と恋愛をしその心を溶かし、時計をプレゼントする。その時計に血液採取の仕掛けがあるというものだ。福沢氏が凝りに凝って、綺麗な画面の連続だった。途中はある種の青春ドラマのようなパステルカラーの色彩だった。超望遠で夕陽と人物を狙うラストカットなど福沢氏がねばったが、とうとう幾日過っても夕陽に恵まれず、夜間オープンに大容量のライトを使って撮影した。

円谷プロの制作部では見せしめの為に、フィルム使用量と撮影日数のグラフを作り、以后各監督の能力を一目瞭然で比較出来るようにした。早くも、テレビ映画の世界も厳しくなって来たのだ。この回の宇宙人の名前も覚えていない。全身に毛細血管の浮き出たイメエジを打合せしたが、出来上った縫いぐるみはまるで包帯まきのミイラ、恰もミシュランのゴム人形のような感じだった。

更にセブンのシリーズを担当する筈だったが、急に時代劇を撮ることになった。しかも京都で。

「京都の撮影所はコワイぞ。お前なんかグダグダ言ってたら翌朝鴨川に浮いちまうよ」と円谷さんにおどかされ、からかわれた。

水曜日、八時の新シリーズで、栗塚旭主演「**風の新十郎**」という番組だった。当時、栗塚氏はNETの人気番組の主演者。彼をTBSゴールデン・タイムに連れて来るには色々とトラブルもあったらしい。何か、新番組の会議も歯切れ悪く、太い芯が見つからぬ儘、スタートという具合だった。でも、兎に角TBSからは飯島さんと私が監督で、京都松竹へ行くことになった。もう、この年あたりになると局の方針として社外出向監督を養成する気持もなくなっていた。テレビ映画の演出家は、外部にいくらでもいるという訳だ。だから、映画部の四人の監督は局内で宙に浮いたような存在だった。勿論、演出部のディレクター達も、社外出向になることを誰も望まなかった。東京のプロダクションならまだしも、京都の撮影所へ出向とあっては、まるで糸の切れた凧である。私は局から見離された侘しさを感じなかった。寧ろ、全く管理されない場所に来たことで活き活きとしていた。局の社外出向監督についての方針などどうでも良かった。合理化の迫った演出部員達の将来も関係ない場所だった。おまけに多額の出張雑費、日当、交通費の差額分を持っていて、京都暮しは天国だった。何年か後、局を止めて自主制作に没頭しはじめると、京都暮しは地獄になった。これは余談か。

「風／走れ新十郎」

脚本、佐々木守。音楽はシリーズを通じて冬木透。このシリーズはモノクロの一時間ものだった。はじめは「百合姫ぶるうす」という題だったが、何故かこんな陳腐な副題になった。ワイラーの映画『ローマの休日』に似たお話。つかの間の自由を楽しむ籠から放たれた小鳥のようなお姫さまと下賤の男の出会い。そのお姫さまをとりまく藩内部の陰謀と怪盗〝風〟の活躍といった内容だった。お姫さま役の左時枝さんとその相手をやった清水紘治さんのコンビがとても良かったと思う。はじめて京都の撮影所で働いた時の驚きは、伝統に支えられた技術を持ったしっかりしたプロの多かったことだ。そこに、私は時代劇素人の捉われぬ眼を持ち込んだが、案ずることもなく、直ぐスタッフと連帯出来た。しかし、この作品は良い気になって尺の計算を忘れ、随分長くＯＫを撮った記憶がある。編集の天野氏がフウフウ言って尺ヅメをしたものだ。撮影は西前さんだった。

「風／絵姿五人小町」

脚本、佐々木守。暮に撮影した。底冷えのする師走のオープンで、ガタガタとふるえながら仕事をした。〝風〟シリーズでは、メインの監督だった巨匠松田定次監督にお世話になった。時代劇のルウティンを教えて頂き、防寒具迄頂いてしまった。

抜荷買いの商人と結託した大名、そこに出入する悪徳絵師。お話は羽子板に描かれた美人達が頻々と消えるところからはじまり、絵師の裏を新十郎が探り、悪のからくりを暴くといったものだった。比較的、佐々木守のものとしては類型的な時代劇だが、これには訳がある。彼と用意した、江戸の若者風俗を奔放に描いたシナリオがキャンセルされたからである。原保美、八木昌子、真理明美、他が出演した。撮影は木下富蔵氏。当初予定されたものがキャンセルされて、余り意気あがらず、余り記憶もない。けれども局に帰ってみると、局長に呼ばれて大いに賞められた。私としては訳が解らなかったが、映画部のエラ方も皆なニコニコ顔。局長曰ク「家のお手伝いさんがひどく面白いと言っていた。だから大衆受けもした筈だ」勿論、この時はもう大森局長の時代ではなかった。
「はア、……」と返事して局長室から戻って来たが、実はその局長宅のお手伝いさんの批評は局内で有名なことだった。京都に居たから無知だったわけ。廊下で、並木にぽんと肩を叩かれて「お前、局長のお手伝いさんに、お歳暮を送った方が良いぞ」と言われた。並木はゲスゲス笑って「これから準備稿をお手伝いさんに見て貰えヨ」とつけ加えた。

【昭和四十三年】

年が明けて、また京都。正月早くクランクインする筈だったが、生来のなまけ癖が出て西山正輝監督に代って貰った。一月下旬迄東京で遊んで、京都へ戻った。

「風／誰がための仇討ち」
脚本、石堂淑朗。出演、内田良平、玉川伊佐男、原知佐子、他。この作品もタイトルでモメた。もともとは「花は桜木人は武士」という題だった。今もって、何故このタイトルが悪いのか解らない。脱藩浪人と彼を敵とつけ狙う老武士と娘。その敵討ちを〝風〟が助けるお話だが、各人に夫々のぬき差しならない事情と優しさがある、というものだった。抑制の利いた良い脚本だった。その脚本の調子に沿ってストイックな演出をした積りである。ひどくシリアスな話だった。音楽を殺して、心理的に響く効果音だけで盛り上げていった。最後、浪人が死ぬ場面でヴィットリアのカンタータを使ったことを覚えている。この回では、町田敏行カメラマンが一本立した。

京都松竹のスタッフ達は、寒さにもめげず本当に良く働いた。雪の二尊院ロケの折など、つながり上積雪が邪魔になり、総出で雪搔きをしてくれた。そして、ただ一カットのフル・ショットを撮影可能にしてくれたのだ。

「颪／江戸惜春譜」

脚本、鈴木生朗。出演、斎藤チヤ子、山口崇、花沢徳衛、加地健太郎、他。

春をひさぐ女と島流しになった恋人の純愛を中心に、その島流しを作意した悪党たちの動きが色々とからんで、最後は〝颪〟がバッサリ。最後に正義の味方が出てくる所は、〝ウルトラマン〟も〝颪〟も大同小異だった。私の予定された最終回だったので、松田監督の推薦もあり京都在住の脚本家鈴木生朗氏の本を使った。

〝颪〟シリーズはこれが二クールギリギリだったが、あと一クール以上、延長が決った。しかし、TBS出向の監督はここで東京に戻ることになった。まあ、局を背景に出て来た監督は、虎の威を借る狐よろしくプロダクションには受取られ、あんまり健全な形態とも言えなかったと思う。下請の側としては、局から送り込まれたスパイのようにも見えたろうし、プロダクションの意志も通りにくく、このあたりの行き違いも、この制度が育たなかった理由と言えそうである。しかし、スタッフの段階ではそんな色眼はなかったと思う。ある程度、その辺りの空気も察していたし、テレビ映画では助監督の一本立も仲々難しいので、この回は全面的にチーフの深田氏を押し出そうと思っていたが、これには局の方で〝余計なことをするな〟と反対が入った。そして、結局、四本目の〝凧〟と取組んだのだ。この撮影中、TBSは春闘の真最中で、しばしば時限ストの連絡が長距離電話で入って来た。何しろ監督だけが遠く離れた東京の組合の指令でストに入るのだから、京都のスタッフもびっくりである。私は指令に忠実に仕事を放棄して撮影所の庭で日向ぼっこなどをしたが、月に本数を稼がなきゃならないスタッフはイライラである。この辺りにも、釈然としない矛盾があった。このこと等を含めて、組合とも協議したけれど上手い解決策は見出せなかった。

この作品では、親子移動、円型移動、クレーン移動等、京都で培われた移動技術を習得させて貰うべく、カメラ・ワークを派手にした。撮影は町田敏行氏だった。移動を色々と披露してくれたのは、今は亡き小林進さんだった。彼の技術も忘れえない。この〝凧〟を通じて、京都のスタッフとつながりが出来た。そのつながりの大部分は、自主制作に結実し最近の私の映画にも到っている。（とりわけ録音の広瀬浩一は、私の自主制作のすべてにかかわっている）

陽春に私は東京へ戻って来た。そして、円谷プロへ復帰した。又、ウルトラマンをやることになった。

「ウルトラセブン／第四惑星の悪夢」

脚本、上原正三。撮影に永井仙吉氏。脚本の上原さんは、金城氏と共に円谷プロの企画室を支えていた。再び宇宙人ものに戻るのも何となく気が重かった。そこで、成る丈特撮抜きで処理出来るものを注文した。ウルトラ警備隊の宇宙ロケットが軌道を外れ、第四惑星なる地球と瓜ふたつの星に不時着する。空気があり、人間がおり、地球そっくりの生活がある。はじめは地球の何処かに不時着したのかと思っていたが、その星には四つの月があった。そして、次第にその星の異様な恐怖政治が明らかになる。完全なる独裁体制で、ロボットの支配する星だった。人間たちを殺りくするロボットのスポーツもある。こんなお話で、最后にウルトラセブンが登場したと思う。

この頃、円谷プロのスタッフにはウルトラ・シリーズ初期の熱意もなく、ウルトラセブンも終りに近づいて制作部は終戦処理ばかりを考え、テレビ映画の悪ズレしたスタッフが多く入り込み、技術も低下していて、かなりひどい状態だった。京都のスタッフ達と充実した時間を過して来た私には、プロダクション全体をおおうダルな空気が耐えられなかった。子供たちに良質の夢を届ける筈だった理想は消し飛んでいた。この回の特撮セットを訪れて、第四惑星のロケット基地を見た時、私はびっくりした。そこにはきちんとデザインされたロケットの作りものがなく、ただ注射器、浣腸器の類が立てられていた。フル・ショットはこれで充分、という特撮スタッフのあきれた思い上りだった。子供をナメチャいけない。予算の故だと弁解していたが、イメエジの貧困にすぎなかった。

「ウルトラセブン／円盤が来た」

この本は私自身で書いた。天体望遠鏡で星を見るだけが楽しみのモテない青年のお話だった。ある夜異様な星雲を見つけ、ウルトラ警備隊へ連絡するが一素人の通報とて相手にしてくれない。彼は地球の危機を近所中にふれまわるが誰も相手にしてくれない。町のつまはじきとなるが、一人の少年が彼の話を真剣に聞いてくれた。実はその少年が宇宙人だった。例によって、ウルトラセブンの活躍があり一件は落着だが、危機の最初の通報者である青年は一転して英雄となる。しかし、直ぐに皆から忘れられ、ただの工員に逆戻り、といった結果だった。

成る丈、特撮部分を少なくしようとして書いた台本だった。以前ウルトラマンの頃なら、特撮部分の少ないことを、特撮班は怒ったものだった。しかしこの頃では特撮が少ない台本を喜ぶような有様だった。

美術デザイナーの池谷仙克が、サラダボウルを二つ重ねて円盤にした時、私は怒る気力もなかった。第一この頃のウルトラセブンでは、さまざまなものが宇宙や大空を飛んでいた。水中翼船のプラモデル、ガラス鉢、皿、等々……クリスタルカットのサラダボウルなど良心的な方だったかも知れない。しかしこの作品の出来栄えは、推して知るべしだ。ただこんな出会い方をした美術の池谷仙克とは以后ずーっと仕事をするようになった。『歌麿』に到る私のすべての映画の美術は彼の担当である。

二本のセブンが終って、私は京都に戻った。局の有給休暇を使い、はじめて自主制作の短編映画を作った。「**宵闇せまれば**」がそれである。これは元来、大島監督が東京12CHのテレビドラマ用に書いたものだ。そのテレビ用台本をその儘フィルムで撮った。〝風〟を作った京都のスタッフと楽しい製作期間を過した。その短編が機縁で、当時新宿文化の支配人だった葛井欣士郎さんと識り合うことが出来た。そして、ATGと提携作品を作る話がはじまった。

こんな形の自主制作をすることに、局は服務規定をタテにうるさいかと思ったが、当時の映画部長平山氏に呼ばれて、「またやりたくなるんでしょうねえ」とだけ言われた。そう言われた時には『無常』の企画に入っていた。いずれ近い将来、社員かフリーかの選択をしなくちゃならないな、と部長の顔を見乍ら、私は考えていた。

確か夏にセブンのシリーズは終り、ひきつづき日曜夜七時は円谷プロが担当することになり「**怪奇大作戦**」という番組に変った。但し、今度は怪獣も出ず、宇宙人も出ず、変身もなく、怪奇現象と結びついた犯罪に科学捜査のメスが入る、という企画だった。従って、特撮と本編の二本立スタッフ編成にもならなかった。

新企画になって、円谷プロのスタッフ達は、長かった怪獣ものの季節が終り、別のファイトを燃やしていた。私はこの番組もひきつづきやることになったが、今回は決してセブン后半の轍を踏むまいと心に誓っていた。気に入らなきゃ、絶対妥協するまいと思っていた。そして残暑の頃、「**怪奇大作戦／恐怖の電話**」を作ったと思う。

脚本、佐々木守。音楽はこのシリーズ全体が山本直純さんだった。レギュラー出演は、原保美、勝呂誉、岸田森、松山省二、小林昭二、他。

今思い返してみると、こんなテレビ映画の作り方は夢物語だ。それも、恐らく私が局からの出向監督だから我儘放題に出来たのだと思う。皺寄せは他の監督たちに行っていた。そのことも気づいてはいたが、私は狂気か子供のように妥協しなかった。兎に角、何と思われようと〝自分の想い〟を貫こうと決心していた。人には誰しも花の時がある。演出にしてからがそうだ。怪奇大作戦こそ、私の花の時じゃなかったか、と思えてならない。後年、自主制作の映画を自分なりのテーマで撮った時も、もっと妥協し乍らものを作っていたと思う。

「恐怖の電話」は、電話を利用した連続殺人の謎に特捜班が挑むお話だった。その裏には、戦争の傷痕が隠されていた。この犯罪を特捜班が解明してゆく筋道は、空想的な仕掛けを記録的に実証的に〝さもありそうに〟追っかけた。成城の電話局に入り込んで徹底的なロケをした。音の周波数を確かめるくだりでは、セットを拒絶して、コロンビアの無響室に迄入った。やるべきことは、きちんとやるという建前で撮影も長くかかった。夜間ロケをしていたら、いつしか周りは明るくなっていた経験もある。円谷プロの若いスタッフ達は、セブンの時とは別人のようだった。撮影は稲垣涌三、美術は池谷仙克、照明は小林哲也、Ｆをとっていたのが、最近私のカメラを回し続けている中堀正夫だ。この回のＤＢの折、音響効果の小森護雄と知り合った。「恐怖の電話」放映の折は局のテレシネに入り込んで、放送時の暗部再現のテストをやり、細くシーン毎に調整をして貰った記憶がある。この頃迄は、局のテレシネも親切な所があったのだ。

「**怪奇大作戦／死神の子守唄**」

脚本、佐々木守。放射能被災で白血病の妹を救おうとする兄のひきおこす犯罪のお話で、白眉は絶望的な兄を、どぶ鼠のように追いまわす警察権力の姿だった。結末には何の救いもないが、実に鮮烈な脚本だったと思う。その兄は平野大悟、妹は深山ユリが演じた。脚本の佐々木守も満足していたから、かなり良い出来だったんじゃないかと思っている。「恐怖の電話」同様、一切妥協しなかった。今じゃ全く考えられないが、かなり長いシーンを画調から判断してそっくり撮り直したこともある。夕景狙いで、顔にはシネキンでオサエをあてたのだが、やや浮きあがったのが全く気に入らなかったのだ。こんな撮影をしているうちに、スケジュール上次の班のクランク・インとなり、撤集班と称して少人数で納得ずくの撮影を続けた覚えもある。犯罪の折に歌われる〝死神の子守唄〟は、山本直純さんの新しい作曲で、哀調を帯びた素敵なものだった。尤も、私がかなり頑張ってものを作れたのも、その時の映画部プロデューサー橋本洋二氏の理解と後援があったからだ。又、絶えず一緒に出向していた先輩の飯島敏宏さんが大人で、尻拭いをして呉れていた。飯島さんには、何かと世話に成り、退社する折、未精算の伝票も随分助けて貰った。我家にカラーテレビが入るのが遅れていたので、大晦日には必ず〝紅白歌合戦〟を見せて貰ったりもした。

【昭和四十四年】

この年も、京都暮しではじまった。怪奇大作戦は、別名をタイ・アップ大作戦と言い、地方の旅館や遊園地等と結んで撮影をすることが多かったのである。これは一時期のテレビ映画の特徴だ。私は旧年中に関西を舞台にした脚本を用意して、制作主任と関西へタイ・アップ交渉兼ロケハンにいったりしていた。しかし、この話は纏《まと》まらず、一時製作中止となったが、橋本プロデューサーの熱意で、二本の怪奇大作戦を円谷プロの更に下請けで京都映画が作ることになったのである。東京からは少数のメインスタッフだけがのり込んだ。

「怪奇大作戦／呪いの壺」

脚本、石堂淑朗。

ある陶工の弟子の青年がひき起す犯罪を扱ったもので、屈折した心理と美意識が描かれていた。この脚本の前に、石堂さんは「平城京のミイラ」という寧楽の都を舞台にした壮大な脚本を書いた。それも面白い本だったけれど、モノにならなかった。お金の問題じゃなかったかしら？　今では何の理由で、その脚本を捨てたのか思い出せない。しかし「呪いの壺」も良い本だった。もっと拡大して大人向けのドラマにしたい位だった。屈折した青年には花ノ本寿さんを起用した。今野勉が作った〝七人の刑事〟の数ある傑作の中でも一、二を争う作品に花ノ本氏が主演していたのが、眼に焼きついていたからだ。

「怪奇大作戦／京都買います」

脚本、佐々木守。音楽は、この回だけソルの〝モーツアルトの主題による変奏曲〟を使った。あの〝ギターのおけいこ〟などでポピュラーな曲である。準備稿のタイトルは「消えた仏像」だった。それでは余りにも直接的なので、放送前にタイトルを変更した。「消えた仏像」という当初の題のように、京都市中の有名寺院から頻々として仏像盗難が起きるという犯罪を扱った。文化財に愛着を持たない国と自治体と市民と観光客に絶望してある歴史学教授がその若い女の助手と、山中にユートピアを作り仏像を安置しようとたくらむお話だった。そして、この事件を追う特捜隊の一人が若い女の助手と恋に陥入ることでお話はメロドラマのように進展した。

この佐々木守の脚本は素晴らしかった。但し、やや長かった。というのも、前の年に映画部で芸術祭ドラマを作るという案が持ち上がり、円谷さんか飯島さんが撮る筈だったが、二人共利口だから芸ドラには消極的で結局沙汰止みになった。その時、幾つかの企画が出来、シノプシスが纏まったが、その中で最有力だったのが佐々木守の書いた「青丹よし」という奴だった。奈良を舞台にして文化財が次々に消える話で、宇宙人が地球の文化財を根だやしに買い取ってゆくスケールの大きな寓話だった。この発想を捨てておくのは惜しいと思い、私が京都を舞台に書き直して貰ったのが「消えた仏像」である。しかし、長時間の芸ドラ用に発想していたので、アイデアの縮少も難しく、やや長目の台本となってしまった。尺出しの編集に、ひどく苦労した覚えがある。「お前は余計なものを撮りすぎる」と、いつも佐々木守に怒られるのだが、この回に限っては脚本が長かった。

主演は斎藤チヤ子だった。

観光映画のように京都中の寺をロケして歩いた。万福寺、平等院、黒谷、東福寺、智恩院、銀閣寺、光悦寺、源光庵、二尊院、祇王寺、念仏寺、常寂光寺、仁和寺、広隆寺、等……たかが二十三分のドラマにしてはぜい沢なロケをしたものである。今、ふり返ってみると、私も色々なものを手懸けているが自分ではこの作品に一番愛着を抱いている。この時の私はうまく言えないが、〝やさしさ〟を持って、ひとやものを見ていたように思えるからだ。

怪奇のシリーズが終ると、円谷プロのスタッフ達は解散した。小林哲也氏を筆頭とする照明の連中は現代企画なる会社を作り、池谷仙克を筆頭とする美術スタッフはＮＩＤＯなるグループを作った。その他にも、いろいろな小グループが生まれて、それぞれの生活防衛に入っていった。円谷の技術の良き伝統を受け継いだ若い有能なスタッフが四散するのは耐え難く、当時特撮監督をやっていた大木淳吉などと相談した結果、せめて共同の電話連絡場所ぐらいは作り、スタッフをつなぎ止めようということになった。このことを池谷にも相談した所、その賛同を得、ＮＩＤＯを発展させてコダイ・グループという名の集りを持つことになった。フリースタッフの連絡場所としてのコダイ・グループは今も続いている。仕事があったら五八二—四◎◎◎（註：元本には伏字無しで表記あり）に電話を頂き度い。……まア、ちょっと脱線したが、このグループを維持してゆく為に、いろいろと仕事をする必要があった。そこで、私は局に内緒のアルバイトに精を出すことになったのだ。電通にいる友人たちが色々と相談にのってくれた。お陰で、ＣＭやＰＲの仕事がやや軌道に乗り、スタッフ達は何とか生活をしてゆくことが出来るようになった。しかし、局の社員である立場と、スタッフ・グループを維持してゆく立場が両立する筈もない。私は次第にフリーになる意志を固めたのである。この頃には局内の制作態勢合理化の嵐も激しくて、演出部にもさまざまな動きがあった。吉川からテレビマンマニオンを作ろうと勧誘を受けたのもこの時期のことだ。私はテレビ映画のスタッフ達と奇妙な連帯感で結ばれていたし、ＡＴＧで第一回の長編劇映画を撮ることも、葛井欣士郎さんの奔走で決っていたので、全く単身ＴＢＳを出ることに決めていた。そして、ＣＭの仕事に精を出していた。余り、出社もしなかったし、クビになっても文句を言える状態ではなかった。そんな私の社員としての弱味を握ったのが並木章である。

　夏のある日、並木に電話で叫び出され、私は局に出向いた。この頃は良い加減に出勤簿の線を引きにゆく他、出社していなかったのだ。並木は配転で映画部のプロデューサーになっていた。「お前の勤ム状態はアキレルばかりだ。今度、俺のやる番組を演出しなかったら、部長にバラすぞ」と、並木はニヤニヤしていた。そこで仕方なく、彼のプロデュースする新番組を二本だけひき受けることにした。当時、〝オーモーレツ〟のＣＭで有名になった小川ローザが主演する番組で、国際放映製作の「**Ｏｈ！　それ見よ**」という代物だった。スカートこそまくらないが、ＣＭの世界を舞台に、小川ローザがスタイリスト役で活躍するもので、時代を先取りしようとする並木の意気があらわれた企画だったと思う。音楽にもＣＭ界の大御所小林亜星氏を使い、タイトルバックもＣＭの監督に依頼していたと思う。しかし、視聴率はサッパリだった。兎に角、この番組を二本ばかり引受けて演出したのだが、結局これが私のＴＢＳ社員時代最后の作品となった。小山内美江子脚本のものを一つ、福田陽一郎脚本のものを一つの計二本である。他のレギュラーとしては杉浦直樹や松山省二が居た。

この二本についちゃ、覚えていることが殆んどない。第一、二本の副題もすっかり忘れてしまっている。番組自体も二クール持たなかったのじゃないか。今はハッキリ思い出せないが、私の演出態度も良い加減で、出来具合も良かろう筈がなく、適当に自分で遊べる所だけは遊んでお茶を濁してしまった。完成試写迄、部分的にもカラー・ラッシュを見なかったのはこの作品がはじめてだし、以后も自分の撮ったラッシュに、それ程無関心だったことは絶えてない。

試写室から出てくると並木に摑まった。彼は色々と文句を言いたかったらしいが、言いたいことの多さに言葉が纏まらず、

「バカ」と呟いた。

【昭和四十五年】

この年の二月に、ＴＢＳを退社した。僅か六十数万円の退職金は、映画『無常』に注ぎ込んで消えてしまった。局では、私は並木とロッカーを共用していたが、〝早くお前の荷物を片附けろ〟とうるさかった。ＴＢＳを止める際には、電通の友人達が親切だった。友人のクリエーター鯨津裕氏など「俺はスグ偉くなるから、お前一人位大丈夫だ」などと良い加減な言葉を吐いていたが、ワラをもスガる気持の私はそんな言葉も信用していた。電通映画社の友人喜多村寿信プロデューサーも相談に行くと「どうにかなるんじゃないの」と呑気だった。そして、どうにかなるだろうと思って局を止めちまった。

この年、映画『**無常**』を作った。そして、テレビジョンとは余り関係がなかった。日航ジャンボ機内で上

映する短編映画なども作った。

【昭和四十六年】

この年は、ＡＴＧで『**曼陀羅**』という映画を作った。夏の終り頃、ＴＢＳの橋本プロデューサーから声をかけられた。再び日曜の七時に怪獣ものをやるから手伝え、ということだった。丁度、追いかけるように、フジテレビで同時刻に「ミラーマン」がスタートすることになり、しばらく鳴りをひそめていた怪獣の季節到来だった。ＴＢＳのものは「シルバー仮面」というタイトルで、宣弘社の製作、超人は巨大化せず、地球を侵略する異形の宇宙人と闘うことになった。宇宙人の主たる目標は、レギュラーのなんとか博士一家（名前を忘れてしまった）の持つ光子ロケットの秘密だった。宣弘社と現代企画が提携し、コダイ・グループのスタッフも加わるという形でスタートした。奇妙なことに、旧円谷プロ子飼いメンバーの大半がここに居た。

一方の円谷プロ「ミラーマン」の方は、新しいスタッフが多かった。結果的には「ミラーマン」に軍配が上った。その主たる原因は、私が一、二作目の演出をしたことにあるかも知れない。一話完結の単発ではなく、お話はひきつづきのものだった。

私のやった第一話、第二話とも佐々木守の脚本だった。制作会議の席上から「**シルバー仮面**」には、仲々一本の太い芯が見つからなかった。ドラマを優先させるのか、それとも超人のレスリングを優先させるのか？……佐々木守の脚本も、そういった企画のぐらつきを反映していつものような冴えがなかったように思える。それは、その儘私の演出にも影響してしまった。イメエジが奔放に開花することもなく、得体の知れない性格の番組となった。言ってみれば、怪獣ものをＡＴＧ映画の調子《トーン》で撮ったようなものが出来上ってしまったのだ。大失敗。それでも、放映前の試写会では大好評だった。

「素晴らしい。ここには何かがある」などと宣弘社の小林社長が言っていた。しかし、高視聴率だけが欠けてしまった。そこで二作目以降は鼻もひっかけてもらえなかった。折角、声をかけて呉れた橋本プロデューサーに一番申し訳ないことをしてしまった。今度、こういった機会が訪れたら、明るく楽しい奴を作って恩返しをしなくちゃならない。私は早々と二作目で引き下ったけれど、コダイ・グループのスタッフ達も意気軒昂としていて〝表現上の問題で意見が合わない〟と、皆ワンクールで番組をオリてしまった。この番組で、私の行ったせめてもの功徳は、長年一緒に仕事をしてくれた佐藤静夫君を監督にしたことぐらいだった。彼の力を信じた私の眼は間違っておらず、彼の作ったものが「シルバー仮面」の中で最高の出来となった。

【昭和四十七年】

この年も、たかが一本のATG映画に明け暮れた。『哥』という映画がそれである。自主製作か、はたまた生活か、ということでコダイ・グループも雲行きが怪しくなり、一時はバカバカしいから解散という所迄行った。しかし、撮影部の中堀正夫や猪瀬雅久のやる気と、演出部の下村善二の北陸人特有のねばりで、グループは危機をのりこえた。これは内輪のはなしだが、兎に角そんな状態で一致団結して作ったものだけに、この映画には愛着がある。この年は、小池一雄さんから劇画『首斬り朝』の映画化承諾を貰い、御本人自ら脚本も書いて下さった。しかし、ATGに資金がなく、東宝との提携も上手く行かず纏まらなかった。私が主役に清水紘治を固執したのもポシャった原因の一つかも知れない。まア、没になった企画の話は、テレビ、映画を通じて他にも山程あるので、これ以上書くのは止める。何となく映画の話にふりまわされた一年だったが、テレビマンユニオンの要請で一本だけテレビ番組を演出した。

「遠くへ行きたい／歩く」

これは早春に撮影した。構成も語りも自分で書いた。大和路を横山リエが歩くもので、ごく普通の紀行番組には上った。しかし、出来る丈絵葉書の羅列のように一杯つめ込んでやろうと思った。竹之内街道から二上山へ、それから当麻寺を抜けて飛鳥へ、北へ上って平城宮跡へというコースを取った。

【昭和四十八年】

フリーになってからというもの、映画を作ることだけで一年一年が過ぎていった。その間にはスタッフと定期的にＣＭの世界で生きており、仲々思うようにテレビ番組に参画出来ない。テレビ番組は自主製作という訳にも行かず、これといって注文も出来なかったので、手を染める術もなかったのだ。

ただ、この年はテレビから奇妙な注文を受けた。ＮＴＶの梅谷茂プロデューサーが「**子連れ狼**」のタイトルバックを作って呉れというのである。小島剛夕氏の原画をあれこれと工夫して撮影した。まア何とかサマにはなっていたのじゃないかと思う。このタイトル・バックの仕事は、同じ枠で後二回注文を受けた。いずれも梅谷茂さんの差し金である。五十年に「**長崎犯科帳**」（これはオープニングと後タイトルの両方だった）五十一年に「**続・子連れ狼**」。何事も最初にやるものが評判は良いもので、あとは何となく尻つぼみの感があった。「長崎犯科帳」のオープニングの場合は実際の風景だけで構成したが、一分間に数コマの細いカットをつめ込みすぎて、「見ている婆さんがひっくり返る」と文句を言われた。そこで「続・子連れ狼」は初回同様のイメエジに戻した。

タイトル・バックついでに言えば、この仕事も大変面白いということが解った。梅谷さんに感謝しているが、時々奇妙な注文が来るようになって困る。その最たる例は悪友並木章の依頼だ。

「中味は無理だろうから、タイトル・バックをやらしてやるぞ」友人と長く附合いつづけるには忍耐が要るものなのだ。

扨、この年は、三年間たて続けに作ったので、自主製作にも疲れ果て、映画はお休みにした。尤も企画が流れたのも原因だが、映画の年譜ではないのでここでは触れずにおく。そして、テレビ番組では、二本だけ「遠くへ行きたい」を演出した。

「遠くへ行きたい／おんなみち」

これを撮影したのは秋風の吹く頃だった。桜井浩子が姫路をたずねるもので、構成は自分でやった。室津、姫路城、北条石仏、書写山等を平々凡々と歩いただけのものだ。

「遠くへ行きたい／さすらいの主題」

この番組の前二作では旅するタレントを画面構成上の単なるモデルかオブジェとして扱いすぎた反省もあり、この回は松本典子さん中心の旅を組むことにした。勿論、私自身で構成はした。この旅は、かねてより念願の江口章子のふるさとを訪れたものだ。宇佐からはじまって、国東の香々地へ、江口章子の声が松本さんを導いてゆく構成にした。

埋もれた青踏の女流歌人を尋ねる旅は楽しかった。豊後高田で短歌誌「げっしゅう」を主宰される村上富六さんとの対話を撮り、香々地では墓石なき江口章子の眠れる土に冥福を祈った。音楽には、ハイドンのピアノ・ソナタを使用した。私の作ったものにしては珍らしく抒情的で、しみじみとしたものが出来上ったと思う。

江口章子のことは、その後、短歌誌「風炎」の主宰者であり、「北原白秋研究」の著書である西本秋夫さんに色々と御教示を乞い、田村孟さんとも何回か話をして映画脚本を作ろうとした。今に到るも、気持ばかり焦って、仲々結実していないが、いつか何らかの形で映像にしたいと考えている。

【昭和四十九年】

ひきつづいて「**遠くへ行きたい**」の演出をした。

丹波篠山へロケをした、「**遠くへ行きたい／城下町**」。「飛鳥古京」「丹波路」等の著作で名高い岸哲男先生に御同行願った。プロデューサー側で、色どりに女性も欲しいということで森秋子さんにも来て貰った。城下町篠山の姿だけを狙った。町の方々の好意で楽しいロケが出来た。篠山城研究家の古老中山さん、丹波古陶館々長の中西さん、そして中西さんを中心とする青年会の方々。篠山の能舞台紹介も含めて、町を色々と撮り歩いたが、果して出来栄えとなると、私は一向に自信がない。作品よりも、中西館長の蒐集品を見せて頂いたり、ロケ終了后宿舎で岸先生のお話を伺ったりしたことの方が、個人的な糧になった。篠山ゆかりの東京青山ロケの方は、ＡＤをやってくれた岩垣保くんに撮って貰った。

この仕事を終って、陽春に私は生れて初めての舞台演出をやった。日生劇場で、三島由紀夫作「**癩王《らいおう》のテラス**」を。これも葛井欣士郎さんの操縦である。楽しい経験だったが、ここで触れる暇間はない。舞台というものは結構時間の喰うもので、公演が終ってみるともう初夏だった。そう言えば、丹波篠山ロケの時は雪だった。

「**遠くへ行きたい／あめのうた**」

詩人の富岡多恵子さんに出演をお願いした。富岡さんに犀星のふるさとを訪れて貰った。この旅もひどく楽しかった。金沢は年間降雨量の多い所、そして飴屋俵屋のある町、という訳で〝あめのうた〟という題になった。富岡さんの言葉だけで番組を綴っていった。余り、誰かと対話する必要もないということなので、カメラの傍で私がお喋りのお相手をした。犀星の文学碑に抱きつけないか、等と随分無礼な注文を出したように思う。この旅も、ロケから帰って宿舎で富岡さんの話を伺う方が楽しかった。毎夜毎夜三時頃迄お喋りをして、毎日寝坊して遅く撮影に出掛けたことを思い出す。魅力ある女性とロケなどするものではない、とつくづく悟ったのだ。

「遠くへ行きたい／非冒険者の旅」

この回は上越市を訪れた。作家の吉田知子さんと旅をした。越後の親鸞旧蹟をたずね、吉田さんには得意のオートバイで、越後の平野をかけ巡ってもらった。〝非冒険者の旅〟は、吉田さんのエッセイから借用した題である。この年、私は旅の同行者に大変恵まれており、番組を作ること以上に、出演して頂いた方と〝旅をすること〟の方が楽しかった。吉田さんと旅をした時は、当方の駄目さ加減を見透されている感じで、悔しくもあった。語りは御本人にして頂き、そのテキストは御自身のエッセイから引用して頂いた。

この番組が終って、私は四作目のＡＴＧ提携作品『**あさき夢みし**』と取組んだ。ふり返ってみると、この年は結構忙しかったのだ、と思う。

そして、冬になって「遠くへ行きたい」へ戻った。赤座美代子さんに木曽路へ行って貰った回である。この回の副題をどうしても思い出せない。奈良井、藪原の宿場を中心に気軽なスケッチ旅行のようなことをした。最后に信州の道祖神をスケッチし、春を待つ山里の心を描こうとした。この回は余り天候に恵まれず五人編成の少数スタッフを、更にＡＢ班に分割して何とかスケジュール内で纏めなければならなかった。従って、随分赤座さんには気の毒な想いをさせてしまった。私は実景を撮り歩き、インタビューを岩垣に演出して貰った。それで、どうにかこうにか三十分の番組に足るカット数を消化出来たのだ。

忘れていたけれど、この年、一本だけVTRの番組作りを手伝った。サン・オフィスの山口卓治プロデューサーの依頼で「**ウイークエンド・クッキング**」なる三十分ものの料理番組を演出した。と言っても、実際のサブ・ワークはレギュラー演出家の下村善二にやって貰った。加山雄三さんの料理上手を紹介する回を担当した。この番組は科学技術館のスタジオで収録したのだが、夏だったか冬だったか、とんと忘れちまった。兎に角、加山さんの作ったチャーハンかバター・ライスを喰べたかったことだけが記憶に残っている。

この年は、久々にVTRのドラマを頼まれかかった年でもある。井上ひさし原作の「青葉繁れる」で、当時さっぱり視聴率のふるわなかったTBS金曜日八時台だったと思う。やる気にはなって、古巣の編集部へ一、二度足を運んだ覚えもある。国際放映から話が来たのだが、準備稿が出来て制作打合せという段でオロサレてしまった。何の理由か確かめなかった。私はテレビ番組で、オロサレたり、ホサレたりすることは慣れているので、あっさりしたものだ。打たれ強いピッチャーのようなものである。このドラマを引受けたらADをやってくれる筈だった下村善二に依れば、私の要求したギャラの故だという。そんなことはない。それとも、昔日劇中継やスタジオドラマをやった頃の評判が未だ当事者達のどこかで、亡霊のように残っているのだろうか。だとしたら滑稽な話だ。

【昭和五十年】

前年の暮から、沖縄海洋博の映画を、山口卓治プロデューサーと準備していて、正月早々に撮影した。これは阿部昭が、平家物語に材を得て書き下ろしたものだ。「**藤戸**」と言う。年頭は結構多忙で、同じく山口プロデューサーと「**雛人形**」なるPR映画の製作準備もしていた。そこに、TBS映画部の新井和子プロデューサーから番組の話が舞い込んで来たのである。「雛人形」の撮影は春ということだったし、ATG映画の借金もあったし、兎に角山口氏と私は色々と働く必要に迫られていたので、その話も引受けることにした。

「歴史はここに始まる／救世軍」

構成、岩間芳樹。レポーターは岡村春彦。制作は国際放映だった。「Ｏｈ！　それ見よ」以来の国際放映だったが、昔の光今いずこ、ただ美術の朝生さんだけが懐しかった。

吉原で、救世軍山室大佐のインタビューをとったことが白眉で、あとは当時廃娼運動の直面した問題を、ドラマ風に再現し乍ら構成していった。過去の再現部分をモノクロで、現在をカラーで、と解り易い使い分けでつないだ。歴史ものというのは、私の趣味に合っているので、この撮影も楽しかった。

「歴史はここに始まる／大正遁走曲」

大正という時代の空気をトータルに捉えてみたいというのが発想で、本郷菊富士ホテルと竹久夢二を核にして、色々な方のお話をつみ重ねた。この回は構成脚本を自分で書いた。

「本郷菊富士ホテル」を書かれた近藤富枝さん、最近「鬼の宿帖」を書かれた羽根田武夫さん、戸井田道三さん、幸田文さん、神代辰巳監督、「夢二慕情」の榎本滋民さん、そして明治の西洋館を専門に描かれる近岡善次郎画伯。三十分に収容し切れない程多彩な顔ぶれで、番組時間の制約が残念だった。榎本さんの小説をその儘再現ドラマにしてみたが、科白が直ぐ喋り言葉として立派な対話になるので驚いてしまった。無声映画風の字幕と書体、活弁調の語り等、結構楽しく遊ばせて貰った。

【昭和五十一年】

テレビマンユニオンの萩元晴彦氏を、私はかねがね尊敬している。ＴＢＳ時代に良き先輩であった、というような理由ではない。先ず第一に、夏の甲子園のマウンドを踏んでいること。第二に、天和をしていること。第三に、糖尿病にも拘らず美人の女房を持っていること。以上である。しかし許し難い点もある。それは常に私の毛髪を見て、ホッと胸を撫でおろしていることだ。自分の胸にたたんでおくのなら良い。ニヤリと口に出して毛髪の量を確認するのが許し難い所なのである。彼が私に「対談ドキュメント」の演出を依頼して来たのは、サブでプロデューサーとして君臨し、ディレクターに対して、毛髪量で優越感を感じたかったからに相違ない。大体、テレビマンユニオンの人間は毛髪が濃すぎるのだ。そこへ行った私の同期の連中も、皆落葉の悲しみを知らぬ輩ばかりなのだ。今野など、睫毛と毛髪が直結しているようだし、村木はまるでシューベルトのようだし、森健一は大辻司郎といった按配だし、吉川が額の広さで許せる位だ。聊か脱線したが、この年の五月に、私は久し振りにスタジオのサブへ戻った。

「対談ドキュメント」。大岡信さんと岸恵子さんの回。この時の副題を、もう忘れてしまった。古今集の仮名序からとったように思うが覚えていない。タイトルなど、どうでも良いだろう。

久し振りにサブに座ると、古巣へ帰って来たようでひどく心が安まった。しかも、フジテレビのスタジオで収録したので、進行中のカッティングはＴＤに任せた。あれ程、何年間も映画の世界に没入してい乍ら、たった数時間サブに居るだけで元の木阿弥なのか。……つくづく私はテレビのスタジオで育った人間だなと思った。

このお二人の対話は素晴らしかった。こういう番組を作るのは楽しい。カメラ割りも不要だし、ケーブルのからまる心配もなく、ＶＴＲを回し放しで話を伺っていれば良い。このお二人の対話は雑誌「婦人公論」にその儘転載された筈である。

「対談ドキュメント」。水上勉さんと山本安英さん。前回の組み合せは私の意見が入っているが、今回の組み合せは、純粋に萩元プロデューサーの企画だ。母の日の特集で、このお二人のお話も素晴らしかった。石庭をのぞむ書院のようなセットを組んで貰い襖に篠田桃紅さんの書を拝借した。これもフジ・テレビのスタジオで収録した。二回目だったので、収録は更にスムースに運んだ。私はただサブに居て、お二人の対話に感動していれば良かったのである。「**母人**《ははびと》」というタイトルだった。

この番組が終った頃から、私は新しい映画『**歌麿夢と知りせば**』の製作に入った。

現在、この珍妙な「問わず語り」を書いている時、その映画は封切られていないし、「対談ドキュメント」以后、テレビの仕事をしていない。年は変って昭和五十二年、しかも、もう夏は終わろうとしている。こんな機会に、自分とテレビジョンの係り方をきちんと整理しておこうと思ったのだが、一冊の台本も読み通さず、うろ覚えの年譜を作ってしまった。それでも、こうやってふり返ってみて、はじめて色々なことを想い出してくる。そして、多くの落ちこぼれに気がつく。潰れた企画で脚本家に迷惑をかけたこともあったし、自分が脚本家として参加したことも忘れていたし、企画書も沢山作ったし、番組のブレーンもやったし、民放とはきり離せないCMのことはすっぽりとこぼしちまったし、……結局、何の整理も出来ていなかったことに愕然とする。これじゃあ、とても不惑の年令と思えない。

嘗てのdA同人の、若きディレクターはどうなったのか、終りに、ごく最近の私の日記を引用しておく。

☆昭和五十二年八月九日（火）の日記

一昨日ノ、草野球デ走リスギタ。太モモガウズク。創世記ノ本ノ原稿ヲ書カナクチャナラナイ。ケド、全ク手ニツカヌ。

今日モ一日中在宅。高校野球中継ノテレビ観戦ノタメ。朝十時スギヨリ、連続シテ四試合ヲシッカリト観タ。加エテ、ＴＶＫノヤクルト対大洋、フジノ巨人対中日ヲトビトビニ観タノデ、結局今日ハ約十二時間ニワタッテ、テレビト対面シテイタコトニナル。勿論、毒ヲ喰ワバ皿マデデ、プロ野球ニュースマデイッタ。ココ二、三日大シテ暑クナク、夏ニシテハシノギ易イ。シカシ、頭ハ茫ットシテ、習字ヲスル気ニモナレナイ。ソコデ、読ミカケノ近藤唯之「プロ野球監督列伝・上」ヲ開ク。明日ノ試合ニソナエテ、週間朝日ノ特集号ヲ読ミカエス。

『闇への憧れ　所詮、死ぬまでの《ヒマツブシ》』昭和52年（実相寺40歳）

※追記・脚注

此の本の再校ゲラを待つ頃、つまり今年の秋になって、私はテレビ・ディレクターに復帰している。萩元氏のプロデュースで、ＡＢＣ発、テレビマンユニオン制作の「**あゝプロ野球**」にかかわっている。第一、一ケ月位の間に四本も（ほとんど毎週のように）ＶＴＲを取ったこと等、何年ぶりのことか。

メモ風に記しておけば、

第一回「**人生球場、風雲編**」。

これは日ハム大沢啓二監督の密着取材。

第三回「**長島さんも英語がお好き**」。

生田スタジオで、野球に使われる日本製英語の誤りを取り上げた。

第四回、「**日本シリーズのルーツ**」。

藤井寺の近鉄秋季練習中の西本幸雄監督の所へ、小鶴誠氏、岩本義行氏、青田昇氏が訪れたもの。

第六回「**くたばれ日本シリーズ**」。

千代田スタジオで録画した。シネマ・ヴェリテ風座談会。上前淳一郎氏、寺山修司氏等のお話を伺った。

「あゝプロ野球」の仕事は現在進行形。あと、何本かやる積りだ。萩元氏の指導で、楽しい仕事をさせて貰っている。私は、ひどく気楽に、映画の世界から離れて、映像の完全性を排し、漸くテレビジョンと自在につき合っている感じ。

とは言え、私を補佐してくれるユニオンの能吏稲塚秀孝あっての現在である。彼は私のお守りで大変なことだろう。

親本後書き

謙虚にふるまった積りだが、傲慢な感じも残ってしまった。しかし、すべては、あとのまつり。

この本の勧進元は萩元晴彦さんである。

昔は、もの書きに憧れていたこともあったけれど、才能もないと疾に見切りをつけていたので、本を出すことなど考えてもいなかった。でも、恥晒しと言える程の恥もなく、「どうせ、死ぬまでのヒマツブシじゃないの」と創世記の榎本陽介さんに言われて、何となくその気になった。テレビジョン・ディレクターの型録を作るというのが、創世記の意図らしいので、兎に角、これ迄に書き蓄めたものを一切合切渡して、榎本さんの裁量に任せることにした。このことで、あれこれと自分の原稿を漁ってみると、塵の積るように、年を経てかなりの原稿を書いているのに我乍らびっくりしちまった。勿論、分量のことだけで、質のことではない。結局、綜合型録にはならなかったが、まアこんなところか。折角の機会だから、イイ格好もしたかったが、どうあがいてみても精一杯正直な私自身という所だ。

但し、私とて客商売の端くれで生きる人間だ。世間で通用するものは、どういうものか位の判断は出来る積りだ。勧進元の御好意は解っても、私の書き散した原稿だけで一興行打てるとは思っていない。そこで、榎本さんに以下のようなことをお願いした。加藤泰監督のお話を伺った対話を掲載すること。大岡信さんの援護を受けること。中味は退屈と思う人の為に、せめて素敵な挿画を入れること。（挿画だけで本を買うことだってあるのだから）嘘でも良いから、麗々しく誰かの推薦文を貰うこと。もっと色々な粉飾を考えたけれど、地顔が悪きゃ化粧ののりもある程度迄、とイヤ味の一歩手前で纏めて貰うことにした。

挿画というのは、本文とは直接の係りもないが私好みのイメエジを載せれば〝闇への憧れ〟になると考え、石井隆さんにお願いした。出木英杞、堀井延満という名前の頃より、私は石井隆さんの熱烈なファンであり、コレクターでもあった。斯様な次第で、いろいろな方に迷惑を掛けてしまった。不惑の年に達した男のやることではないが、済んでしまったことである。

「あとがきには、ちっとはマシな展望でも書いたら」と榎本さんにハッパをかけられたが、お先マックラである。何本の映画を撮れるのか、何本のテレビ番組を作れるのか、何本のCMを演出出来るのか、とボンヤリ考えると、指折り数えられる程度の可能性になってきた。昔の夢もしぼんで、今や健康とささやかな幸せ、一路平安を希むばかりである。死に場所の家が建てられるかどうかが、問題なのだ。以前に書いた随筆をひとつだけ、ここに採録しておく。

私の死に場所

むかしむかし（何か話をはじめるときは、これがよいのです）私は十年以上も、さるテレビ局につとめる会社員でありました。ひょんなことから宮仕えをやめて外へ飛び出し、今ではあてどもない商売（映画監督のことであります）。いまさら、どう悔やんでみてもはじまりませんが、月々の月給袋を懐かしみ、ボーナス（そのころは、本給の不足分と言っておりましたっけ）をもらう日々を惜しんで、余りあるものがあります。都（勿論、京都のことであります）へのぼって、何本かの映画を撮りあるいても、決してこころ満たされる塒《ねぐら》もなく、いまじゃ都落ちの風情に諸国をさまよっております。

何とか一軒の家に住みたいと、大会社勤めのサラリーマン並みの欲望に、鬱々とした小市民性を呼び覚まされる毎日は、アパート暮らしの狭さが身に沁みて侘しく覚えるのです。仮の、仮の、と呟きつつ十数年が経ちました。でも、中年の私のことですから、隣りに寝るわが子の寝息をうかがいつつ性の営みを、といった追いつめられ方をしているわけではありません。

　これには別のわけがあるのです。

　今年の初夏、富岡多恵子さんとつれ立って、北陸は金沢へとテレビ取材の旅をした折り、ふと富岡さんの洩らされた言葉に衝撃を受けたからなんです。あれは、……金沢郊外の文化財民家〝喜多家〟を訪れた折りでしたか。

「死に場所がほしい」と富岡さんは何気なく言われたのです。

　いや、その言葉は、私の胸にズシッとこたえました。キャラメル箱を積み重ねたような2LDKの部屋で、くたばってなるものか。こんな空間が、人間の死に場所であるものか。まして、生きる場所であるものか。……何とか枯れ木に花を咲かせたいものよ。

　私は〝死に場所〟としての空間のイメージを、それ以来、家を持つことの夢にしはじめたのです。

　規格品の螢光灯。ガス湯沸かし器。デコラのテーブル。そしてカラーテレビ。団地サイズの畳に、ユニット家具。和室の天井合板にサークライン。折りたたみのボンボン・ベッド。デジタル時計に、インスタント・コーヒー。ふと部屋を見渡せば、そのデザインの貧しさに震えが来ます。こんなガラクタに埋もれて、身を縮めながら死ぬのでは、……いや、死んでも死にきれないぞ。ああ、家がほしい。嗚《あ》呼《あ》！　畜生……

　せめて会社員であったなら、まだ住宅資金でどうにかなっていたのじゃないか。と、冒頭に記した悔いに戻るのです。いまじゃ川崎北部も高嶺の花。家を持つことは、A・T・Gの映画を作るよりも至難の業であります。

　それでも、死に場所だけは見つけなくてはなりませぬ。だが、死ぬまで、家のローンに追われるのでは、何のために生きていると言えるのやら。ふっと思いをめぐらせば、借金返済で二十年を費やすなら、政経システムを変えるほうが早い、という結論です。
世直しの願い日々に高まりしは、むかしむかしのことでなく、私のNOWな感覚であります。めでたし、めでたし(とは、どうしてもオチがつけられません)。
くそっ!!

「小説宝石」

最近、私は二つの言葉を金科玉条としている。ひとつは、たまたまテレビで見たイギリス映画、ピーター・ホール監督『女豹の罠』にあった科白で「男は自分の好きな仕事をしなければなりません。嫌いな仕事なら、金が沢山入らなければなりません」というもの。もうひとつは、たまたまひっくり返していた愛読誌『ヤングコミック』の欄外語録にあった黒柳徹子さんの言葉だ。「一度でもコマーシャルをやった人間はえらそうなことを言っちゃいけない」というもの。
民放上りのテレビジョン・ディレクターとしての私の万感は、この二つの言葉に尽きている。もう、これ以上何も言うまい。

昭和五十二年十月二十一日

※この後書きは、1977年刊の親本に付けられたものであり、本書の構成・内容とは異なっております。詳細はP．4を御覧ください。

実相寺昭雄　AKIO JISSOJI

昭和12年（1937）3月29日、東京生まれ。中国青島で育つ。青島で幼少の頃、故金森馨（舞台美術家）の薫陶を受ける。暁星学園、早稲田大学を経て、TBSテレビ（当時はラジオ東京）入社。テレビ演出部に配属され、昭和36年に、日劇中継『歌う佐川ミツオ』でディレクターとなる。スタジオドラマ、音楽番組など十数本を演出した後、映画部に転属、円谷プロに出向。『ウルトラマン』『ウルトラセブン』『怪奇大作戦』などを監督。

昭和45年（1970）ATG提携作品『無常』を自主制作。それを機にTBSを退社しフリー。以後、ATG映画をはじめ、舞台からCM、題字、コンサート演出、執筆まで幅広い活動をする。

監督作品に『曼陀羅』『あさき夢みし』『歌麿・夢と知りせば』『帝都物語』『悪徳の栄え』『屋根裏の散歩者』『D坂の殺人事件』『姑獲鳥の夏』『鏡地獄』など。

幼少時から親しんだ音楽も主な仕事の分野となり、演出作品に『ヴォツェック』『カルミナ・ブラーナ』『イドメネオ』『モーゼとアロン』『フィデリオ』『兵士の物語』『フィガロの結婚』『魔笛』『狂ってゆくレンツ』、二期会『カルメン』ほか多数の作品がある。2000年2月二期会『魔笛』では日本オペラの最先端をゆく演出で大好評を博した。また、コンサートやオペラ収録にも意欲的で『火刑台上のジャンヌ・ダルク』、ヴェルディ『レクイエム』、ストラヴィンスキー『道楽者のなりゆき』など一連のサイトウ・キネンものや、『朝比奈隆／新日本フィル』関連のベートーヴェン、チクルス、ブラームスなど、枚挙にいとまがない。

小説、エッセイほか著書も幅広い分野にわたる。主な著作は『星の林に月の舟』『星屑の海』『小説・ジャイアンツナイター』『旅の軽さ』『夜ごとの円盤』『ウルトラマンの東京』『チェレスタは星のまたたき』『昭和電車少年』など。

2006年11月29日逝去、享年69。

庵野秀明、実相寺を語る

インタビュー&構成：氷川竜介

刊行当時40歳――『闇への憧れ』のオリジナル版は実相寺監督が、TBSを辞め、特撮番組とも距離を取り、ATG映画に力を注いでいた時期の著作である。

刊行年は1977年だが、収録の初出の多くは70年代前半、最も古いもので1965年（本書第2章）。ここには20代後半から30代全般の、時代と状況との間で研ぎ澄まされた生の実相寺昭雄の思想が凝縮されており、その後の実相寺監督の活動――たとえば2年後の劇場版ウルトラマンや平成ウルトラマンシリーズへの参加、円谷時代をノスタルジックに描いた著作の刊行などは、まったく想像もさせない。

そんな濃縮実相寺本に新たな入り口を設けるためのボーナストラックとしてお話を伺ったのが、特撮への敬意を語り続けてきた庵野秀明氏である。インタビュアーは庵野氏と親交が深く、アニメと特撮に通暁している氷川竜介氏。

多くの映像表現者に影響を与えた実相寺作品について、庵野氏ご自身の体験を踏まえて、その特性を読み解いていただいた。

（編集部）

●特撮への情熱の中で際だった名前

――最初に庵野さんが実相寺監督を意識したのは、いつぐらいのことでしょうか？

庵野　小学生のころ『ウルトラマン』（66）の本放送の時、「なんか絵が変な回がある」と思ったのが最初だと思います。正直、そのときはあまり面白くなくて（笑）。子どもでウルトラマンが好きだったから、実相寺さんの回だとほとんど格闘がないし、よく分からなかったんです。でも、中学ぐらいに再放送でスカイドンの回（第34話「空の贈り物」）を観て、初めて本編が面白いなと思いました。さらに浪人しているころムックの「ファンコレ」（『ファンタスティックTVコレクション　空想特撮映像のすばらしき世界　ウルトラマン』）朝日ソノラマ刊）が出たことで、「大きくなっても観ていいんだ」と免罪符みたいなものを得て、大学生のころに改めて特撮熱に火がついたんです。そして、映像作品として特撮番組を見直してみると気がついたんです。「あっ、面白い回って、このお寺の名前の監督なんだ」って（笑）。

――その『ウルトラマン』では、どんな部分が印象的でしたか？

庵野　子どものころも、ジャミラの回（第23話「故郷は地球」）は心に残りました。モノクロテレビですから、ライトの前で会話しているシーンが逆光のシルエットでよく見えなくて、「なんでこの人こんなに黒いんだろう」と（笑）。セリフも小学一年生には難しすぎるんですが、その画だけは印象に残っています。ジャミラとテレスドン（第22話「地上破壊工作」）は魅せるための格闘がありますが、それでも実相寺さんのウルトラマンはスペシウム光線を出さないですね。

――それは自分も引っかかりました。何か理由があるのでしょうか。

庵野　多分、光線だけ手描きアニメになると、マンガに見えてしまうからでしょうか。実相寺さんって、そういう部分に真面目すぎたのかもしれません。あれだけミニチュアとか電車好きで、完璧主義でもあると思うので、特撮セットも安っぽいと許せなかったりしたんでしょうね。「なんでここ作り込んでないの？」みたいに。

――大人になって観た実相寺作品で、印象的なものは何でしょうか。

庵野　それは『怪奇大作戦』（68）ですね。大学のころは、16㎜フィルムで特撮の自主上映会が毎週のようにどこかで開かれていたんです。それで京都で「円谷プロ特集」があったときに「京都買います」（第25話）が上映されて、これが衝撃でした。他に再編集映画『実相寺昭雄監督作品ウルトラマン』（78）のオープニングにもシビれました。ビートルの三面図や配電図面みたいなイラストのトメ（止め絵）と照明の色変え、カメラワークと編集だけでテンポよく見せる。それだけでこんなにかっこよくできるんだという技術と魅せ方が、すごく良かったです。

――そんな実相寺監督作品の中で、一番好きなものというと、どれになりますか？

庵野　どれが一番って言われると……「恐怖の電話」

（『怪奇大作戦』第4話）でしょうか。映像の流れがいいんです。それと桜井浩子さんが、すごくきれいに撮れている。僕は『怪奇』の桜井さんが一番きれいだと思ってます。桜井さんの追いつめ方ふくめて実相寺さんらしいなぁと。好きな対象物を追い込むのが、お好きなんでしょうね。そのころになると実相寺さんのものならとにかく観てみようと、ＡＴＧ映画も観ました。映画はすごいんですが、物語は僕には難しすぎて（笑）。アートに行き過ぎていることもありますし、『歌麿　夢と知りせば』（77）は予算がかかっているためか、自分の感覚ですが、中途半端に娯楽に寄ってしまった感じがして、しっくりきませんでした。その意味でも『怪奇大作戦』がすべてにおいて、一番いいバランスでした。おそらくご本人も、あれが一番いいと思っておられたんじゃないでしょうか。

●実作することで理解した演出意図

――実相寺監督に惹かれるポイントは、映像でしょうか？　それとも物の見方みたいなことですか？

庵野　その辺は複合していますね。作品もすべてが好き、というわけでもないですし。正直、エロス方向は僕にはよく分からなかったです。今なら『悪徳の栄え』（88）などもまた違って見えるかもしれないですけど。

――それ以外だと、大作映画で『帝都物語』（88）もありますが。

庵野　明治時代の銀座のセットだけで喜んでしまって、「実相寺さん、すごく嬉しそうだなあ」っていう感じですね。他は正直なところ「えっ？　これでいいの？」みたいなところもあります（笑）。

――（一同爆笑）

庵野　当時としては相当お金かけてましたよね。アメリカからＶＦＸが日本に押し寄せて来たので、ああいう先端技術を日本でもがんばろうという時期で、いろんな技術を試してましたね。その中で、銀座のセットだけはやたらと熱を感じました。実相寺さんって、好きなときとそうでもないときとの差が大きく、すごく分かりやすい気がします。ご本人が乗って撮っている作品は、すごく熱量を感じてしっくりきます。今観ても、面白いですし、好きですね。

――特撮では、日本現代企画の『シルバー仮面』(71)は、いかがでしょうか?

庵野　本放送の第1話は観たんですが、あのころは円谷プロのブランディングにすっかり心酔していたので、翌週から始まった(裏番組の)『ミラーマン』に行ってしまいました。東京に来てからビデオで改めて観たんですが、そのときは「パイロットの第1話と第2話でこれをやったのか!」と衝撃を受けましたね。特に第1話冒頭で、すっかり魅了されてしまいました。画面が暗くてよく見えないし、何が起こったか分からない。唐突すぎて、台詞の意味も分からない。それがまたいいんですね。全カットのアングルも美しくて素晴らしい。中でもタイトルがなかなか始まらないのが良かったですね。『宇宙戦艦ヤマト』の第22話や26話みたいにOPがないとか、イレギュラーなフォーマットの作品に惹かれます。変身も最初に観たのは本放送のモノクロテレビでだったので、あの頭部の骨がレントゲンみたいに出るのが怖かったですね。改めて観ると、ポーズ重視ではなく過程の描写重視で、主流と違うラインを狙っていて好きです。必殺技も眼がパッと光って、それでチグリス星人が爆発と、光学作画がないのも地味にかっこいいと感じました。

――臨場感重視の映像ですよね。大学のころ、庵野さんも『帰ってきたウルトラマン』など実写作品を撮られていますが、実相寺演出を意識されましたか?

庵野　意識してますね。この言い方は良くないかもしれませんが、実相寺さんの画づくりって、お金がないときすごく便利なんですよ(笑)。セットが平坦なときは照明だけでなく、カメラ前に電話機などを置いて、アングルにメリハリと面白さを出してます。撮影用のセットに入って自分でアングルを探ってみると、何かしら工夫したくなるのが分かります。あれは自主制作の素人芝居なので、実相寺さん風にするのが一番効率よく、面白く見えるんです。広角だとフォーカスも合いやすいから、手早く撮れますしね。とにかく自分はその辺を考えながら絵コンテを切って、現場は赤井(孝美)君の臨機応変な創意工夫で形にしていました。

――事前に研究してから撮影に入ったんですか?

庵野　ええ。オンエアで録ったビデオを見直しながら、研究してました、友人に借りたテープは『ウルトラセブン』(67)が多かったんです。なので「狙われた街」(第8話)を特に見直していた記憶があります。

――あの回は、ウルトラ警備隊の作戦室が照明落としてて異様な感じでした。

庵野　あれも「なるほどな」と思ったんです。他の回はフラットに壁にもライトを当ててますが、実相寺さんの回だけ照明を落として計器類の電飾だけ見せてるんです。すごく効率的で上手いなあ、と。その場の工夫、アイディアを生かした、作品をより良くするための画面づくりがいいですね。自主制作のときはライティングの手間を省いて最初から壁も天井も黒くしようと。ディテールを埋めることが出来ないなら、いっそ何も映らないほうが良いということを実相寺さんから学びました。

――そうした分析を通じて、何か感じられたことはありますか?

庵野　「美意識がすごく強い人だ」ということですね。時間も制作費も限度がある中で、セットを作り変えるとかでなく、その場で出来るアイディアで画面をつくり変えていく。そういう判断をしてしまう意志を持っていた人かなと。

――映像ありきではなく、むしろ物に当たって考えている感じなんですね。

庵野　「円盤が来た」(第45話)も、夜中に当直のソガ隊員が一般市民からの通報電話を受けて「え、円盤襲来?」ってところから、作戦室にライトが次々に点灯してシステムが稼働していくシーンが、ものすごくいいですね。稼働していく中、警備隊員が集まってくると、フルハシ隊員は寝間着だったりして、緊張感の中にも必ず外すところがある。そうした余裕も、大人っぽくてよかったです。アングルやライティングを含めた特殊な画面だけでなく、音楽も違った雰囲気を出していました。やはりシリーズで一人だけ異質な監督ですね。それで大学のころから、ものすごくハマったわけです。

●肌の合う映像作家、実相寺昭雄

――特撮作品以外の、実相寺監督の魅力についても、うかがっていきたいです。

庵野　どの作品も基本的に、画がすごく面白いですよね。特に役者さんに過度な思い入れがないのがいいなあと。「被写体」として、小道具と同じにしか見ていない感じがします。そこに在る「物質」として撮っているのがいいんですよ。役者は役者としてお好きだとは思うんですけど、ある一定の客観視、距離感が必ずカメラのレンズの中にある。あれだけ近づいて撮っていて、こっち見たりもする主観なのに、レンズの眼は客観に見えるんです。これは失礼な言い方かもしれませんが、役者さんの芝居が巧く見えたりするんですよ(笑)。でも、当時の役者さんに聞くと、「実相寺さん？役者には何にも言わないよ」みたいに言われて、そんなに演技指導をしていたわけではなさそうです。となると、やはり撮り方や現場の雰囲気なんでしょうね。とにかく、役者の緊張感がぜんぜん違います。

自分で撮るときも、役者に芝居って、つけたくないんですよ。つけたところで、まず思いどおりいかないですから。思いどおりを目指すなら、アニメをつくった方がいいんです。アニメなら、とにかく描きさえすれば思いどおり動く。だけど実写の現場だと、役者に芝居をつけてる時間よりも、他のことやってるほうが自分のクオリティコントロールにはいいんです。原則、役者が決まったところでそれを受け入れようと。

――そういった発想の部分を、参考にされてるって感じですか？

庵野　参考というよりも、むしろ「似てる」感じだと思います。勝手ながら「親近感の在る人を見つけた」と。昭和のウルトラシリーズでは、飯島監督たちも尊敬しています。その中でも、実相寺さんに一番シンパシーを感じるのは、なんか感覚というか肌が合うからです。非主流という部分も「似てる」かもしれません(笑)。

――実相寺監督ご自身では、よく「変化球投手」とおっしゃってましたよね、

庵野　「第四惑星の悪夢」(『ウルトラセブン』第43話)とか、「変化球」だけでつくりきった感じですよね。シリーズ終盤での制作費の困窮も、全部逆手にとってしまったのがいいです。やっぱり諦めないで工夫して、開き直りつつも現場で「じゃあこうしよう」と、柔軟

に対処している。監督として惹かれます。

——そんな時代のことが書かれているこの本『闇への憧れ』のご感想は、いかがでしょうか。

庵野　ていねいに全部読んだわけではないですけど、あのころの実相寺さんは、世間に対してすごくシニカルにものを見ていた気がします。自分の勝手な思い込みですが、映像にしても、光で希望を充たすよりも、黒いもので絶望を隠したい……。そういう要らない情報は、全部「闇」で塗り潰したかったんじゃないのかなと。必要なもの、好きなものだけで、映像を構成したかったのかなと。だから、アニメにも向いていたかもしれませんね（笑）。本の中味としては、やはり赤裸々な感じがいいです。言い方がかなりストレートで、撮ってたときの気分がそのまま出ています。「本音はこうなんだろうなあ」っていうのが垣間見える気がします。『ウルトラマン』が再評価されて以降に書かれた文章だと周囲やファンに気を遣って、どこかしら美談に変わっているように感じるところもあったりするので。

——特撮セットに注射器が並んでいたエピソードなどは、どう感じられましたか。

庵野　いやー、現場に行くと確かに「ええー？」ってなったかもしれませんが（笑）、僕はあのシーンはすごく好きなんですよ。限られた制作予算内でロケットの数を優先させれば、個体のクオリティーを犠牲にするのもやむを得ないかなと。セブンと絡んだ連続爆発の描写も画に力があっていいですし。たとえ注射器であってもそんなに気にならなかったです。一惑星の軍事力を凌駕するセブンの描写にシビれっぱなしでしたから。ペロリンガ星人の円盤は、僕も子ども心に「なんかガラスの灰皿っぽいな」と思っていたんですよ（笑）。でもあれも「現場で数を揃えることを優先」ってことじゃないのかなと。

——完成画面への妥当な手段というわけですね。

庵野　特撮をある程度は信用しているところと、そうでないところが、内容や脚本でバランスを取れたり、そうでなかったりと、作品によってバラバラなのも面白いですね。メトロン星人の回は特にそのバランスが秀逸です。殴り合いをしない殺陣の見せ方やテンポ感、下町の夕日を選んだ極端な画面構成が見事なまでに本編と合っていて、好きなんですよ。『怪奇』は日常の中の特撮シーンだったので、一番良いバランスだったのかなと思います。特撮作品は実相寺さんの思惑とは違う形になっているとも思うのですが、そのギャップや擦り合わせの妙があって、そこが僕としては面白さを醸し出していると思います。

――『エヴァンゲリオン』など、アニメ作品への実相寺演出の応用みたいなものはありますか？

庵野　そうですね。実相寺さんのアングルや編集のセンスは、止め絵だけで面白い映像はつくれることを実証しています。それと岡本喜八さんのセンスと技術。その二人の方法論でもアニメはつくれるっていうのが、僕のやってみたかったことです。お金を使わない方向になると、特にですね（笑）。時間がない現場で、ものすごく効率の良い手法を取られている。一方で「よくテレビでこんな長回しやれるな」とか、ものすごく大変なことにも挑戦しています。それは面白かったらすぐ切り替えていく、スタッフもふくめた柔軟なやり方が可能にしたことかなと思っていますね。晩年は次第にそれができなくなって息苦しそうでしたけど……。

――90年代後半、実相寺監督は「ウルトラマンシリーズ」にも復活しています。

庵野　『ウルトラマンティガ』（96）の二本（第37話「花」と第38話「夢」）には驚愕しました。『ティガ』は川崎郷太監督がすごくがんばっていて、「ようやく僕らの世代のウルトラマンが出てきた」と、ひっそり喜んでいたんです。でも実相寺さんの二本に、完全に打ちのめされたんですよ（笑）。予告編の「夢」と書かれた文字が崩れるカットに、もうやられました。「花」も宇宙人が出ていくとき、セットのドアをそのまま写してますからね。あの割り切りの良さに、もうシビれました。ティガが登場してからの舞台描写も良かったです。脚本の薩川（昭夫）さんから、「最初は光線が布の巻物だった」と聞かされたときは流石だと。それだけは諸事情というか、ウルトラマンの作法があって実現しなかったみたいで、残念です。『（ウルトラマン）ダイナ』（97）のときの佐川さんの仕事といい、オリジナルの世代には自分たちはかなわない、と当時思い知りましたね。

●一生残るものをつくる……その原点

――脚本家としての実相寺さんはいかがでしょうか。『帰ってきたウルトラマン』の「ウルトラ特攻大作戦」（第28話）とか。

庵野　あれは、ふと日常が一瞬そこに入るっていうのがいいですね。丘隊員が「ユリちゃん」と呼ばれるのもあの回だけだと思うんですが、すごく惹かれました。生い立ちなどを語って登場人物像を掘り下げるのは、他の話数でもあるんです。でもふとした日常会話、隊長がお小言言ったり、自然な感じの家族的な雰囲気がMATにあるのは、あの回くらいしか記憶にないです。やはり人間くささですよね。でも、監督としては対象物を物体として撮る（笑）。そんなところも含めて、面白い方だなあと。やっぱりどこか突き抜けていますよね。

――常にどちらかに振り切った感じがしますね。

庵野　極端なのがよかったです。そうだ、実相寺さんが好きな画は、僕も好物という共通点もありましたね。甍《いらか》の波や電線や電柱、人物よりもシンメトリーを優先させる感覚、大胆だったりさりげなかったりと臨機応変に多用されているカメラ移動と、好きな映像要素が丸かぶりですね。「恐怖の電話」では電柱と電線が、実にいい高さで入ってきます。それと電話局内の寄りが、すごく気持ちいい。交換機のリレーが「ガガガッ」っていうあの音と動き。フォーカスの送りも、すごく好きです。どこか撮り方が幾何学的で、そこがすごく好きなんですよね。

――計算された画づくりということですか？

庵野　計算もあると思いますけど、ご本人が好きなものしか入れてないということだと思います。最終的な感覚は、実相寺さんの好き嫌いで画を選んでいる気がします。だから画に力を入れようとしたとき、ああいうアブノーマルなカメラアングルが多くなるんでしょう。特に4対3の画角のときがいいですね。シネスコになるとなにか違うし、ビスタも違う。やっぱり4対3の時の画のつくり込みが、すごくきれいに感じます。

――今後、実相寺監督がどういう風に評価されてほしい、みたいな願望はありますか？

庵野　いや、もう若い人には分からないと思います。そもそも、メジャーな万人受けの人じゃないですし(笑)。

――でも、忘れがたい人ですよね。

庵野　ええ。まあ、そういうタイプの人だなあと。最近、自分もそっちだなと思っています。やはり似てますよね。拡散してより多くの人に観てもらうよりは、どちらかというと一部の好きな人が観たときに、一生残るものをつくりたい。実相寺さんも、そっちだったのかなと。もちろん、より多くの人に観てほしいと思っていたとも思います。でも、大衆向けには特化していない。そうでないとATGには行かないだろうし、映像としての、自分が好きと思える純粋な面白さを追求された方なのかなと思います。僕もつくる映像が商業作品である以上、「商品」と「作品」のバランスは常に考えています。ただ、対価を払ってもらって人様にお出しする以上は、最低限、まず自分が面白いと思う作品でないといけないなと。

――最後に庵野さんから、締めくくりになるようなお言葉をいただければと思います。

庵野　岡本喜八さんのブルーレイに向けた言葉と似てしまいますが、「実相寺さんの作品を子供のころから観ていなかったら、『シン・ゴジラ』はありませんでした」ということでしょうか。子ども向けの特撮テレビ番組なのに、ああいう枠にはまらない表現を追求していた。当時の特撮番組のスタッフが持っていた「本気」の心が、自分が50歳を過ぎても特撮にこだわり続ける土台をつくっていると思います。ですが、もし実相寺さんの作品が円谷プロの初期作品に混ざっていなかったら、僕もそんなに特撮に強いこだわりをもてなかったかもしれませんし、中学くらいで特撮から卒業していたかもしれません。それを引き止めてくれたのは大学時代の自主上映会で『怪奇』本編の面白さに出会えたこと、特撮好きの仲間と出会えたこと、そして『帰ってきたウルトラマン』の本編ドラマの面白さを再認識できたことです。そのキッカケは『怪奇大作戦』でした。

改めて、実相寺さんに感謝したいです。

【2017年9月5日　カラーにて】

実相寺昭雄

實相寺昭雄印

実相寺昭雄叢書……Ⅰ

闇への憧れ［新編］

2017年10月29日　発行

著者：実相寺昭雄

発行者：左田野 渉
発行：株式会社復刊ドットコム
〒105-0012 東京都港区芝大門2-2-1 ユニゾ芝大門二丁目ビル
TEL:03-6800-4460

印刷：シナノ書籍印刷株式会社
組版：株式会社キャップス

デザイン：岩郷重力+S.O

編集協力：実相寺昭雄研究会

ISBN978-4-8354-5533-4 C0074
Printed in Japan

日本音楽著作権協会（出）許諾第1711976−701号

読者の皆様へ：本書は1977年に刊行された書籍を元にしており、現在の常識から鑑みると差別的と捉えられる可能性のある表現が含まれているかもしれません。しかし著者には執筆当時、徒に差別を助長する意図のなかったと推察され、すでに故人となっております。作品を尊重する上でも、本書では改訂を最小限に抑え、なるべく旧来のテキストを重視して収録することにいたしました。

復刊ドットコム

実相寺昭雄叢書Ⅱ

黄昏からの声（仮題）

対談・インタビュー集

実相寺昭雄

復刊ドットコム

2017年12月刊行予定